Jesús Sánchez Adalid (1962, Villanueva de la Serena, Badajoz) se licenció en Derecho por la Universidad de Extremadura y realizó los cursos de doctorado en la Universidad Complutense de Madrid. Ejerció de juez durante dos años, tras los cuales estudió Filosofía y Teología. Es licenciado en Derecho Canónico por la Universidad Pontificia de Salamanca.

Ha recibido importantes galardones como escritor. Es autor, entre otras, de las novelas *La luz del Oriente*, *El mozárabe*, *El cautivo*, *La Sublime Puerta*, *El alma de la ciudad* (Premio Fernando Lara 2007), *El caballero de Alcántara*, *Alcazaba* (Premio de Novela Histórica Alfonso X el Sabio 2012), *Treinta doblones de oro* (Premio Troa Libros con valores 2014), *Y de repente, Teresa* y *La mediadora* (Premio Abogados de Novela 2015).

Además, ha recibido la Medalla de Extremadura (2009), el Premio Grada de Cultura (2011), el Premio Internacional de Novela Histórica Ciudad de Zaragoza (2011), el Premio Diálogo de Culturas (2013) y el Premio Hispanidad (2013).

Papel certificado por el Forest Stewardship Council®

FSC
www.fsc.org
MIXTO
Papel procedente de fuentes responsables
FSC® C117695

Primera edición: mayo de 2018

Printed in Spain – Impreso en España

ISBN: 978-84-9070-546-9
Depósito legal: B-5.719-2018

Impreso en Liberdúplex
Sant Llorenç d'Hortons (Barcelona)

BB 0 5 4 6 9

Penguin
Random House
Grupo Editorial

Treinta doblones de oro

JESÚS SÁNCHEZ ADALID

LIBRO I

LIBRO I

Donde se cuenta cómo entré a servir a don Manuel de Paredes y Mexía

1. Una amarga e inesperada noticia

Nunca podré olvidar aquel día nuboso, espeso, que parecía haber amanecido presagiando el desastre. La noche había sido sofocante e insomne para mí, y a media mañana me hallaba en el despacho copiando una larga lista de precios. En una estancia lejana un reloj dio la hora. Luego sopló un viento recio y tuve que cerrar la ventana porque la lluvia golpeaba contra el alféizar y salpicaba mojando los papeles. Soñador como soy, abandoné la pluma y los cuadernos y salí al patio interior para gozar escuchando el golpeteo del agua que goteaba de todas partes. En medio de mis preocupaciones, un sentimiento de equilibrio embelesado me poseyó, quizás al percibir el fresco aroma de las macetas húmedas.

Pero, en ese instante, se oyó un espantoso grito de mujer en el piso alto de la casa. Luego hubo un silencio, al que siguió un llanto agudo y el sucederse de frases entrecortadas, incomprensibles, hechas de balbucientes palabras. Doña Matilda acababa de recibir una fatal noticia, y yo, estremecido por el grito y el crujir de la lluvia, me quedé allí inmóvil sin saber todavía lo que le había sido comunicado.

Un momento después, una de las mulatas atravesó el patio, compungida, sin mirar a derecha ni izquierda, y subió apresuradamente por la escalera. Tras ella apareció don Raimundo, el administrador, empapado y sombrío; me miró y meneó la cabeza con gesto angustiado, antes de decir con la voz quebrada:

—El *Jesús Nazareno* se ha ido a pique... ¡La ruina!

—¡No puede ser! —repliqué sin dar crédito a lo que acababa de oír—. ¡El navío zarpó ayer!

Don Raimundo se hundió en la confusión y tragó saliva, diciendo en voz baja:

—Los marineros que pudieron salvarse llegaron a la costa al amanecer, después de remar durante toda la noche en los botes... Pero la carga... —Volvió a tragar saliva—. Toda la carga está en el fondo del mar...

El administrador no era de suyo un hombre alegre; seco, avinagrado y cetrino, parecía haber nacido para dar malas noticias. Sacó un pañuelo del bolsillo, se enjugó la frente y el rostro empapado, suspiró profundamente como infundiéndose ánimo y, mientras empezaba a secarse la calva, rezó acongojado:

—¡Apiádate de nosotros, Señor! ¡Santa María, socórrenos!

Acababa de musitar estas imprecaciones cuando doña Matilda se precipitó hacia la balaustrada del piso alto, despeinada, agarrándose los cabellos como si quisiera arrancárselos y exclamando con desesperación:

—¡Qué desgracia tan grande! ¡No quiero vivir!

Era una mujerona grande de cuerpo, imponente, que alzaba la pierna gruesa por encima de la baranda haciendo un histriónico aspaviento, como si pretendiera arrojarse al vacío. Sus esclavas mulatas, Petrina y Jacoba, salieron tras ella y la asieron firmemente para conducirla de nuevo al interior. Forcejearon; con sus manos oscuras la sujetaban por los brazos rollizos y blancos y le tapaban los muslos con las enaguas, evitando pudorosamente que enseñara demasiado. Aunque en los ademanes de doña Matilda, evidentemente, no había ánimo alguno de suicidio, por más que siguiera gritando:

—¡Dejadme que me mate! ¡No quiero vivir!

En esto salió don Manuel al patio, pálido y lloroso; clavó en nosotros una mirada llena de ansiedad y luego alzó la cabeza para encontrarse con la escena que se desenvolvía en el piso alto. Al ver lo que sucedía, gimió y después subió a saltos la escalera, con una mano en la barandilla y la otra en su bastón. Cuando llegó arriba, se detuvo jadeando en espera de recobrar el aliento, para a continuación irse hacia su esposa suplicando:

—¡Por Dios, Matilda, no hagas una locura! ¡No te dejes llevar por el demonio, que no hay salvación para quienes se quitan la vida!

La lluvia arreciaba, incesante, insistiendo en salpicar desde los tejados, desde los chorros impetuosos de los canalones, desde los aliviaderos... Y en el mundo todo parecía desconsuelo, como si cuanto había quisiera también hundirse en la nada del océano, como la fabulosa carga del *Jesús Nazareno*, y las aguas ahogasen las últimas esperanzas de don Manuel de Paredes y de doña Matilda, que eran también nuestras únicas esperanzas.

2. UNA PROSAPIA TRONADA

Para que pueda comprenderse el alcance de la tragedia que supuso la noticia del hundimiento del navío llamado

Jesús Nazareno, referiré primeramente la situación en que me encontraba yo por entonces y lo que sucedía en aquella casa.

Por razones que ahora no vienen al caso explicar con detenimiento, tuve que emplearme al servicio de don Manuel de Paredes y Mexía, que era corredor de lonja; aunque pudiera decirse que esa no era su única profesión, ya que atesoraba toda una retahíla de títulos que, no obstante su rimbombancia, no aliviaban su inopia. Porque don Manuel de Paredes y Mexía era, fundamentalmente, un hombre arruinado. Entré en su oficina como contable y enseguida me cercioré de esa penosa circunstancia, por mucho que el administrador, don Raimundo, tratase por todos los medios de ocultármela o al menos de disimularla. Pues no bien habían pasado los dos primeros días de mi trabajo, cuando me abordó en plena calle un hombre sombrío que, sin recato alguno, se presentó como el anterior contable, es decir, mi predecesor en el oficio; y me previno de que no me ilusionase pensando percibir salario alguno de aquel amo, puesto que a él le adeudaba los dineros correspondientes a cuatro años, como igualmente sucedía con otros muchos criados y empleados de la casa que, hartos de trabajar de balde, se habían despedido.

El aviso me dejó perplejo. Mas, considerando que por aquel entonces no podía fiarse uno de lo primero que le dijera cualquiera en la calle, hice mis averiguaciones. Y gracias a las conversaciones que escuché y a los papeles y notas que escudriñé en los registros, pude conocer en profundidad cuál era el estado de cuentas de mi nuevo amo: en efecto, había entrado yo al servicio de una hacienda completamente venida a menos. Nada tenía en propiedad don Manuel de Paredes, excepto su nombre, sus apellidos, su hidalguía y sus pomposos títulos que únicamente le servían para engañarse tratando de guardar las apariencias. Ni siquiera era suyo aquel precioso caserón situado en el barrio de la Carretería de Sevilla, a la entrada de la calle del Pescado, donde vivía con su esposa y servidumbre; puesto que lo había vendido y cobrado anticipadamente su precio para jugárselo todo a la última carta, cual era el *Jesús Nazareno*, en cuya bodega iban mercancías de la metrópoli por valor de quince mil pesos, de las que esperaba alcanzar cuatro veces más y además incrementar el beneficio con las correspondientes ganancias de lo que pudiera traerse en el viaje de vuelta. Por eso anuncié al inicio del presente capítulo de mi relato que en aquel navío «navegan todas nuestras esperanzas».

Y al decir «nuestras esperanzas» digo bien, pues esas esperanzas eran las de don Manuel, las de su esposa, las de don Raimundo, las de los pocos criados de la casa y también las mías propias, por lo que paso a referir a continuación.

3. UN CONTABLE DONDE NADA HAY QUE CONTAR; ES DECIR, UN OFICIO SIN BENEFICIO

Cuando tuve la certeza absoluta de que don Manuel no poseía otra cosa que funciones sin ganancia y muchas deudas, tuve la valentía de encararme directamente con don Raimundo, el administrador, para, sin que mediaran palabras previas, decirle con soltura y concisión:

—Ya sé que en esta casa no hay fortuna alguna, sino penuria y pagos pendientes. Mi antecesor en el oficio me advirtió de ello y he hecho mis propias averiguaciones.

Nos hallábamos solos en el despacho de la correduría, el uno frente al otro, sentados junto a una mesa con cuatro papeles en blanco y un buen fajo de cartas con reclamaciones. El administrador se levantó y fue a cerrar la puerta que daba al patio. Luego regresó, volvió a sentarse y se quedó mirándome, avinagrado y cetrino, completamente hundido en la confusión. Al verle en tal estado, me envalentoné todavía más y, puesto en pie, añadí:

—¿Para qué sirve un contable en un negocio donde nada hay que contar? ¿Para qué se me necesita? Poco tengo aquí que hacer y menos que ganar.

Reinó el más incómodo silencio durante un largo rato. Él bajó la cabeza y tragó saliva. Vi su pelo ajado, de indefinido color semejante al del estropajo usado, que dejaba transparentar la piel de la calva blancuzca. Era el vivo espíritu de la decadencia; todo en él estaba gastado: la ropa, el cuello amarillento de la camisa, el chaleco descolorido, el triste fajín de lana pobre... También sus anteojos estaban viejos, rayados, por más que él los cuidara como a su propia vida, pues no veía nada sin ellos. A pesar de tan penosa imagen, no se me despertó la caridad sino que mi despecho me llevó a reprocharle:

—Seguro que vuestra merced tampoco cobra desde hace años. ¿Por qué sirve pues a don Manuel tan fielmente? Será porque no tiene donde caerse muerto...

Estas palabras mías debieron de dolerle mucho. Sacudió la cabeza gacha y murmuró con voz ahogada:

—Señor y Dios mío, dadme humildad, humildad y paciencia...

Había algo frailuno en aquel extraño hombre, en su mirada, en su manera de hablar, en sus manos pequeñas y blancas, en toda su persona cavilosa y reservada. Eso me parecía a mí entonces, cuando no bien hacía una semana que le conocía y las pocas palabras que había cruzado con él se referían solamente al escaso trabajo de la correduría, cual era apenas hacer un inventario, copiar alguna lista de precios y revisar lo que se pedía en las únicas cartas que se recibían, que eran todas de reclamación de pagos pendientes. Tal vez porque le veía así, inofensivo y timorato, o por no tener nada que perder, insistí con insolencia:

—Dígame de una vez vuestra merced qué puedo yo ganar al servicio de don Manuel de Paredes. ¡Dígamelo! Que no es de cristianos engañar o hacer simulación alguna en cosas que son tan de justicia. Dígame pues vuestra merced por qué se me ha ajustado en veinte reales diarios si bien sabe que no me serán satisfechos a la vista de las cuentas de esta casa.

Don Raimundo alzó al fin la cabeza, me miró sombríamente y me pidió en un susurro:

—Siéntese vuestra merced, por Dios. Yo le explicaré...

Clavé en él una mirada llena de desconfianza y duda, pero acabé haciéndole caso para ver qué tenía que decir.

El administrador sacó entonces del bolsillo el pañuelo y se estuvo secando el sudor de la frente. Luego se quedó en silencio pensativo.

—Hable vuestra merced —le insté.

—Baje vuaced la voz, por Dios —contestó preocupado, mirando hacia la puerta—. Seamos discretos.

—¿Discretos? Es de comprender que me impaciente. Necesito saber si voy o no voy a cobrar.

Él suspiró profundamente, infundiéndose ánimo, me miró al fin a los ojos y me habló con serenidad:

—Lo que tengo que decirle a vuestra merced le tranquilizará mucho. Hablaré con verdad, como en presencia de Dios estamos y sabemos que Él lo ve todo y lo oye todo. Por lo tanto, puede confiar en que todo lo que diré es tan verdad como que Dios es Cristo y Madre suya Santa María.

Dicho esto, se santiguó y esperó para ver qué efecto producían en mí tales palabras. Yo respondí:

—Si lo que me va a proponer es que he de trabajar a cuenta y fiados los sueldos, no siga vuestra merced por ese camino; porque ha dado con alguien que no admite tratar de fiar ni ser fiado, que mi padre se perdió por ahí y me dio buen consejo acerca de ese mal negocio.

—Buen consejo es, en efecto —dijo él con calma—. Aunque también es muy santa razón la del que anda por este mundo haciendo el bien a los semejantes fiado en que Dios le ha de dar la gloria entera al final, sin anticipo alguno en este mundo.

—No me eche vuaced sermones —repliqué—. Vamos al grano: ¿qué es lo que quiere decirme?

Él suspiró, se echó hacia atrás y me habló con su tono frailuno, como un maestro habla a su alumno.

—Don Manuel de Paredes, nuestro amo —dijo con veneración—, es un varón honesto, bueno, a quien el demonio ha hecho pasar muchas cuitas a lo largo de su vida. Siendo hidalgo, hijo y nieto de cristianos viejos, pudiera haber ganado aína fortuna y gloria en sus años mozos; mas quiso Dios que, no ahorrándole trabajos ni sacrificios, no encontrase nada más que espinas en su camino. Ahora es ya un hombre cansado y viejo, sin hacienda, sin hijos ni nietos que le sostengan en la vejez. Solo tiene esta correduría de Sevilla, que se vino abajo ha dos años, cuando el monopolio de los negocios de las Indias pasó a Cádiz y los negocios se fueron a aquel puerto. Los jóvenes pueden hacerse componendas nuevas. Pero ¿qué porvenir le aguarda ya a quien cuenta más de setenta años? No es esa edad para empezar nada...

—Bien dice vuestra merced —afirmé— tantos años no dan para mucho, pero yo tengo poco más de veinte y, como es natural, estoy en el momento oportuno para asentar la cabeza, ganarme la vida, casarme y fundar una familia, o sea, que tengo que trabajar y cobrar un sueldo y no hacer caridad a los viejos que ya cobraron lo suyo y lo echaron a perder, sea por las cuitas del demonio, por las espinas del camino o por lo que quiera que sea.

4. MI HUMILDE PERSONA

Llegados a este momento, paso a referir quién es el que esta historia escribe; a dar breve relación de mi vida, aunque consciente de que mis trabajos y adversidades poco importan y en nada afectan a la sustancia de los hechos tan extraordinarios que me propongo narrar, con el auxilio de la divina Majestad, para rendirle gracias y alabarlo por las grandes mercedes que se dignó hacer en favor nuestro aquel peligroso —y felicísimo a la vez— año del Señor de 1682, cuando sucedió lo que nos ocupa en el presente relato.

Mi nombre es Cayetano, aunque todos me llaman Tano. Soy hijo de Pablo Almendro y María Calleja. Nada de interés puedo contar de mi infancia, salvo que nací en Osuna, villa de la que cuanto se diga o escriba siempre será poco, por la hermosura y fertilidad de sus campos, la grandeza de sus plazas, calles y palacios y la nobleza de sus linajes. Aunque de todas esas sobradas bendiciones poco me correspondió a mí, por haber nacido en casa ajena y pobre, al ser mis padres criados de los criados del regidor

Cárdenas y solo guardo de la infancia memoria de infortunios y hambres. Murió joven mi padre, de fiebres, y siendo yo de edad de diez años, cerca de once, y el menor de cuatro hermanos, hálleme con una madre viuda muy honrada, mujer bella y buena cristiana, que hubo de casar de segundas con un hombre viejo, asimismo viudo, que le ofreció casa y sustento. Y mi padrastro, que ya tenía suficiente a su cargo con los hijos y nietos de su primer matrimonio, me dio al convento de los recoletos del Monte Calvario. Allí los frailes me enseñaron las cuatro letras y apreciaron mi habilidad para hacer cuentas; pero, viéndome crecido, aunque no de edad para casar, y que no me llamaba la vida del convento, me devolvieron al mundo. Poco podía yo hacer en Osuna que no fuera ser criado de criados; así que, acongojado de la pobreza y deseoso de fortuna, acordé venirme a Sevilla a buscar mis aventuras. Y salí descalzo, a pie y con solo lo puesto, que era una raída camisa y unos zaragüelles viejos que me apañó mi madre. En esta ciudad de las maravillas no le falta acomodo a quien sabe leer y escribir, pero más difícil resulta hallar techo fijo; de manera que anduve dos años aquí y allá, cobijándome donde buenamente podía; y no viene a cuento referir ahora todas las cosas que vi y oí, y los trances que pasé, provechosos unos, mas poco ejemplares otros. Y con todo ello me vi con veinte años, sin adquirir fama ni riqueza alguna, por lo que me pareció oportuno ofrecerme en el puerto para lo que se pudiera necesitar de mi persona, hacer cuentas, escribir cartas o redactar memoriales.

De esta manera, pasé al servicio de un sargento mayor del Tercio Viejo de la Mar llamado don Pedro de Castro, el cual, poniendo los ojos en mí, me llamó y me preguntó si tenía amo o lo buscaba. Le respondí que estaba por libre y que precisaba dueño que me proporcionara salario y casa. Tuvo a bien ajustarme por cien reales y fue esta la primera vez en mi vida que, aunque fuera de lejos, percibí el olor de la fortuna; y no por lo que me pagaba puntualmente, sino porque aquel militar gozaba de buena residencia familiar en Sevilla, con servidumbre, carroza, caballos de pura sangre y el goce de unos lujos y placeres que intuía yo antes que debían de existir, pero que nunca había visto hasta entonces. A los cuarteles no iba mi amo, sino a solo hacer acto de presencia cuando lo mandaba la ordenanza; y mientras sí y mientras no, mataba las horas en convites y fiestas en las haciendas más ricas, cuando no en tabernas y burdeles. Como yo le seguía a todas partes, recogía las migajas de aquel regalado vivir, encantado, como si estuviera en el mejor de los sueños. Mas el despertar había de llegar, y llegó, cuando las autoridades dieron a la flota la orden de zarpar. Entonces don Pedro, con la diligencia del más abnegado de los soldados, abandonó las mujeres, su casa y el vino, recogió sus cosas y me dijo una mañana: «Hasta aquí el holgar, ahora toca navegar.» Creyó él que yo estaría presto a servirle en la mar lo mismo que en tierra y se puso a disponerlo todo para que me dieran las licencias oportunas que requería el paso a las Indias. Pero, igual que siendo mozo no me llamó el convento, mi voz interior me dijo que tampoco era yo hombre de navío ni de allende los mares. Así que me planté y le dije que mejor me quedaba en Sevilla esperándole hasta su vuelta. Le causó gran disgusto esta renuencia, y me contestó que en el Río de la Plata tenía sobrada hacienda y gente a su servicio que necesitaba poner en orden; ofreciéndome ir allá y, con el tiempo, si hacía bien mi oficio, llegar a plenipotenciario en los negocios de su casa. A lo que yo respondí que debía pensármelo, porque nunca había estado en mi juicio pasarme a las Indias. Esto le contrarió aún más, hasta el punto del enojo, y se puso a dar voces llamándome «pusilánime», «cobardón», «alma de cántaro» y no sé cuántas cosas más; diciéndome que a nada llegaría en el mundo, estándome como quien dice a verlas venir, sin arrojo ni decisión. Y como era hombre furibundo y nada acostumbrado a ser estorbado en sus caprichos, me liquidó la cuenta pendiente y me echó a la calle, manifestando con altanería y regodeo que alguien sin arrestos como yo no era digno de tener un amo tan corajoso como él. Ganas me dieron de replicarle enmendándole, porque más que corajoso era corajudo, es decir, colérico y enojadizo, y mala vida le espera a quien sirve a un hombre así, ya sea en la Vieja España o en la Nueva.

Con este desengaño a cuestas, volví al puesto de Sevilla, a ofrecerme a los sobrecargos y a los corredores para las cuentas, las listas y las relaciones, que era lo que mejor sabía hacer.

Y he aquí que el administrador de don Manuel de Paredes andaba dando vueltas por los mentideros en busca de algún contable ocioso e ingenuo que estuviera dispuesto a ser esclavo en su arruinada correduría.

5. La casa

Como ya dijera más atrás, el negocio de don Manuel de Paredes y Mexía estaba en el barrio de la Carretería, antes de la calle del Pescado, en la planta baja del caserón donde tenía su vivienda. El edificio era señorial, tanto por fuera como por dentro. La primera vez que lo vi me pareció un verdadero palacio. ¿Cómo iba a suponer que allí moraba gente arruinada? La fachada era espléndida, con ventanales a la calle y un gran balcón en el centro, sobre la puerta principal. Al entrar estaba la casapuerta, amplia y fresca, a la que se abría la oficina de la correduría a mano izquierda y al frente el primer patio. A la derecha un portón daba a las bodegas y a las caballerizas, que a su vez se comunicaban con las cocinas y con los corrales de la parte trasera. En el patio había rosales, un cidro, naranjos, limoneros y multitud de macetas; y de un extremo partía la ancha escalera para el piso superior. Toda la distribución de la casa giraba en torno a aquel patio grande y cuadrado, abierto a los cielos. En la segunda planta estaban los aposentos y un salón alargado donde don Manuel y doña Matilda hacían la vida, pendientes siempre del balcón cerrado con celosías que permitía ver una plazuela con su mercado y una iglesia pequeña. Abajo, dando directamente a la calle, había un comedor y dos habitaciones pequeñas, una era la del administrador y la otra la ocupé yo. Los criados vivían en el entresuelo, sobre la bodega y las cocinas, en unos aposentos minúsculos y calurosos.

6. Doña Matilda

Hasta el último rincón de la casa de don Manuel de Paredes estaba impregnado por el aroma dulzón, penetrante, del perfume de lilas que usaba su esposa, doña Matilda. Era esta una mujerona de gran estatura, cuerpo abultado y ojos negros chisposos, que empezaba ya a ser madura, aun conservando su abundante cabello y la energía propia de una joven. El busto grueso por encima del talle y la anchura de sus caderas le proporcionaban un aspecto voluminoso que acompañaba su presencia impetuosa y el poderío de sus ademanes. No obstante, era bondadosa y podía ser delicada, cuando su ánimo no pasaba del entusiasmo al mal humor. Es de comprender que una mujer así, a pesar de ser veinte años más joven que su marido, llevara la voz cantante en todos los asuntos de aquella casa; y esa voz era potente y omnipresente hasta el punto de penetrar hasta el último rincón, lo mismo que el perfume de lilas.

Doña Matilda estaba permanentemente en movimiento, metiéndose en todo; lo cual no quería decir que hiciese algún tipo de labor o trabajo propio de una dama de su categoría, como coser, bordar o hacer encajes; tampoco se ocupaba de las plantas. Le encantaba, eso sí, ir a los mercados y organizar las despensas y las cocinas; aunque, dada la ruina imperante, poco podía entretenerse en tales menesteres. También debo decir que tocaba admirablemente la guitarra y que, acompañándose con ella, cantaba coplas maravillosas. Para su asistencia personal la mujer de don Manuel de Paredes contaba con dos esclavas mulatas, Petrina y Jacoba, mujeres también maduras, aunque todavía vigorosas, que servían en la casa desde antiguo, desde los tiempos en que vivía la anciana madre de don Manuel. Pero doña Matilda lo supervisaba todo y no consentía que se tomasen decisiones a sus espaldas, pues tenía el convencimiento de que era absolutamente indispensable.

Antes de la ruina hubo más criados: muleros, un cochero, mozas para ir a por agua, cocineras, pajes... Don Raimundo me dijo una vez que llegó a haber hasta cincuenta personas viviendo en la casa. Ahora él mismo y las esclavas mulatas se encargaban de todo. Las cuadras estaban cerradas y vacías y no había ni una sola bestia en las caballerizas; porque no podían mantenerlas. No obstante, en su empeño de disimular la penuria, el administrador solía decir que no tenían animales porque a don Manuel no le gustaba meter porquería en su casa.

Doña Matilda no había dado a luz ningún hijo. Posiblemente, en el caso de haberlos tenido no hubiera sobrevenido la decadencia en aquella familia. La sangre renovada y el deseo de luchar de los jóvenes es la única salvación de los viejos linajes, ya se sabe. Pero parece ser que Dios había resuelto que se extinguiese el de los Paredes y Mexía.

Con todo, vivía además en la casa una muchacha singular que, siendo criada, pudiera decirse que en cierto modo hacía las veces de hija: Fernanda. Un poco más adelante me referiré a ella, pues toda su persona es merecedora de una mención aparte.

7. Un amo triste y distraído

Seguramente don Manuel de Paredes y Mexía fue en su juventud un hombre intrépido, emprendedor, que alcanzó fortuna en los Tercios, viajando por el mundo y haciendo buenos negocios a cuenta de tratar con la flota de Indias. Pero todo eso fue tiempo atrás. Cuando yo entré a su servicio, era un anciano melancólico y ausente que vivía despreocupado de los asuntos y ajeno de lo que se pergeñaba en la correduría que llevaba su nombre. Todo estaba en manos de su administrador y sometido a la permanente supervisión de doña Matilda. Podía decirse pues que mi nuevo amo allí no pinchaba ni cortaba, aunque se sintiera visiblemente apenado por la miseria que se cernía sobre su casa y de la cual se consideraba el único responsable.

Ya referí cómo don Raimundo se empeñaba en convencerme de que había entrado al servicio de un amo honesto y bueno, por más que ahora se viera caído en desgracia. Solía insistir machaconamente relatando que don Manuel de Paredes y Mexía era de linaje de cristianos viejos y hombre de inmejorable fama, a quien Dios no había ahorrado trabajos ni sacrificios a lo largo de su vida; que fue en su juventud un militar de arrestos, que supo cumplir fielmente en el Tercio de Armas de la isla de la Palma a las órdenes del maestre de campo general y gobernador don Ventura de Salazar y Frías; que combatió valientemente defendiendo Santa Cruz de Tenerife de los ataques del pérfido pirata Robert Blake, y que luego, siempre de manera sacrificada, estuvo en el tercio que formó el rey para Extremadura, con el que luchó en el penoso sitio de Évora y en la feroz batalla de Estremoz, siguiendo esta vez a don Cristóbal de Salazar y Frías, hijo del antedicho maestre de campo y sucesor suyo. Estos ilustres benefactores le proporcionaron a don Manuel una mocedad aventurera, primero en las Islas Canarias, y después una madurez regalada en Sevilla, merced a algunas prebendas que le permitieron concertar beneficiosos negocios durante años. Pero últimamente la cosa cambió de manera inesperada. Los asuntos de las flotas de Indias pasaron a Cádiz, y el puerto de Sevilla se quedó —como suele decirse— a dos velas. Cuando la contratación, las corredurías y el almacenaje se fueron yendo poco a poco para asentarse en el nuevo emporio, un aire de soledad y decadencia empezó a ceñirse sobre la otrora esplendorosa Sevilla; el mismo aire que colmó de abatimiento la casa de don Manuel de Paredes, donde se fueron agotando sucesivamente las transacciones, las visitas, los ahorros y las esperanzas. Sería por entonces cuando dejaron de pagarse los sueldos de la gente que estaba a su servicio, y se despidieron, al ver que no cobraban, los mozos de cuadra, el cochero, los pajes, el administrador... El amo se abandonó a su vejez y a la melancolía, y don Raimundo empezó a hacerse cargo de todo.

El administrador fue quien me empleó a mí. Él ajustó el salario, que bien sabía que no se podía pagar, y trató de disimular la ruina, haciéndome ver que don Manuel era un hombre muy ocupado, que andaba enfrascado en sus tratos y que por eso iba poco a la correduría.

La primera vez que vi al viejo llevaba yo más de un mes a su servicio. Aunque la impresión que me causó fue la de un señor de respeto, su presencia me dejó un estado de ánimo raro. Don Manuel de Paredes era un anciano grande que debió de ser fornido en su juventud; llevaba una larga y pesada pelliza negra que acentuaba la curvatura de su espalda; el pelo blanco y lacio le brotaba bajo el sombrero. No obstante su edad, tenía atusado el bigote y recortadas las cejas. Su atuendo ajustado a la cintura, la manera de llevar la espada ropera y el aliño de su indumentaria bajo la pelliza delataban un alma presumida. Pero nada arrogante había en su cara triste y su expresión pensativa, con ese aire de resignación que suelen tener los rostros de las personas mayores y piadosas.

Entró en la correduría y me miró con frialdad. Don Raimundo no estaba, así que no me quedó más remedio que presentarme yo.

—Soy el nuevo administrador —le dije, inclinándome respetuosamente—. Servidor de vuestra merced.

Me miró con frialdad y respondió con un hilo de voz:

—Demasiado joven. ¿Cuántos años tienes?

—Veinticinco.

—Eso, demasiado joven.

Dicho esto, se dirigió a su despacho sin quitarse el pellizón, deslizando los pies por el suelo. Se desabrochó el cinturón y lo colgó con la espada en una percha. Dejó la puerta abierta y vi que se sentaba en el sillón, delante del escritorio. Yo me quedé mirándole a la espalda, el cabello lacio le caía sobre la chepa. Cuando al fin se quitó el sombrero, apareció una calva grande; solo le brotaba el pelo en la nuca y las sienes. Cogió la pluma y estuvo como meditando, protegiéndose los ojos con la mano, como si le molestara la luz y deseara pensar a oscuras; pero no escribió nada durante el largo rato que permaneció sentado. Carraspeaba de vez en cuando y todo él rezumaba aflicción y pesadumbre.

Esa misma mañana terminé de persuadirme de que allí no había negocio ni posibilidad alguna de cobrar un salario digno. Y más tarde, cuando el amo se fue y regresó don Raimundo, es cuando me puse a porfiar con él y a echarle en cara que me hubiera empleado a sabiendas de ello.

Después de discutir con el administrador, recogí mis cosas y me dirigí hacia la puerta para irme cuanto antes, muy enojado al ver que ni siquiera me pagarían las cuatro semanas que había estado ordenando papeles, copiando inservibles inventarios y haciendo relaciones de deudas. Pero, una vez en el patio, me salió al paso repentinamente doña Matilda y se me plantó delante, puesta en jarras, esbozando una sonrisa extraña. Y pensé que, como nada de lo que sucedía en la casa se escapaba a su control, seguramente había bajado de sus aposentos en cuanto oyó mis voces airadas y venía con ánimo de intervenir en el altercado.

Me detuve y me quedé mirándola, dándome cuenta de que, para poder seguir mi camino, tendría que rodearla. Ella entones me dijo con tranquilidad:

—Yo le pagaré a vuestra merced todo lo que se le debe.

Sorprendido por aquella inesperada intervención del ama, permanecí en silencio, como pasmado. Y ella, dulcificando todavía más la sonrisa, añadió maternalmente:

—Es de comprender ese enojo tuyo, muchacho. Deberíamos haberte explicado todo con franqueza. Pero debes saber que nadie aquí ha tratado de aprovecharse de ti.

Don Raimundo, que había salido en pos de mí, dijo a mi espalda:

—Señora, he querido darle explicaciones pero...

—Bien, bien —le interrumpió ella—. Dejémoslo estar. Él quiere marcharse y no se le puede obligar a quedarse.

—Señora —dije, disimulando lo mejor que podía mi arrebato de ira y mi desconcierto—, llevo en esta casa más de un mes haciendo todo lo que se me ha mandado. Se me ajustó en cien reales la semana; se me deben pues cuatro sueldos.

—Muy bien —contestó ella—. Yo me haré cargo de esa deuda. Acompáñame al piso de arriba y te pagaré hasta el último real.

Dicho esto, se dirigió hacia la escalera, se recogió convenientemente las faldas y empezó a subir los peldaños. Muy extrañado, miré al administrador y él me dirigió un expresivo gesto que interpreté como que debía hacer lo que había propuesto el ama. Así que, con la esperanza de cobrar, me fui tras ella.

El lugar donde al parecer iba a ser el pago era la sala del primer piso, aquella que tenía el principal balcón con vistas a la plazuela, al mercado y a la iglesia. El suelo estaba cubierto por una alfombra de colores, y junto a las paredes se hallaban los divanes con cojines y almohadones. Era una estancia alegre y confortable. Del techo colgaba un gran farol con cristales de colores, bajo el cual un brasero dorado, con sus ascuas recubiertas de ceniza, distribuía su agradable calor desde el centro. A la derecha, sobre una preciosa mesita labrada, se veía una bandeja de plata, con una frasca llena de vino clarete y varias copas de vidrio fino.

Pero enseguida mi vista se fue directamente hacia el fondo de la sala, donde, sentada en una silla junto a la ventana, se hallaba Fernanda. Como no esperaba encontrarla allí, su presencia disipó mi mal humor, y tal vez me predispuso con mayor benevolencia a escuchar todo lo que doña Matilda tenía que decirme.

8. FERNANDA

Recuerdo haber visto a Fernanda por primera vez en la armonía del patio, dentro de un fortuito retazo de sol, tal vez al cumplirse el tercer día de mi llegada al viejo caserón sevillano. Estaba ella embelesada, regando las macetas de espaldas a mí, con el cuerpo erguido. De repente se volvió y sus ojos pálidos se me quedaron mirando cenicientos, heridos por el sol que envolvía su pelo y lo hacía desvanecerse en finísimos y resplandecientes mechones rubios como la misma luz. Recuerdo muy bien sus manos, manos pálidas, alargadas y con venillas azules, que sujetaban la regadera flojamente, mientras el agua se derramaba sobre el suelo y corría por las losas de mármol antiguo. Aquel día feliz, en que inesperadamente la encontré allí, algo nebuloso revoloteó dentro de mí y me quedé como pasmado, mirándola únicamente, sin poder decir o hacer nada, sino solo estar presintiendo desde ese primer instante que me iba a enamorar.

Ella sonrió con una sonrisa leve y dijo:

—¿Qué mira vuestra merced? ¿No ha visto nunca regar macetas?

Me azoré. No esperaba que me hablara y mucho menos que me lanzara una pregunta. Creo que sonreí tontamente, mientras seguía mirando embobado su bonito cuello, la barbilla redonda, la boca pequeña, la armonía de sus rasgos y aquellos ojos tan claros, transparentes casi, que tenía frente a mí a cuatro pasos, interpelantes, esperando una respuesta.

Entonces, desde un rincón del patio, uno de los muchos pájaros que tenía doña Matilda en jaulas colgadas en las paredes lanzó un trino estridente, largo, ensordecedor, que yo aproveché para mirar en la dirección de donde venía y, de esta manera, librarme del hechizo que me producía tanta hermosura.

—Es un canario —explicó ella—. A esos pájaros los llaman así porque se crían en las islas. Don Manuel de Paredes los trajo de allá hace años. El canto es muy bonito, ¿verdad?

Asentí con un movimiento de cabeza, mientras trataba de disimular mi embelesamiento enmascarándolo en la observación de aquel pájaro amarillo, que hinchaba su plumón al lanzar su gorjeo chillón, sus repetidos trinos y sus silbidos.

—Sí, muy bonito —balbucí.

Me volví hacia ella y nuevamente caí preso de su precioso semblante, pero esta vez, al ver que el agua seguía derramándosele a los pies, le dije:

—Se te vacía la regadera...

—¡Uy! —contestó—. ¡Qué tonta!

Soltó la regadera a un lado y cogió un paño para fregar el suelo. Cuando la vi arrodillándose, me doblé yo también y me puse a recoger el agua con ella, sujetando la bayeta por el extremo, torpemente, de manera que hubo un forcejeo tonto. Ella me miró y se echó a reír, mientras decía:

—Deje vuestra merced, que esto es cosa de mujeres.

—No, si no me importa —contesté—. Estoy acostumbrado a hacer de todo.

—¡Deje de una vez! ¿No se da cuenta vuaced que está entorpeciendo?

Me estremecí como en un escalofrío y me aparté, quedándome de rodillas frente a ella. La veía mover las manos blancas con garbo, haciendo que se deslizara el paño, el cual retorcía luego con destreza y escurría el agua en el sumidero. Hasta que se detuvo repentinamente, me miró muy seria y me ordenó:

—Ande, vaya vuaced a sus cosas, que no me gusta ser observada cuando trabajo.

Obediente, sumiso, me retiré atravesando el patio embrumado por la luz del sol que se filtraba atravesando los limoneros, pero todavía hube de volverme una vez más, para ver su espalda delicada, la nuca, la seda de la blusa, las formas redondeadas bajo la falda... Y desde aquel día me aficioné a observarla a hurtadillas, a espiar sus manejos, el encanto de su pausado caminar, y a sentirme arrobado cuando hablaba en alguna parte de la casa, o cantaba, pues su voz era para mí el más delicado de los sonidos que pudieran oírse en este mundo.

9. DE LA MANERA EN QUE ME DEJÉ CONVENCER

Poco ducho estaba yo en el trato con mujeres y mucho menos con damas. Es de comprender pues que, cuando doña Matilda me subió a los aposentos de la primera planta, me sintiera un poco confuso y a la vez desarmado en mis decisiones. Así ocurrió. El salón era cálido, hospitalario, y la luz que entraba por la celosía del balcón principal matizaba dulcemente la alfombra del centro, los muebles antiguos, la tapicería de los divanes y, sobre todo, la delicada figura de Fernanda. Tal era la impresión que me causaba aquella preciosa estancia, que me quedé como atolondrado en la puerta. Entonces la señora se acercó a mí afectuosa, me tomó de la mano y me condujo al interior, diciéndome con cariño:

—Vamos, muchacho, pasa y siéntate. ¿O acaso tienes prisa? Si nos vas a dejar hoy mismo, ¿qué mejor cosa tendrás que hacer por ahí a esta hora del día que darnos un poco de compañía?

Dicho esto, se dirigió a Fernanda y le dijo:

—Fíjate qué lástima, Nanda, Cayetano se despide.

¡Qué bien sonó a mis oídos ese nombre «Nanda»! Para todos en la casa aquella guapa y encantadora joven era Fernanda; cuando resultaba que, en la intimidad del salón de arriba, entre jarrones con rosas y el perfume de lilas del ama, envuelta en la maravillosa luz de celosía, era llamada cariñosamente así: «Nanda.»

Ella hizo una mueca de disgusto, vino hacia mí y, mirándome directamente a los ojos, me preguntó:

—¿Es cierto eso? ¿Se marcha vuaced de esta casa? ¿Por qué? Apenas lleváis aquí un mes...

Otra vez preguntas. Ya de por sí me azoraba bastante la proximidad de la joven y, encima, me veía obligado a vencer mi timidez y contestar.

—No se me puede pagar el salario acordado —respondí con un hilo de voz, bajando avergonzado la cabeza.

—Vaya —dijo solamente ella.

Entonces doña Matilda avanzó impetuosa hasta la mesa donde estaba la botella y propuso:

—Tomemos un vinito. No hay que ponerse tristes.

Llenó los vasos y los repartió. Bebimos los tres, mirándonos de soslayo, y luego permanecimos en silencio, mientras esas palabras revoloteaban en el aire: «No hay que ponerse tristes.»

Un momento después, el ama se echó a un lado y, extendiendo la mano gordezuela hacia la botella, la cogió para rellenar los vasos de nuevo mientras decía:

—Vamos, apurad, que la segunda copa es la buena.

En efecto, al entrar el siguiente vino en mi estómago, aparecieron los signos del olvido y la alegría. Qué extraño me resultó verme allí, tan de repente, a dos pasos de Fernanda, en el prohibido salón de la primera planta. Parecía obrarse una suerte de prodigio que me hubiera transportado al lugar de mis fantasías.

—Y ahora sentémonos para hablar tranquilamente —propuso el ama.

Nos acercamos hasta los divanes con los vasos en la mano, tomamos asiento y prosiguió el encantamiento. Fernanda puso en mí sus ojos transparentes y dijo con sinceridad:

—Nadie en esta casa cobra salario alguno...

Un hondo suspiro salió del pecho grande de doña Matilda, que luego añadió con resignación:

—La vida se ha puesto muy difícil... Ya no es como

antes. Solo hay que asomarse al balcón para ver el mercado de la plaza. Antes ahí había de todo: plata fina, seda, marromaque, nácar, azabache... ¡Y hasta perlas! ¿Qué hay ahora? Cuatro baratijas... ¡Si es que no hay dinero...! ¿Quién puede pagar un salario?

Como me veía obligado a decir algo, reuní mis tumultuosas fuerzas y contesté:

—Ya lo sé. Pero yo soy joven y necesito tener algo propio en esta vida.

—Naturalmente —dijo el ama sin abandonar el aire maternal que había adoptado desde el principio—. Todo el mundo quisiera tener su casa, su mujer y sus hijos... ¡Naturalmente!

«Casa», «mujer», «hijos»; eran palabras que sonaban allí extrañas y que me provocaban cierta desazón. Me ruboricé y asentí, disimulando mi azoramiento:

—Naturalmente, señora.

Ella entonces alzó la cabeza como mirando al cielo y añadió suspirando:

—¡Ay, Señor bendito, qué vida esta! Se han puesto las cosas de tal manera que habremos de irnos acostumbrando a pasar calamidades y necesidad. Sevilla ya no es lo que era. Ya ves, con lo que hubo en esta casa y ahora nos vemos así, sin criados ni personal que nos asista cuando nos vamos haciendo mayores...

—¡No diga eso vuestra merced, señora! —se apresuró a consolarla Fernanda, poniéndole suavemente la mano en el hombro—. ¡Que yo no la dejaré!

Doña Matilda la miró con ternura y agradecimiento y luego se tapó el rostro con las manos, sollozando.

Me dio lástima. Me sentía culpable, aun sin serlo, de aquella situación. Apuré el vino con nerviosismo y, a pesar de que me apetecía seguir allí, dije:

—En fin, debo irme.

Doña Matilde entonces alargó la mano y me agarró el antebrazo, apretándomelo, a la vez que decía con voz temblorosa:

—Espera un momento, Cayetano, muchacho... Aún no hemos hablado...

Sentía aquella mano que se aferraba a mí como la de un náufrago a su tabla de salvación. Me dio más lástima y pregunté:

—¿Qué quiere vuestra merced de mí?

—Que no nos dejes —respondió suplicante, entre sollozos—. Porque te necesitamos en esta casa.

—¿Para qué? —repliqué confundido—. No hay trabajo para un contable en la arruinada correduría.

—No lo hay, pero lo habrá pronto —contestó el ama, con la respiración agitada, aunque con gran resolución—. ¡Por eso te necesitamos! Si no fuera como te digo, no te habríamos ajustado en cien reales. Aquí va a hacer falta una persona que sepa manejarse; una persona joven que tenga fuerzas para acometer un gran negocio, una empresa que nos proporcionará un buen beneficio. ¡Por eso te ajustamos en cien reales!

Miré a Fernanda, completamente desconcertado, y ella, resplandeciente de entusiasmo y sinceridad, exclamó:

—¡Dice la verdad! ¡Créala vuaced, por Dios!

Reflexioné un poco. Nada tenía que perder escuchándola y, además, era un ruego de Fernanda. ¡Qué magia no tendrá el enamoramiento!

Doña Matilda empezó diciendo:

—Aquí no todo está perdido. Esta casa, con lo que hay en ella, mis esclavas, mis muebles, mis alhajas... ¡todo! Esta casa vale más de quinientos mil maravedíes... ¡Esto es un verdadero palacio!

—Lo creo, señora —le dije—. Pero bien sabe vuestra merced que hoy no se vende nada en Sevilla...

Ella se enjugó los ojos, me miró muy fijamente y contestó con aplomo:

—Pues esta casa está vendida. Un holandés la compró y pagó los quinientos mil maravedíes en oro...

—¡Qué buen negocio! —exclamé incrédulo—. ¿Y dónde está todo ese dinero?

—Eso es precisamente lo que quería explicarte, muchacho. Y déjame que te llame así, muchacho, porque yo podría ser tu madre... —contestó ella con la mirada brillante, tiernamente.

Después de decir aquello, se quedó observando la reacción que producían en mí sus palabras. Yo sonreí de manera halagüeña y, tras meditar un momento sobre lo que acababa de revelarme, dije circunspecto:

—Habría que administrar convenientemente todo ese dinero...

—He ahí la cuestión —afirmó el ama—. Y nuestro administrador no está ya para esos trotes.

—¿Dónde está el dinero? —volví a preguntar, con preocupación.

Ella respondió con calma:

—No es un pago en metálico, sino en mercaderías de la mejor calidad. El holandés nos entregará paños finos, herramientas, mantas y otras manufacturas que serán embarcadas en Cádiz para las Indias cuando salga la flota en su próximo viaje. He ahí el negocio: todo eso será vendido en Portobelo y en El Callao y después se cargará el navío con plata y otras cosas valiosas de allá que pueden obtener aquí muy buenas ganancias.

—Comprendo —dije—. La casa no ha sido vendida, sino hipotecada.

—Eso es —asintió—. Si todo sale como esperamos, y no tiene por qué salir de otra manera, conservaremos la casa con todo lo que en ella hay y tendremos una nueva oportunidad para empezar de nuevo, aunque esta vez en Cádiz, donde están ya todos los negocios. Pero para esos menesteres mi esposo es ya un hombre demasiado anciano y nuestro administrador está asimismo viejo y medio ciego. Necesitamos una persona joven, una persona como tú... Sabemos que te criaste entre gente honrada y que te educaron los frailes; nos fiamos de ti, muchacho. Esta puede ser tu oportunidad de la misma manera que es la nuestra... Porque estoy segura de que serás un buen contable. ¿Y quién sabe si tu futuro está en esta casa, entre nosotros?

No me resistí porque, en primer lugar, el plan sonaba como música celestial para alguien como yo que carecía de todo y, en segundo lugar, porque me pareció que era la propia Fernanda quien me pedía que me quedara, con aquellos preciosos ojos de brillo cándido, y yo solo esperaba a que llegase el momento en que también pudiera dirigirme a ella llamándola «Nanda».

10. Una Cuaresma impaciente

De manera que, ganado por las súplicas de doña Matilda y por la hermosura de Fernanda, resolví quedarme en la casa de don Manuel de Paredes, aunque más resignado que movido a razones. Y ahora que, pasados los años, echo la vista atrás, he de reconocer que aprendí más en los dos meses que siguieron a mi asentimiento que en toda mi vida.

Transcurrió lo que quedaba del invierno en una espera anhelosa. Aparentemente todo seguía igual en el viejo caserón; repitiéndose idéntica rutina que el mes anterior. Se madrugaba diariamente; demasiado para lo poco que había que hacer. Con la primera luz del día, después de un desayuno fugaz, don Raimundo y yo íbamos puntualmente a la oficina de la correduría y nos sentábamos cada uno en su escritorio dispuestos a perder el tiempo. Esas horas eran las peores de la jornada. Taciturnos ambos, en silencio, revisando ajados papeles, apenas hablábamos. Nada se comentaba de los dichosos quinientos mil maravedíes del empeño, ni del holandés, ni de la flota, ni de las mercancías... Pero yo intuía que, seguramente, dentro de la cabeza pequeña y redonda del administrador aleteaban las cifras al mismo tiempo que las esperanzas de salir de toda aquella miseria. Sin embargo, no me atrevía a preguntarle por el asunto y ni siquiera se me ocurrió decirle que yo estaba en ello, porque la señora me había revelado los pormenores del negocio. Era de suponer que él lo supiera. Bastaba pues con esperar y aguantar la incertidumbre.

Cuando cada día a media mañana entraba el amo en su despacho, nada de particular sucedía. El administrador se encerraba con él durante un largo rato y yo imaginaba que trataban acerca de aquello que tan preocupados nos tenía a todos en la casa. Sin poder resistirme al impulso de la curiosidad, pegaba la oreja a la puerta con el deseo de enterarme de algo; pero la espesura de la madera solo dejaba pasar el rumor vago de palabras incomprensibles, por más que las voces se alzaban de vez en cuando, como discutiendo, haciendo que se encendieran todavía más mis ilusiones o, por el contrario, mis temores, al parecerme que no iban bien las cosas.

La primavera despunta pronto en Sevilla y es como una

suerte de milagro que, de la noche a la mañana, hace olvidar los fríos penumbrosos ante la excelencia de los nuevos brotes en las arboledas y el repentino encanto de una luz diferente, deslumbrante a medio día. Con la llegada de la Cuaresma todo cambia: las gentes abandonan su letargo silente, se sacuden la modorra del invierno y salen de las casas para entregarse apasionadamente a los menesteres de la religión. Porque, si bien es cierto que el Creador está en todas partes y debe ocupar todas las horas de los hombres, pareciera que durante ese tiempo se echara particularmente a las calles y a las plazas, a los talleres, a los mercados, a las tascas e incluso a las alcobas de los palacios. Toda Sevilla se hace Cuaresma y nadie puede escapar del fervor de los cuarenta días que convierten la ciudad entera en un altar. Porque no hay rincón donde no ardan velas, ni resquicio donde no alcance el humo del incienso, la melodía de los órganos, el rumor de las plegarias y el encendido amonestar de los sermones. Así las cosas, todo permanece como detenido, respirando únicamente actos y pensamientos piadosos. Prohibido el juego en las tabernas, las francachelas y los malos ejemplos, entretiénese la gente yendo de iglesia en iglesia y de convento en convento, entregándose a la escucha de la oratoria sagrada, a las penitencias, a poner las rodillas en el duro suelo y a socorrer a los menesterosos.

También dentro de la casa doña Matilda colocó altares, como era su costumbre. Pero, como no disponía de autorización para tener oratorio, se conformaba con descubrir un bonito retablo que estaba en un lado del patio, bajo la galería, y que ordinariamente permanecía cerrado con unas puertas de madera fina. Un Cristo de marfil ocupaba el centro, flanqueado por sendas imágenes de San Francisco y santa Catalina. Delante se ponían macetas y un lampadario que permanecía con sus llamas iluminándolo día y noche.

Y como en tiempo de apuros y vigilias se disimula mejor la escasez, las consabidas sardinas fritas o secas parecieron más ser devoción que pura necesidad, pues, con algunas habas, puré de castañas y berzas por la noche, poco más se comía ya en aquella casa.

LIBRO II

LIBRO II

De cómo se hundió el navío en que navegaban todas nuestras esperanzas

1. En familia

Antes de proseguir con mi relato, considero justo reconocer que mi vida cambió mucho a partir del día en que doña Matilda tuvo a bien subirme a los aposentos del piso alto, y allí, en presencia de Fernanda, tratarme con familiaridad y dulzura, no como a un simple asalariado, sino como a alguien, como suele decirse, de la casa. Sería por lo acogedor del salón, por el vino y, sobre todo, por la mirada encantadora de Fernanda, que algo sucedió dentro de mí, algo extraño, diferente, novedoso... Sería porque nadie antes me había tratado así por lo que me vi súbitamente rendido, obligado, y me olvidé desde ese momento de los cien reales y de mi determinación de no trabajar a cuenta ni fiado. En fin, que hasta desdeñé los consejos de mi buen padre y me abandoné resignado a la suerte de ser esclavo.

Bien es cierto que en aquella casa, como he referido, se comía poco y mal, pero la calidad y la abundancia de los alimentos dejaron de importarme lo más mínimo cuando pasé repentinamente a gozar del privilegio de sentarme en cada desayuno, cada almuerzo y cada cena en la propia mesa de los amos. Hasta entonces había comido siempre en la cocina, con las esclavas mulatas. Pero el día después de manifestar mi decisión de seguir prestando mis servicios se presentó en la oficina doña Matilda a la hora del almuerzo y me dijo cariñosamente:

—Hoy te sentarás con nosotros a la mesa, Tano. Es lo menos que podemos hacer, viendo tu buena disposición. Si bien no se te puede pagar el sueldo que te mereces, es de justicia tratarte con miramientos. Así que, ¡vamos al comedor!

Asombrado por la inesperada invitación, asentí con una sonrisa y una agradecida inclinación de cabeza. Y pasamos al aposento donde almorzaban, que estaba en la planta baja, dando directamente al patio; un espacio fresco, azulejado hasta la mitad de la pared, con el techo muy alto, del cual colgaba una lámpara con brazo de madera tallada. Al fondo, una alacena con puertas cubiertas con visillos dejaba ver al trasluz la antigua vajilla y las copas de vidrio verdoso. Colgados en las paredes había platos con bonitas ilustraciones y un gran cuadro de frutas, verduras y piezas de caza maravillosamente pintadas. Nunca antes en mi vida había comido en un sitio así, tan agradable, ni siquiera cuando servía al sargento mayor don Pedro de Castro. La mesa estaba ya dispuesta, con su mantel blanco, pero todavía no había nadie en la estancia cuando entramos doña Matilda y yo. Ella me dijo:

—Anda, siéntate.

Me senté, pero al momento hube de levantarme otra vez, cuando entró don Manuel, seguido por el administrador y Fernanda. Cada uno ocupó su sitio: el amo en la cabecera, frente al ama; don Raimundo a mi derecha y Fernanda en el lado opuesto.

Ya no cabía ninguna duda: en mí se había operado un cambio, me había vuelto distinto. Ya no me importaba nada el sueldo que se me debía, ni el porvenir, ni la natural obligación de cualquier hombre de procurarse el sustento. Fantasioso como soy, me sumergí en los recuerdos a modo de prueba, pero al punto regresé al presente horrorizado, como si hubiera echado un vistazo a un espacio oscuro y triste. Incluso la alegre vida del tiempo que estuve acompañando al sargento mayor me pareció ajena y estúpida. Allí, en el comedor íntimo de los amos, me sentí súbitamente a gusto, como transportado a una realidad que, aun siendo completamente nueva para mí, en el fondo era querida y aceptada en plenitud. Y aquella sensación tan reconfortante se acentuó cuando doña Matilda me miró con ternura y me preguntó:

—¿No estamos mejor así, en familia?

Creo que me ruboricé, algo desconcertado, pero al momento hice muy mías esas palabras: «en familia». Bien es verdad que al decir «familia» todos pensamos en abuelos, padres, hermanos; en todo aquello que en mi vida había sido tan breve, tan fugaz; y que los que estábamos sentados a la mesa del comedor de don Manuel —salvando el matrimonio presente de los amos— en poco nos parecíamos a eso. Pero yo estaba quizá tan deseoso de cariño... ¿En qué me había convertido? En una suerte de mendigo que suspiraba tan solo por unas migajas de afecto y, encima de sentirme acogido y considerado, para colmo de mi dicha, allí, frente a mí, estaba toda la deleitable e inalcanzable hermosura de Fernanda.

Las mulatas sirvieron el plato único del almuerzo: nabos guisados con algo de bacalao, muy poco, apenas unos pellejos y unas espinas desnudadas del pescado; y de postre un poco de compota de cidra sobre una rebanada de pan. Por la consabida escasez o porque era Cuaresma, no se sirvió vino. Pero el ama escanciaba el agua en las copas pulcras como si fuera puro néctar.

Nunca se hacía referencia a la penuria que se cernía sobre la vida de todos en aquella casa, por omnipresente que fuera. En cambio, doña Matilda convertía aquellas frugales colaciones en verdaderas fiestas. No paraba de hablar e incluso proponía brindis, aunque fuera con agua.

—Para la Pascua encargaremos un cabrito y un par de gallos gordos, vino de Jerez y mantecados —aseguró como si tal cosa—. ¡Lo pasaremos de maravilla!

Y a mí me parecía ya estar hincando los dientes en la carne tierna y saboreando los guisos y el delicioso caldo.

El administrador, por su parte, se entregaba a aquel juego de ilusiones y añadió con naturalidad:

—Si le parece bien a vuestra merced, doña Matilda, mañana mismo me pasaré por el mercado para hacer los encargos; no sea que luego se acabe todo, como ha sucedido algunos años el lunes de Pascua.

—Me parece muy bien. Será mejor estar prevenidos, aunque falta todavía más de mes y medio.

Don Manuel, enjuto y pálido, con la servilleta colocada sobre el pecho, comía con avidez, al tiempo que arqueaba las cejas y miraba con aire culpable, como hacen los chiquillos, tan pronto a su esposa como a don Raimundo. Daba la impresión de que se habría echado a llorar si no fuera porque podía degustar con placer la dulzura de la jalea de cidra y así mitigar su hambre y su permanente tristeza.

Cuando se acabó lo poco que había para comer, todos nos quedamos en silencio, como esperando algo más. Entonces doña Matilda soltó una espontánea carcajada y luego, con socarronería, dijo:

—¡Mira que se hace larga la Cuaresma! Pero ya vendrá la Pascua, ya vendrá...

Concluido el almuerzo salimos al patio y fuimos hasta el retablo para dar gracias al Cristo, como era costumbre. Entonces aproveché para mirar detenidamente y de soslayo a Fernanda, sirviéndome de mi posición a un lado, a las espaldas de los demás. Nos arrodillamos. El olor penetrante del azahar y la cera acentuaba el brío de mis emociones; y arrobado, como si volara, me encontré de repente enteramente feliz por participar junto a ella de los pequeños asuntillos de la casa, y por poder contemplarla tan cerca. Fui subiendo la vista desde la cintura hasta la delgada clavícula y me complací al ver la nuca bajo el arco de la coleta rubia, y más aún al detenerme en el perfil chato, suave, y en los ojos tan claros. Luego me fijé en los labios, entreabiertos al musitar las oraciones, dejando ver los dientecillos blancos.

Un gato se acercó en ese preciso momento y empezó a restregarse por su pierna. Ella dio un respingo y se volvió hacia mí. Se me quedó mirando extrañamente y me dio un vuelco el corazón, al suponer que había pensado que era yo quien la tocaba. Alcé entonces las manos y las junté piadosamente, orantes. Ella vio el gato y se echó a reír. Luego sus ojos me buscaron de nuevo y me concedieron una mirada larga y comprensiva, que interpreté como una disculpa por haber sido malpensada.

Algo definitivamente cambió aquel día, como ya dije. A partir de entonces me vi atascado en imaginaciones fantásticas, deseos extremos y alguna ansiedad agobiante; todo eso que nace del amor, al ritmo de una poderosa felicidad, y a la vez de una atronadora confusión.

2. DAMAS FLAGELANTES EN LA OSCURIDAD

Era jueves de Pasión. Lo recuerdo bien porque apenas faltaban unos días para la Semana Santa, y porque en el cielo primaveral ya despuntaba una luna llena poderosa. Después de la cena, cuando los amos se retiraron a sus aposentos, salí al patio mientras las mulatas encendían los faroles suspendidos en el crepúsculo. Me gustaba permanecer allí a esperar la caída de la noche, haciéndome el distraído; pero mi verdadero interés era estar atento al piso de arriba, a la ventana de la habitación donde el traslúcido encaje de un visillo me dejaba ver de vez en cuando los movimientos de Fernanda, aunque fueran solamente sombras. Después, cuando la luz se apagaba, todavía me quedaba el placer de imaginar que ella estaría tal vez pensando en mí antes de dormirse.

Aquella noche, cuando todo se quedó a oscuras excepto la sala de estar de los amos, a intervalos me llegaban retazos quejumbrosos e indistintos de una conversación. La voz de doña Matilda, insistente, machacona, sobresalía muy por encima del murmullo apagado de las pocas frases que mascullaba don Manuel. Y por más que yo aguzaba el oído, no lograba enterarme de nada. Únicamente entendía palabras sueltas: «maravedíes», «galeones», «lonjas», «Indias»... No resultaba demasiado difícil hacerse al menos una idea de lo que estaban hablando, habida cuenta del negocio que estaba en juego. La entrecortada plática prosiguió hasta bien tarde, aunque de manera más taimada. A mí se me caían los párpados y me fui a la cama, porque mis problemas eran más livianos que los de los amos. Así que no tardé en dormirme arropado por mi despreocupación y por el gozo de mis ensoñaciones.

Luego desperté repentinamente en plena oscuridad. Unos ruidos extraños y algo así como unas quejas y unos suspiros llegaban desde alguna parte. Me sobresalté temiendo que alguien se hubiera puesto enfermo o que sucediera algún mal grave. Pero por la ventana no se veía nada y ninguna luz estaba encendida. Así que permanecí acostado muy quieto, tratando de escuchar. Al cabo retornó el ruido, como golpes espaciados, y luego un gemir delicado, de voz de mujeres. Entonces decidí levantarme e ir a ver.

Salí al patio. El resplandor de la luna que penetraba a través de los árboles creaba un mosaico de sombras en el suelo, y junto al retablo titilaban las llamas de las lamparillas.

—¿Hay alguien ahí? —pregunté en un susurro temeroso.

—¡Ay! —respondió alguien suspirante—. ¡Qué susto!

Era la voz inconfundible de doña Matilda, que provenía del rincón donde estaba el retablo.

—¡Señora! ¿Qué os sucede? —exclamé preocupado, yendo hacia allá.

—¡No, no te acerques! —contestó ella—. ¿No ves que estamos haciendo penitencia?

En la penumbra, pude ver al ama y a Fernanda, arrodilladas a los pies del Cristo, con unos flagelos en las manos. Entones comprendí que se estaban disciplinando.

En voz baja, con lacónica impaciencia, doña Matilda me dijo:

—Anda, vuelve a dormir, muchacho, que esto es cosa nuestra. Ya te llegará a ti tu penitencia; que todos en esta casa hemos de poner nuestra parte de sacrificios, a ver si nos echan una mano desde lo alto...

Obedecí sin comprender lo que quería decirme. Y me costó trabajo conciliar otra vez el sueño, porque se golpeaban fuerte, ora la una, ora la otra; y se me hacía que la pobre Fernanda estaba allí obligada, por lo que me daba mucha lástima al oír los zurriagazos y los suspiros.

Al día siguiente por la mañana, lo primero que hice fue aguardar en el patio, para ver si pasaba ella por allí o iba como cada día a esa hora a regar las macetas. Y nada más verla aparecer le espeté:

—¿A quién se le ocurre? ¿Qué pecados puede tener una doncella como vuaced, criatura? Si el ama necesita penitencia, que se avíe sola... ¡Qué locura!

Ella se me quedó mirando y luego replicó con un mohín de enojo:

—Sepa vuestra merced que nadie me obliga a disciplinarme. Lo hago para pedir favores al Cristo. Mucho tenemos que pedir en esta casa y no está de más que el Señor vea que hacemos penitencia. Pues no hay quien no tenga pecados en esta vida...

—No hay por qué enfadarse —le dije con dulzura—. Me preocupaba por vuestra merced... ¿Os duelen los zurriagazos? Sonaban recios...

—Eso es cosa mía —contestó huraña, pasando por delante de mí en dirección a la escalera.

—No quería ofender —dije.

Se volvió y, con un tono que denotaba superioridad, observó:

—También vuaced hará penitencia. ¿No oísteis lo que os dijo anoche el ama?

Ni siquiera intenté responder, porque nuevamente me dio la espalda y subió los peldaños airosa, dejándome con pesadumbre por haber sido inoportuno.

3. ESTACIÓN DE PENITENCIA

Como bien he confesado con la correspondiente vergüenza, por entonces no tenía vida sino para pensar en Fernanda, soñar con ella y seguirla a hurtadillas por los rincones de la casa, con una ansiedad desmedida y un enamoramiento encarnizado. No era dueño de mí mismo y me dejé convencer para continuar en mi empleo sin sueldo ni merced, con el solo sustento de mi persona, que era bien fugaz. Es más: me dejé arrastrar a hacer cosas que quizá no hubiera hecho de no ser por la fuerza de tal pasión. Por verla complacida y ganarme su estima, cualquier cosa hubiera hecho que ella me pidiera; incluso someterme al suplicio y al desuello. Y Fernanda, con la rara mezcla de dulzura y dominio que emanaba de su pecho, me puso en manos del verdugo, que me dio una buena mano de azotes en las espaldas; resultando, para colmo, que ese verdugo fui yo mismo. Sí, me flagelé con determinación; y a la vez con hipocresía, porque, haciendo ver que lo hacía por mortificación y dolor de mis pecados, no era sino por puro amor. Aunque bien es verdad que, ya de por sí, el amor es una dura y dolorosa estación de penitencia.

La cosa sucedió como sigue. El Jueves Santo a mediodía, se presentaron doña Matilda y Fernanda en el patio, vestidas enteramente de negro. Pasamos al comedor como de costumbre, pero se comió de pie, poco y deprisa. Nada se sirvió para postre, sino que, al terminarse la colación, todos salimos de allí en silencio, a sabiendas de que debíamos partir inmediatamente hacia el convento de San Francisco para asistir a los oficios propios del día.

Entonces, cuando me disponía a entrar en mi cuarto

para vestirme adecuadamente, vi de reojo que Fernanda venía detrás llevando algo en las manos. Me volví extrañado y ella, desplegando ante mí una camisa de penitente, me dijo sin previo aviso:

—Ande y póngase esto vuaced.

Estupefacto, me quedé mirándola. Y, poniendo luego mis ojos en la prenda, contesté:

—¿Esto? ¿Para qué?

—¿Para qué va a ser? ¿No ve vuaced que es una saya de penitente? Ande, vístala vuestra merced, que se hace tarde.

No repliqué más, tomé de sus manos aquella camisola de lienzo basto y fui a ponérmela encima de la ropa. Y luego, cuando salí, me encontré en el patio a don Manuel de Paredes y al administrador vestidos de la misma guisa, con sus hábitos de penitentes. Y doña Matilda, al ver que yo llevaba la ropa debajo, me recriminó:

—¡Vaya manera de llevar el sayo! Debajo del anjeo debe ir la piel y nada más. Así que ve a desnudarte y viste la camisa de hermano de sangre como Dios manda.

—¡Hermano...! ¿Hermano de... sangre? —murmuré sin salir de mi estupor.

—¡Naturalmente! —dijo doña Matilda sulfurada—. Hoy es Jueves Santo y todos los hombres de esta casa deben disciplinarse en la procesión de la Vera Cruz. Esa promesa hizo mi señor esposo al Santísimo Cristo hace treinta años, cuando ingresó en la hermandad, comprometiéndose él de por vida y asimismo a todos sus hijos varones. Como Dios no ha estado servido de otorgarnos descendencia, todos los hombres que nos deben obediencia están obligados por el voto. ¿No es así, esposo?

—Así es, esposa —respondió escuetamente el amo.

Enjuto, seco como era, don Manuel de Paredes ofrecía

un aspecto digno de compasión; vestido con la camisa tiesa de paño, larga hasta por debajo de las rodillas, ceñida en la cintura por el basto cordón franciscano; las canillas asomando enteramente desnudas, como palos de cerezo, delgadas y blancas; y asimismo los pies, largos, descalzos sobre el frío suelo. Aunque más pena daba todavía ver a don Raimundo a su lado; ataviado con la misma pobreza su corpezuelo insignificante, que parecía el de un fraile mendicante, sin otro adorno que las lentes en el redondo rostro, pálido y ojeroso.

Pasmado, miraba yo ora al uno ora al otro, haciendo negación en mi fuero interno de humillarme cerrando el trío. Y Fernanda, en vez de apiadarse de mí, se me plantó delante y me apremió:

—Ande, vista el hábito vuaced, que debemos irnos ya.

Lo mandó y yo fui a cumplirlo, como si me sujetara a ella un voto de sumisión perpetua. Volví a mi cuarto, me quité toda la ropa y salí vestido solo con la camisola, bien ceñida a la cintura, con el cíngulo apretado y las piernas sin calzas, al aire desde medio muslo, pues aquella prenda debió de pertenecer a un penitente mucho más menudo que yo. ¡Qué vergüenza! Fernanda me miró y remiró bien de arriba abajo y no pudo reprimir una sonrisita de medio lado en su bonita boca y una chispa de picardía en los ojos.

Camino del convento de San Francisco fuimos delante los tres flagelantes, cubiertos ya los rostros bajo el capirote romo. Nos seguían las enlutadas damas a diez pasos, en completo silencio. Y ya en las proximidades de la capilla, nos unimos a una turba de sayones, negros los de los hermanos de luz y blancos los de los hermanos de sangre. A la sazón, arropados por aquella multitud, todo fue más llevadero de momento, mientras dentro de la iglesia se iba desenvolviendo la liturgia del oficio, con sus cantos y las rotundas melodías del órgano, los sahumerios y las plegarias. Pero, terminada la misa, llegó la dura realidad de lo que me esperaba: los superiores de la cofradía entregaron los látigos a los hermanos de sangre y los cirios a los hermanos de luz. Ya sabíamos lo que teníamos que hacer los flagelantes, por mucho que nos doliera, pues era nuestro sino; mientras que a los que llevaban la cera les bastaba con ir descalzos y alumbrando, por mucho que también se llamaran «penitentes».

Salió el cortejo con toda su solemnidad, en medio de un silencio impresionante. El orden que se llevaba era el siguiente: primeramente iban los muñidores, cada uno con su campanilla; seguíanles doce muchachos de la doctrina, vestidos con sus ropas de seda, precediendo al estandarte, al cual acompañaban treinta hachas encendidas; después salieron las cruces de madera llevadas por los frailes franciscanos; y luego de muchas antorchas y velas de los hermanos de luz, cuando ya era noche cerrada, nos tocó el turno a los disciplinantes... A una voz del hermano mayor, dio comienzo el volteo de los látigos y el restallar de las correas en las espaldas. A todo esto, alzaron las trompetas su lamento, tañendo a dolor, y los mozos de coro, bien abrigados con sus sobrepellices de terciopelo, iniciaron un canto muy triste. Entonces me dije: «llegada es la hora». Me descosí el lienzo y desnudé la espalda como veía hacer al resto de los hermanos. El primer golpe me lo di taimado, con cautela, para probar sólo, pues era nuevo en el oficio... Mas se puso Fernanda a mi lado, en la fila, con un cirio en la mano, sin quitarme ojo para inspeccionar la faena, a ver si cumplía yo bien. Así que me até los machos dispuesto a ser el más eficiente; no fuera a pensar que era un blandengue, y me castigué recio, hasta sentir en los huesos las correas y los nudos.

Tardó en salir el Santo Cristo, clavado en la cruz, entre humos y luces. Ya llevaba yo una centena de azotes a las espaldas. De manera que, pensando en el Señor y su Pasión, me conformé diciéndome: todo sea por lavar pecados. Y seguí la fila resignado, notando que ya se me abría la piel y que me corría la sangre como a los de delante, salpicando a cada golpe.

Transcurrió así la estación de penitencia, larga, lenta, sofocante, andando del Sagrario de San Francisco, en dirección a la catedral, y desde esta a la iglesia del Divino Salvador, por Santa María, por el convento de San Pablo... Y yo, dale que dale, con la disciplina castigándome, con la monotonía de aquel estrépito de latigazos, el escozor, el dolor mortecino, la sed y el esparcir de la sangre... Y Fernanda siempre a mi lado, alumbrándome con su vela y con la luz bella de sus ojos, entre compadecida y llena de devoción delirante.

Cuando todo acabó y las sagradas imágenes se recogieron en sus capillas, parecíame haber salido del mismo purgatorio, y me contenté mucho con ello, sintiendo verme libre de muchas culpas. Retornábamos silenciosos a casa; don Manuel delante, compungido y meditabundo; detrás don Raimundo, suspirando, y yo, con las espaldas ardiéndome y los pies en carne viva, en pos de doña Matilda y Fernanda.

Llegados al caserón fuimos a las cocinas, para curarnos y beber agua fresca, pues teníamos secas las gargantas. Y allí, a la luz de las lámparas, se descubrió el pastel: resulta que las espaldas del amo y el administrador estaban ilesas, apenas algo enrojecidas, cuando a mí me caía la sangre a chorros.

—¡Ahí va! —exclamó doña Matilda al verme—. Pero, Tano, ¿qué te has hecho?

También don Manuel se admiró mucho y me estuvo observando las llagas y magulladuras, mientras decía:

—¡Oh, el ímpetu de la juventud...! No hacía falta darse tan fuerte... Bastaba con cubrir el expediente, muchacho...

Y don Raimundo añadió:

—Ya tendrás pecados gordos para haberte dado de esa manera...

¡Menuda necedad la mía! Me había tomado la tarea mucho más en serio de lo que correspondía. Ellos se daban flojo, espaciadamente y con tiento; yo en cambio, harto afanoso, con brío y velocidad. De manera que me había lastimado a conciencia.

Con la cara de tonto que se me debió de poner, miré a Fernanda para ver su reacción, avergonzado por mi estupidez. Ella, lejos de reírse de mí, estaba muy sentida, cabizbaja y tal vez pesarosa por la parte de culpa que le tocaba.

Y doña Matilda, moviendo precavidamente la cabeza, dijo:

—Habrá que curar esas heridas ahora mismo, no sea que nos den que sentir... Anda, Fernanda, ve a por agua de romero, sal y ungüento.

Y entonces llegó para mí el más dulce consuelo: todos se fueron a dormir menos Fernanda, que se quedó allí conmigo, lavándome con cuidado, aplicándome los remedios y hablándome al oído dulcemente.

—Ya veo cuán osado es vuestra merced —decía—. Y yo que había pensado mal... Se me hacía que no iba convencido a la penitencia, que era por salir del paso; mentir y cumplir como suele decirse... ¡Seré mal pensada! Mas luego vi con mis propios ojos cómo se daba vuaced con la disciplina... ¡Dios Santo! He sufrido mucho viendo la sangre correr... ¡Cuánta devoción ha de tener vuestra merced! Hoy se ha ganado un pedazo de cielo, señor Cayetano.

Y dicho esto, me acarició tiernamente la nuca y me besó por detrás de la oreja; haciéndome de súbito ascender a la misma gloria. Con ese regalo se despidió en silencio y escapó corriendo por el patio como una sombra, dejándome estremecido y arrobado.

4. De repente, la felicidad

El Viernes Santo, al despertarme, me sentí feliz. Un estado insólito en relación a la sensación que normalmente tenía. Porque, en general, los días amanecían para mí pareciéndose demasiado los unos a los otros, ya fueran laborables o festivos, porque nada de particular solía suceder en mi trabajo o en mi vida ordinaria. No poseía dinero ni pertenencia alguna; de modo que no tenían por qué asaltarme las preocupaciones de la jornada anterior, ni las tareas que tenía por delante. Así que me había acostumbrado a afrontar la vida sin demasiado esfuerzo ni especial entusiasmo. Pero aquel día me encontré repentinamente feliz, inmensamente feliz. Un estado de ánimo nuevo para mí, de tal fuerza que se imponía sobre mis sentidos y mi mente. Y sabía muy bien el motivo. El dolor que percibía en mi espalda me recordaba con certidumbre todo lo que había sucedido la noche anterior, antes de que me fuera a dormir: Fernanda me había cuidado amorosamente; me había prodigado una ternura y un cariño exentos de cualquier asomo de fingimiento. Y para colmo de sorpresas, ¡un beso! Sí, un beso. Ciertamente, había sido un beso rápido, espontáneo, pero, en su misma fugacidad, estaba la evidencia de la franqueza, del impulso irrefrenable y, por tanto, el asomo de la pasión. Y con tal demostración, ¿cómo no iba a sentirme dichoso? Aunque no hubo palabras amorosas, sino solo silencio, ella había hablado al fin; con gestos, con caricias de sus manos temblorosas, con el latir de su pecho, perceptible bajo la seda negra, y con el ardor dócil y húmedo de sus labios detrás de mi oreja. No me cabía ya la menor duda: Fernanda sentía algo por mí. Porque nadie regala un beso desprendido y desenvuelto así, de cualquier manera, bajo la luna llena del Jueves Santo, si no fuera por verdadero amor.

Me levanté temprano, saboreando esa nueva experiencia, mi propia felicidad. Y disfruté mientras me lavaba con agua fresca la cara, los brazos y la nuca, sintiendo que todos mis miembros funcionaban perfectamente entre sí y con el mundo de alrededor. Me encontré proporcionado, con una energía nueva y una fuerza inagotable; a pesar del intenso dolor y la tirantez en la espalda, signos inequívocos de que el sacrificio había merecido la pena. Y lleno de alegría, rebosando seguridad, salí al patio; donde enseguida me encontré en perfecta armonía con la luz matinal y el verde del cidro, los naranjos y limoneros y las macetas. Hinché mi pecho con aquel aire fresco saturado de azahar y fue como si nunca antes hubiera tenido preocupaciones, ni angustia, enfermedad, competición o lucha por la supervivencia. Quien nunca ha estado enamorado de verdad, no sabe lo que es eso. Y si eso no era felicidad, ¿qué otra cosa podía ser?

Y de repente la descubrí mirándome. Tan absorto había estado, sumido en mis pensamientos, que no me había percatado. Fernanda estaba bajo la galería, regando las macetas con una expresión extraña, gallarda y sonriente. Su cara estaba pulcra y fresca; sus ojos brillantes. El vestido azul de faena, ajustado al talle y ceñido por el mandil, le daba un aspecto lozano, como de campesina.

De momento me quedé en silencio, devolviéndole la sonrisa. Pero luego me sorprendí al dejar escapar el primer pensamiento alocado que brotó de mi mente.

—¡Fernanda! —exclamé—. ¡Ya quería yo ver a vuestra merced!

Dicho esto, fui hacia ella con los brazos abiertos, dejándome arrastrar por mi estado obcecado y delirante.

Fernanda reculó y soltó la regadera, huidiza, asustada por mi arrebato, y corrió a esconderse tras una columna.

La seguí, rogándole:

—¡Hábleme vuestra merced, por caridad! Dígame algo, no se me oculte...

Ella se echó a temblar. Tan pronto sonreía como se ponía muy seria. Bajó la mirada, suspiró hondamente, como para infundirse ánimo, y luego respondió:

—No he podido pegar ojo en toda la noche pensando en vuestra merced... ¡Por Dios, déjeme, que pueden vernos!

Me sentí embriagado al verla en aquel trance y saboreé esa confesión: no había dormido preocupada por mí. Entonces mi loca boca no pudo contenerse y acabé declarándole:

—Te amo, Fernanda... ¡Lo juro por mi vida! ¡Si supieras cómo te amo!

Ella se cubrió el rostro con las manos, soltó un débil grito y salió corriendo para escapar escaleras arriba.

5. El holandés que vino de Levante

Pasó la Pascua. Pero en la casa de don Manuel de Paredes no se comió cabrito, ni gallos gordos, ni vino de Jerez, ni mantecados... Las fantasiosas promesas de doña Matilda no se cumplieron. Fundamentalmente, porque en aquella casa no había un maravedí. Ya nadie nos fiaba, y entonces empezamos a pasar verdadera necesidad. No obstante, yo seguía sintiéndome feliz. Cuando uno está enamorado, la Pascua va por dentro. Y Fernanda y yo compartíamos la inopia alimentándonos con nuestro amor atolondrado. Su cara radiante, su mirada soñadora y su sonrisa bobalicona me decían cada día que ella también era feliz. Si es verdad eso de que penas con pan son menos, igualmente puede decirse que hambre con amor se hace más liviana. Además, era primavera. Sevilla es una ciudad, un jardín, una atmósfera... Y Fernanda brillaba para mí, como si fuera transparente, en medio de toda esa luz. Cuando de repente —sería a finales de junio—, llegó al fin el holandés tan esperado. El caso es que a don Raimundo se le vio apreciablemente preocupado desde una semana antes. Todas las mañanas iba al Arenal a husmear, a preguntar, a hacer averiguaciones, y luego regresaba lleno de ansiedad. Durante los parcos almuerzos, de apenas sopa de castañas o habas guisadas, sudaba copiosamente en su redonda frente y se pasaba el pañuelo arrugado una y otra vez para secarla. En cambio, don Manuel seguía su vida taciturna y tristona, con invariable monotonía.

Hasta que, uno de aquellos días, el administrador vino exultante, con la cara roja de entusiasmo, proclamando a voz en cuello:

—¡Bendito sea Dios! ¡El holandés ya está en Sevilla!

La noticia resonó en el patio como si fuera el anuncio del fin de todos los problemas. Don Manuel se frotó las manos con visible alegría y por fin se le vio sonreír. Doña Matilda soltó una tormenta de risotadas y, el solo barrunto de la fortuna que podía avecinarse pareció hacerla más voluminosa cuando hincó su pecho para exclamar:

—¡Llegó la Pascua a esta casa!

Esa misma tarde, sin mayor dilación, se presentó el deseado personaje. Era el holandés un tipo de cuarenta y pocos años, gordo y de aspecto vulgar; aunque vestía muy ricamente: buena camisa de hilo blanco, sayo bordado, gregüescos negros y capote fino. Si no fuera por la indumentaria de corte extranjero, nada en aquel hombre, basto, con aire de hortelano, se diría propio de un mercader adinerado. Yo había visto muchas veces a los ricos flamencos e italianos en el puerto, opulentos, orgullosos, distantes; hombres grandotes, de engreídas barbas rubias o pelirrojas y metálicas voces. Nuestro holandés, en cambio, era aceitunado, de cabello oscuro y ojos muy negros; ciertamente, hablaba con un acento extraño, como foráneo, pero había un algo en él poco convincente; un no sé qué de individuo espabilado y revestido de pura apariencia. Según decía, se llamaba Rudd Vandersa. Le acompañaba su ayudante, un tal Bas, más o menos de la misma edad que él, facciones duras y curtidas, y ojos castaños muy tristes; vestido con holgado ropón de verano azulenco, con manchas de sudor, sobre su larguirucho esqueleto. Tampoco este infundía demasiada confianza.

No obstante el raro aspecto de los visitantes, don Manuel de Paredes y su administrador les recibieron locos de contento, como si los conocieran de toda la vida; y lo mismo hizo doña Matilda, que se apresuró a conducirlos al piso de arriba, al familiar salón donde no entraba cualquiera.

—Tano, sube tú también con nosotros —me dijo con los ojos bailándole de felicidad—. Habrá que empezar hoy mismo a poner en marcha el negocio.

Y al pronunciar aquella palabra, «negocio», lo hizo con tal convencimiento y veneración que no cabía asomo de duda al creer que, en efecto, se iban a arreglar definitivamente las cosas por la sola presencia de aquellos dos hombres.

Después de los saludos y las primeras alegrías, de los cumplidos y parabienes, llegó el momento de hablar de aquello por lo que tanto nos interesaba la visita: el negocio, es decir, el asunto del navío y las mercancías. Fue llegar la conversación a este punto y empezar todos allí a ponerse nerviosos, como si ya atesoraran en sus manos centenares de doblones de oro... Y el tal Vandersa, reluciente de satisfacción, explicó que venía directamente de Levante, que habría estado aprovisionándose de abundante seda, buen paño, cobertores, bayetas, hilo, lino...; todo aquello que podía ser llevado a Portobelo para ser vendido a buen precio. Después había recalado con su barco en Málaga, donde también adquirió manufacturas, perfumes, especias, vino, libros y jabón. En Sevilla tenía previsto comprar lana de Burgos, manufacturas y objetos de lujo. Según lo iba contando, todo parecía muy fácil; los quinientos mil maravedíes del préstamo hipotecario habían dado de sí lo necesario para que el dichoso negocio se desenvolviera por sus cauces naturales sin ningún sobresalto.

Por mandato de Vandersa, su ayudante puso encima de la mesa una cartera. Estaba tan gastada como sus manos curtidas, con las que extrajo un cuaderno de notas y fue leyendo con detenimiento las compras hechas, el precio pagado y lo que se esperaba ganar aproximadamente por cada mercancía. Luego mostró las facturas, las licencias, los documentos de la contaduría y los diversos presupuestos de los galeones que harían la carrera de Indias.

Don Manuel de Paredes lo estuvo observando todo con detenimiento. Su rostro, al que la luz de la tarde daba un aspecto macilento, castigado, se iluminó.

—Bien, bien... —dijo, acariciando los papeles—. Muy bien... Ahora confiemos en que la segunda parte del negocio salga como esperamos.

—¡Clago, clago que saldrá bene! —se apresuró a exclamar el holandés—. ¡Naturalmente! ¡Clago que sí! En aquesto lo dificile era conseguir el préstamo... ¡Tudo resuelto!

—Entonces —dijo don Raimundo—, si todo está ya resuelto, ¿qué nos queda por hacer?

—¡Nada, amigo mío! —respondió eufórico Vandersa—. Solamente agmar el navío, pero de eso también me encaggaré yo mismo. Ya he hablado con los maestres y los sobrecargos, con las autoridades del puerto y con el comandante de la flota. ¡Tudo resuelto!

—Siendo así —observó don Manuel—, solamente nos queda confiar en Dios y tener paciencia.

Esa tarde, después de aquella larga y entusiasta conversación, los holandeses se fueron a cenar —según dijeron— con unos mercaderes a los que debían cumplimentar. Menos mal, puesto que en nuestra casa poco había para ofrecerles. Pero doña Matilda, con habilidad y delicadeza, consiguió sacarles antes algunos maravedíes como anticipo de lo debido; con el fin de aprovisionarse y ofrecerles un banquete de bienvenida y celebración de los negocios, cuando todo estuviera finalmente resuelto y el navío concertado.

6. UNA CENA GENEROSA, ABUNDANTE VINO, UNA LOCA DECLARACIÓN Y UNA SOSPECHA LATENTE

Había que ver a doña Matilda durante los días siguientes, reinando entre asados de cabrito, gallos en guiso de almendras, pierna de cochino, buen queso, torrijas y demás exquisitos manjares aparecidos en la casa, como por arte de encantamiento, merced al préstamo de los holandeses. Por la mañana se fue temprano al mercado, con las mulatas y dos grandes capachos, y desde medio día se encerró en la cocina para dirigir los preparativos. Tanto tiempo había soportado la penuria de las despensas, que ahora parecía rozar el paraíso. Porque se diría que el ama estaba hecha para esa vida: para olisquear el pescado, con el fin de determinar su frescura; para sazonar el salpicón, hilar la salsa del bacalao, bridar perdices o manejar con destreza el clavo, la nuez moscada y la pimienta; como también para disponer manteles, vajillas, cubiertos, aguamaniles, toallas y jabón. Era una de esas mujeres palaciegas, hechas a la hartura de los festines, a dar lecciones sobre las artes culinarias, los usos de la buena mesa y el buen gobierno de las orzas, alcuzas, arambeles, morteros, escabeches, salazones, chacinas y toda suerte de especiería, así que la hambruna padecida por la ruina de su esposo la tuvo desorientada y como fuera de sí misma. Y ahora estaba dispuesta a desquitarse.

El día 10 de junio, dando el reloj las campanadas de las siete de la tarde, llegaron los holandeses con puntualidad de extranjeros. Había en toda la calle un olor delicioso que escapaba por las chimeneas de nuestra casa, por lo que ya entraron ellos relamiéndose. No hace falta decir que los de dentro teníamos removidas y en queja las tripas desde bien temprano.

Vandersa irrumpió impetuoso; precedido por su oronda barriga, se puso en mitad del patio y alabó el aroma de las viandas que se le prometían, con la boca hecha agua y avidez en la mirada. Y su ayudante traía en la mano, en vez de la cartera, una garrafa de media arroba llena de oscuro vino de Málaga. Al ver el obsequio, a don Manuel se le aguzó la vista y se le dibujó en la cara una amplia sonrisa de felicidad. Hubo regocijo general, abrazos y palmoteos en las espaldas, cuando el mercader anunció con solemnidad:

—Ya está agmado il galeone. Las nostras mercaderías irán en el navío de nomine *Jesús Nazareno*. Si il Nostro Siñore está servido, partirá il día duodécimo di julio.

—¡Qué maravillosa noticia! —exclamó el amo alzando las manos, al tiempo que se le veía por primera vez verdaderamente alegre—. ¡Alabado sea Dios! ¡Matilda, baja! ¡Esposa mía, ven enseguida!

Acudió el ama muy contenta, vestida con cuerpo de terciopelo verde oscuro y enaguas de paño fino, zarcillos balanceantes de plata en las orejas, collares y tocado con pedrería. Detrás de ella venía Fernanda, inmensamente bella, con galas de princesa, sedas, brocado, alhajas y el pelo rubio recogido en la nuca. ¿Era real lo que veían mis ojos? ¿Era fantasía? Un cálido cosquilleo recorrió mi estómago y me dejé vencer y embargar por toda aquella euforia: por el banquete, por el vino, por la noticia del navío, por la abundancia que se prometía, por los sueldos atrasados que pronto cobraría...

Era una tarde calurosa. La cena fue larga, ardiente, vehemente, inflamada de vapores de vino, de brindis, albórbolas y auspicios de despreocupación. Era como si se hubiera levantado el lóbrego manto que pesaba sobre la casa y todos sus habitantes. Y no podía negarse que, aun siendo tipos raros, los holandeses resultaban divertidos y cariñosos.

Vandersa, achispado por el vino, no perdía ocasión de halagar a doña Matilda:

—Dama hermosa, prudente, digna esposa, inteligente... —le decía con una vocecilla lisonjera.

Y ella reía a carcajadas, encantada, sin poder disimular el beneficio que le causaban todas aquellas cobas. Estaba recobrando la felicidad y se hallaba dispuesta a gozar plenamente de aquel momento. ¡Tanto lo había estado esperando!

Como las mulatas no daban abasto con los guisos, de vez en cuando tenía que ir Fernanda a ver cómo iban las cosas o a traer algo, ya que el ama había bebido un poco de más y estaba desinhibida, enfrascada en el vocerío y el lisonjeo del banquete. Aprovechando uno de esos viajes a la cocina, me fui yo detrás, haciendo ver que iba a echar una mano. ¡Y bien que la eché! Acorralé a Fernanda en el corredor e hice presa en ella, abrazándola fuerte, e inmediatamente después, desenfrenado, seguí dándole besos en las mejillas, en la nariz, en los párpados, mientras la sujetaba por el talle delgado y firme. Ella no intentó zafarse, pero se mantenía como en estado de alerta, por si yo avanzaba un paso más.

—Ahora no, ahora no —suplicaba, pero con la boca chica, mientras temblaba toda—; ¡déjame, que pueden vernos!

—Es que te quiero —decía yo—. ¡Te quiero tanto! ¡Casémonos, Fernanda!

—¡¿Te has vuelto loco?! ¡Suéltame ahora mismo!

Regresé a la mesa. Doña Matilda acababa de empezar

a tocar la guitarra y se disponía a cantar. Me senté con el alma ensombrecida, acuciado por pensamientos confundidos. ¿Por qué me había llamado loco Fernanda? ¿Por qué ahora me rechazaba? ¿Cómo se me había ocurrido la tontería de hablarle de matrimonio? Ciertamente, había obrado como un loco... El vino y la exaltación me habían perturbado.

El ama sacó el cuello por encima de su busto sublime, y dejó escapar su voz gloriosa en una copla alborozada, mirando a Vandersa con picardía:

No me case mi madre
con hombre gordo,
que en entrando en la cama
güele a mondondo...

Y el mercader, lejos de enfadarse, se regocijó mucho, palmeaba y reía gustoso.

Miró entonces doña Matilda al ayudante y prosiguió, guiñando un ojo:

No me case mi madre,
con hombre flaco,
que en entrando en la cama
parece un palo...

Y el tal Bas, que era hosco, se quedó serio y retraído. Así que su jefe le dio un pescozón, sin dejar de reír, como para animarle a unirse a la fiesta.

Le llegó entonces el turno al administrador, y le miró la cantora.

No me case mi madre
con hombre chico,
que lo muevo en las manos
como abanico...

También reía con ganas don Raimundo. Lloraba de la risa y se le empañaron las gafas por el sudor y las lágrimas.

Cásame mi madre
con hombre güeno
que lo visto con sayo
de Nazareno...

Sintió don Manuel que esta estrofa iba por él, viendo la manera con que le miraba su esposa, y se puso a aplaudir con ganas; no parecía el mismo hombre que unos días antes, era como si le hubiera poseído el alma de otra persona: hablaba sin parar, manoteaba, carcajeaba... y no paraba de beber.

La verdad es que el vino empezaba a causar estragos en todos los que participábamos del banquete. Vandersa se había arrancado a bailar y estaba zapateando al final del salón, mientras su ayudante cabeceaba adormilado, don Raimundo sudaba copiosamente; el amo, como digo, estaba irreconocible, y doña Matilda, dale que dale, con la guitarra cantando coplas picantes. Y yo, ¡avergonzado! Me había llamado loco y no podía perdonarme haber obrado con el ardor que solo era achacable a la obviedad. Entonces pensé: ¡Fernanda! Ella no había regresado a la mesa y temí que mi inoportunidad la hubiera asustado. Así que decidí ir a ver y en su caso pedir perdón.

La encontré en la cocina sentada, llorando. Y las mulatas, al unísono, me anunciaron en medio de una nube de humo:

—¡El pollo con almendras se ha quemado!

—¡Ha sido por tu culpa! —me gritó Fernanda.

—¡Perdón, perdón, perdón...! —supliqué—. Tienes razón, soy un loco...

Mis palabras, pronunciadas con un desasosiego que a mí mismo me sorprendió, fueron acogidas por Fernanda con una expresión rara, como de angustia y a la vez esperanza. Se puso en pie, vino hacia mí, me tomó las manos y, entre gimoteos, dijo:

—El pollo se ha quemado porque... ¡Oh, Dios, qué locura es esta!

Entonces las mulatas me dieron la explicación:

—Vuestra merced le pidió matrimonio y se le fue el alma a las nubes. Se puso a contárnoslo y ¡se quemó el guiso! Con una noticia así, ¿cómo íbamos a atender a la lumbre? ¡Ella está enamorada!

Me quedé espantado. No sabía qué decir ni qué hacer, así que solamente balbucí:

—¿Entonces...?

Fernanda me miraba a los ojos, anhelante, llorosa, y acabó señalándome con el dedo, mientras preguntaba:

—¿Lo has dicho de corazón? ¿De verdad quieres que nos casemos?

Oh, Dios mío, no podía creer lo que me estaba sucediendo. ¿Era posible tanta felicidad?

—¡Claro que sí! —La abracé—. ¡Lo juro, lo juro, lo juro por mi vida!

Y ella, envalentonada, me dijo a la oreja con voz firme:

—Entonces mantengámoslo en secreto de momento. Cuando se solucionen los negocios, se lo diremos a los amos. Y ahora, vuelve al banquete, que yo iré dentro de un momento.

Obedecí sin rechistar. Mientras iba por el patio caminaba con una inequívoca sensación de triunfo. En el salón el bullicio era tremendo. ¿Cómo podían armar tanto jaleo cuatro personas tan dispares juntas? Lo comprendí al toparme de repente con una escena grotesca: todos allí se habían puesto a bailar. Doña Matilda zapateaba en el centro y los tres hombres, de cuerpos tan dispares, evolucionaban con torpeza a su alrededor, ahítos de vino, como si la adorasen, como si fueran fieles paganos en torno a su diosa, y el caso es que yo, tan dichoso como me sentí, me uní a la danza...

Más tarde salimos al patio, cuando ya era noche cerrada. Allí prosiguió el beber, el cantar y el bailar. Todo era felicidad. Fernanda y yo estábamos el uno frente al otro, ella débilmente iluminada por uno de los faroles, yo semioculto entre las sombras de un limonero. Pero nos veíamos bien; todo nos los expresábamos con miradas cómplices, mientras la copla de doña Matilde decía:

¿De dónde sois que tan alto venís
don Pipiripío?
Por lo despacio de vuestro cantar
y por quemarnos donde no hay hogar,
debéis ser de cualquier lugar
nacido en medio del estío,
don Pipiripío...

Con el canto, con el lindo sonido de la guitarra, con el vino, un cálido cosquilleo recorrió mi cuerpo, unos ojazos dulces y afectuosos relucían frente a mí, ella me miraba con fijeza, mientras sus pies jugueteaban al son de la música, sobre el mármol fresco.

Ya que nos dais tanto placer,
es justo que os demos mujer,
mas me gustaría saber
de dónde sois con vuestro hechizo
don Pipiripío...

En efecto, yo estaba completamente enamorado, y mil lirismos nuevos, naciendo en las íntimas regiones de mi pobre humanidad, me hacían ver el mundo y la vida de manera nueva y diferente.

Con vuestra danza y vuestras mañas,
y vueltecitas tan extrañas,
debéis venir de las montañas,
donde la alondra hace su nido,
don Pipiripío...

A todo esto, Vandersa salió al medio del corro, balanceándose torpemente, sudoroso, ebrio; había perdido toda compostura y anunció a gritos:

—¡Ahora cantaré yo! ¡En Murcia tenemo una copla que dice...! ¡A ve, doña Matilda, toque esa guitarra! ¡Que no pare el cante! La copla dice... Dice de así... ¡Toque por parranda, doña Matilda!

En ese momento, no obstante mi arrobamiento, pude darme cuenta con lucidez completa de que algo muy extraño estaba sucediendo: el tal Bas dormía, mientras su jefe parecía haberse transformado en alguien diferente, descamisado, suelto, ya no hablaba de la misma manera que una hora antes, con aquellas erres pronunciadas gangosas y las palabras italianas intercaladas... Ahora pronunciaba con el claro acento de la gente de España. Así que concluí que había estado fingiendo: ¡era un farsante! Ya me había rondado a mí la sospecha que ahora se confirmaba; que no eran extranjeros, sino españoles.

Desconcertado por el descubrimiento, no supe qué hacer en un primer momento. Pero enseguida decidí cerciorarme y, obrando en consecuencia, me puse de pie y le espeté con ironía:

—Ande, calle vuestra merced, que los murcianos no saben de coplas ni de cante alguno.

Él se volvió hacia mí airado y contestó:

—¡Que no sabemo los murciano de cante! ¡Quién demonio dice eso! Sepa vuestra mercé que en Murcia se cantan las parrandas más graciosas y galanas que pueden oírse en parte alguna.

Después de esta contestación, ya no tenía duda: era del todo murciano y se había hecho pasar por holandés. ¡Un timo!

Me fui hacia él, le agarré por la pechera y le zarandeé, gritándole:

—¡Sinvergüenza! ¡Estafador! ¡Con que holandés! ¡Murcianos sois!

Doña Matilda dejó de tocar la guitarra y se hizo un gran silencio. Puestos en pie, don Manuel, el administrador y Fernanda me miraban espantados. Yo les dije:

—¡Vean vuestras mercedes el engaño! ¿No se han dado cuenta? Este truhán ya no pronuncia como antes; habla el español a la perfección... ¡Es murciano!

—Pero... ¿qué suerte de engaño es este? —exclamó el ama—. ¿Cómo que murciano? ¡Hablad!

Vandersa entonces, viéndose descubierto y tan borracho como estaba, se arrojó a los pies de doña Matilda de rodillas y, agarrado a sus faldas, sollozó:

—¡Murciano soy, sí, señora! ¡Murciano hijo y nieto de murcianos! ¡Que Dios me perdone!

El ama dio un gran grito de horror y se llevó las manos a la cabeza. A su vez, don Manuel empezaba a dar voces:

—¡Por los clavos de Cristo! ¡Una estafa! ¡Una miserable y despiadada estafa! ¡Que venga la justicia! ¡Llamad a la alguacilería!

—¡No, por el amor de Dios! —suplicó el «holandés»—. Yo lo explicaré todo.

—¡Nada hay que explicar! —replicó don Manuel—. ¡Hemos sido engañados! ¿Y nuestro dinero? ¿Qué ha sido de los quinientos mil maravedíes del préstamo? ¡Habla, ladrón!

—¡Señora, por caridad! —imploraba Vandersa—. ¡Señora, escúcheme vuestra mercé!

—Pues habla de una vez —le dijo doña Matilda—. ¿Dónde está nuestro dinero?

—Señora, todo está en regla, tal y como expliqué el día de ayé. El navío ha sido armado ya, las mercancías estarán pronto a bordo y saldrán del puerto de Cadi como estaba previsto. En esta historia la única mentira e que seamo holandese. Pero todo lo demá e cierto. ¡Lo juro por mi vida!

—¡No me lo creo! —contestó el amo—. ¡Miserable embustero! ¡Nos has engañado!

—¡No, por Dios, juro que digo la verdad! Los papeles no mienten; todas las facturas y las licencias prueban que digo la verdad.

—Entonces —intervine yo—, ¿por qué os hicisteis pasar por holandeses? ¿Qué necesidad había de ello si, como dices, el resto del negocio está cumplido y en regla?

—Porque nadie en España se fía sino de extranjeros —respondió él, desmadejado, sudando a chorros y con lágrimas en los ojos.

—¡Estás borracho! —le gritó a la cara el administrador—. ¿Pretendes que nos creamos ahora esa patraña?

—¡Claro que estoy borracho! —contestó sinceramente el holandés—. ¡Todos estamos borrachos! ¿Por qué no nos vamos a dormir y mañana os explico todo con detenimiento? ¡Virgen Santísima, créanme vuestras mercedes!

—Tú no saldrás de aquí —sentenció doña Matilda—. ¡Nadie saldrá de esta casa hasta que todo esto se aclare! ¿Dónde están los quinientos mil maravedíes?

—En los papeles, en los papeles... ¡Los papeles no mienten!

—¡Cielos, me va a estallar la cabeza! —gritó doña Matilda—. ¡Dios mío, qué desastre! ¡Nuestro dinero, nuestra casa, nuestras ilusiones...!

—¡Señora, créame vuestra merced! ¡Juro que las mercancías han sido compradas y están en los almacenes! ¡Que me lleve el demonio si no digo la verdad! Déjenme vuestras mercedes que me vaya a descansar y mañana daré cuenta de todo con puntualidad y detalle. ¡Créame de una vez!

Se hizo un silencio cargado de ansiedad, suspiros y jadeos, el otro murciano se había despertado y contemplaba la escena cariacontecido, callado, hasta que abrió la boca para decir con voz grave:

—Vandersa, durmamos aquí, en esta casa, y mañana les explicaremos todo. Entonces comprenderán que no les hemos mentido y vendrán con nosotros al Arenal para ver las mercancías en el almacén y hablar con el sobrecargo del navío.

Así se hizo, más que nada porque, en el estado en que nos encontrábamos, no podíamos hacer otra cosa, así que me tocó hacer guardia en la puerta durante toda la noche, armado con un mosquete del amo. A los «holandeses» los encerramos en la cuadra y todo el mundo se fue a dormir, aunque, con el disgusto nadie pudo conciliar el sueño, a pesar del vino que se había bebido.

7. MENTIROSOS PERO HONESTOS

Por la mañana, los holandeses que resultaron ser murcianos rindieron cuentas, tal y como habían hecho juramento. Aunque el amo amenazó con ir a la justicia, no hubo necesidad de ello, porque todo estaba en regla. Fuimos al Arenal, a la contaduría, a los almacenes, a las oficinas de los sobrecargos... No había falsedad alguna en los documentos de la cartera: el navío estaba concertado, las mercancías compradas y pagadas, todo el dinero bien empleado y las licencias en orden y con sus tasas abonadas. Entonces, solo quedaba saber el porqué de la mentira: si eran murcianos honrados, ¿por qué se habían hecho pasar por holandeses? El enredo tenía su explicación. Ciertamente, por aquel tiempo los extranjeros eran los dueños de todos los negocios que se hacían en Sevilla y en Cádiz. A los españoles nadie les confiaba negocio alguno, por lo que, con permiso de un tal Vandersa, que de verdad existía y que era holandés auténtico, aquellos murcianos habían hecho todas las gestiones haciéndose pasar por él. Era algo que, según nos dijeron, se hacía con cierta frecuencia, dada la manera en que estaban las cosas. El murciano se llamaba Tomás Moreno y su ayudante Juan Ballester. El verdadero Vandersa estaba por entonces en Madrid y los murcianos actuaban en su nombre por poderes. En fin, un enredo para un asunto en el fondo tan simple; pero que a nosotros nos causó un enorme sobresalto.

Cuando todo se aclaró, me correspondió hacer copias de los documentos y obtener los sellos y las firmas necesarias que nos servirían como justificantes, para después reclamar las ganancias.

El día 12 de julio de aquel año de 1680, zarpó al fin del

puerto de Cádiz la flota de la Nueva España; cargada con cuatro mil toneladas de mercancía y tres mil trescientos quintales de azogue. Al frente iban la *Almiranta*, el galeón *Nuestra Señora de Guadalupe*, la *Capitana*, el galeón de *Nuestra Señora del Rosario* y las *Ánimas*. Seguíanles los mercantes y la escolta. En el navío de nombre *Jesús Nazareno* navegaban rumbo a Veracruz todas nuestras ilusiones...

LIBRO III

LIBRO III

Donde se cuenta lo que sucedió tras
el naufragio del *Jesús Nazareno* y el modo
en que se recobraron las esperanzas después
de algunos disgustos más

1. SOBRAS DE LA CENA Y CIENTO CINCUENTA REALES

Se hundió el *Jesús Nazareno*, merced a la inmisericorde tenacidad de un temporal. Y a nosotros nos llegó la noticia funesta en medio de una tormenta. Aquel mes de julio se inició tempestuoso. Estuvo lloviendo sin cesar durante cuatro días. Primeramente, en la mañana del día 12, dio comienzo una larga obertura de truenos que parecieron rodar por los tejados, retumbando en los patios, colándose hasta las bodegas, y luego fue el agua, estridente, crepitando a ratos con gruesos granizos. Después del disgusto, la noche fue larga, sobresaltada por las cadenas de relámpagos y un viento caliente que bufaba en las galerías. El amanecer nos halló a todos desconcertados, más pobres que nunca. De la cloaca de las deudas, habíamos pasado así, de repente, al abismo de la ruina absoluta. En la casa solo había silencio y desesperación. Y enseguida empezaron las angustiosas cuestiones: si todo se había perdido y la casa ya no les pertenecía a los amos, ¿cuándo debíamos dejarla? ¿Adónde ir ahora? ¿Había alguna posibilidad, por pequeña que fuera, de salir adelante?

Por la mañana llegaron los holandeses que resultaron ser murcianos. También ellos estaban deshechos, agotados y llenos de preguntas; también ellos se habían arruinado con el catastrófico negocio del *Jesús Nazareno*. Venían con lágrimas y con otra garrafa de vino de Málaga, de una arroba esta vez.

Cuando les abrí la puerta, debí de mirarles con cara nada amigable. Entonces Tomás Moreno (antes Vandersa), en el mismo portal, se hincó de rodillas y dijo:

—Venimos a compartir la desgracia y a ahogarla con este vino.

—Aquí nadie tiene ganas de fiesta —repliqué con parquedad.

—¡Déjalos entrar! —gritó a mis espaldas don Manuel.

Obedecí y pasaron al patio. Doña Matilda se hizo presente enseguida y empezó a gritar:

—¡Qué desastre! ¡Maldita la hora que nos pusimos en las manos de vuestras mercedes! ¡Primero la mentira y ahora esto! ¡Nos han traído la mala fortuna a esta casa!

—Calla, mujer —le dijo con pesadumbre el amo—. Nadie es culpable de lo que nos ha pasado. También ellos se han arruinado... Habrá sido el designio del Todopoderoso...

Tomás Moreno se arrodilló ahora delante del ama diciéndole:

—Señora, que me parta un mal rayo si hemos pretendido causarles algún mal a vuestras mercedes. Mentimos diciendo que éramos holandeses, cierto es, pero somos gente honrada. También nosotros lo hemos perdido todo, como bien ha dicho su esposo.

Ante estas palabras, ella se quedó callada, mirándole con expresión extraordinariamente apenada. Detrás, a cierta distancia, estaba Fernanda, igualmente muy triste. Se hizo un impresionante silencio, al constatarse la amistosa sinceridad con que el murciano se expresaba.

Entonces don Manuel suspiró hondamente, alzó los ojos a los cielos y sentenció:

—Dios da y Dios toma, ¡bendito sea Dios! En efecto, nos hemos quedado sin nada, pero aún tenemos la fe.

Y después de decir esto, se fue hacia Tomás Moreno, le puso las manos en los hombros y añadió:

—Álcese vuestra merced, que nada hay que perdonar ya. Lo de la mentira quedó subsanado y nadie tiene culpa de lo demás. Ahora no toca sino aceptar la voluntad del Altísimo. Así que compartamos ese buen vino y ahoguemos en él las penas. Mañana será otro día...

A su lado, doña Matilda lanzó un suspiro y, mirando a Fernanda, dijo:

—Anda, ve a las cocinas y diles a las mulatas que saquen de la despensa las sobras del banquete. Debe de quedar pernil de cochino, queso, guiso de gallo...

—Señora, el guiso de gallo se quemó —observó Fernanda—; las almendras se pegaron al fondo del caldero y se quedaron negras como carbonilla. Se lo eché todo a los perros, pues no se podía sacar provecho alguno por el sabor tan malo que tenía.

—Da igual, saca lo que haya. Solo Dios sabe si esas sobras serán lo último bueno que comamos en mucho tiempo...

Se puso la mesa y aquel nuevo banquete, trasunto del anterior, parecía un velatorio. Se comía entre suspiros; se bebía con mesura. No obstante, don Manuel estaba muy raro: no ya melancólico como de costumbre, ni transido como el día anterior; estaba poseído por una conformidad, una aquiescencia que le brotaba de sus adentros; como si se manifestara plenamente dispuesto a aceptar el desastre con obediencia a la voluntad divina. Nadie decía nada, las miradas estaban torvas, fijas en los platos, mientras él murmuraba:

—¿Qué se le va a hacer...? Así es la vida... El hombre propone, pero Dios dispone...

Y a todo esto, como perdido en sus meditaciones, apuraba vaso tras vaso del vino de Málaga.

Doña Matilda lloraba a ratos y se lamentaba:

—¿Y ahora qué? ¡Por Dios, qué hacemos ahora!

Entonces Tomás Moreno le hizo una seña a su ayudante, para indicarle que le acercara la cartera. Desató las correas, metió la mano dentro y sacó una bolsa.

—Aquí hay ciento cincuenta reales, unos cinco mil maravedíes. Es parte de lo que se iba a emplear en los gastos necesarios a la vuelta del navío. Este dinero es de vuestras mercedes.

Don Manuel cogió la bolsa y dijo:

—Algo es algo, bendito sea Dios.

Pero doña Matilda refunfuñó con exasperación:

—¡Y qué hacemos con eso! ¿Qué son ciento cincuenta reales sin tener casa? ¡Hemos perdido quince mil! No podremos recuperar este hogar...

—¡Basta! —gritó don Manuel, dando un fuerte puñetazo en la mesa—. ¡Dios cuidará de ti, mujer! ¡No desesperes de esa manera, que te empecatarás!

Después de aquello, nadie volvió a rechistar. Tampoco los murcianos tenían ganas de fiesta, porque se fueron pronto. Dejaron allí la bolsa con los ciento cincuenta reales y media garrafa de vino.

El amo llenó una vez más los vasos; pero, constatando que nadie excepto él bebía, acabó poniéndose en pie, y dijo:

—En vista de toda esta amargura, yo me voy por ahí a airear las preocupaciones.

—¿Por ahí? ¡¿Adónde?! —inquirió su esposa.

—No te preocupes —respondió él—. No soy hombre

de mancebías ni de pendencias, ya lo sabes. Me voy en busca de vino... y de recuerdos...

—¿Solo? —dijo ella—. ¡A ver si te va a pasar algo!

—Yo le acompañaré —se ofreció el administrador.

Cogieron ambos sus bastones y se marcharon, envueltos en un manto de pesadumbre. Allí en el patio nos quedamos el ama, Fernanda y yo, mirándonos perplejos.

—No se apure, doña Matilda —dijo Fernanda—. Ya verá como todo ha de arreglarse.

—Cómo, hija, cómo...

—Dios proveerá.

Después de un largo silencio y algunas docenas de suspiros más, el ama me miró y me preguntó con voz pesada y somnolienta:

—¿Y tú, Tano? ¿Qué harás tú?

Yo miré a Fernanda y luego a ella. Hice un esfuerzo grande para sonreír y respondí:

—Yo de momento me quedo. Luego, Dios dirá...

Doña Matilda alargó la mano y me la puso en el antebrazo, cariñosamente, con los ojos inundados de lágrimas y la boca temblorosa, y dijo:

—Ay, hijo, que Dios te bendiga. ¡Qué bueno eres!

Suspiré conmovido.

—Nunca he tenido una familia —dije—. Aquí se me ha tratado muy bien... Si en algo puedo serles útil todavía...

Mientras decía aquello, bien sabía yo que por nada del mundo abandonaría esa casa mientras morase en ella Fernanda.

—Dios te lo pagará, Tano —contestó el ama.

Tras la charla, a ellas se las veía cansadas. También yo lo estaba. Habían sido tres largas noches sin dormir y nos retiramos pronto, cuando todavía no había caído la noche.

No bien me disponía a acostarme, cuando alguien dio algunos débiles golpes en mi ventana. Me asomé y allí estaba Fernanda, haciéndome señas con la mano para que saliera. Nos reunimos en el patio y fuimos a ocultarnos en las sombras. Hubo abrazos, besos y palabras de amor susurradas.

—Gracias, gracias, gracias... —me decía ella al oído.

—Nada de gracias —replicaba yo sinceramente—. No te dejaré sola.

—¿Y qué hacemos? —preguntaba ella, dejando escapar algunas lágrimas—. ¡Qué mala suerte!

—Somos jóvenes —dije—. Podemos irnos juntos a buscarnos la vida cuando queramos.

—Oh, no, no, no... No puedo hacerles eso...

—¡No seas tonta! Piensa en ti. Piensa en nosotros...

—Oh, no, no... No me lo perdonaría nunca... Si les hacemos eso, acabaremos de hundirlos del todo —repetía acongojada.

—Es tu vida, Fernanda... ¿No te das cuenta? Ellos tuvieron su oportunidad, sus propias vidas... No puedes unir tu destino al suyo. ¡Están acabados!

Ella me miró a los ojos y contestó sin dudar:

—No trates de convencerme. Ni siquiera puedo imaginar hacer una cosa así. Ya sabes cómo ha sido mi vida; ya te lo conté... ¿Cómo se te ocurre proponerme que abandone a doña Matilda?

Sacudí la cabeza. En efecto, conocía bien su historia porque ella me la había contado. Su infancia fue una de tantas, como la mía propia: un pueblo, miseria, muchos hermanos... Nada había de particular en esa vida, excepto que habían aparecido en ella los amos, cuando Fernanda apenas dejaba de ser niña. Ellos se hicieron cargo de ella, se la llevaron a su casa de Sevilla y la criaron como una hija.

No era una simple criada; ella se sentía eso, una hija; y tanto doña Matilda como don Manuel la trataban como si lo fuera. Era pues inútil insistir. Fernanda los quería de verdad y ni siquiera se le pasaba por la cabeza la posibilidad de abandonarlos, precisamente ahora que todo iba de mal en peor. Así que dije:

—Está bien, olvidémoslo; lo comprendo.

Fernanda me dedicó una sonrisa de agradecimiento y yo sonreí también. Pero lo cierto es que me sentía contrariado, porque me parecía todo aquello una serie de coincidencias muy desafortunadas: no iba a cobrar lo que se me debía, había encontrado verdadero amor y no quería perderlo; es decir, me hallaba atrapado, comprendiendo que debía compartirla a ella con la desventura que arrastraba aquella casa. Y lo malo era que, a mis veinticinco años, ya tenía la sensación de que el tiempo empezaba a correr muy deprisa y de que la vida seguía sin ofrecerme posibilidades de elegir.

2. A GRANDES MALES, GRANDES COGORZAS

Apenas transcurrido un mes después del naufragio, se personó una mañana en la correduría el oficial mayor de la contaduría de Sevilla, con los alguaciles y los acreedores. La deuda estaba vencida y venían a cobrar la prenda, que era la casa con todas sus pertenencias. Sin que pudiéramos hacer nada para impedirlo, lo registraron todo a conciencia delante de nuestros ojos, comprobando si el lote se ajustaba a lo que ponía en los libros.

Uno de los prestamistas se asomó a las cuadras y luego preguntó:

—¿Y el caballo?

—Murió —respondió don Manuel.

—Pues habrá de pagarse su importe como si viviera —dijo el otro.

Después de la inspección, el contador acordó concederle algunos meses más de gracia a don Manuel, en atención a su hidalguía y a que había prestado servicios en los tercios de su majestad. Pero advirtió muy severamente:

—A últimos de diciembre, después de la fiesta de la Natividad de Nuestro Señor Jesucristo, y antes de que se inicie el nuevo año, deberá ser el desalojo, sin dilación ninguna. Mejor será que vuestras mercedes salgan de la vivienda pacíficamente, dejando todo dentro, para evitar el desagrado de un desahucio y los males que ello acarrea.

—No hay cuidado —contestó don Manuel con gran dignidad—. En esa fecha entregaré las llaves.

Los acreedores quisieron protestar, considerando que la prórroga era excesiva, pero el funcionario zanjó la cuestión sentenciando:

—No se hable más. He dicho pasada la Natividad del Señor; así que a esperar.

Esa misma mañana, cuando aquellos desagradables visitantes se fueron, don Manuel entró silencioso y meditabundo en su despacho. Le vimos sentado junto a su mesa, con una pluma en la mano y alumbrado por la luz de una vela. El administrador a su lado, medio inclinado hacia él, seguía con la vista lo que hacía. No hablaban una palabra. Había por un lado una preocupación grave; por otro, esa resignación religiosa que se crece en la tragedia. Yo no sabía qué se estaba escribiendo, ni a quién iba dirigida la carta, memorial, solicitud o lo que quiera que fuera. Pero, evidentemente, don Raimundo sí que lo sabía. En el patio oíase el persistente suspirar y gemir de doña Matilda.

Después de más de una hora, y de haber hecho algunas raspaduras en el papel, don Manuel estuvo leyendo concienzudamente y en silencio el escrito, que ocupaba varias cuartillas, por lo menos diez. Luego se lo pasó al administrador, que también lo leyó para sí, estampó los sellos correspondientes y lo metió en un sobre que cerró y lacró con meticulosidad. Había apreciable misterio en todo lo que hacían. Nada revelaron de lo escrito y leído.

—Ahora, vamos al puerto —dijo don Manuel, con una expresión que reflejaba convicción y autoridad—. Debemos dar al correo esta carta... ¡Y quiera Dios que llegue a tiempo a su destino!

Ganas me dieron de preguntar el porqué, pero me contuve. Los vi salir apoyándose en sus bastones, apresurados, como si fueran a encontrarse con la posibilidad de algún nuevo negocio. Y como dentro de mí también aleteó cierta esperanza, me acerqué a donde estaba el ama y le dije:

—Algo traen entre manos don Manuel y el administrador. Han estado escribiendo una larga carta y la llevan al puerto, al correo...

—¡Bah! —dijo ella con desdén—. Son cosas de viejos; fantasías...

Pasó el resto de la mañana, llegó el mediodía y la hora del almuerzo. La mesa estaba dispuesta, pero no regresaron con la puntualidad que de costumbre. Ya muy tarde, tuvimos que empezar a comer sin ellos. Luego, viendo que pasaban las horas, el ama empezó a preocuparse.

—¡Qué raro! ¡Qué raro...! —repetía, mirando el reloj de pared.

Era ya tarde cuando se presentó don Raimundo solo,

con una agitación unida a cierta embriaguez, exudando vapores vinolentos.

—¡Don Raimundo, por Dios! ¿Y el amo? —le preguntó doña Matilda nada más verle.

El administrador sonrió extrañamente y respondió:

—Se ha quedado allí...

—¿Allí? ¿Dónde?

—En la taberna del Gordo Diego.

—¿Solo? ¿Lo has dejado allí solo en la taberna? ¡Estará borracho!

—¡Psch! —contestó él, tambaleándose.

—¡Ay, Dios mío! —exclamó el ama—. ¡Solo en la taberna y borracho! Pronto se hará la noche...

—No quiso venirse conmigo —dijo don Raimundo con cara bobalicona—. Fuimos a llevar la carta... Luego se le apeteció ir a tomar vino... Y allí, ya sabe vuestra merced, doña Matilda, se juntó con unos y con otros, todos viejos amigos... En fin...

—¡Gastándose los últimos reales! —gritó ella, dándose una palmada en el muslo—. ¡Era lo que nos faltaba!

El administrador se encogió de hombros, miró hacia donde estaba su habitación y dijo, derrotado:

—Yo no puedo más... Me voy a dormir... Discúlpeme, señora...

—Pero... ¿Cómo te vas a ir a acostar? ¿Y el amo?

Me di cuenta de que don Raimundo apenas podía tenerse en pie y no tuve más remedio que decir:

—Señora, iré yo a buscarle.

—¡Vamos, date prisa! —contestó ella aliviada—. ¿Sabes dónde es?

—Sí, señora, conozco la taberna del Gordo Diego.

Eché una ojeada a Fernanda, y ella, con sus ojos, me animó; manifestando de alguna manera la seguridad que les infundía tenerme allí. Así que salí a la calle, contento por resultar útil.

Aquella tarde de mediados de agosto, poniéndose el sol, el Arenal estaba animado, después de un día ardoroso, sofocante. El Guadalquivir se veía de un azul casi negro y el cielo era vaporoso. A lo lejos, en el puerto, los palos de los veleros estaban muy quietos y todas las barcas varadas en las orillas. Bandadas de chiquillos correteaban y jugaban como gorriones revoloteando, en torno a las atarazanas, donde los carpinteros componían y reparaban los costillares de los navíos, claveteaban, aserraban, distribuían pez... La vida seguía allí hasta que caía la noche; pero los trabajos decaían poco a poco y los marineros y las gentes del puerto se distribuían por las tabernas, donde hablaban a gritos, discutían, opinaban de lo mal que está todo o se agrupaban en torno a algún maestre que traía noticias de otras costas. Anduve deprisa junto a la muralla, mientras a mis espaldas la ciudad refulgía iluminada por los últimos rayos del astro, y centelleaba en sus tejados rojizos y amarillentos, dejando escapar destellos de las vidrieras y de la azulejería de algún campanario. Transitando cerca de los muladares, donde se amontonaba la basura bajo enjambres de moscas, hube de cubrirme la boca y la nariz con el pañuelo, pero más adelante el aire cálido traía el aroma de las orillas, fragante y amargo.

La taberna del Gordo Diego estaba intramuros, al pie de la torre de la Plata, junto al Postigo del Carbón. Me detuve antes de entrar con curiosidad y cierta nostalgia: detrás de aquellas paredes espesas, bajo el tejado cubierto de hierbajos secos, había estado yo muchas veces acompañando al sargento mayor don Pedro de Castro; era su taberna favorita y en ella, detrás de las cuadras, gozaba casi en propiedad de un tugurio, un cuartucho sucio donde incluso llegó a tener un camastro para dormir las borracheras. Si no fuera porque sabía a ciencia cierta que estaba él tan lejos, en la Nueva España, habría temido el sobresalto de encontrármelo sentado en alguna de las mesas. Atravesé el patio que hay a la entrada, donde hallé las mismas matas y la tinaja ventruda tumbada en una esquina. El mesón tiene una única y vasta sala, enorme, en la que está la cocina, el comedor y un almacén o tienda, en la que se amontonan grandes rollos de cuerda en el suelo junto a los estantes en que hay aceites, bálsamos, botellas de licor y medicinas. En las mesas, distribuidas aquí y allá bajo los arcos que sujetan la bóveda, no había demasiada gente, para el recuerdo que yo guardaba de aquel sitio, siempre atestado.

Enseguida vi a don Manuel. Estaba solo, en el lugar reservado para los hidalgos, a la derecha de la cocina. Apoyaba el codo del brazo izquierdo en el mármol blanco de la mesa y su cara reposaba sobre la palma de la mano; miraba a su alrededor, como si esperara a alguien, sonriendo extrañamente. Enjuto, pálido, con una servilleta en el pecho, de vez en cuando pellizcaba un pedazo del queso que nadaba en aceite en un plato. Luego sorbía el vino. La cabeza grande, las cejas pobladas cenicientas, el espeso bigote gris, curvado como un arco, el fuerte mentón, la barba lacia, los ojos azules tristones..., todo ello le daba un aire melancólico y ausente.

Me acerqué con respeto y le dije:

—Amo, me envía la señora. Es tarde ya...

Me miró extrañado, como tratando de recordar. Su rostro adquirió entonces la misma expresión de siempre, fría, ni inteligente ni estúpida.

—¿Es tarde para qué? —preguntó en tono monocorde.

—Dentro de un rato se hará de noche.

—Mejor que mejor, muchacho. Que se haga de noche; de noche Sevilla es embrujadora... Además, hay luna llena...

Se bebió otro vaso, casi de un trago. Luego puso en mí unos ojos llenos de autoridad y dijo:

—Anda, muchacho, siéntate y bebe conmigo.

Obedecí comprendiendo que no podría convencerle para que nos fuéramos a casa. Mientras me llenaba el vaso, observó ufano:

—A mí el vino todavía no me puede... a pesar de mis años... En cambio, don Raimundo hace muy poca bebida. Será que, como es tan pequeño de cuerpo..., poco odre tiene en la barriga...

Después de decir esto, soltó una risita maliciosa, tras la que se quedó pensativo, mirándome, antes de añadir:

—¿Y tú, haces mucho vino o poco?

—El que sea menester —respondí.

—Bien dicho, muchacho: el que sea menester. ¡Qué buena respuesta!

Llenó mi vaso de nuevo. Bebí, mi rostro se relajó y no sé por qué razón, me sentí a gusto, alegre. Entonces algo dentro de mí me impulsó a decir:

—Todo se arreglará, amo. No se preocupe vuestra merced.

Asintió con la cabeza, me miró con asomo de ternura, y contestó:

—Me encuentro pobre y acabado, ya lo sabes; pero no me siento vencido del todo. ¡Eso nunca! El mundo es misterioso; la vida encierra sus secretos: lo que hoy está oscuro y bloqueado, mañana puede iluminarse y abrirse... ¡Ah, si supieras todo lo que llevo pasado en esta existencia mía! Tú me conoces desde ayer, como quien dice, pero atrás tengo mucho camino recorrido... Yo he tenido lo mío, muchacho; lo que me correspondía, que no es poco...

Alzó la mirada al techo, perdiéndose en sus recuerdos. Luego llenó una vez más los vasos, bebimos y él empezó a hablar. Comprendí que necesitaba ser escuchado, que la vida pasada se le agolpaba en la mente y deseaba contar sus viejas historias. Refirió cómo fue su infancia, allá en las Islas Canarias, en Santa Cruz de la Palma, donde se crio a la sombra del gobernador don Ventura de Salazar y Frías, su protector. Se emocionaba recordando sus inicios en la milicia, la vida de soldado, los ascensos, las batallas, los peligros... El vino que había bebido traía a su imaginación la locura de la juventud, la brutalidad, los pecados... A ratos recorría su cara una amplia sonrisa, mientras evocaba momentos felices, o repentinamente apretaba los labios, conteniéndose, y los ojos le brillaban acuosos, quizás al sentir nostalgia. Hablaba y hablaba, como consigo mismo, y solo de vez en cuando me miraba de soslayo para ver si yo estaba atento. Me sorprendió que contemplara su vida como un todo en el que no cobraban entidad sus últimos años. Dejaba en libertad los recuerdos de su época de soldado con una avidez enorme, como si únicamente entonces hubiera tenido una verdadera vida, como si solo durante aquellos años hubiera sentido alegría: años de bebida, risas, canciones, mujeres y pasiones, disfrutados entre amigos y compañeros. Nada realmente extraordinario había en aquella existencia, que era como la de tantos hombres de su generación; por más que él la magnificase y se esforzase para llenarla de sublimes actos de valentía y abnegación... Sería por ese motivo, o porque el relato se alargaba demasiado, que se me empezó a hacer pesado, también el vino empezaba a hacerme efecto a mí, y me llevaba revolado a mis propios amoríos y recuerdos...

Cuando la taberna se quedó casi vacía, el gordo Diego emitió un ruidoso bostezo desde el mostrador, como un aviso, y empezó a contar lentamente las monedas recaudadas, para que nos percatásemos de que era llegado el momento de pagar. Pero don Manuel no se dio en absoluto por aludido, sino que pidió otra botella.

—¡Es tarde ya! —protestó el tabernero desde el mostrador.

—¿Tarde para qué? —replicó bruscamente el amo—. ¡Anda, trae eso de una vez!

El hombre cogió la botella del estante y se acercó arrastrando pesadamente los pies y balanceando su voluminoso y blando cuerpo envuelto en un delantal lleno de manchas. Entonces, tres mozos que estaban en la única mesa ocupada además de la nuestra, al ver que nos servía, gritaron:

—¡También a nosotros danos más vino, Diego!

—¿Qué pasa hoy? —preguntó el Gordo—. ¿Es que nadie se quiere ir a casa? Es casi de noche...

Y dicho esto, empezó a recorrer el local encendiendo las lámparas lentamente, produciendo con sus pesados pies un ruido peculiar, entre fatigoso y resignado.

—Don Manuel —dije—, deberíamos irnos ya; la señora estará preocupada...

El amo resopló, llenó los vasos y, como si lo que acababa de oír no fuera con él, se me quedó mirando fijamente, arqueando las cejas, y dijo:

—A los viejos nos gusta contar nuestras historias... No creas que no soy consciente de haberte aburrido...

—Oh, no, no... —me apresuré a contestar.

—¡Anda ya! No necesitas quedar bien conmigo.

Me sentí avergonzado y me excusé:

—Amo, no es que quisiera irme porque estuviera aburrido. Pensaba en la señora...

—A la señora no le pasará nada por estar en vela alguna noche. También yo me he privado de venir a las tabernas durante años... ¡Con lo que me gustan! Porque... ¡vengo demasiado poco para lo que me gustan las tabernas!

Me eché a reír, porque su voz ebria, sincera y quebrada, me hacía gracia. Él rio también con ganas, hasta que le brotaron lágrimas. Repetía como para sí:

—¿Y el vino? ¡No me gusta nada el vino! ¡Bebo demasiado poco para lo que me gusta!

Después se quedó serio de pronto, bebió un sorbo, me miró conmovido y dijo:

—¿Qué quieres que te diga, muchacho? Tengo una buera opinión de ti... Te tengo cariño; todos en casa te hemos cogido cariño —prosiguió, poniéndome la mano en el antebrazo y frunciendo el ceño—, por eso pienso que tenemos que hablar... Por eso me ha parecido oportuno pedir más vino y que nos quedemos un rato más...

Extendió la mano de nuevo, cogió la botella y llenó los vasos. Le miré con respeto y me esforcé para que viera que no podía estar más atento a sus palabras. Y él dijo de forma inesperada:

—Sé lo tuyo con Fernanda.

Tragué saliva. Me cogió por sorpresa y no supe qué responder.

—¿Qué...? —balbucí.

—A estas horas, con el vino que llevamos para el cuerpo, no hace falta hacerse el tonto... ¡Lo sé y basta! Tú eres un joven fuerte, bien educado e inteligente. Cualquier muchacha buena puede quererte... Fernanda está loca por ti y espero que tú la ames de la misma manera. Y no te preocupes por nada más... ¿Comprendes lo que quiero decirte?

Mirándole con estupor, respondí:

—Comprendo, amo... Vuestra merced no tiene hijos y...

—¡Quién ha dicho que no tengo hijos! —replicó bruscamente—. Doña Matilda no me ha dado hijos, pero Dios sí...

Apuré mi vaso, sin saber qué pensar ni qué decir. Empecé a sentirme angustiado, pues no comprendí lo que él quería decir. Él entonces me miró con lástima y dijo:

—No te asustes, muchacho. ¿No te dije que teníamos que hablar? Para mí hablar es hablar de verdad...

Bebió, se pasó el dorso de la mano por los labios y añadió:

—La vida es, en efecto, hermosa; pero... ¡qué infierno de dificultades y mentiras! Seguir los impulsos del corazón no siempre procura felicidad a los hombres... ¡No! Sentirse libre y al mismo tiempo feliz no es nada fácil... Ya te he contado cómo fue mi juventud: intrépida, apasionante; pero también loca e inconsciente... Sí, muchacho, tuve amores...Tuve mis amores y mis placeres. ¡Y engendré hijos! Cinco vástagos naturales me dejó aquel tiempo fugaz y atolondrado: dos los tengo en Lisboa, varones; en Jerez, hembra y varón; en Sevilla, un fraile de Santo Domingo... Todos son ya hombres y mujeres hechos y derechos. De todos ellos me ocupé y, ya ves, en el pecado llevo mi penitencia; ¡viejo y arruinado! Esas mujeres, las madres de mis hijos, no eran de familias que tuvieran linaje o fortuna; así que proseguí mi vida, esperando sentar cabeza conforme a mi condición... Luego llegó doña Matilda y la boda... ¡Y más tarde la ruina!

Tras esta confesión, enmudeció y se encerró en sus cavilaciones. Yo estaba profundamente conmovido y sin acertar a decir nada.

El gordo Diego estaba terminando de apilar las sillas y las mesas, se quitó el delantal y lo colgó en un clavo de la pared.

—¡Señores! —exclamó—. ¡Voy a apagar las lámparas!

Los tres mozos abonaron lo que debían y se marcharon. Mientras el tabernero ahogaba la última llama, don Manuel se puso en pie trabajosamente. Se apoyó en el bastón con la mano izquierda y con la derecha en mi hombro. Salimos a la oscuridad exterior y fuimos caminando casi a tientas por el laberinto de calles que partía del Postigo del Carbón, intramuros, que yo conocía de memoria por haberlo recorrido mil veces. Los gatos cruzaban como sombras y las ratas trepaban por las paredes.

Al llegar a la casa, nada más abrir la puerta, doña Matilda exclamó llorosa:

—¡Por la Virgen Santísima, esposo! ¡Con los males que tenemos encima!

—¡A callar! —contestó él como un trueno—. ¡A grandes males, grandes cogorzas!

3. Desazón y reproches a causa del pasado y el presente

Sentí deseos de contarle a Fernanda lo que don Manuel me había referido la tarde anterior en la taberna del Gordo Diego. Era como si aquel secreto me quemase por dentro y necesitara compartirlo con ella. La busqué por la mañana, la llevé a un lugar apartado en el patio, y después de asegurarme de que nadie pudiera oírme, le dije:

—Fernanda, me he enterado de algo que debes saber... Pero te ruego que no se lo cuentes a nadie..., ni siquiera a la señora...

—Confía en mí —contestó.

—Lo que voy a revelarte son verdades muy crudas —empecé—. Son cosas que ayer tarde me confesó el amo, entre vino y vino... No sé por qué, a mí precisamente, me contó cosas muy íntimas...

—Pero ¡qué cosas! —se horrorizó ella—. ¡Habla de una vez!

—El amo tiene hijos; ¡cinco nada menos!

—¡Acabáramos! —exclamó con un suspiro, sonriendo—. Eso lo sabe todo el mundo; doña Matilda la primera.

—Entonces... ¡Tú lo sabías!

—Claro que sí. Es un secreto a voces... El amo tiene cinco hijos y nueve nietos. ¿De dónde sino crees que le ha venido la ruina?

Me quedé en silencio un instante, mirándola con asombro. Luego mascullé algo enojado:

—¿Y por qué no me lo has dicho?

—No lo sé... Porque no me lo has preguntado...

—¡Querida! —repliqué malhumorado—. ¿Qué estás diciendo, querida? ¿Por qué iba a preguntártelo? Lo normal es que hubiera salido de ti decírmelo...

Fernanda se quedó un momento sin pronunciar palabra, apenada, seria, la mirada fija en mi cara; luego declaró con frialdad:

—Querido, ¿qué importancia tiene eso? Don Manuel tiene hijos y nietos, ¿y qué? ¡Pareciera que yo soy la madre!

—No comprendes lo que quiero decirte —repliqué—. Creía que entre nosotros había confianza... ¿Ves lo que ha sucedido? En cuanto que yo me he enterado, he corrido a contártelo... Quería que lo supieras, puesto que no debe haber secretos entre nosotros. No es un asunto baladí...

Ella frunció el ceño, irritada, sintiéndose cada vez más molesta por mis reproches.

—¡Pero bueno! ¿A qué viene esto? No acabo de ver por qué me echas en cara esos hijos... ¿Acaso a ti y a mí nos afectan en algo?

—Por un lado, no nos afectan en nada —repliqué—; pero, por otro, sí... ¿No te das cuenta, querida? He hipotecado mi vida en esta casa, implicándome en su ruina y en sus problemas, que no son pocos, y nadie me había contado lo de esos hijos... ¿No será que hay más secretos aquí?

Fastidiada por mis dudas imprevistas y mis sospechas, ella contestó enojada:

—¡No digas bobadas! ¡Qué secretos ni qué...!

Me quedé pensando un momento e inquirí con decisión:

—Dime con franqueza: ¿por qué no me lo contaste?

Dudó y luego respondió:

—No lo sé... Tal vez porque temí que te abrumaras con un inconveniente más y decidieras marcharte...

—¡Ya veo! ¡Ah! Ahora lo entiendo... Me lo ocultaste de acuerdo con ellos.

—¿Con ellos? ¿Con quiénes?

—Con los amos, naturalmente. ¡Qué listos! Muy bien pensado... Pensabais que si el tontito este se enteraba de que hay más gente con la que repartir las ganancias...

Se produjo un silencio. Ella había perdido todas las fuerzas: su rostro ahora adoptó una expresión culpable, apenada..., confusa como la de una niña. Retrocedió y después se marchó lloriqueando.

Ese mismo día, durante el almuerzo, apenas se habló desde que nos sentamos a la mesa. Las caras estaban tristes y escurridizas. A mí se me había pasado todo el enfado y ahora sentía una gran lástima por Fernanda; pensaba:

«¡Qué vergüenza! Me he comportado como un chiquillo. Ella no tiene ninguna culpa. He debido de parecerle ridículo y terco...»

Al final de la comida, cuando creía que íbamos a levantarnos ya de la mesa para rezar, sin que nadie dijera nada, doña Matilda me miró cariacontecida y dijo con aflicción:

—Los hombres son débiles y pecadores... Lo malo es que las consecuencias de los pecados y las locuras de los hombres las sufren las mujeres inocentes...

Después de decir eso, se echó a llorar con amargura. Se hizo un silencio más tenso aún que el anterior; mientras ella sollozaba y se enjugaba las lágrimas con la servilleta.

Me fijé en la cara de don Manuel; miraba a su esposa con una mezcla de estupor y seriedad, y al cabo de un rato, murmuró entre dientes:

—Empiezo a cansarme de tanto lloriqueo y tanta mandanga...

Doña Matilda se volvió hacia él y explotó desesperada:

—¡Encima esto! ¡Un respeto, por Dios! ¡Compadécete de mí! ¡Ay! Tengo una angustia...

—¡Cállate, mujer! —le espetó él—. ¿Te vas a pasar la vida echándome en cara mis pecados de juventud? ¡Quién no ha tropezado de mozo!

—¡No callaré! —contestó ella dolida y lastimera—. No debo callar... ¡Ay!, ¡desgracias de mujeres! Desgracias de mujeres que vienen de los hombres...

El amo se puso a mirarla en silencio, movía la cabeza como negando, muestra de su ánimo alterado. Mientras, su esposa proseguía entre sollozos:

—¡Es la triste realidad! ¿Qué puede esperar ya de la vida una mujer como yo? Sin hijos, sin esta casa, sin futuro, sin el navío... ¡Sin nada! ¡Dios tenga misericordia! Y todo por culpa de tanta taberna, tanto vino, tantas malas mujeres... Ay, si yo lo hubiera sabido... ¡Ay! Quién me mandaría a mí...

Don Manuel suspiró desde lo más hondo y la observó ahora con ojos abatidos, diciéndole con débil voz:

—Esposa, por el amor de Dios, no me humilles más... ¿Acaso no sabes cuánto sufro yo también?

Yo miré entonces a Fernanda y vi cómo la invadía la tristeza. Agachó la cabeza y le corrieron brillantes lágrimas por las bonitas mejillas. Pensé: «No se merece vivir en medio de este drama terrible. Ella es buena y pura; no, no se lo merece...»

4. MÁS DISGUSTOS Y MÁS HIJOS BASTARDOS

En la primera ocasión que se me presentó para estar a solas con ella, le hablé con franqueza y seguridad.

—Fernanda —le dije—, decididamente, voy a marcharme de esta casa...

Ella me lanzó una mirada sorprendida y dirigió rápidamente su cabeza hacia otro lugar, como diciéndome: «No tengo ninguna intención de hablar de eso ahora.»

—Fernanda, debes escucharme —le rogué—. ¡Por favor, mírame!

—Ya sabía yo que acabarías dejándonos...

Esta frase llegó a mis oídos como un lamento fúnebre. No quería afligirla, pero me sentí obligado a dar alguna explicación; así que contesté:

—Debes comprenderlo, me siento como prisionero de una existencia que no es la mía...

Me miró fraterna, en medio de una tristeza que hizo temblar en sus ojos el asomo de las lágrimas.

—Sí... Lo sé —dijo—. Sé muy bien lo que te pasa... ¿Y cuándo tienes pensado irte?

—Estos serán mis últimos días... Mañana o pasado mañana le comunicaré mi decisión al amo... Créeme, me duele mucho tener que decirte esto...

—Tú no conoces el dolor —susurró con voz muy triste—. Y le pido a Dios que no tengas que conocerlo nunca... Espero que te vaya muy bien y que encuentres a quien te ame y te haga feliz...

—¡Ven conmigo, Fernanda! —supliqué—. Yo te haré feliz a ti.

Sonrió y negó con la cabeza.

Aquella sonrisa me empujó, envalentonado como un niño, a abrazarla y dar rienda suelta a mis sentimientos:

—¡Oh, Dios, cómo podría convencerte! No debes seguir aquí, esta tampoco es tu vida. ¡Acabarás siendo una amargada!

Ella temblaba y decidí no insistir para no agobiarla. La apreté contra mi pecho; y entonces ella, de manera totalmente inesperada para mí, dijo de repente:

—Sí, sí... ¡Llévame contigo! ¡No me dejes aquí!

No podía creer lo que oía, así que la aparté y me quedé mirándola fijamente, para ver si hablaba convencida.

—Sí... —repitió—. ¡Llévame!

Sentí el corazón por encima de una ola de felicidad, latiéndome con fuerza.

—¡Dios mío! —exclamé—. ¡Gracias a Dios!

Con una cara que ocultaba el sufrimiento, Fernanda dijo:

—Esto es muy duro para mí... Llevo con los amos más de ocho años...

—¡No te arrepentirás! —me apresuré a contestar, con el corazón suspirando—. No tenemos nada; ni tú ni yo tenemos otra cosa en la vida que nuestra mocedad... ¡Adelante! Te juro que te haré feliz...

—Hoy mismo hablaré con los amos —dijo con determinación.

Esa misma tarde Fernanda subió al salón de los amos, y allí permaneció durante una hora que se me hizo eterna. Abajo en el patio, esperando para ver en qué quedaba aquello, llegué a pensar que ella se echaría atrás y que no sería capaz siquiera de abrir la boca. Pero, de pronto, se oyó arriba un agudo grito de doña Matilda que me estremeció el alma:

—¡No, Fernanda, por el amor de Dios!

Hubo un silencio largo, algunos sollozos y palabras incomprensibles. Luego sonaron pisadas presurosas en la escalera. Bajaba Fernanda, y tras ella venían los amos, suplicándole:

—¡No hagas una locura!

—¡Piénsalo bien!

—¡Hablemos con calma!

—¡Espera!

Sobresaltado por aquellas voces acudieron enseguida el administrador y las mulatas. De repente, estábamos todos en el patio, envueltos en el aire trágico de un nuevo disgusto. Y doña Matilda me miraba furiosa, apretando los dientes; mientras, don Manuel venía hacia mí, amenazante, alzando el bastón y gritando con una voz exasperada por el rencor y la ira:

—¡Truán! ¡Hijo de mala madre! ¡En mi casa! ¡En mi propia casa! ¿Esto es lo que has hecho con mi confianza? ¿Engatusar a la moza para llevártela? ¡Ladrón!

Viéndome insultado de aquella manera, traté de reunir toda la serenidad que podía, a pesar de la tensión del momento, y repliqué:

—¡Ella es libre! Ella no es una esclava y puede hacer lo que le dé la gana... ¡Y no consentiré que se me ofenda! ¡Cuidado con lo que se dice!

—¡Canalla! —gritó doña Matilda—. ¿A eso has venido a esta casa? ¿A llevártela? ¡Ladrón! ¡Sinvergüenza!

—¡Cuidado con la lengua! —contesté—. ¡He dicho que ella es libre!

—¡Cállate! —gritó groseramente el amo—. ¡Fuera! ¡Fuera de esta casa! ¡Aléjate de mi vista o haré correr tu sangre en el mismo suelo que estás pisando! ¡Don Raimundo, mi espada! ¡Vaya inmediatamente vuaced por mi espada!

El administrador iba de un lado a otro por el patio, aterrado, desconcertado, y empezó a exclamar con voz desgarrada:

—¡Calma! ¡Por Dios bendito, tengamos calma!

—¡Mi espada! ¡He dicho que me traiga vuaced la espada! —volvió a gritar el amo.

Y doña Matilda, jadeante, avanzó hacia Fernanda con los brazos abiertos.

—¡Mi pequeña! ¡No te dejes engañar, no te vayas!

Fernanda empezó a llorar. Se cubrió el rostro con ambas manos y se dejó caer de rodillas en las losas de mármol, gimiendo con desesperación. Entonces yo fui hacia ella y le dije valientemente:

—Ve por tus cosas... ¡Coge tus ropas y salgamos de aquí!

Me miró desde un abismo de amargura y temí que fuera incapaz de hacer otra cosa que llorar; pero, milagrosamente, pareció cobrar ánimo, se puso en pie y obedeció mi consejo. Volvió a subir por la escalera al piso alto. Los amos fueron tras ella, entre gritos:

—¡¿Adónde vas?!

—¡Detente!

—¡No le hagas caso!

—¡No te vayas!

Arriba se oyeron nuevas voces, como truenos, entre lamentos y sollozos. Luego hubo silencio. Siguió arriba el rumor de una conversación más calmada, y un nuevo silencio expectante. Al cabo sonaron pasos en la escalera. Fernanda venía acongojada, acompañada por el ama que la llevaba con el brazo sobre los hombros, besándola de vez en cuando y hablándole al oído.

—¿Se puede saber qué pasa ahora? —inquirí, temiendo que la hubieran convencido—. ¿Vas a venir conmigo como dijiste o no?

Doña Matilda me traspasó con la mirada y masculló:

—¡Déjala, por Dios! ¡Déjala pensar!

—¿Pensar? —repliqué—. ¿Qué tiene que pensar?

El ama dio entonces una fuerte palmada y les ordenó a las esclavas:

—Jacoba, Petrina, id a preparar un cocimiento de tila y azahar... Necesitamos tranquilidad... Sí, todos necesitamos tranquilidad... —Y después de suspirar hondamente, añadió—: Será mejor que entremos en el comedor; aquí en el patio, con tantas voces, estamos alimentando la insana curiosidad de los vecinos. ¡Andando al comedor, allí hablaremos!

Se hizo el silencio mientras entrábamos. Nos sentamos derrotados en torno a la mesa. Y, al oírse los pasos del amo en el patio y el golpeteo de su bastón, temí que viniera provisto de su espada... Pero, cuando abrió la puerta, apareció con una actitud muy diferente a la que había manifestado hacía un rato: venía con su habitual aspecto melancólico, como sin energía, callado y pesaroso. Se sentó y estuvo sorbiendo el caldo, mientras le corrían lágrimas por los surcos de las arrugas. Doña Matilda le miraba con disgusto, sin decir nada, dejándole apurar el tazón. Luego, en un tono que aunaba resignación y tristeza, le indicó a su esposo:

—Ahora debes hablar; debes contarlo todo... Con lo que llevamos pasado, en esta casa no debe quedar nada oculto... ¡Basta ya de secretos! ¡Todo debe saberse! ¡Absolutamente todo!

El amo alzó la mirada. Ya no quedaban restos de enfado en su expresión abatida. Soltó la taza, cruzó las manos sobre el puño de su bastón y afirmó con una voz débil y monocorde:

—Sí, debo contarlo todo... Se acabaron los misterios... Dios quiere que la verdad salga a la luz...

El administrador era ya el único que seguía visiblemente alterado; sus nervios lo dominaron de repente y, entre jadeos, murmuró:

—Señor, considero que... Señor... piense vuestra merced que...

—¡Calla! —gritó el amo, golpeando el suelo con el bastón—. ¡He dicho que debo hablar y voy a hablar!

Se hizo un impresionante silencio, en el que todos estábamos pendientes de él. Pensé: «Ya sabía yo que debía de haber más secretos en la casa.»

El amo dio algunos golpes más con el bastón en el suelo y después empezó a hablar con voz profunda:

—Bien sabéis que me crie allí en las islas, en Santa Cruz de la Palma. Mi madre no era una mujer rica, pero nunca le faltó de nada... A mis cuatro hermanos y a mí tampoco nos faltó de nada; aunque no teníamos padre... Bueno, toda criatura tiene un padre. Y no me refiero al Padre Eterno;

todos venimos al mundo merced a un padre humano como nosotros... Yo no supe quién era el mío hasta que fui mozo... Con dieciséis años cumplidos me enteré de que mi padre vivía cerca, aunque siempre me dijeron que andaba lejos, en las guerras... Y resultó que mi señor padre era don Ventura Salazar de Frías, el gobernador de la isla...

Don Manuel se quedó callado, se le encogió el labio inferior mostrando una sonrisa enigmática, y prosiguió con voz apagada:

—Naturalmente, don Ventura tenía otros hijos además de los que engendró con mi madre... Sus otros hijos eran los legítimos, habidos en su matrimonio con doña Leonor de Sotomayor Topete y Vandalle, su legítima esposa... Nosotros éramos los bastardos... Pero no se desentendió mi señor padre de nosotros. A cada uno de los varones, cuando tuvimos la edad oportuna, nos dio oficio en la milicia y nos llevó consigo a las campañas militares... A las hembras les dio dote y casamiento... A mí me tenía especial cariño. No obstante, nunca me llamó hijo, nunca me dijo que era mi padre natural; pero siguió sin faltarme nada mientras estuve bajo su autoridad... Años después, cuando decidí venir a la Península para buscar mis propias aventuras, me otorgó libertad y me dio dinero suficiente para empezar aquí la vida... Después ya se sabe lo que pasa: el tiempo todo lo aleja y todo lo transforma... No volví jamás a la isla y nada más necesité de don Ventura; aquí en Sevilla me encaminé por mi propio camino y me labré mi propio destino, sin la ayuda de nadie, hasta el día de hoy... Gracias al documento que me acredita como hijo de don Ventura Salazar de Frías, pude demostrar la pureza de mi sangre y la hidalguía que me ahorró mayores dificultades. Viví años de prosperidad y años de carencias, como todo hijo de Dios, pues la vida contiene en sí misma tanto lo bueno como lo malo. No puedo quejarme pues. Es ahora, en mi vejez, cuando más estoy padeciendo; cuando más desvalido me encuentro...

Bajó la vista con dolor y abatimiento. Luego, con una triste tranquilidad, siguió:

—Ahora, aunque tengo ya edad de ser abuelo, y Dios me ha dado a mí también mis propios hijos y nietos naturales, vuelvo a necesitar un padre... Ahora vuelvo a acordarme de don Ventura Salazar de Frías...

Movió su mano, como si quisiese explicar lo que quería decir, y añadió:

—Y aunque ya hace por lo menos veinte años desde que supe que don Ventura, mi señor padre, había muerto en Santa Cruz, siendo maestre general de campo, gobernador y regidor perpetuo de la isla, no le molesté nunca. Nada reclamé entonces de lo que me pertenecía en derecho, según ese documento que me acredita como hijo suyo; porque nada necesitaba entonces. Pero hoy, puesto que soy viejo y pobre, pienso pedir la parte que me corresponda en la herencia... Soy hijo y, como tal, estoy seguro de que mi señor padre dispuso en su testamento algo para mí, pues era un hombre noble, justo y buen cristiano, cumplidor de sus obligaciones...

Mientras escuchaba lo que decía su esposo, en los ojos de doña Matilda se encendían chispas de alegría y esperanza; pero se mantenía en silencio, por fuerte que fuera su deseo de estallar en manifestaciones de júbilo.

Don Manuel prosiguió:

—He escrito cartas al obispo de Santa Cruz de la Palma, a los notarios y escribanos y al heredero legítimo de don Ventura, mi medio hermano don Pedro Salazar de Frías. Espero pronta respuesta... Estoy bien seguro de que Dios no me ha abandonado y tengo la esperanza de recibir el legado que me corresponde en justicia lo antes posible; no solo por mí, sino por esta esposa mía, que tanto ha sufrido por mi causa, por mis hijos naturales, a quienes ya no puedo ayudar... Y porque... —su voz se quebró—. Y porque...

Aquí doña Matilda ya no pudo aguantar más, rompió las ataduras que la mantenían sumisa y callada, e instó a su marido.

—Dilo, dilo de una vez... ¿No ibas a contarlo todo sin ocultar nada?

El amo movió la cabeza, apenado; sus ojos se inundaron de lágrimas una vez más, y dijo a media voz:

—Tengo una hija más, la sexta, la más joven, y a la que debo cuidar especialmente...

Se quedó callado. El silencio y nuestra atención le apremiaron. Con la mano izquierda se retorció el bigote nerviosamente, miró a Fernanda y le dijo con voz temblorosa:

—Sí, eres hija mía, Fernanda, te tengo reconocida como tal, aunque nunca hasta hoy te lo dije...

Ella se estremeció apreciablemente, enseguida apareció el desconcierto en su rostro, y observó con un hilo de voz:

—Pero... Pero si yo tengo padre y madre...

Don Manuel la siguió mirando con ternura y explicó...

—Hija mía, en el pueblo tienes madre, en efecto, pero su legítimo esposo no te engendró... No te miento cuando te digo que soy tu padre, porque lo soy, ante Dios y ante el mundo. Puedes ir y preguntárselo a tu madre si te cuesta creerlo; ella te dirá la verdad...

Doña Matilda se creyó con derecho a intervenir y dijo en un tono serio, que disimulaba sus auténticas emociones:

—Yo lo supe hace mucho tiempo, Fernanda. Te acogí

en la casa porque mi marido me lo pidió... ¿Qué si no podía hacer? Después, con el tiempo, te cogí cariño... ¡Como a una hija de verdad! Así somos las mujeres: aguantar, aguantar y aguantar... Y así son los hombres: a lo suyo, siempre a lo suyo, como si sus acciones y su egoísmo no tuvieran consecuencias... ¡Así son los hombres!

Molesto, el amo mascculló:

—Así sois vosotras, las mujeres, un manojo de lamentos...

Nos quedamos en completo silencio, mirándole. Para mí particularmente, aquellas revelaciones todo lo cambiaban. A partir de ese momento, ¿qué podía hacer yo? Ni se me ocurrió ya insistir más incitando a Fernanda para que se marchara conmigo. Así que, completamente desconcertado, me levanté y me dispuse a salir de allí.

—Con permiso —dije abrumado—, yo me despido. Visto lo visto, no tiene ningún sentido que siga en esta casa... Me siento confundido, avergonzado...

—Ha estado muy mal querer llevarse a la muchacha —me reprochó doña Matilda—, muy mal; así, de esa manera, sin pedir siquiera nuestra opinión...

Don Manuel le echó una mirada furibunda a su esposa y le dijo:

—Deja que yo ponga las cosas en su sitio, mujer.

Luego me miró a mí con un aire de serenidad que le hacía venerable.

—Muchacho —dijo—. En efecto, eso ha estado mal, muy mal. Comprendo que aquí no encuentres porvenir y que estés enamorado; pero no tenías por qué tratarnos de esa manera, sin tenernos consideración, desechándonos como a cacharros viejos e inservibles... Me enojaste. Me enojaste tanto que por poco hago una locura. Cuando no tenías necesidad... Pero, gracias a Dios, has dado con un hombre comprensivo, y alcanzo a entender que la juventud tiene esas cosas... Ya te dije que confiamos en ti. Puedes irte si quieres, pero no es justo que te lleves contigo a mi hija...

Calló mirándome interpelante. Un instante después, añadió:

—Y, si en vez de eso, también te pareciera oportuno quedarte en la casa, puedes seguir con nosotros. Te debo mucho y quiero pagártelo. Cuando reciba mi herencia saldaré la deuda contigo. Por lo demás, todo está perdonado. Aquí no ha pasado nada...

Tomé de nuevo asiento y, volviéndome hacia Fernanda, le dije:

—No te he obligado a hacer nada que no quisieras hacer tú. Díselo a ellos. He sido sincero contigo, como tú lo has sido conmigo. Irte de esta casa o quedarte, es decisión tuya. Y comprendo que un padre es un padre... Pero yo me iré. Ya tengo recogidas mis escasas pertenencias...

Ella no respondió. El amo hizo con la mano izquierda ese movimiento que parece dar por terminada una cuestión enfadosa y nadie dijo nada más. Entonces salí de allí y fui a mi cuarto para coger el hato.

Sin que yo lo esperara, detrás de mí entró don Raimundo, agitado, sudoroso, y me dijo:

—Cayetano, piénsalo, piénsalo bien...

Y después de un silencio lleno de ansiedad exclamó:

—¡No seas orgulloso, demonios! ¿No te das cuenta de que los tienes en el bote? Tuyo es el corazón de Fernanda y los amos no harán nada para impedir el matrimonio... ¡Demonios! ¿Por qué te marchas ahora que parece que todo va a solucionarse?

Hablando más bien conmigo mismo que con él, murmuré:

—Aquí siempre parece que todo fuera a solucionarse... Y después todo se echa a perder...

—¡La herencia! ¡Piensa en la herencia!

Le miré atentamente, creyendo que deliraba. Él continuó:

—Los Salazar de Frías son ricos, muy ricos. Por poco que le corresponda a don Manuel, a buen seguro serán unos cuantos miles de doblones, alguna hacienda en la isla, casa, ganados... ¡Piensa en la herencia! Perderás a la muchacha y perderás la herencia...

—¡A mí la herencia me trae al fresco! ¡Ella es quien me importa!

Me senté en la cama, hecho un mar de dudas. El administrador me puso la mano en el hombro y añadió:

—¿Adónde irás? No posees nada... Nada tienes que perder si te quedas...

—Sí tengo que perder: ¡tiempo!

—¡Bah! ¡Eres aún mozo! Si tuvieras mis años...

Mecánicamente, me puse a deshacer el hato. Suspiré con cierto alivio, y mientras devolvía mi ropa a la percha, pensé que en el fondo no había deseado irme.

5. UNA CARTA Y UNA NUEVA VIDA

A mediados de otoño se recibió una carta cuya procedencia era la isla de la Palma. Cuando don Manuel de Paredes hubo observado con meticulosidad el remite y los lacres, antes de abrirla, se quedó como sobrecogido de estupor y de alegría, como cuando se está delante de un prodigio. Permaneció así, con la cabeza temblorosa y la vista fija en el envoltorio, mientras todos estábamos pendientes de él, aguardando a que dijera algo.

—¡Vamos, ábrela de una vez! —le apremió nerviosa doña Matilda—. ¿A qué esperas?

El amo balbuceó en voz baja:

—Son los sellos de la casa de Salazar de Frías, no hay duda... Me escribe mi medio hermano...

—¡Ábrela de una vez!

Don Manuel no dijo nada. Tenía los labios pálidos, los ojos vidriosos y las manos trémulas. Sin dejar de mirar la carta, anduvo con pasos vacilantes y cruzó el recibidor en dirección a su despacho. Se encerró dentro con llave y nos dejó allí soportando nuestra incertidumbre e impaciencia.

—A cualquiera que se le cuente —dijo doña Matilda—. Tanto tiempo esperando y ahora parece no tener ninguna prisa... ¡Cuando en esa carta está nuestro porvenir! Este esposo mío cada día va teniendo más cosas de viejo...

El ama ya lo venía diciendo: «Mi esposo va decayendo.» Y era cierto que, de un tiempo a esta parte, a don Manuel de Paredes se le veía envejecer de manera acelerada, casi de un día para otro. Apenas hablaba y se pasaba casi todo el día sentado en el patio, mano sobre mano. Ya no iba a las tabernas, ¡con lo que le habían gustado!; ya no golpeaba con el bastón la puerta, cuando regresaba y tardábamos en abrirle; ya no daba voces... En fin, estaba mucho más abatido. Se conservaba firme porque no se doblegaba, no se rendía, sabiendo que debía solucionarles la vida a los suyos. Pareciera que únicamente le mantenía en pie la espera de recibir noticias de la isla, de tener respuesta a su reclamación. Por eso, la llegada de la carta le sumió en una suerte de ensueño, como si no se creyera que fuera posible tenerla al fin entre sus manos.

Pasó un largo rato, en el que no supimos lo que hacía dentro del despacho, y llegamos a presentir y temer que la carta no tuviera ninguna buena noticia. Doña Matilda aguantó cuanto pudo su impaciencia; pero, cuando no pudo más, se fue hacia la puerta y la golpeó insistentemente con los nudillos.

—Esposo, esposo... ¿Te sucede algo?

Como el amo no le hacía caso, volvió al recibidor bufando:

—¿Cómo es posible que no me tenga consideración? ¿No se dará cuenta de mi desasosiego?

Después de una larga hora de espera y repetidas quejas del ama, al fin se oyó crujir la llave. Abrió el amo y asomó sonriente, conmovido, lloroso... Lo enjuto de su rostro, la profundidad de sus arrugas y la mustiedad general de su aspecto, no restaban nada a la visible alegría que traslucía su semblante.

El ama corrió hacia él, exclamando:

—¡Por Dios, esposo! ¡Habla! ¿Qué dice esa carta?

El amo dijo en tono de excusa:

—Debía cerciorarme bien... Comprende, mujer, que debía asegurarme de que lo que leían mis ojos eran realidades y no sueños...

—¡Por Dios, habla de una vez! ¿Qué dice la carta?

Don Manuel levantó su vieja cabeza, alargó su delgado y arrugado cuello y, poniendo la mirada en las alturas, exclamó:

—¡Dios es misericordioso! ¡Bendito sea! ¡Y bendito sea mi señor padre, don Ventura Salazar de Frías, que no se olvidó de este miserable hijo suyo!

—¡Dios mío! —gritó el ama—. ¡Dios bendito! ¡Dios mío!

Don Manuel tenía la carta en la mano, la apretó contra su pecho, como abrazándola, y dijo con voz temblorosa:

—Se acabó el infortunio en esta casa... En el testamento de don Ventura Salazar de Frías se me nombra como hijo natural, se me contempla y se me dota en el codicilo con una renta anual, una casa en Santa Cruz y una buena hacienda en el lugar conocido como «La Cova», que está en unos llanos de la isla... Aquí lo dice todo, con puntos y comas, en esta bendita carta... ¡Y aún hay más! En Santa Cruz tengo dispuesto enterramiento en un convento, junto a otros parientes míos... ¡Ya puedo morir en paz!

Doña Matilda soltó una carcajada; lloraba de pura alegría. Exclamó:

—¡Por Dios, esposo! ¡Quién piensa en morirse precisamente ahora!

—Sí, ríe, ríe —contestó el amo—, que nunca se sabe...

—¡Estaría bueno que no riera ahora, con lo que llevo llorando!

El viejo esbozó una sonrisa que acentuó las arrugas de su cara y dejó ver la dentadura irregular y amarillenta. Nunca se le había visto sonreír de aquella manera.

—Tendremos que viajar —dijo con satisfacción y cierto asomo de intrepidez en la mirada—. ¡Oh, quién me iba a decir a mí que acabaría mis días allí, en la isla, donde nací!

Su esposa le miró vanidosa, se llevó las manos al pecho y murmuró con mirada soñadora:

—Una casa en Santa Cruz, una hacienda, una renta, criados... ¡Como verdaderos señores!

—Así es, esposa mía —asintió don Manuel—. Debemos dar gracias a Dios y manifestarnos humildes y arrepentidos... Haremos caridad con los necesitados... No me esperaba ya tanta misericordia de parte de Dios... ¡En su gloria tenga a mi buen padre!

Después de orar de esta manera, se volvió hacia Fernanda y le dijo:

—Hija mía querida, ¿ves cómo debías quedarte con nosotros? Ahora no te faltará de nada. Allí serás presentada como lo que eres, como una verdadera hija.

La voz frágil y ronca de don Manuel anunciaba una gran plenitud de cariño y generosidad. Luego nos miró al administrador y a mí.

—Vosotros habéis permanecido fieles —dijo—. Os debo mucho, servidores míos... Os recompensaré. Podéis venir con nosotros a la isla, donde podréis gozar de una vida digna a nuestro lado. Mi esposa, mi hija y yo nos sentiremos muy felices teniéndoos con nosotros en nuestra nueva casa de Santa Cruz.

Avancé hacia él, le miré a los ojos y, con embarazo, murmuré:

—Señor... Fernanda y yo...

Él clavó en mí unos ojos en los que repentinamente se abrió paso la dureza.

—¡Ah, claro! —contestó bruscamente—. Ya sé lo que queréis. ¡Casaros! ¿No es eso lo que queréis?

Y se detuvo, mirando ahora a su hija; pero, antes de que ella o yo tuviéramos tiempo de responder, añadió con voz airada y grave, señalándome con su delgado y pálido dedo:

—Este es un pelagatos, que no tiene otra cosa que lo que le debo y esa recompensa que le he prometido; pero... ¿qué puedo hacer yo? ¡Ya lo habéis arreglado! ¡Ya lo tenéis decidido!

—Sí, señor... —balbucí—. No hace falta que diga que, si he seguido en esta casa, ha sido por ella...

—No hace falta que lo digas —respondió con voz severa—. Si antes no me pareció mal que estuvierais enamorados, ¿creéis acaso que ahora he cambiado de opinión?

¿Acaso por recibir esa carta? ¿Por saber que ya no somos pobres...? No, no voy a negarme... Y si no me gustare demasiado, me aguantaré... No tenéis que hacer más que pedirme permiso. Una formalidad... Pero yo y solo yo fijaré el día de la boda, que, por supuesto, no será aquí, sino allá, en Santa Cruz, cuando ya poseamos la nueva casa y la nueva vida...

6. La muerte avisa

Fuese casualidad, fuese que hubiera en él un principio de inquietud, el caso es que don Manuel de Paredes intuyó que era llegada la hora de su muerte. Extremándose los primeros fríos, a mediados de noviembre, se sintió enfermo y mandó a don Raimundo que llamara a un notario para hacer su testamento. Y una semana después de ordenar su herencia y de que los escribanos anotasen minuciosamente hasta la última disposición de su voluntad, ya no se levantó de la cama.

Doña Matilda, compungida, nos reunió en el patio y nos dijo entre lágrimas:

—Está convencido de que ha llegado su hora... ¡Debemos animarle entre todos! Es tan terco que, si se empeña en morir, se morirá... ¡Dios mío, ahora esto...!

Subimos a su dormitorio formando una suerte de comité vivificante, convencidos de que todo aquello era fruto de la fantasía del amo. Pero lo encontramos acostado, sin fuerzas; la vejez y la enfermedad parecían haberle arrebatado súbitamente la carne y la vitalidad, dejándole apenas un cuerpo insignificante que desaparecía en la lenidad del abultado colchón bajo el cobertor. Solo la cara, el cuello y un delgado brazo se dejaban ver, con una piel amarillenta y azulada pegada a los huesos. Aquella visión nos hizo desistir en nuestro empeño de darle enconados ánimos. Únicamente don Raimundo se echó sobre él y, besándole la mano seca, exclamó:

—Señor, señor... ¡Ay, Señor! ¿Cómo se va a venir ahora abajo vuestra merced? ¡Ahora que al fin hemos vencido las dificultades!

El amo estaba muy pálido, incapaz de hacer cualquier movimiento que no fuera entreabrir los párpados o llevarse la mano al pecho de vez en cuando. Miraba en torno suyo, como hombre que comprende dónde ha caído y que no espera ya levantarse; y sus ojos acuosos, sucesivamente dirigidos hacia los que le rodeábamos, se movían con una lentitud atenta y emocionada. Evidentemente, estábamos ante un hombre anciano que había pasado de un día para otro a ser moribundo.

Aun así, doña Matilda hizo un esfuerzo para unirse al administrador a la hora de darle ánimos.

—Esposo, no te dejes vencer... ¿Un poco de catarro va a poder contigo?

Con voz débil y fina, como la de un niño, don Manuel respondió:

—Quien ha visto morir, quien está acostumbrado a ver morir, reconoce a la muerte... La muerte avisa...

—Señor, señor... —sollozó don Raimundo—. ¡No os empeñéis en morir! Solo Dios sabe...

El amo le miró a la cara y respondió:

—Sí, solo Dios sabe... Pero yo también lo sé. —Se llevó la mano al pecho y añadió—: Lo siento aquí, aquí dentro. La muerte avisa...

Doña Matilda prorrumpió en un llanto sonoro y desconsolado.

—No es justo, no es justo —sollozó—. ¿Y ahora qué va a ser de nosotros? No es justo... Esposo, ¡tienes una casa en la isla! Te espera allá una nueva vida... ¡Cómo vas a morirte!

El viejo sacó fuerzas de donde pudo, hizo un gesto con la mano para captar la atención de todos y comenzó a hablar:

—Por mí ya no debéis preocuparos... Soy como el hombre que ha trabajado duro durante toda la jornada, soportando el calor, la fatiga y la sed... y que al caer la noche solo le preocupa irse a descansar... Por eso, al pensar en ese viaje a la isla y en aquella casa que tengo allí, no siento sino agobio... Ya no tengo fuerzas para empezar una vida nueva ni allá ni en ninguna otra parte... A mí solo me interesa ya alcanzar la vida verdadera, la vida eterna... Si es que el Altísimo tiene misericordia de mí y perdona mis muchos pecados...

Interrumpió su discurso y carraspeó con mucho esfuerzo, para librarse de un picor en la garganta. Tragó saliva y alzó hacia el techo sus ojos lacrimosos, emocionado, como si contemplara la misma gloria. Luego miró a su esposa y prosiguió con esfuerzo:

—Pero tú, esposa mía, eres joven y lozana... Tú sí tienes derecho a esa casa en la isla, a tu hacienda y rentas... y a esa nueva vida...

Se detuvo para toser. Después puso su mirada lánguida en Fernanda y añadió:

—Igual que tú, hija mía... También tú tienes derecho... Y has de saber que te doy mi permiso para que puedas casarte con Cayetano... Sed felices, ¡qué diantre! ¡Sed todos felices si os dejan! Yo he sido muy feliz...

Se hizo un silencio, al que siguió un coro de lloriqueos y suspiros. El amo también sollozó, tosió, carraspeó y pidió agua... Después de beber, señaló con el dedo sarmentoso al administrador y dijo con voz más clara:

—Don Raimundo conoce mi voluntad, mis postreras disposiciones y lo que he venido ordenando durante las últimas semanas... He preparado todo para que no tengáis dificultad alguna a la hora de dejar esta casa y emprender viaje a la isla de la Palma. Bien sabéis que se debe abandonar la vivienda con todo lo que hay en ella después de la fiesta de la Natividad de Nuestro Señor... No debéis preocuparos por eso... Fui a tiempo al notario y a la contaduría y les mostré los documentos que atestiguan mi herencia. Los acreedores os dejarán estar todavía algún tiempo más, en tanto podáis organizar el viaje. Ya me encargué de empeñar mis últimas pertenencias... Para el viaje que yo voy a hacer no necesitaré nada... Desnudos venimos al mundo y desnudos nos vamos de él... Pero vosotros necesitaréis ir a Santa Cruz de la Palma y subsistir hasta haceros cargo de la herencia. Tendréis dinero suficiente para el viaje y los documentos que os permitirán recibir lo que a cada uno os corresponde... Don Raimundo tiene la copia de mi testamento...

Doña Matilda soltó un largo gemido y luego exclamó:

—¡Cómo vamos a salir adelante solos! ¡Cómo puedes decir cosas tan terribles!

Don Manuel la miró y dijo serenamente:

—No seas chiquilla, esposa. No te queda otro remedio que cumplir fielmente todo lo que te digo. Viuda y sin nada no podrás seguir aquí. En la isla hallarás la felicidad y el sosiego que no he podido darte...

Doña Matilda se quedó en silencio, mirándole con los ojos llenos de lágrimas. El amo concluyó con voz apagada:

—Bien, ya he dicho todo lo que tenía que decir... Ahora dejadme, os lo ruego... Tengo mucho que rezar... Y decidle al sacerdote que venga a impartirme los últimos sacramentos... No tengo ningún miedo... Quiero bienmorir... Y vosotros también rezad, rezad al único que puede dar alivio a vuestras penas y males...

Tres días después, don Manuel de Paredes y Mexía espiró. El notario leyó el testamento, que no contenía ninguna sorpresa. A su esposa doña Matilda de Ayala y a sus hijos dejaba sus bienes, con la fórmula de costumbre: «Por el grande amor que les tengo y porque preguen a Dios por mi ánima.» Aunque el amo añadía algunas frases más de su propia cosecha: «Por remediar sus males, resarcirles del daño que pudiera haberles causado y que guarden de mí buena memoria.» Reconocía a sus seis hijos naturales, dotando especialmente a Fernanda con una mejora, con la condición de que siguiese viviendo con la viuda, mientras esta lo reclamase. Al administrador don Raimundo legole una renta de por vida y techo donde cobijarse en su casa de Santa Cruz. A las esclavas Petrina y Jacoba les daba la libertad y, por lo tanto, el derecho a decidir si querían o no seguir al ama. En cuanto a mí, además me otorgaba cinco mil maravedíes. En el codicilo permitía nuestro matrimonio, como prometió, pero la dote de Fernanda solo sería recibida en el caso de que doña Matilda lo autorizase. Por lo demás, hacía relación de las deudas a su favor y en contra, daba órdenes de pago e indicaba los contratos pendientes y las mercancías que le pertenecían y que estaban por ahí repartidas en diversos puertos y mercados. Por último, designaba como lugar de su sepultura la tierra del cementerio donde fueran menores los gastos, ya que renunciaba al sepulcro que le correspondía por propia herencia, en el sitio correspondiente en la isla, según el designio de su también difunto padre.

El 18 de noviembre del año del Señor de 1680, fue enterrado don Manuel de Paredes y Mexía en el cementerio del convento de San Francisco de Sevilla, amortajado con su hábito de la hermandad de la Vera Cruz.

LIBRO IV

LIBRO IV

En que se cuenta la aventura del viaje hacia una nueva vida y se hace relación de un buen cúmulo de peligros y adversidades

1. UNA ESPAÑA POBRE Y DESVENTURADA

Las fiestas de la Natividad del Señor pasaron en medio del luto y la inquietud por la nueva vida que se avecinaba, en tanto la casa estaba gobernada por los estados de ánimo de doña Matilda: a ratos triste, a ratos animosa y, ordinariamente, con impaciencia, como un vago anticipo de las importantes mudanzas que teníamos por delante. Añadíase a ello la inevitable sensación que a todos nos embargaba, mezcla de congoja y cierto alivio, al extinguirse un año que nos había mantenido en permanente estado de ansiedad e incertidumbre. Concluía aquel raro 1680, en el que pareció haberse dado larga licencia a todos los demonios para que afligiesen a las gentes de España con penurias, carestías y desgracias sin cuento. Porque es justo reconocer que no solo a nosotros, los que habíamos padecido la ruina de la casa de don Manuel de Paredes, se nos habían puesto los asuntos cuesta arriba; eran muchos, de toda suerte y condición, quienes sufrían necesidades, hambres y aflicciones, no ya en Sevilla, sino a lo largo y ancho de la vastedad del reino. ¡Qué tiempos tan malos eran! Hasta los viejos, de quienes se dice que están curados de espanto, se lamentaban amargamente y manifestaban sin reparos que ni a sus abuelos habían oído contar historias que siquiera se parecieran a tanto desastre, decadencia y calamidad como se veía cotidianamente.

No está en mi ánimo hacer relación exhaustiva de los males y desarreglos que componían aquel estado de cosas; pero permítaseme adobar este relato dando cuenta de algunos sucesos y circunstancias que, a mi corto entender, tuvieron buena parte de culpa en el desaguisado en que devino la república y la sociedad. Los que entendían de estas cosas decían que todo era a causa de la desgana de quienes tenían encomendadas las tareas de gobierno; los cuales se habían preocupado más de su beneficio propio que del bien común. Y resultaba evidente que proliferaban en las intendencias malentretenidos, noveleros y personas ineficientes e interesadas; gentes medianas que no hacían otra cosa que entorpecer con sus lenguas y manos el buen curso de los negocios. Y si los que estaban arriba como válidos y favorecidos no cumplían con su oficio, sino que se dedicaban a medrar y mirar por lo suyo, ¿cómo iba a esperarse que los de abajo fueran honestos y laboriosos? En todas partes, tanto en lo alto como en lo rastrero, en lo de mucha responsabilidad y en lo de poca, había arraigado la vagancia y la rapacería, sin que fuera fácil encontrar personas honestas y de palabra.

Los grandes señores estaban muy lejos, y si fueran de verdad los únicos con capacidad y prestigio suficiente para poner coto a los desmanes, o no querían o —como tanto se decía por ahí— eran los que mayores ganancias sacaban de tanto río revuelto. No cundía pues el buen ejemplo, y por ende, la estimación de la justicia, el bien universal y la práctica común de las virtudes estaba ausente.

Bien es cierto que el nombramiento del duque de Medinaceli como primer ministro del reino fue recibido por la gente con esperanza y alegría, por el prestigio de su nombre, su juventud y todas las buenas cosas que de él se referían. Pero muy pronto se supo hasta en el rincón más apartado que, aun teniendo cualidades y buenas ideas, no gozaba de energía propia ni de partidarios suficientes para poner en orden el reino. ¿Qué hizo de nuevo? Poco. Recurrió al acostumbrado recurso de crear juntas. O sea, que puso más gente a dictar ordenanzas y a entorpecer más la vida. Ya de por sí salir adelante era difícil y, encima, toda la carga de alcabalas y diezmos, impuestos y tasas por la mínima gestión. Sirva de ejemplo lo que pasaba con el vino: los cosecheros vendían la arroba del mejor a diecisiete reales, pagando de tributo doce reales y medio; y gastando de coste por medio de mozos y transporte por lo menos tres reales. ¿Qué les quedaba de ganancia teniendo en cuenta el costo de las labores del campo y los lagares? Nada. Así que resultó que concluyeron que estaban dando el vino de balde y se abandonaron viñas y bodegas. También los panaderos dejaron de hacer pan, los zapateros se amotinaron y muchos otros gremios se negaban a seguir haciendo sus labores. Como consecuencia, empezaron a entrar productos y mercaderías del extranjero, a precios altos. La moneda era en su mayoría falsa y estaba tan devaluada que abundaba la calderilla de metal pobre, desapareciendo la plata y el oro, que todo el mundo se guardaba. Esto propició que el rey dictara un edicto alterando el valor de la moneda de vellón, lo cual enojó aún más al pueblo, que se veía pobre y sin remedio de sus males y, para colmo, mermados sus ahorros si los tuviere. En fin, todo eran calamidades, desmanes y amargas quejas.

Los sabios decían que la raíz de los males había que hallarla en tanta guerra como se había sostenido en las décadas precedentes: ora con el turco, ora con Inglaterra, ora con Flandes... Decían, asimismo, que el reino estaba despoblado y sin fuerzas, por causa de la expulsión de los moriscos y de la mucha gente que se había ido a repoblar las Indias. Los campos estaban solos y baldíos; los ganados menguados y las ciudades habitadas por legiones de pobres, mendigos, maleantes y pedigüeños. Los que estaban en edad de hacer un esfuerzo y tenían medios, en vez de hacer negocios prósperos, se adquirían casas, tierras, préstamos al Estado, cargos, tributos de nobleza o se agenciaban cualquier otro arreglo para ganar la mínima renta y vivir sin necesidad de trabajar. También achacaban los sabios el mal de la patria a esta holgazanería que con tanta pujanza tenía a la gente cruzada de brazos, como en espera, a ver si les venía el remedio desde fuera y no del sudor de su frente. Lo cual era vicio adquirido —decían— por el descubrimiento de las Indias y las riquezas que dio a Castilla en oro y plata que vino fácil y veloz, destemplando el ánimo de los españoles. Luego el descuido que la grandeza engendra, dejó escapar a las demás naciones la riqueza. En fin, que si España hubiera sido menos pródiga en guerras, y más laboriosa en la paz, se hubiera hecho con el dominio del mundo. Pero ya mal remedio tenía la ruina y desconveniencia sobrevenida, por más que fueran delatadas las causas y los culpables; porque toda riqueza parecía haberse esfumado y la poca que hubiere estaba bajo llave en las grades casas y linajes, en lujos vanos de alhajas y ornamentos, sepultados, como aquellos otros tesoros que esconde la tierra avarienta en lo hondo de sus entrañas.

2. ATRÁS SE QUEDA SEVILLA

Volviendo al punto inicial del presente capítulo, diré que pasaron las fiestas de la Natividad del Señor y se presentó el Año Nuevo con la inexorable amenaza del desahucio. Después de la Epifanía, se hicieron presentes los acreedores, con los oficiales de la contaduría y los alguaciles. No nos cogieron de sorpresa esta vez, puesto que estábamos concienciados y prevenidos. Nuestras pertenencias ya habían sido empaquetadas y todo en la casa estaba limpio, en orden y dispuesto para hacer el traspaso de la propiedad y los enseres correspondientes. Con dignidad, sin aspavientos, doña Matilda hizo entrega de la llave y se desprendió sin una sola lágrima de lo que había sido su hogar durante los últimos veinte años de su vida.

Una carreta nos aguardaba en la puerta. Acomodamos todo aquello que podíamos llevarnos y el equipaje particular de cada uno. Allí mismo en la calle, nos despedimos de las esclavas, que optaron por estrenar su libertad probando suerte en aquella Sevilla variopinta que las había visto nacer. Al ama le costó trabajo desprenderse de ellas, pero bien sabía que llevarlas consigo a la isla le hubiera costado el dinero de los pasajes, del que no disponía. Así que nos montamos en la carreta los cuatro que emprendíamos aquella aventura: doña Matilda, Fernanda, don Raimundo y yo. El carretero arreó a las mulas y atrás se quedó la plazuela, la calle del Pescado, la Carretería y el adarve. Por la puerta del Arenal, salimos de la ciudad a media mañana. A nuestras espaldas, el cielo nublado parecía suspirar triste, y el bosque desguarnecido que componían las arboladuras de los navíos se quedaba como en desamparo, en la soledad del puerto casi desierto en invierno.

3. PESTE EN EL PUERTO DE SANTA MARÍA

Como andábamos escasos de dinero y se trataba de ahorrar cuanto se pudiera, nos conformamos haciendo el viaje en una barca sencilla, de las que llevaban viajeros desde Sevilla a Sanlúcar, con la incomodidad de ir a la intemperie entre mercancías y pertrechos; en vez de hacerlo de forma más rápida y segura en una galera. Acomodados donde nos dijeron, en un rincón del pasillo de popa, vimos subir una larga fila de soldados, frailes y mercachifles. Cargaron a bordo infinidad de sacos, fardos, pipas y baúles; también una docena de cabras, dos asnos y una yegua. La barca iba hasta los topes y zarpó fatigosamente, con la proa hundida casi hasta la borda, que daba miedo ver el agua tan cerca.

Al poco de iniciar la travesía empezó a llover, para colmo de inconvenientes. Sentados como podíamos encima de nuestro equipaje, empapados, vimos quedarse atrás Sevilla, bajo la inmensidad del firmamento gris. Todos estábamos cariacontecidos y en silencio. El aspecto de doña Matilda era lamentable: cubierta con una manta oscura, pálido el rostro y el cuerpo torcido entre la impedimenta, echó una última mirada triste a la ciudad.

—¡Dios mío! —suspiró—. ¡Ay, Dios mío, que no nos pase nada!

Luego apoyó la cabeza en el hombro de Fernanda y estalló en amargos sollozos.

El viaje hasta Sanlúcar fue penoso, soplando viento del norte y bajo una lluvia copiosa y fría. Al llegar a la barra, nos encontramos con un fuerte oleaje que zarandeó la embarcación y causó mareos a los que no estábamos acostumbrados a navegar. Y cuando ya se veía el puerto, nos salió al paso un barquichuelo rápido de dos palos, que nos avisó de que no se podía atracar porque había peste en el Puerto de Santa María y las autoridades tenían prohibido el entrar y salir de las ciudades. Solo a Cádiz, se podía seguir. De manera que el maestre tuvo que ordenar echar el ancla y esperar instrucciones. En el fondeadero se veían muchos navíos, pero el puerto estaba en calma, sin que hubiera ningún movimiento.

Al cabo de varias horas de ir y venir en los botes al lugar donde estaba el puesto de emergencia de la autoridad, esperando bajo el persistente aguacero, volvió el barco de dos palos y descendieron de él los veedores y los funcionarios para cobrar la tasa. Hubo mucho enojo, porque tuvimos que pagar religiosamente aun no pudiendo desembarcar allí. Y los que íbamos al puerto de Cádiz nos preguntábamos preocupados: ¿Y ahora qué? El maestre nos comunicó entonces que solo teníamos dos opciones posibles: volver río arriba a Sevilla o navegar hasta la bahía, teniendo que abonar el pasaje en cualquiera de los dos casos. Se armó una bronca tremenda. Los militares acusaron a los barqueros de saber de antemano lo que sucedía y a punto estuvo de formarse una pelea.

Después de un buen rato de voces, insultos y amenazas, los marineros y los viajeros llegamos al acuerdo de pagar solo la mitad. A fin de cuentas, a todos los que viajábamos en la barca nos interesaba ir a Cádiz y, puesto que no había más remedio que seguir, se salía ganando.

4. La Flota de Tierra Firme

Llegamos a la vista de Cádiz el día 20 de enero. Desde primera hora de la mañana caía una lluvia fría y copiosa, el viento soplaba y se había levantado un fuerte oleaje. Los que entendían de navegación decían que con ese tiempo la barca no podría entrar en la rada. Pero, tras un gran esfuerzo, a golpe de remo, consiguió abarloar el piloto. En el atracadero estaban alineados los veinte navíos que componían la Flota de Tierra Firme. Impresionaba el espectáculo de los veinte galeones alineados, ¡inmensos!, costado con costado, y la considerable altura de los palos, componiendo una suerte de boscaje con las arboladuras y los cabos.

Desembarcamos atravesando peligrosamente la pasarela, que se movía mucho a causa del oleaje. Empapados, aturdidos y con la ropa fría pegada al cuerpo, cruzamos el puerto en dirección a la ciudad, ansiando con desesperación hallar un lugar donde calentarnos y poder secar todo lo que se nos había mojado. Pero, como suele suceder en tales sitios, allí mismo se nos ofreció un carretero que se empeñaba en llevarnos a una fonda que decía ser la mejor. Le hicimos caso y sobrevino otro calvario, porque no paraba de llover y el hospedaje se encontraba lejos, en la otra parte de la ciudad.

—Ya estamos llegando —decía a cada momento aquel buscavidas—, al cabo de aquella esquina está la fonda...

Pero el trayecto se hacía muy largo, interrumpido a cada momento por la circulación caótica de infinidad de bestias y carromatos de todos los tamaños. Como la flota estaba ultimando los preparativos para su partida, Cádiz entero era una locura de gentes variopintas, mercachifles y negociantes de todo género. Los precios estaban por las nubes y todo el mundo andaba de aquí para allá buscando su ganancia.

—¿Cuándo llegaremos? —se quejaba doña Matilda—. ¡Por Dios, esto se hace interminable!

—Ahí mismo está, señora, ahí. Ese caserón que ve es la fonda.

Como me temí desde el principio, cuando al fin se detuvo el carretero delante del hospedaje, aquello resultó ser un tugurio infecto, atestado de gente desaseada, de animales y de sucios pertrechos. Nada más entrar, me di cuenta de que no era lugar propio para damas, y me encaré con el hombre:

—¿Cómo se te ocurre traernos a un sitio así? ¡Esto está hecho un asco! No es adecuado para estas mujeres.

—Pues no hay otra cosa en Cádiz —contestó él, muy ofendido—. Si quiere buscar por su cuenta vuestra merced y ¡con la que está cayendo...! ¡Allá vuestras mercedes!

—Llévanos a un sitio digno —le dije.

—Esto es lo que hay, señores, lo toman o lo dejan, pero a mí me tienen que pagar el viaje.

Viendo que la lluvia no iba a cesar, que no sabíamos dónde ir y que enfermaríamos de seguir empapados y helados, acepté de momento. Entramos nuestras cosas y nos acomodamos bajo un cobertizo. Salió el posadero; un hombretón desmelenado, barbudo, mal hablado y colérico, dijo:

—Tendrán que esperar aquí vuestras mercedes mientras desalojan una estancia que tengo en el piso de arriba.

—Mire vuestra merced cómo estamos —contesté—. Estas pobres mujeres no se han secado desde hace dos días.

Las miró sin compasión y dijo desaprensivo:

—Si se quieren calentar, tendrán que hacerse vuacedes lumbre en el patio, por diez maravedíes les daré la leña que necesitan.

Un momento después, don Raimundo y yo no teníamos otro remedio que intentar encender fuego en un rincón, bajo un tejadillo, con la leña que nos habían dado, que estaba completamente mojada. Menos mal que unos arrieros se apiadaron y nos dieron ascuas de su hoguera, con lo que pudimos después de un largo rato obtener una lumbre medianamente aceptable para nuestro propósito.

La noche fue eterna, horrible, echados en unos apestosos jergones en un pasillo del piso alto, donde llovía casi tanto como afuera a causa de las goteras. Y encima doña Matilda lloriqueando y lamentándose todo el tiempo:

—Ay, ay, Dios mío... ¡Qué penitencia! Ay, ¿cuándo querrá Dios que lleguemos a la isla esa? Si no morimos antes por el camino... ¡Ay, si no morimos!

Y don Raimundo, queriendo consolarla, le decía:

—Señora, tenga paciencia vuestra merced; hágase la cuenta de que somos peregrinos... Piense en aquel pueblo de Dios que salió de Egipto e iba sufriente en busca de la Tierra Prometida... Ánimo, que nosotros vamos a nuestra propia tierra prometida, que es esa bendita isla de la Palma donde nos aguarda nuestra nueva vida...

Pero el ama, enfurruñada, replicó a voces:

—¡Ande, calle vuestra merced! ¡Calle, que no estamos para sermones! Qué tierra prometida ni qué... ¡Calle y no me ponga de peor humor!

—Pero... ¡Señora! Si lo que yo quiero es infundirle ánimos... ¿No ve que estas calamidades son pasajeras? No desesperemos, señora...

—¡Que se calle, demonios!

Y así seguían discutiendo, el uno queriendo animar y

la otra poniéndose más soliviantada; y como quiera que la porfía molestó a unos huéspedes, subió el posadero y nos regañó de muy malas maneras:

—O dejan dormir al personal o ¡a la calle!

—¡Ay, que soy una dama! —gimoteó doña Matilda—. ¿Qué trato y qué maneras son estas?

A mí se me partía el alma, porque comprendía que aquel trance no era propio de alguien como ella, hecha a vivir con regalo y que nunca se había visto en viajes ni incomodidades de posadas y malas camas. En cambio, aun sufriendo también por mi amada Fernanda, me alegré en cierta manera al ver que era recia, que no se quejaba y que se amoldaba a la dificultad lo mejor que podía la pobre.

5. PARTE LA FLOTA Y ES MENESTER EMBARCARSE

Al día siguiente, amaneció sin llover y el viento había amainado. Recogimos temprano nuestras pertenencias y salimos del purgatorio de aquella mala posada, buscando dar reposo y algo de calor a nuestros huesos. Después de no haber pegado ojo, íbamos sin hablar en el carromato, bajo el cielo gris, entre ráfagas frías. Gracias a Dios, dimos con un carretero que nos llevó hasta el extremo opuesto de la bahía, donde se alzaban unos caserones nuevos y los mejores alojamientos de Cádiz. Allí nos condujo a una fonda grande, limpia y bien iluminada, próxima a los atracaderos, y pudimos por fin secarnos, comer y descansar. Fernanda y doña Matilda dispusieron de una alcoba para ellas solas. A pesar de lo cual, el ama no mejoró en su ánimo; malhumorada, completamente hundida y paralizada por la desgana, se encerró y se metió en cama.

Y viendo que se negaba a levantarse y que no afrontaría lo que tuviéramos que hacer para proseguir el viaje, Fernanda me dijo con resolución:

—Hay que comprenderla: está deprimida y llena de temores. Nunca se ha visto en trances como estos...

—Lo comprendo —respondí—, pero debemos seguir adelante... ¡No vamos a quedarnos aquí! ¡No podemos volver a Sevilla!

Ella se quedó un momento pensativa. ¡Cómo me asombraba la serenidad de Fernanda! Luego dijo circunspecta:

—Mira, Tano, debemos hacernos a la idea de que a partir de ahora no quedará más remedio que tomar las decisiones sin contar con el ama... Tampoco don Raimundo va a servirnos de mucho; ya lo ves: está cansado y como ausente... Nunca fue demasiado eficiente que digamos, y ahora, que es viejo y casi tiene perdida la vista, está más a expensas de que le solucionen la vida que de cualquier otro menester... ¡Qué se le va a hacer! Las cosas se han puesto de esta manera y hay que seguir adelante. Como bien dices tú, no podemos volvernos atrás ya... No podemos hacer otra cosa que coger cuanto antes un barco y cruzar el mar hasta la isla... Allí todo se solucionará... Allí podremos descansar y dedicarnos a ser felices...

—Sobre todo tú y yo —le dije conmovido—. No tengo a nadie más que a ti...

—También yo únicamente confío en ti... Tú administrarás lo que me corresponda de esa herencia...

Luego nos dimos un beso y pasamos un buen rato apretados el uno contra el otro, guardando silencio y soñando con la venturosa vida nueva que nos aguardaba en la Palma. No hacía falta que hiciéramos planes. Nos casaríamos nada más llegar y recibir la herencia. Entretanto, nos dedicaríamos a cruzar cuanto antes el dichoso mar.

Después de aquella conversación, era evidente que yo tendría que ocuparme de los pormenores del viaje. Salí lleno de decisión y me enfrenté a una jornada larga y extraña. Igual que un hombre que deja atrás su mocedad y se enfrenta por primera vez al rigor de la madurez definitiva, me fui a gestionar los asuntos portuarios con la esperanza de encontrar lo antes posible ese barco que había de llevarme al futuro de mis ilusiones.

Ya en mis primeros contactos con las gentes de la mar, supe que arreciaba el rumor de que la Flota de Indias iba a zarpar muy pronto, tal vez en unas semanas; algunos aseguraban incluso que en unos días. Todos los preparativos se estaban culminando y el ambiente general del puerto apuntaba a que no se trataba solo de habladurías, aunque todavía la autoridad no había comunicado nada en firme.

En los mentideros donde se reunía la marinería me enteré de muchas otras cosas: que había pendencias con los franceses, que la Flota de la Nueva España iba a tardar en regresar y que en la Flota de Tierra Firme, que estaba a punto de zarpar de la bahía de Cádiz, iba el nuevo virrey del Perú, el duque de la Palata, y que ese era el motivo de tanta premura y del hecho poco común de que partieran los galeones en fecha tan temprana. También supe que había mucho revuelo e inquietud, a causa de las noticias de ataques de piratas que llegaban de diversos naufragios en los que se habían perdido vidas humanas y mucho oro y plata.

Hice mis indagaciones para ver la manera de ir a las Canarias y allí todos me dijeron lo mismo: que los barcos que hacían el viaje a las islas iban, como se decía, «en conserva», que era navegar siguiendo a corta distancia a la Flota de Indias, aunque sin integrarse en ella, pero gozando de su protección; porque de un tiempo a esta parte había muchos piratas en esos mares. Es decir, que había que esperarse hasta que se les diera la orden de zarpar a los galeones y adquirir un pasaje en uno de los muchos navíos que saldrían aprovechando la ocasión.

Pregunté en los atracaderos. Me informaron de que era preciso acudir a la oficina de un escribano para firmar una escritura con el contrato de la compra del pasaje, que previamente debía ser concertado con el patrón del barco. Allí mismo me indicaron dónde podía hallar a un tal Juan Barroso, que era un conocido corredor de viajes que tenía por oficio encargarse de estos asuntos. Así que fui a él para pedirle que arreglase lo nuestro.

Barroso no era un cualquiera; en el puerto de Cádiz era todo un potentado. Tenía unas oficinas grandes, provistas de contables y de personal dedicado a todos los negocios propios de los viajes a Indias. Me atendió un subalterno cejijunto y distante, que antes de nada quiso saber el motivo de nuestra necesidad de viajar a las islas. Con detenimiento y precisión, le expliqué el caso; que íbamos a Santa Cruz de la Palma para hacernos cargo de una herencia. Por la cara que puso, comprendí que no estaba dispuesto a creerme. Entonces le di detalles: nombres, apellidos, fechas y demás. Él inquirió muy estirado:

—¿Una herencia nada menos que del regidor perpetuo de la isla? ¿Tiene vuestra merced los documentos que lo prueban?

—¿No me cree vuaced?

—Bueno, no tengo por qué creer a nadie... Aquí viene cada uno con su historia... Comprenderá que...

—Está bien, traeré los documentos; los tiene el administrador de la viuda.

—Tráigalos pues vuestra merced y entonces hablaremos...

Fui a la fonda, que no estaba lejos, y al momento regresé llevando conmigo los papeles. El escribiente los examinó con detenimiento y luego observó circunspecto:

—Esto son solo cartas... No hay documento notarial alguno... ¿Quién me dice a mí que no son falsificaciones?

—¿Falsificaciones? Están los sellos, las firmas, los nombres...

Disimulando mal su despecho y mirándome de reojo, repuso:

—Bueno, hay por ahí mucho despabilado que sabe imitar muy bien todo eso...

—¡Esto es afrentoso! —repliqué—. La viuda de don Manuel de Paredes está a cuarenta pasos de aquí, en la fonda del Buen Reposo. ¿Me va a hacer que la haga venir en persona?

—Eh, más despacio... —respondió irguiéndose—. Estoy cumpliendo con mi obligación. Si he de agenciarles el pasaje a vuestras mercedes, debo asegurarme de que se cumple con lo necesario.

Respiré hondo y dije, con templanza:

—Está bien, ¿qué más necesitamos?

—¿Tienen vuestras mercedes dinero?

—¿Cuánto?

Hizo sus cuentas y respondió:

—Son vuestras mercedes cuatro viajeros, dos damas y dos hombres. Para ofrecerles un pasaje digno, conforme a la categoría de unas herederas nada menos que del regidor de la Palma —esto último lo dijo con retintín—, deberán pagar ciento cincuenta pesos por cada una de las damas y cien por cada uno de los dos varones. O sea, quinientos pesos en total, a pagar en escudos de a diez reales de vellón de plata antigua.

Me llevé las manos a la cabeza:

—¡¿Tanto?!

—Eso es lo que hay. Comprenderá vuestra merced que se trata de un viaje que ha de durar entre una semana y dos, según el estado de la mar, y que han de comer y pernoctar en el navío conforme a la dignidad de los viajeros, lo cual supone cubierto de primera mesa para las damas, alojamiento en catres en la cámara principal y derecho a llevar el equipaje correspondiente: dos baúles de ropa y dos cajones más.

Me quedé helado, mirándole. Y él, acostumbrado a hacer su oficio, enseguida añadió:

—Aunque... Naturalmente, si quieren ir más barato, pueden viajar en cubierta, comiendo a segunda mesa... por cincuenta pesos cada uno; o sea, doscientos en total... Pero no se lo aconsejo a vuestras mercedes... Parece ser que la flota zarpará en unos días... Es enero y a buen seguro lloverá y arreciarán los fríos...

Después de permanecer pensativo, agobiado por estas explicaciones, acabé diciendo:

—En todo caso, no disponemos de ese dinero en metálico. Así que, puesto que tendremos que pagar a nuestra llegada a la isla, me decido por la primera opción. Los quinientos pesos serán abonados en Santa Cruz de la Palma, una vez que acudamos al notario allí y recibamos la herencia.

Resopló y me miró con una expresión indescifrable. Después dijo muy serio:

—Yo no tengo autorización para contratar fiado. Para

eso, he de consultar con mi jefe... Vuelva vuestra merced mañana...

6. UN ADMINISTRADOR CEGATO, PERO EFICIENTE

—¡¿Quinientos reales?! —exclamó doña Matilda.

—Sí, además en escudos de a diez reales de vellón de plata antigua cada uno —especifiqué.

—¡Qué robo! ¡Qué locura! ¿De dónde sacaremos tanto dinero?

—Señora —le dije—, nos fiarán. Tendrán que fiarnos a cuenta de lo que tenemos en la isla. El subalterno me dijo que debía consultarlo con su jefe. Ya verá vuestra merced como todo se arreglará.

—No, no nos fiarán —suspiró descorazonada, a punto de echarse a llorar—. Es demasiado dinero...

Al día siguiente volví a la oficina del corredor de viajes, contrariado por tener que ver la cara del contable cejijunto otra vez; pero, no obstante, iba animoso.

Me hizo esperar el muy desconsiderado, para luego decirme secamente:

—O el dinero en metálico o no hay pasaje.

—¿Qué me está diciendo? —repliqué—. ¿Dónde está el jefe? ¿Dónde está Barroso? Debo hablar con él y explicarle...

—Don Juan Barroso no recibe a nadie —contestó con aspereza—. No están las cosas como para andar fiando. Imagine vuaced que, después de llegar a la isla, resulta que no pueden las herederas hacerse pronto con los quinientos reales. ¿Quién nos pagará el viaje? Vuestras mercedes habrán viajado de balde a costa de la correduría. ¡Ya nos han engañado demasiadas veces! No estamos aquí para hacer caridad... Esto es un negocio.

Salí de allí deshecho y anduve de un sitio para otro del atracadero, incapaz de resignarme, intentando hallar a alguien que confiara en mí y me concediera los pasajes. No logré convencer a nadie. Todos me respondían lo mismo: que la vida estaba muy mala, que ya no se fiaba, que la palabra últimamente no valía nada... En fin, o el dinero contante y sonante o nos debíamos quedar en tierra. Y lo peor: circulaban cada vez más rumores de que la salida de la flota era inminente.

Cuando volví a la fonda y les conté a los otros lo que pasaba, aquello se convirtió en un valle de lágrimas.

—¿Y ahora qué? —sollozaba el ama—. Tendremos que volver a Sevilla, pues aquí nos estamos gastando lo poco que tenemos... ¡Ay, Dios mío! ¿Y qué vamos a hacer allá, sin casa y sin nada? Tendremos que pedir limosna... ¡Ay!

—¡No desespere, señora! —le decía don Raimundo, aunque llorando también él—. Ya verá como Dios no ha de faltarnos... ¡No pierda vuestra merced la fe! ¡Confiemos en quien todo lo puede!

—Pero... ¡Si no hago otra cosa que rezar! —repuso ella—. ¡Dios no me oye!

Convencidos de que no quedaba otra solución que rezar, se fueron a misa. Yo no tenía ánimo ni siquiera para eso; además, empezaba a faltarme la fe.

Esa tarde, abatido, me compré unas botellas de vino y me bebí una entera sentado frente a la ventana. Me decía a mí mismo: «Mira que verme metido en este atolladero;

mira que tener que lidiar con barcos y gente de la mar a estas alturas de mi vida, cuando nunca me llamó eso...» Pero al momento, sería por la turbación de la bebida, reparaba conmovido en mis amoríos con Fernanda y desdeñaba cualquier tentación de abandonarla allí.

Veía el mar gris, hostil y descomunal, ahí frente a mí, y quería decirle: «Maldito, si no fuera por ti, tendría a la mano una vida feliz, casándome con ella y viviendo con una renta de por vida.»

Oí rumor de voces en la escalera. Regresaban de misa cuando yo llevaba bebida la mitad de la segunda botella. Y entraron en la estancia eufóricos, dando voces, de manera que parecían estar borrachos ellos y no yo. Gritaban:

—¡Un milagro!

—¡Bendito sea Dios!

—¡Nuestras oraciones han sido escuchadas!

Me puse en pie y me quedé mirándoles, atónito. Entonces Fernanda se colgó de mi cuello. Lloraba de alegría y proclamaba:

—¡Ya tenemos los pasajes! ¡Ya los tenemos! ¡Ya podemos irnos!

Entonces, atropelladamente, entre albórbolas de entusiasmo me contaron lo que sucedía. ¡Lo que son las casualidades! O sería que, verdaderamente, Dios había escuchado nuestras oraciones y se apiadaba de nosotros. Fueron a la catedral, y allí don Raimundo se encontró nada más entrar con un fraile capuchino conocido suyo. Después de saludarse, el administrador le contó nuestra peripecia, y el buen fraile, compadecido de nosotros, fue a presentarle a su superior. Este escuchó también la historia y, juzgándola digna de ser creída, le pareció oportuno hacer gestiones para que se nos diera el pasaje en el mismo navío que unos hermanos de su orden, confiado en obtener a su vez un buen donativo de doña Matilda para su convento en Santa Cruz de la Palma.

—¡Qué maravilla! —exclamé, poseído por una inmensa y repentina alegría—. ¡¿Es posible?!

—¡Tan cierto como que Dios es Cristo! —sentenció don Raimundo, rojo de emoción, con los espesos anteojos empañados.

—No lo puedo creer... No lo puedo creer... —repetía yo, entre trago y trago.

—Pues créelo —dijo el administrador—. ¡Los milagros existen! Porque... ¡mira que no veo casi nada!, pero me dio por poner estos mis ojos torpes en aquellos frailes que estaban allí arrodillados... y resultó que reconocí entre ellos al bueno de fray Pedro de Jerez, compañero de juegos que fue en mi infancia y después hermano mío en el convento de los capuchinos de Sevilla... ¿Quién me iba a decir que, al cabo de los años...? ¡Y precisamente en este trance! Enseguida le conté lo que nos pasaba y, ni corto ni perezoso, estuvo dispuesto a echarnos una mano...

—¿Y ahora qué tenemos que hacer? —le pregunté.

—¡Nada! —dijo él, rebosando entusiasmo—. Solamente acudir mañana al convento de San Francisco, donde se hospedan, para ultimar los asuntos del pasaje. Los frailes se encargarán de lo demás...

Tal alegría me entró en el cuerpo por la noticia y por el vino, que me puse a bailar y a dar saltos. Entonces se acercó doña Matilda a mí y, mirándome muy fijamente, me preguntó:

—Tano, muchacho, ¿tú has bebido?

—Naturalmente, ama, y más que voy a beber ahora que sé todo esto... ¿No se acuerda de lo que decía su difunto esposo? ¡A grandes males, grandes cogorzas!

7. ¿QUÉ ES UN PINGUE?

Aquellos buenos frailes capuchinos «habían caído del cielo», según decía don Raimundo. ¿Y cómo no creerlo?, después de las penalidades pasadas y viendo ahora que todo se solucionaba súbitamente.

Fuimos al convento de San Francisco por la mañana temprano, para solucionar cuanto antes los asuntos administrativos que requería el pasaje. Allí nos recibió fray Manuel de Santa María, el superior; alto, delgado, lívido, enteramente venerable, con su luenga barba blanca, la mirada transida y una voz profunda y susurrante. Nos hizo sentar en el recibidor a los cuatro y nos ofreció un desayuno a base de pan, queso y pasas, al amor de una buena leña ardiente bajo la chimenea. Nos escuchó paciente, sin abrir la boca, como quien está acostumbrado a oír historias de miserias y confesiones de pecados. Las mujeres lloraron, no pudieron aguantarse; y solo entonces, como un buen padre, el fraile habló para consolarlas.

—Bueno, bueno —dijo—, hijas mías, ya todo está pasado; no miremos a lo de atrás, sino a lo que hay por delante... Si es la voluntad de Dios, pronto estaréis en la isla y podréis recibir todo eso que os pertenece de pleno derecho.

—¡Gracias a Dios! —sollozó doña Matilda—. Y pueden estar seguras vuestras caridades de que seré muy generosa... No solo le devolveré hasta el último real, padre, sino que le daré un buen donativo... ¿Qué menos puedo hacer después de un favor tan grande?

—Bien, hija mía —contestó el fraile—. Pero todo a su tiempo... Ahora es menester ocuparse de arreglar convenientemente lo de los pasajes.

Y dicho esto, se puso en pie y salió del recibidor, para regresar un momento después con los dos frailes que iban a hacer el viaje: muy jóvenes ambos, mas con sus barbas capuchinas crecidas. Sentáronse y se celebró una especie de consejo.

—El navío en el que viajarán vuestras mercedes —empezó diciendo el padre Manuel—, Dios mediante, no es demasiado grande... Lo cual no quiere decir que no sea seguro... Es uno de esos barcos que llaman «pingue», que se emplean para llevar mercancías y pasajeros a las islas. Navegará, como suele decirse, «en conserva», siguiendo a la Flota de Tierra Firme, a su abrigo y bajo su protección, por lo que nada se ha de temer...

Y después de pasear su mirada lánguida por nuestros rostros, continuó:

—Aunque... es preciso decir que el navío hará una escala en la costa de África, antes de seguir su singladura hasta las Islas Canarias...

De nuevo se quedó callado y volvió a observarnos, como queriendo apreciar nuestras reacciones ante esta revelación.

—¿Una escala? ¿En África? —pregunté yo.

—Yo os explicaré —respondió el fraile—. Resulta que, allá en la costa de África, se halla La Mamora, conocida como San Miguel de Ultramar; una poderosa fortaleza que se alza mirando al mar, sobre el río Sebú, donde hacen la vida como pueden unos trescientos soldados españoles, sacrificados compatriotas nuestros que defienden la ciudadela y el puerto. También viven allá unas cincuenta almas más, mujeres y niños, familiares de la oficialía. El barco en el que viajarán vuestras mercedes les lleva el correo, alimentos, medicinas, armas y otros suministros necesarios. Pero también aquellos hijos de Dios necesitan el sustento espiritual y el consuelo de la fe católica; y para esos menesteres, servía allí a la Iglesia un hermano nuestro, que, según supimos por un reciente aviso llegado de allá, murió de disentería hace dos meses... ¡Dios le haya premiado en su gloria! Por ello, estos dos frailes de nuestra orden van a hacerse cargo del convento en sustitución del difunto... O sea, que esa escala es necesaria. Pero apenas demorará un par de días el viaje a las Canarias. Una vez descargados los pertrechos y desembarcados los hermanos, proseguirá la travesía hasta las islas.

—Hágase todo como vuestra caridad disponga —le dijo doña Matilda—. Nosotros desde ahora estamos bajo su autoridad y amparo.

Después de aquellas explicaciones y de platicar amigablemente durante un rato más, el superior dispuso que fuera yo con uno de los frailes jóvenes a verme con el patrón del navío para ultimar los requisitos del pasaje.

Nada más llegar al atracadero, mi acompañante señaló hacia una hilera de barcos menores que estaban en el extremo y dijo:

—Aquel es el pingue.

—¿Cuál de ellos?

Nos acercamos caminando aprisa.

—Ese es, ese de ahí —señaló.

Me sorprendió, porque era un barco pequeño, con unos aparejos simples; la popa estrecha y, en cambio, la proa extraordinariamente ancha. No dije nada, porque no era yo demasiado entendido en asuntos de navegación, pero me pareció aquel navío muy poca cosa para el viaje que había de hacerse, en comparación con las naos y los galeones que se veían más allá, componiendo el grueso de la flota.

El fraile preguntó por el patrón a los marineros. Salió

a la borda un hombre fornido, barbado y de aire feroz, con el torso desnudo, aun siendo pleno invierno, como si fuera hecho de pura madera.

—¡Qué hay! —soltó un vozarrón.

—Vengo a lo de los cuatro nuevos pasajes —respondió el fraile—; ya sabe vuestra merced...

Descendió al muelle el patrón refunfuñando, porque tenía mucha faena, según dijo. Farfullaba medio español medio portugués y, en cuatro palabras mal habladas, nos indicó que fuéramos al escribiente, que ya lo tenía él todo arreglado para que nos dieran las escrituras.

Sin reparo alguno, en la escribanía otorgaron pronto el documento con todas las firmas y sellos. El pingue se llamaba *Santo Sacramento* y el patrón João de Rei, portugués, como era obvio.

8. A BORDO Y RUMBO A LAS ISLAS

El día 27 de enero, a la caída de la tarde, un toque de campanas, largo y bastante complicado, anunció en todo Cádiz la decisión de partida de la flota. Había sido un día soleado, y el viento, según decían, era el más propicio. Un gran revuelo, como una sacudida, recorrió las calles, las tabernas, las fondas y el puerto. A la gente le entró de repente la prisa y una muchedumbre agitada y nerviosa empezó a correr de un sitio para otro, acarreando todo tipo de pertrechos y ultimando los preparativos. El arsenal se llenó de embarcaciones de infinitas formas y tamaños, y la marinería y la soldadesca vociferante empezaron a reunirse frente a los galeones, acudiendo a la llamada de los pífanos y cornetas.

El día 28 de madrugada, abriéndonos paso entre las multitudes, llegamos al pingue *Santo Sacramento*, temblando de emoción, ayudados por los mozos que cargaban nuestra impedimenta. Subimos a bordo, entre frailes, militares y toscos marineros. No hablábamos, solo mirábamos a derecha e izquierda, contemplando con asombro, el loco torbellino de la multitud en la luz vaga del amanecer.

Vimos llegar a los magnates con sus séquitos: el nuevo virrey del Perú, marqués de la Palata, que venía a caballo, seguido por importantes caballeros y damas; el almirante y los generales, capitanes y miembros del alto mando; los obispos, nobles señores, regidores, mercaderes, tratantes... Interminables filas de baúles y sacas de los equipajes eran cargados en las bodegas y cámaras. ¡Toda una ciudad se echaba a la mar!

Al toque de campanas, se dio la orden de zarpar. Las pasarelas se recogieron y las tripulaciones se entregaron al frenético ajetreo de su oficio:

—¡Izad el trinquete! —se oía gritar—. ¡Alzad aquel briol! ¡Levad el ancla!

Me entretuve contemplando aquellas operaciones. Zarparon primeramente los grandes navíos de la flota, siguiéndoles los demás. Al hacer la virada para salir del arsenal, atronaban a los cielos las aclamaciones y los hurras del inmenso gentío que desde tierra asistía al espectáculo del lento deslizarse de las naves.

Nuestro pequeño pingue salió de los últimos; todavía nos seguían barcas menores y pataches. Cuando traspasó la boca del puerto, dejando a babor el dique, aceleró su marcha, y a estribor vimos toda la formación de la flota, con el velamen ya inflado, oscilando levemente de costado, haciéndose a la anchura de la mar...

9. ABURRIDOS Y VOMITANDO

La flota navegaba lenta, a pesar de los vientos a favor, porque las bodegas iban repletas y los vientres, por ende, muy hundidos. Esta primera parte de la singladura que concluía en las Canarias transcurría por el llamado mar de las Yeguas. Según decían, la distancia se cubría en diez o doce días, siempre a expensas de los vientos, naturalmente. En la primera jornada, soplaron muy favorables, de manera que se navegaba ligero, dado el peso. En cabeza iba la *Capitana*, con el estandarte bien alto izado en el palo mayor; seguían los mercantes y los navíos de previsión; y cerrando la formación, con sus insignias reales en el mástil de popa, navegaba la *Almiranta*. Los restantes galeones de la escolta custodiaban a los mercantes a barlovento, para aproximarse en caso de ataque lo más rápidamente posible y salvar la carga. Por último, siempre a la zaga, íbamos las embarcaciones en conserva, siguiendo la estela de aquellas fortalezas flotantes que nos proporcionaban seguridad.

A doña Matilda y a Fernanda las habían acomodado en un camarote compartido de la cubierta inferior, reservado para las mujeres y los niños; fue una deferencia, gracias a la intervención del superior de los capuchinos. Los frailes también iban a resguardo, en otro camarote. Pero a don Raimundo y a mí nos tocó hacer el viaje en la cubierta exterior, en un rincón entre los bártulos que se amontonaban por todas partes. Poco más de una veintena de viajeros componíamos el pasaje a bordo del *Santo Sacramento*: comerciantes la mayoría, los dos capuchinos, algún que otro funcionario camino de su destino, buscavidas, aventureros y nosotros cuatro. El resto del personal pertenecía a la tripulación.

Los primeros días de navegación se nos hicieron harto duros, pues la visión del mar inmenso e inquietante nos suscitaba temores. No teníamos costumbre de navegar y los mareos nos obligaban a vomitar constantemente. Soportando los males del cuerpo, poca distracción había a bordo. Las horas transcurrían entre los oficios religiosos, la conversación y la contemplación de la rutina de la vida de los marineros: trepaban con agilidad a los palos, recogían, arreglaban y ataban cabos, remendaban redes, fregaban las cubiertas, revisaban los aparejos y hacían reparaciones donde se necesitaban. De vez en cuando se organizaban sonoras broncas y peleas; también esto resultaba un entretenimiento.

Como estaba prohibido terminantemente descender al camarote de las mujeres, yo me tenía que conformar pasando muchas horas sin ver a Fernanda. Solo podía encontrarme con ella cuando subía a la cubierta; pero esto sucedía un par de veces al día nada más, porque no resultaba oportuno que las damas anduvieran cerca de aquella chusma marinera, que a cada momento soltaba los peores insultos, expresiones soeces, palabrotas y hasta blasfemias.

No obstante, cada atardecer, después de los rezos de vísperas, tenía un rato para estar con ella. ¡Qué momento de felicidad! Nos mirábamos, hablábamos a media voz y nos contábamos nuestras cosas. Ganas me daban de darle achuchones, pero me aguantaba, porque siempre estábamos rodeados de ojos curiosos y ante la presencia del ama.

Aunque esta era muy comprensiva y, de vez en cuando, mascullaba:

—Una sabe que molesta... A los amantes les estorba todo menos su amado... Pero ya tendréis tiempo de arrimaros, criaturas... ¡Ay, qué par de tórtolos!

10. SOLOS Y A MERCED DE LA SUERTE

Al tercer día de navegación, con la primera luz del alba, nos despertó el revuelo de los marineros en la cubierta. Nos levantamos y nos enteramos al momento de lo que sucedía: la Flota de Indias timoneaba ya hacia el suroeste y se alejaba en mar abierto; mientras que nuestro pingue iba rumbo a levante. Nos separábamos de la protección de los galeones y nos aventurábamos a proseguir en solitario. A mi lado, un marinero observó con inquietud:

—Ahora viene lo malo...

—¿Por qué? —le pregunté, aun sabiendo bien la respuesta.

—Abundan en estas aguas los corsarios sarracenos —explicó él—; perros rabiosos, cimarrones, ávidos de presa...

—¿Quiere decir eso que nos atacarán? ¿Peligran nuestras vidas?

—¡No lo quiera el diablo! Hay riesgo... Pero ya sería mala fortuna que nos avistaran en el corto trayecto que hay desde aquí a La Mamora... Si no nos falta este viento favorable, por la tarde estaremos en aquel puerto. Además, tenemos cañones, armas y hombres suficientes a bordo para defendernos si llega el caso... Muchos tendrían que ser para hacernos pasar un mal trago...

Prosiguió la singladura, redoblada la vigilancia. Un muchacho trepó a lo más alto del palo mayor y permaneció allí mirando en todas direcciones; decían que tenía vista de lince. Había mucho más silencio que de ordinario; las bocas malhabladas de los marineros enmudecieron y los semblantes estaban tensos, como impacientes y a la vez intranquilos. Todo el mundo oteaba el horizonte, como si en cualquier momento fuera a aparecer el temido barco.

No faltó el viento y, mucho antes de lo esperado, se avistó las costas de Berbería. Hacia el este, emergían del mar azul unas colinas parduscas. Todo estaba en calma, y en los rostros se dibujaron gestos de alivio.

Más cerca de tierra, se calmaron casi de repente los vientos y las olas, fueron desmayando las velas y se redujo el avance. Se echó mano de los remos y se avanzó por unas aguas dormidas, de un verde oscuro profundo, que lamían el casco, abriéndose ante el tardo paso de la proa y formando ribetes de espuma. El aire era húmedo y turbio. Con una maniobra lenta, el pingue se dirigió hacia el estuario de un río.

—¡Esos remos! —gritaba a cada momento el patrón.

Esforzados, sudorosos, todos los marineros mantenían el ritmo de la boga, paleteando al compás del tambor.

Pronto se vio el puerto de La Mamora, aguas arriba, en la desembocadura del río Sebú, y la poderosa fortaleza coronando una loma. Pero todo el mundo se extrañó mucho al ver que en el atracadero no había ni una sola embarcación. Los que conocían aquellos andurriales exclamaban:

—¡Qué raro!

—¡Algo pasa ahí!

—¡Todo está como desierto!

Y lo que más inquietaba era ver al patrón y los que componían el mando, como cuchicheando entre ellos, con sigilo, con ademanes, y con las miradas intranquilas oteando la distancia.

Así fuimos avanzando, con lentitud, hacia el fondeadero, viendo ya las banderas ondeando en las torres del baluarte. Hasta que, de repente, se oyó un fortísimo grito del vigía:

—¡Jabeques! ¡Jabeques por la popa!

—¡Jabeques! ¡Jabeques! ¡Jabeques...! —corearon los marineros en cubierta.

Me volví para mirar hacia donde señalaban los dedos... Venían desde mar abierto varias velas recortándose en el horizonte. Los oficiales vociferaban:

—¡Por los clavos de Cristo!

—¡Fuerza a los remos!

—¡Todo avante!

El silbato del contramaestre chillaba desaforado, entre el estruendo de las pisadas en las maderas. Los hombres que no estaban bogando corrían a por las armas, y gritos de terror y sufrimiento empezaron a brotar entre los que se apresuraban a buscar refugio en la cubierta inferior.

—¡Ánimo! —exclamaba el patrón con voz de trueno—. ¡Ánimo, que no tienen suficiente viento y no nos darán alcance! ¡Bregad! ¡Bregad como si os fuera la vida en ello!

El timonel mientras tanto viraba a estribor, para gobernar el barco y llevarlo hacia el atracadero.

Yo miraba a un lado y otro y veía los rostros feroces de los soldados, a los frailes rezar y a muchos hombres que bramaban y maldecían, ya fuera remando o aferrados a los mosquetes y las picas. Entonces, uno de los oficiales vino hacia mí y, poniéndome en las manos un espadón, me gritó:

—¡Coja esto vuestra merced, diantre! ¡Que aquí todos los hombres tenemos parte!

Hasta ese momento, no me di cuenta verdaderamente de la gravedad de lo que nos estaba pasando. Miré hacia popa y, sobrecogido, vi que los tres jabeques piratas se nos venían encima, a una velocidad endiablada. Y súbitamente, una especie de fogonazo puso una luz amarillenta delante de mis ojos, a la vez que un estampido y un inmediato chasquido de tablones rotos. Tembló toda la cubierta y se desplomó uno de los palos, envolviendo con la red de sus cordajes y con el velamen a varios marineros. Y al momento, un herido yacía cerca de mí horriblemente mutilado; el pellejo levantado desde el cuello hacia el mentón y la garganta abierta. Los gritos de espanto eran terribles.

Un instante después, con un golpe estrepitoso, atracamos, chocando nuestro costado contra el muelle.

—¡A tierra! ¡Todo el mundo a tierra! —gritó el patrón.

Mientras se echaban las pasarelas, muchos hombres se arrojaban directamente desde la borda y otros se apretujaban tratando de salir los primeros.

—¡Las mujeres! —grité yo—. ¡Por el amor de Dios, las mujeres!

Corrí hacia la escalera que descendía a la segunda cubierta y me topé con ellas, que ya venían despavoridas, chillando; Fernanda y doña Matilda de las primeras.

—¡Corred! ¡Corred! —las insté.

Como pudimos, atropelladamente, nos abrimos paso entre los cuerpos y el enredo de cabos, maderas, cajones y pertrechos. Mientras tanto, arreciaban los cañonazos, los disparos de los mosquetes, el fuego, el humo... Volaban astillas y cascotes.

Entonces, una vez que logramos saltar a tierra, vimos que venían muchos soldados desde la fortaleza a socorrernos, corriendo pendiente abajo; a la vez que, con mucho esfuerzo, se hacían entender a gritos y con gestos, apremiándonos para que huyéramos hacia ellos sin mirar atrás.

Yo llevaba a Fernanda de la mano; tiraba de ella, casi arrastrándola por el sendero empedrado, cuesta arriba, sintiendo detrás los gritos y jadeos del resto de los pasajeros. Cada uno buscaba su propia salvación sin preocuparse de los demás. ¡Bastante grande era el peligro!

Cuando nos cruzamos en el camino con los soldados que bajaban al ataque, sentimos un alivio inmenso. A nuestras espaldas el estruendo de las armas nos helaba la sangre; pero, en momentos así, uno saca fuerzas de donde puede y vencimos la empinada pendiente en un santiamén. Al llegar a lo alto miré y vi a los frailes jóvenes: ninguno de ellos había sufrido daño alguno. Doña Matilda estaba a mi lado, desgreñada, roja y brillante de sudor, gritando:

—¡Don Raimundo! ¿Dónde está don Raimundo?

—¡Aquí! ¡Aquí, señora! —contestó el administrador, que estaba un poco más allá, desmadejado en el suelo, entre la gente.

Nos temblaban las piernas, el corazón se nos salía por la boca, nos faltaba el resuello...; pero advertíamos, dando gracias a Dios, que habíamos salvado las vidas... Mientras allá abajo los tres jabeques se retiraban por el río hacia el mar abierto, acuciados por el tiroteo de los soldados.

Dos marineros perecieron en el ataque, víctimas del primer cañonazo que nos alcanzó; y otros dos estaban heridos, aunque no de gravedad. Se pasó revista al personal. Estábamos aterrorizados, en silencio, mirando los cuerpos de esos dos pobres hombres que yacían en el suelo, destrozados. Allí mismo, delante de la puerta, se hicieron las primeras oraciones. Con unas voces que parecían no querer salirles de los cuerpos, los frailes entonaron un salmo, mientras el sol se ponía, tiñendo de rojo la lejanía del mar.

Los piratas se alejaron hasta ponerse a salvo del fuego de los soldados, pero se quedaron a distancia, en el estuario. Los tres jabeques, con la proa mirando hacia la fortaleza, parecían tres perros de presa, esperando la oportunidad de lanzarse a despedazar nuestro barco, que estaba caído de costado y medio hundido. No obstante, pudo rescatarse la carga, que fue subida aprisa, fatigosamente, aprovechando la última luz del día.

Entramos en la fortaleza con la penumbra del ocaso, agotados, en medio de una gran pesadumbre. Aquellos espesos muros, la altura de las torres y la ausencia del horizonte, le daban al lugar aire de presidio; máxime por la mortecina luminiscencia de los faroles y el firmamento cada vez más oscuro.

El gobernador dispuso que se nos diera inmediatamente cena y alojamiento. A partir de aquel momento, estábamos bajo su jurisdicción, y autoridad, como así se apresuró a poner de manifiesto, advirtiendo de que en el baluarte regían las leyes militares y que no se consentirían los mínimos desmanes o indisciplinas. Supongo que aquello lo dijo por el personal marinero, que no gozaba de muy buena fama.

Las mujeres fueron acogidas por las esposas de los oficiales, en sus propias casas. Los frailes se hospedaron en su convento. Y el resto de los hombres que íbamos en el *Santo Sacramento*, tripulación, soldados y pasajeros, fuimos a alojarnos provisionalmente en unos cobertizos.

Cuando cayó la noche se tocó silencio. Después de la agitación vivida, por agotado que uno estuviese, era difícil conciliar el sueño. Las imágenes tan recientes estaban muy vivas en la mente y acudían al cerrar los ojos: el ataque, los muertos, la ferocidad de los hombres, los gritos...

Sería ya muy tarde cuando, estando todavía en vela, me sobresaltaron de súbito voces y ajetreo de pisadas. Me levanté y salí. En la plaza los hombres corrían hacia las escaleras que conducían a las almenas.

—¡El pingue está ardiendo! —exclamaban—. ¡Los malditos sarracenos han prendido fuego el barco!

Nadie me impidió subir, así que fui a ver. Al llegar arriba, encontré que todo estaba sumido en la negrura de la noche, excepto un punto allá abajo, en el atracadero, donde se alzaban las llamas devorando nuestro barco, con un resplandor tétrico que se reflejaba en las aguas quietas.

João de Rei, el patrón, rugía con desgarro:

—*Filhos da puta! Mouros do diabo!*

LIBRO V

LIBRO V

Donde se verá lo dura que era la vida en La Mamora; plaza fuerte, aislada, que miraba con temor al mar, al río y a tierra adentro

1. San Miguel de Ultramar

La Mamora, aquella fortaleza lejana, alzada desde antiguo en la costa de Berbería, había sido conocida como «fuerte de San Felipe de La Mamora», allá en los tiempos en que perteneció al rey de Portugal. Luego pasó a manos de moros y fue reducto de piratas ingleses más tarde. Hasta que en el año del Señor de 1614, un 10 de agosto, fue ganada por España tras la conquista de Larache. A partir de entonces, la plaza fue rebautizada como San Miguel de Ultramar, como hasta el presente se nombra.

La ciudad fortificada se alza sobre un otero, a poco más de una milla de distancia desde la desembocadura del río Sebú, por lo que se contemplan desde las almenas el estuario, las riberas y el mar. Al pie de la loma está el fondeadero, de poco calado, dependiendo siempre de las mareas y del caudal del río. Difícilmente se podrá hallar en aquellas costas un lugar tan inhóspito y desangelado. Apenas hay próximas un par de aldeas de moros, polvorientas, ruinosas, donde malviven gentes míseras con sus cabras. No hay mercados cerca, ni caminos transitados; algunas pobres barcas de pescadores faenan en la anchura del río; no se ven velas en el estuario... ¿Quién se va a aventurar transportando una carga por aquellos derroteros? Nadie en su sano juicio, a no ser que ignore que a tan solo seis leguas al sur está Salé, el nido de los piratas berberiscos, y a veinte leguas tierra adentro, la ciudad de Mequinez, donde reina el belicoso sultán Mulay Ismail, del que se cuentan hechos terribles, por su ambición sin mesura, su crueldad y el odio que profesa a la religión cristiana y al reino de España.

En La Mamora, cuando nosotros fuimos a dar allí con nuestros malhadados huesos, moraban tres centenares de almas. Toda la ciudad se hallaba dentro de las murallas, las cuales eran muy fuertes, elevadas y de pura piedra. Desde lo alto, se divisa un amplio territorio, y los cañones del baluarte apuntaban entonces hacia el atracadero permanentemente. Siempre había centinelas en las torres y un constante ambiente de alerta impregnaba el discurrir de la vida, con obras de refuerzo en los muros, frecuentes cambios de guardia, ajetreo de aparatos de guerra, maniobras, revistas, recomendaciones y simulacros. En fin, el orden y la disciplina marcial marcaban el paso de las horas y los días. Enseguida se apreciaba que aquella gente vivía acuciada por el temor de un ataque. Lo cual era de comprender, teniendo en cuenta que la fortaleza había tenido que resistir una decena de asedios en las últimas cinco décadas. Tal estado de cosas propiciaba en los habitantes un evidente espíritu desasosegado, como si su existencia pendiera de un hilo; y a la vez una singular fe en la Providencia Divina, que se manifestaba en la asiduidad de oficios religiosos, misas, rezos de rosarios, oraciones colectivas, procesiones, confesiones y penitencias a las que nadie faltaba. Unido todo esto al encierro lógico que requería la seguridad del presidio, hacía que se respirase en San Miguel cierto aire como de clausura monacal, cuando no de cárcel.

Murallas adentro, la población era compacta, con callejuelas estrechas, adarves y pasadizos. Solo había holgura en la gran plaza de armas, a la que daban la residencia del gobernador, las casas de los oficiales, el convento de los frailes y la iglesia. Era aquel el único sitio por donde se podía transitar con cierto desahogo, y donde se encontraba el único establecimiento comercial, que a la vez servía de cantina y donde podía comprarse muy poca cosa, si acaso unas castañas secas, algo de vino añejo, harina, miel, aceitunas..., todo ello a un precio abusivo. Por lo demás, casi nada podía hacerse en aquel abigarrado conjunto de fortificaciones, muros, barbacanas, escarpas y cuarteles, excepto cultivar la paciencia esperando a que un día u otro apareciese en el horizonte un navío que nos sacase de allí.

El gobernador de la plaza era el maestre de campo don Juan de Peñalosa y Estrada, caballero de la Orden de Alcántara; hombre de complexión menuda, de mediana edad, cabeza pequeña, arrogantes bigotes atusados, finas piernas, pasos rápidos y cortos; imperioso, nervioso, malhumorado, gritón... Ya el primer día nos fatigó con un largo discurso salpicado de admoniciones y severas advertencias, en el que dejó bien claro que él y solo él eran la suprema autoridad, que todo pasaba por él, que nada se escapaba a su perspicacia, que no toleraría reyertas, insubordinaciones, robos, alborotos..., y que cualquier grave indisciplina sería castigada sin miramientos con la máxima pena: la de la vida.

Por debajo del gobernador, subordinado a él, sumiso y resignado a soportar su endiablado carácter, ejercía el oficio de veedor don Bartolomé de Larrea, un navarro bonachón y paciente, recio y a la vez barrigudo. Le seguían por orden en el mando del fuerte el capitán Juan Rodríguez; el alférez Juan Antonio del Castillo, joven y de aspecto atolondrado, y el sargento Cristóbal de Cea, un viejo y astuto militar, hecho a salirse con la suya y experto pelotillero. Ejercían también como contables dos hermanos gemelos, sobrinos del veedor navarro, por pura recomendación de su tío.

En lo que atañe al clero, los asuntos de la Iglesia eran atendidos por los dos frailes que viajaron con nosotros desde Cádiz: los padres fray Andrés de la Rubia y fray Jerónimo de Baeza, capellán primero y capellán segundo, respectivamente. Eran ambos nuevos, como ya se dijo, igualmente silenciosos, discretos, recién salidos del noviciado y, consecuentemente, inexpertos y asustadizos.

Por lo demás, la soldadesca que estaba destinada a defender aquella plaza lejana era de desigual aptitud, algunos demasiado mozos, entregados a su oficio; pero los más de ellos perros viejos con el colmillo retorcido, tropa desechada de los Tercios, milicia de última fila, rufianesca, de vuelta de todo y siempre atenta a procurarse su propio beneficio. Se comprenderá así que no recibieran de buen grado a la recién llegada marinería del malogrado pingue *Santo Sacramento*; ya que desconfiaban de unos hombres hechos a la particular vida de la mar, ruda, inestable y con frecuencia feroz. Se formó pues en el fuerte una masa abigarrada y peligrosa, con unos y otros mirándose al sesgo, recelosos, marcándose las distancias y casi enseñándose los dientes.

En cuanto al personal civil, era menguado e igualmente variopinto, confuso. Vivían allá algunos negociantes, pocos, apenas una docena, ocupándose de abastecer las necesidades de la población; un par de artesanos, cuatro comerciantes, un médico y dos enfermeros, un sastre, el cantinero y un barbero sacamuelas. Todos ellos tenían sus mujeres e hijos, sus viviendas, almacenes y talleres, detrás de la ciudadela, en un pequeño laberinto de callejuelas, donde también vivían en sus casuchas los pecheros, los esclavos y algunos menesterosos.

A toda esta gente fuimos a sumarnos los veinte pasajeros y los treinta marineros del *Santo Sacramento*; acogidos a la benevolencia de la población, y a sabiendas de que resultábamos incómodos, puesto que aquel lugar apartado y casi olvidado del mundo carecía de recursos propios y los víveres que llegaron a la bodega de nuestro pequeño barco no iban a dar de sí para mucho tiempo. Con todo, no faltaba la esperanza; porque se tenía la certeza de que en poco más de un par de semanas debía arribar una escuadra de la armada de las islas custodiando al relevo del destacamento y portando un buen cargamento de alimentos, armas y municiones.

2. INCURIA, MISERIA Y MALTRATO

La plaza fuerte de La Mamora se componía, como ya he referido, de una ciudadela interior reservada exclusivamente para los militares y sus familias. Allá fueron llevadas doña Matilda y Fernanda, con loable deferencia, para que se sintieran seguras. Pero don Raimundo y yo tuvimos que ir a morar a la otra parte de la ciudad, a los barrios circundados por la muralla exterior, donde estaba el personal civil, el populacho, los pecheros y una buena tropa de mendigos y desheredados. Durante aquellos primeros días de nuestra estancia embarazosa y harto apurada en esta particular villa, don Raimundo y yo anduvimos vacilando, desconcertados, buscando acomodo de un lado para otro entre las escasas posibilidades que se nos ofrecían. Encontramos de momento un poco de todo: compasión, favor, simpatía...; pero también caras largas, indiferencia e incluso algunos malos modos. Como no teníamos dinero, no podíamos pagar el alojamiento ni la manutención. Al principio, quizá pensaron aquellas gentes que podrían sacar algún beneficio de nuestro trance, mas, cuando se percataron de que estábamos solo con lo puesto y sin blanca, empezaron a recortarnos el socorro, a torcer el gesto y a ahorrarse los miramientos. No tuvimos más remedio que solicitar la caridad de los más pudientes, hasta que finalmente acabamos durmiendo bajo un arco del adarve, sin otro avío que unas mantas viejas, rodeados por la peor chusma de la marinería, soportando burlas, malas palabras e insultos. Si para mí, que era joven y estaba acostumbrado desde niño a la vida áspera, aquello resultaba insufrible, imagínese lo que suponía para el viejo administrador. Hacía mucho frío, llovía, azotaba el aire, comíamos siempre poco y a deshora, sobras del rancho de los soldados, gachas, pan duro y galletas rancias.

No obstante, don Raimundo no se quejaba. Y yo, manteniendo firme la ilusión, le decía:

—Menos mal que esto ha de durar poco... En unos días vendrá esa escuadra y nos llevará a la nueva vida que nos espera en la isla.

—Veremos a ver... —contestaba él.

—¡Ánimo, don Raimundo! No hay nada que merezca la pena en esta vida que no se logre sin tener que soportar algún sacrificio... Ahora nos toca padecer esta contrariedad, pero ya vendrá el goce y el descanso... Seamos fuertes.

Voluntad no le faltaba al pobre hombre, pero al cabo de una semana enfermó. Tosía, tiritaba, le ardía la frente, sudaba a chorros... Me entró una preocupación grande y decidí finalmente acercarme hasta la ciudadela para tratar de ver a doña Matilda.

Pero, tal y como me temí desde un principio, choqué de frente con todos los impedimentos que rodeaban al estamento militar. Los guardias de las puertas del fuerte no me hicieron ni caso, después de tantos días de viaje, del percance del ataque y de la penosa estancia en San Miguel, mi aspecto debía de ser poco diferente al de la rufianería que malvivía en las casuchas: mi ropa estaba hecha jirones, mi pelo desgreñado, mi barba crecida y la porquería adherida a todo mi cuerpo... En fin, sin escucharme siquiera, me dieron largas mandándome a que guardara cola en un portón donde permanentemente una fila de mendigos y lisiados esperaba a que saliera alguien para repartir limosnas.

Allí me puse, el último, a ver qué pasaba. Al cabo de algunas horas, crujieron las maderas del portón y chirriaron los cerrojos. Los pordioseros, ciegos, cojos y mancos saltaban como si cobraran repentinamente bríos renovados. Todos empezaron a gritar a la vez. Traté de abrirme paso entre ellos, me llovieron encima bastonazos, puñetazos, tirones de pelo y hasta sentí muerdos en las posaderas... Por encima de la barahúnda de cuerpos y sombreros viejos, vi el rostro de una mujer sonriente, que repartía algo, unos fardos, tal vez ropas...

—¡Señora! —grité—. ¡Señora, por Dios!

Avancé a trompicones. Entonces alguien me agarró por el tobillo y perdí el equilibrio. Caí al suelo, me pisotearon a conciencia, con maldad e inquina; y un palo en mi ojo casi me deja tuerto.

Cuando pude levantarme, el portón ya estaba cerrado y los feroces mendigos se peleaban entre ellos tratando de repartirse las limosnas.

Volví a donde los guardias y los encontré retorciéndose de risa, disfrutando con el espectáculo. Así que, sin poder contenerme, les grité con todas mis fuerzas:

—¿De qué se ríen vuestras mercedes? ¡Necesito entrar! ¡Vayan, por Dios, en busca de mi ama, doña Matilda!

Me miraban extrañados, con cierta fanfarronería. Yo insistí, casi amenazante:

—¡Mi ama doña Matilda se aloja ahí dentro, en la casa de los oficiales! ¡Vayan vuestras mercedes inmediatamente a decirles que Cayetano está en la puerta!

Por única respuesta, recibí una tremenda patada en la barriga y caí de nuevo al suelo sin respiración.

—¡Fuera de aquí! —rugió uno de los guardias—. ¡Fuera o te mandamos dar veinte azotes! ¿Quién te crees que eres?

Regresé al adarve, maltrecho y humillado. En un rincón, tiritaba don Raimundo. Me preguntó con un hilo de voz:

—¿Qué pasa? ¿Y el ama? ¿Has podido ver al ama? ¡Ay, yo me muero...!

Compadeciendo al verle en tan penoso estado, fui incapaz de decirle la verdad.

—Pronto vendrá doña Matilda —respondí—. Ya está avisada...

3. Entierros fuera y entierros dentro

Comprendí que, en tal estado de cosas, igual que nosotros teníamos impedida la entrada en la ciudadela, los de dentro no podrían salir a su antojo, máxime las mujeres.

Entonces me alegré por un lado al pensar que ellas estarían seguras y bien tratadas en el ámbito familiar de los oficiales; aunque también me asaltaron las dudas, los recelos y un amago de resentimiento. ¿Acaso ellas no eran conscientes de que afuera lo estábamos pasando muy mal? ¿Por qué ni siquiera mandaban recado con alguien? ¿Se olvidaban de nosotros...?

Para colmo de males, enfermé también yo. Mi pecho emitía al respirar un ruido raro, como de pitos, me ardía por dentro la garganta y sentía una debilidad enorme. La fiebre me agotaba, deliraba por las noches y no me sentía siquiera con fuerzas para ir a buscar la comida cada día. A mi lado, don Raimundo ya casi no hablaba. Entonces empecé a considerar seriamente la posibilidad de que pudiera de verdad morirse; la cual se me hacía más cruda al ver que, un día sí y otro no, se quedaba tieso alguno de aquellos pordioseros y lisiados que pululaban por los alrededores.

Ciertamente, en La Mamora la gente se moría con demasiada asiduidad. No solo los pobres que estaban fuera de la ciudadela enfermaban y dejaban este mundo, también los de dentro, que comían a diario buen pan, tasajos, lentejas e incluso carne y pescado. Porque, si bien los que estábamos fuera sabíamos a ciencia cierta que dentro vivían infinitamente mejor, nos enterábamos de que también había entierros allí, porque oíamos doblar las campanas.

Aunque fuera doblaban con mayor frecuencia... Y es preciso, antes de proseguir, explicar esto. Digamos que había misas y rezos en los dos sitios: en la ciudadela estaba el convento y, en nuestra parte, una capillita donde acudíamos aquellos a quienes no se nos permitía entrar en el recinto militar. Aunque, cuando hablo de «dentro» y de «fuera», en realidad me refiero a todo el conjunto de San Miguel de Ultramar, encerrado enteramente en las mismas murallas, las cuales, como capas, defendían el reducto interior, donde moraban la oficialía y los intendentes con sus familias. La comunicación entre uno y otro espacio era mínima; pero la gente de dentro tenía mayor libertad y podía salir a la plazuela exterior, donde todos los martes se celebraba una especie de mercadillo al que acudían moros de los campos de los alrededores para vender verduras, pescados secos y otras minucias. Dos martes seguidos esperé durante toda la mañana, confiando en que doña Matilda y Fernanda aparecieran entre los que iban a comprar. Pero... ¡nada!

Entonces, el segundo martes, fui directamente hacia unas mujeres que estaban charlando muy tranquilas, me puse a una distancia de ellas de como unos diez pasos, temiendo asustarlas, y con mucha templanza y respeto, les dije:

—¡Señoras! ¡Eh, señoras!

Me miraron. Yo había procurado arreglarme el pelo y la barba, recordando lo que me pasó con los centinelas. Les sonreí ampliamente y dije:

—¡Dios las bendiga, señoras! Por favor, necesito enviar recado urgente a doña Matilda, viuda de Paredes y Mexía, que vive en la ciudadela...

Me seguían mirando sin decir nada.

—Es muy importante, señoras... ¡Tengan caridad! El administrador de doña Matilda y yo, su contable, estamos muy enfermos... ¡Necesitamos hablar con ella!

Una de las mujeres vino hacia mí con cara de interés y me preguntó:

—¿Y por qué no va vuestra merced a ver a esa señora?

—Los guardias no me dejan entrar.

—¡Ah, claro! ¡Ah, claro! —contestó, dándose una palmada en el muslo—. Desde que vinieron todos esos marineros, se anda con mucho cuidado...

—¡Señora, por Dios! —le supliqué—. Busque vuestra merced a doña Matilda y dele el aviso: dígale que don Raimundo y Cayetano están muy enfermos...

La mujer sonrió.

—Creo que tu ama vive en la casa del veedor —dijo—. Descuida, mozo, que yo la pondré al tanto...

4. El administrador empieza a desesperar

—No dejes que me muera aquí —me suplicaba don Raimundo, con un rostro tristísimo, consumido, exangüe—. ¡Por la Virgen Santísima, Cayetano!

Yo no sabía qué decirle, ni qué hacer... También yo me sentía sin fuerzas.

—Ellas deben de estar ya avisadas —respondí lo más animoso que pude—. ¡Ande, no se venga abajo vuaced!

—Es que no quiero morir aquí... No es este sitio para dejarse uno los huesos en tierra... ¡Haz algo, Cayetano! Si ha llegado mi hora, quiero ver esa isla antes de dejar este mundo... ¡Ve a buscar a doña Matilda!

—Ya he ido y está avisada... Pronto ha de venir. No se impaciente vuaced...

—¡Ay, me muero! ¡Ve y dile que me muero!

Sus ojos vidriosos, torpes, me miraban fijamente, como buscando escrutar la expresión de mi rostro. ¿Cómo puede un hombre envejecer tanto en tan poco tiempo? Apenas podía ya incorporarse; se aferraba a mi mano con un débil apretón, sacando fuerzas de su extrema flaqueza.

—Vuaced no se morirá —le dije—. Ande, no pierda las esperanzas, don Raimundo. ¿Ahora se va a venir abajo? Vuaced siempre ha sido un hombre de fe... ¡Ande, confíe en Dios!

—Yo confío... Confío mucho... Pero... ¿Por qué no viene doña Matilda? ¿Se ha olvidado de mí?

—No, no se ha olvidado. Lo que pasa es que aquí las normas son harto estrictas. Ellas están dentro de la ciudadela y a buen seguro no encuentran la manera de venir aquí. Igual que nosotros no podemos entrar. Esto es una plaza militar y hay leyes castrenses de por medio.

—¿Y por qué no mandan recado? ¿Por qué no se interesan por nosotros?

—Porque seguramente piensan que estamos bien. Estarán esperando como nosotros a que de un momento a otro llegue esa escuadra de barcos... Creerán que nos estamos ocupando de las cosas del viaje...

—¡Pues ve a ver a los frailes, demonios! ¿No ves que me estoy muriendo? ¿No hay caridad en este purgatorio?

Fui a ver al fraile. Ya había hablado con él en varias ocasiones, al acabarse la misa, y siempre me contestaba que no podía hacer nada, que eran muchos los que estaban en idéntica situación que nosotros y aún peor.

—¡Por el amor de Dios! —le supliqué—. Tiene que hacer algo vuestra caridad, este compañero mío se está muriendo...

Me miró visiblemente compadecido. Me puso la mano en el hombro y me dijo, asintiendo con un movimiento de su cabeza:

—Aquí muere gente casi todos los días, hermano... Hay fiebres, disentería, malnutrición, lepra, escorbuto... Todos los males parecen querer venirse a este infecto lugar...

—¿Y qué puedo hacer, padre? ¡¿Cuándo podremos salir de aquí?!

Apretó los labios con gesto resignado y contestó:

—No lo sé, sinceramente... Los militares esperaban que arribasen esos barcos esta semana y no hay noticias... Solo queda tener paciencia y confiar en Dios...

—Don Raimundo se muere... Vaya vuestra caridad y dígaselo a doña Matilda; dígaselo antes de que sea tarde...

—Ya se lo he dicho y tu ama me aseguró que está tratando de hallar una solución. Ellas se alojan en casa del veedor, don Bartolomé de Larrea, y a buen seguro estarán convenciéndole para que haga algo. Pero debe vuestra merced tener en cuenta que dentro de la ciudadela rige un severo reglamento que impide la entrada a los enfermos de la parte de fuera. Ya hubo pestes y contagios en otras ocasiones... Comprenderá vuestra merced que no quieran poner en peligro al destacamento militar. Si los soldados empezaran a enfermar, ¿quién defendería la fortaleza?

—Lo sé, pero vaya vuestra caridad una vez más, por el amor de Dios... La cosa es inminente: el administrador de doña Matilda se muere...

—Iré, pero no os aseguro nada...

5. UNA FUERTE TORMENTA Y UN RAYO DE ESPERANZA

Encima de todo lo que estábamos pasando, del hambre, la enfermedad y el abandono, aquella misma noche reventó una tempestad como yo, al menos, nunca había soportado. Primeramente los vientos azotaron las murallas, aullando arriba en las almenas y las torres; brillaron los relámpagos y el cielo y la tierra temblaron con los truenos; finalmente, cayó el aguacero. ¿Qué más podía tocarnos en suerte? El vendaval arrancó las techumbres y los vecinos vinieron a cobijarse bajo el arco que nos servía de casa. Apelotonados, empapados, tiritando, transcurrieron horas de horror y sufrimiento.

Luego, cuando vino la calma, la noche era fría, pero serena y transparente. A mi lado, don Raimundo no paraba de rezar y deliraba:

—Ya, ya vienen los ángeles de Dios a buscarme... ¡Dios mío, ten compasión de mí! Ya veo el cielo, ¿no ves esas luces? Perdón, Señor, perdón... *¡Credo in Deum, Patrem omnipotentem! ¡Credo in Deum...!*

Después se quedó en silencio y temí que hubiera expirado. Pero le oí removerse y más tarde musitar oraciones. Luego logré dormirme algún rato, aunque entre pesadillas y malos presentimientos.

Cuando amaneció, desperté percibiendo rumores de pasos, lamentos y conversaciones a media voz. Me estremecí, porque me había puesto a pensar en Fernanda. ¿Dónde dormiría? Seguramente muy cerca... Porque todo estaba cerca en La Mamora, pero todo estaba separado por gruesos muros...

De pronto, se oyó una voz fuerte y seca:

—¡Cayetano!

La gente que se había resguardado bajo el arco empezaba a removerse. Sobresaltado, miré hacia los cuerpos pardos y las achaparradas siluetas que deambulaban en la fría madrugada. La voz volvió a alzarse:

—¿Están por aquí un tal Cayetano y un tal don Raimundo?

—¡Aquí! —grité, dando un respingo—. ¡Aquí estamos!

Se acercaba un soldado llevando un farol en la mano:

—¿Cayetano...? ¿Don Raimundo...? —preguntó.

—¡Aquí estamos! —contesté, agitando las manos.

Vino hacia mí y dijo:

—Vénganse conmigo vuestras mercedes, que les mandan llamar de la comandancia.

6. En la ciudadela, como en la mismísima gloria

A don Raimundo tuvieron que llevarlo en camilla. Iba trastornado, delirante, exclamando apasionadamente:

—¡Ya me llevan a enterrar! ¡Pobre cuerpo mío! ¡Acoja la tierra estos huesos pecadores!

Cuando me vi en la plaza de armas, traspasadas las puertas de la ciudadela, volaron mis temores, se templó mi ánimo y una viva emoción me sacudió de pies a cabeza. ¡Si la tierra se hubiera abierto bajo mis pisadas, no me habría estremecido tanto! Y se me presentó el cielo delante al ver de repente el rostro de Fernanda, allí muy quieta y sonriente, al lado de doña Matilda. Sin poder articular palabra, fui hacia ellas, ardoroso y vencido por la turbación. No pude evitarlo: me eché a llorar.

Ellas parecían contentas, pero estaban espantadas ante nuestro lamentable estado. Exclamaban:

—¡Dios bendito! ¿Qué os ha sucedido?

—¿Cómo estáis de esta guisa?

Me contuve. No podía abrazarme a Fernanda delante

de todo el mundo; pero deseaba abandonarme rendido en sus brazos.

Junto a ellas estaban otras damas, el fraile, los oficiales y varias personas más. El veedor, don Bartolomé de Larrea, tomó la palabra y dispuso:

—Ahora es menester que se den un buen baño con agua caliente y se quiten de encima toda esa porquería. El anciano debe ponerse en manos del médico; se le ve muy mal... Pero el joven se repondrá enseguida. Que nadie se acerque a ellos más de lo necesario, no sea que hayan contraído algún mal contagioso. Toda precaución es poca...

Así se hizo. Los enfermeros nos frotaron con estropajos hasta casi arrancarnos la piel; nos dieron friegas, nos aplicaron ungüentos, nos rasuraron las cabezas y las barbas... Olíamos a trementina, romero, linimento... A mí me dolía todo, pero parecía retornar la salud y las fuerzas a los miembros como milagrosamente. Aunque mayor prodigio se obraba en don Raimundo, que dejó de toser casi de repente y se bebió con la avidez de un muchacho un gran tazón de caldo ardiente. A pesar de que su rostro seguía como extraviado, con sus ojos de loco, y decía cosas extrañas como:

—Bendita sea doña Matilda, loada, ensalzada sea... ¡Mujer bella y admirable! Dama benefactora... ¡Bendita sea!

Cuando los médicos les dieron permiso, el ama y Fernanda vinieron a vernos. Estábamos en las camas de la enfermería del cuartel. Ellas nos miraban con el asombro y la pena dibujados en sus rostros.

—¿Cómo es posible que os veáis tan desmejorados? —se preguntaba el ama—. ¡Si apenas han pasado quince días desde la última vez que os vimos!

—Hemos estado a la intemperie —respondí sin exagerar nada—; llevamos dos semanas malcomiendo, enfermos, aguantando el frío de las noches...

—¡Ay, Dios mío! —se lamentó Fernanda—. No lo sabíamos... Pensábamos que estaríais acomodados con el resto de los hombres... ¿Cómo íbamos a suponer que estabais pasando un calvario tan grande?

—En la otra parte de la ciudad —expliqué—, ahí afuera, la gente malvive, buscándose cada cual la manera de salir adelante... Ahí falta de todo. Esa gente está agotada, enfurecida, rabiosa... Si hubiéramos tenido que estar ahí un par de semanas más, ¡Dios sabe qué nos podría haber pasado! Creí que don Raimundo moriría...

—¡Yo sí que lo creía! —exclamó el administrador desde su cama, estirando el cuello, sacando de entre las sábanas su pellejo macilento, arrugado y lacio—. Verdaderamente, creí que había llegado mi hora... ¡Ay, doña Matilda, qué amargo trance! Menos mal que vuestra merced nos envió socorro... ¡Redentora nuestra!

Al oírle hablar así, el ama se enterneció; se aproximó a él y le hizo una caricia delicada en la frente, mientras le decía con cariño:

—Bueno, ya pasó todo... Gracias a Dios, ha conservado la vida vuestra merced. Ahora, a reponerse, que no han de tardar en venir esos barcos que nos llevarán a la isla.

Don Raimundo se emocionó y rompió a llorar.

—¡Qué buena es vuestra merced, doña Matilda! ¿Qué sería de mí si no la tuviera? Porque... ¿qué hace un hombre viejo y solo como yo en esta vida? No tengo familiares, ni a nadie en el mundo... ¡Solo tengo a vuestras mercedes!

—¡Claro que sí, hombre! —le dijo ella, dándole unos golpecitos en el pecho—. ¡Nosotros somos su familia! Ahora nos tenemos los unos a los otros y debemos cuidarnos mutuamente. Por eso debo pedir perdón, porque me descuidé pensando que vuestras mercedes estarían bien... ¡He sido una tonta! Si les hubiera pasado algo peor, no me lo perdonaría nunca... Pero, gracias a Dios, aquí estamos; todos juntos otra vez... Y ahora, a esperar. Que tengo la corazonada de que los navíos vendrán muy pronto...

Este discurso del ama nos conmovió mucho. Nos mirábamos con afecto verdadero. Era cierto que todas aquellas adversidades nos habían unido mucho. Nos sentíamos cansados, desnutridos; deseábamos alcanzar por fin esa isla, esa tierra prometida, esa vida nueva... ¡Ese cielo que se nos prometía!

7. Amoríos e ilusiones

En menos de tres días me sentí repuesto. ¡Qué milagro el cuerpo humano! Me volvió la fuerza a los miembros, engordé; me sentía eufórico y feliz. Tardaba más en sanar don Raimundo y siguió en cama, pero ya su aspecto estaba muy lejos del que tenía cuando estuvo cercano a la muerte. También a él se le veía dichoso. Con frecuencia hablaba del pasado, contaba muchas cosas de la vida tan buena sirviendo a los amos, de lo bien que lo habían tratado, dándole casa, sustento y toda su confianza.

—Ahora el ama lo es todo para mí —decía, entornando los ojos, poniendo una cara muy rara; en extremo dulcificada, como si estuviera en trance.

Y a mí empezaba a parecerme que idolatraba demasiado a doña Matilda. Todo el día la tenía en la boca, con exaltación y adulación desmedida. Algo de locura había en aquella veneración; posiblemente proporcionada por la extenuación sufrida, por la enfermedad, por la fiebre...

Pero también yo, en lo que atañe a los sentimientos, me encontraba seguro y venturoso como nunca antes en mi vida; a pesar del peligro pasado, aun en aquella indigencia y en medio del encierro que nos mantenía inmóviles y expectantes, sin poder hacer otra cosa que soñar con la dichosa isla, con los barcos que nos sacarían de allí para llevarnos a esa nueva vida que nos esperaba y que no terminaba de ser nuestra.

¡Fernanda sí que lo era todo para mí! No hablábamos de boda, pero imaginábamos una casa, unos niños y una calma sencilla exenta de cualquier preocupación. Decirle que tener muchos hijos sería mi mayor felicidad era mi manera de pedirla en matrimonio.

—¿Cuántos? —preguntaba ella.

—No sé; muchos, siete, ocho, nueve...

—¿Tantos? —decía, sonriendo, y eso para mí equivalía a un «sí quiero».

Yo era capaz de ver nuestro futuro con mucha claridad. Aunque la isla estaba lejos y en mitad del océano inmenso, la percibía ya cercana. No íbamos a pasarnos allí en San Miguel de Ultramar toda la vida... Tarde o temprano vendrían los barcos y, entonces, ¡la felicidad!

Mientras tanto, los días transcurrían lentamente, muy semejantes los unos a los otros, con una monotonía espesa, castrense. Por la mañana nos despertaban el toque de la corneta, los gritos de los oficiales y el ajetreo del cambio de guardia, las pisadas marciales, las secas voces cantando las novedades de los centinelas... Había en la fortaleza un algo de tiempo detenido, como una atmósfera hecha de distancia e invariabilidad. La gente se movía allí aferrada a la reiteración y la resignación.

8. EN CASA DEL VEEDOR LARREA

Tras salir del hospital fui a alojarme en unas estancias de la parte trasera de la casa del veedor, donde vivían sus sobrinos, los hermanos gemelos Marcelino y Hernando. En comparación con lo que yo había padecido fuera de la ciudadela, no me atrevería a decir que allí estuviera mal; pero, como referiré en su momento, aquellos dos mozos tunantes no me pusieron las cosas fáciles. Digamos por ahora que no les sentó nada bien que yo me incorporase a compartir con ellos el pan de cada día y la habitación donde estaban acostumbrados a refugiarse para ocultar su mucha holgazanería.

En cambio, el veedor don Bartolomé de Larrea y su mujer eran personas encantadoras. Él, por su llaneza y bonachonería, incluso podía llegar a parecer un simplón; rollizo, sonriente, enseñaba permanentemente los dientes de oro del lado derecho de su boca, dejando escapar alegres destellos. Le gustaba el vino, lo bebía a diario, y su rostro regordete se mostraba sonrosado a la caída de la tarde. Doña Macaria, la esposa, era una maravilla de mujer. Si no hubiera sido por ella, según repetían el ama y Fernanda, no habríamos podido entrar nunca en la ciudadela don Raimundo y yo. Era una de esas mujeres que disfrutan haciendo feliz a la gente y que no soportan ver sufrir a los semejantes. Como su marido, era de Navarra, sincera, espontánea y muy piadosa.

Con el ama y con Fernanda, doña Macaria hizo muy buenas migas. Las metió en la intimidad de su casa, las hospedó en un buen dormitorio y las sentaba a su mesa en cada comida. Eso propició que, como ellas se preocuparon tanto por mí y le hablaron muy bien de mi persona, la veedora estuviera desde que llegué muy pendiente de mis necesidades. Sintió lástima también de don Raimundo y le buscó acomodo en una vivienda vecina, con una familia de su confianza. De esta manera quedamos todos acogidos, sustentados y con la posibilidad de tener información que en otras circunstancias nos hubiera resultado inaccesible.

En la casa de los veedores nos enteramos de lo que de verdad sucedía en San Miguel de Ultramar: del abandono que allí se sufría. Era la fortaleza una suerte de destino maldito, al que iban nombrados, casi como castigados, todos aquellos militares que habían tenido algún percance desfavorable, que eran víctimas de la envidia, los celos o la inquina de sus superiores o que, sencillamente, eran considerados poco brillantes.

El veedor nada hablaba de estos asuntos, pero su mujer no desaprovechaba ninguna ocasión para lamentarse, aunque sin amargura ni resentimiento.

—Ya ven vuestras mercedes —decía entre suspiros—, aquí hemos de estar... ¡Dios sabe hasta cuándo! Hasta que Dios quiera... Aquí nos tienen y nadie se acuerda de nosotros... Quince años llevamos en La Mamora... ¡Ahí es nada! Hasta que Dios quiera...

—Déjalo estar, esposa —le decía don Bartolomé—. Lamentándonos todo el tiempo nada arreglaremos. Los hay que están peor que nosotros...

—Eso sí, esposo. Resignarse es lo que queda...

Y ciertamente no quedaba otro remedio que ese; la resignación en La Mamora resultaba muy necesaria. Al agobio propio del encierro, se sumaba un inevitable ambiente de incertidumbre y de precariedad. Según nos contaron, nunca fue aquello un lugar del todo seguro; siempre hubo ataques de los moros; siempre merodearon por aquellas aguas los piratas, ya fueran ingleses o sarracenos, y en muy pocas ocasiones hubo un tráfico fluido y estable con la metrópoli. Pero, de un tiempo a esta parte, especialmente en los últimos diez años, la cosa se había complicado sobremanera. Muy pocos navíos de bandera española se aventuraban por unas costas tan peligrosas. Llegaban algunos barcos desde las Islas Canarias; desde los puertos de España, cada vez menos. Eso propiciaba en la plaza un aire de desánimo y hasta cierto resentimiento, porque —decían— el reino se despreocupaba de aquella plaza lejana.

Doña Macaria no mostraba ningún recato al hablar de estas cosas.

—Al rey de España La Mamora le importa un rábano. ¡Aquí nos pudramos!

—¡Calla, mujer! —le regañaba el veedor.

—¡Ah, el día que nos tenga que pagar el rey todos los sueldos que nos debe! —se lamentaba ella con amargura—. Si es que llega ese día... Porque me dice el corazón que prefiere que nos corten el cuello los moros.

—No digas esas cosas, ¡qué tontería!

—¿Que no? Si nos echan mano los moros y nos matan, se ahorrará su majestad todo lo que nos debe...

—El rey no piensa en esas cosas, esposa; el rey tiene demasiadas preocupaciones como para estar pendiente de tres centenares de súbditos. Ya nos recompensarán sus ministros por cuidar de estas cuatro piedras... Todo ha de llegar a su tiempo...

—A su tiempo... Pues bien podía ocuparse su majestad y enviarnos a su tiempo más alimentos y más soldados para defender la plaza... ¡Aquí nos pudramos!

—Calla, calla de una vez... ¿No te das cuenta del cargo que tengo? ¡Acabarás metiéndome en un lío!

Y tenía razón don Bartolomé preocupándose por las

amargas quejas de su mujer; porque, como veedor general de San Miguel de Ultramar, era el encargado de todo lo referente a la administración y la contabilidad de la plaza; teniendo que intervenir en todas las operaciones necesarias para el abastecimiento de la intendencia. Un oficio difícil, teniendo en cuenta que en aquel apartado y olvidado lugar todo escaseaba. Además, por la veeduría pasaban los requerimientos, escrituras, pagos, inventarios y relaciones de víveres y pertrechos. No obstante, nada se hacía en la fortaleza que no pasase primero por la supervisión del gobernador.

9. EL MAESTRE DE CAMPO DON JUAN DE PEÑALOSA Y ESTRADA, INSUFRIBLE GOBERNADOR DE LA MAMORA

Desde que estuve en el hospital, me hicieron una severa recomendación que no debía dejar de cumplir por nada del mundo: evitar cruzarme en el camino con el gobernador o ponerme al alcance de su mirada. Porque don Juan de Peñalosa era inflexible y nadie se veía libre de su control, sus rígidas normas y sus decisiones fulminantes. Él tenía rigurosamente prohibida la entrada en la ciudadela a cualquier hombre que no perteneciera a la dotación y cuyo nombre no estuviera inscrito en el registro del personal. Por lo tanto, si llegaba el caso en que me viese y resultase que mi rostro le pareciese extraño, desconocido o sospechoso, enseguida haría las averiguaciones oportunas y podía verme metido en un serio problema.

No obstante, esa posibilidad parecía remota, puesto que el gobernador era corto de vista.

—Está cegato perdido —nos dijo doña Macaria—. No ve a tres pasos. Deberían haberle jubilado ya, pero seguramente ocultó su defecto a los superiores.

La veedora no tenía en ninguna estima a don Juan de Peñalosa.

—Es un hombre insoportable —afirmó de él sin reserva—, un mentecato, un altanero, un soberbio, un déspota... ¡Un diablo! No se pongan vuestras mercedes a su alcance, porque a buen seguro se los llevará por delante. ¿Por qué creen si no que está aquí, en el culo del reino? Se lo han quitado de encima en Madrid porque nadie lo aguanta...

—Calla, mujer —la reconvino el veedor—. ¿Cómo dices esas cosas? También nosotros estamos aquí, como tú dices, en el culo del mundo...

Ella miró a su esposo con aspereza y le contestó:

—Sabes de sobra que lo nuestro es diferente. A ti te hicieron una mala jugada precisamente por lo buena persona que eres. Pero ese diablo... ¡A ese no lo soporta ni la bendita madre que lo parió!

—¡Ya está bien, Macaria!

—No, esposo mío, no me voy a callar, porque, como cristiana, me creo en el deber de advertir a estos buenos huéspedes nuestros de la clase de hombre que es el maestre de campo, para que estén alerta y pongan cuidado de no tener que vérselas con él... Don Juan de Peñalosa es un hombre peligroso e intempestivo... ¡Un trueno!

Y, a pesar del desagrado del veedor, nos contó que el gobernador pertenecía a una importante familia, lo cual le había proporcionado muchas ventajas y acomodos en el oficio militar; recomendaciones y prebendas que él no supo aprovechar a su tiempo, precisamente por su condenado temperamento, imperioso, altivo, pendenciero e imprevisible. Ya antes, en el año de 1676 había sido vicegobernador de la plaza, enviado allí como castigo por sus tropelías —según decía ella—; y luego, perdonado y devuelto a España, volvió a hacer de las suyas enemistándose con compañeros y superiores, teniendo broncas y cometiendo prevaricaciones, hasta que de nuevo lo mandaron al destierro.

Y la veedora, después de despacharse muy a gusto relatando estos y otros desatinos de don Juan, sentenció:

—Ese se pelea con Dios bendito; excepto con el santo de mi esposo, con quien no hay Dios que se pelee... Con perdón...

—¡Macaria!

LIBRO VI

LIBRO VI

Que trata de lo que sucedió durante la Semana Santa en San Miguel de Ultramar

1. VELAS DE LONA Y VELAS DE CERA

—¡Navíos! ¡Galeones en el estuario! ¡Vienen velas hacia poniente! —se oyó gritar en lo alto de la torre.

Era Domingo de Ramos y apenas acababa de salir de la iglesia la procesión. Caminábamos en fila siguiendo el estandarte, con nuestras palmas en las manos, y el aviso hizo que nos detuviéramos y que nos quedáramos perplejos, mirándonos unos a otros sin saber qué hacer. El fraile que presidía la ceremonia interrumpió el canto que iba entonando y se quedó parado, fijos los ojos en el gobernador, que estaba a unos diez pasos de él, con su uniforme de gala y las orgullosas plumas del sombrero agitándose suavemente por la brisa de la mañana.

A mi lado, don Raimundo susurró con voz temblorosa:

—Ah, los navíos... Los navíos... ¡Por fin!

Un rumor sordo brotó entre los fieles, que miraban hacia la altura de la torre pendientes del vigía. Y este volvió a gritar:

—¡Velas! ¡Una escuadra de navíos viene hacia el fondeadero!

El fraile seguía pendiente de don Juan de Peñalosa, con gesto interpelante, como diciéndole: «¿Qué hago? ¿Sigo o no con la procesión?» A su lado, un monaguillo candoroso sostenía el incensario, haciendo que se balancease y que soltase el humo hacia los cielos. Todas las miradas estaban atentas, ora al vigía ora al gobernador, con ansiedad, porque aquel aviso no podía ser más esperado y deseado, aunque se diese en un momento tan inoportuno. No había allí quien no quisiera salir corriendo para subir a las almenas y ver los ansiados barcos que traían los víveres tan necesarios.

Don Juan de Peñalosa dudó nervioso, carraspeó y le dijo secamente al fraile:

—¡Prosigamos, por Dios! ¡Prosigamos, pero... prestos, prestos...!

La procesión dio la vuelta a la plaza a toda prisa, con el canto entonándose atropelladamente.

¡Hossanna in excelsis!
Hossanna, hossanna...

Entramos en la iglesia. La misa fue cantada muy rápida, en medio de la impaciencia, del sofoco, de los sahumerios... Tras la bendición final la gente salió en tropel, a empujones, y pudo al fin encaramarse en las alturas para otear el horizonte: allí estaban los cuatro galeones de la escuadra anclados en el fondeadero, arriadas ya las velas. El vocerío, la algazara, las albórbolas arrebatadas saludaron aquella aparición tan venturosa.

Don Raimundo y yo nos abrazamos, emocionados, y luego fuimos a compartir nuestra alegría con el ama y con Fernanda. Ellas lloraban dichosas, sabiendo que por fin podríamos proseguir el viaje hacia las islas.

—¡Bendito sea Dios! —exclamó doña Matilda—. ¡Se acabó la espera!

Desde lo alto vimos el desembarco de los marineros y

los soldados, cómo cargaban con los pertrechos y se encaminaban por el sendero en cuesta hacia la fortaleza, con las banderolas agitándose al viento. Los pífanos y los tambores marcaban el paso, entre las órdenes de los oficiales. Bajo el sol del mediodía, la visión de la tropa resultaba radiante y esperanzadora.

Aquel domingo feliz, aunque daba comienzo la Semana Santa, en La Mamora hubo fiesta, alboroto, risas y vino a raudales, hasta que a la caída de la tarde el toque de queda hizo reinar el silencio y la quietud.

2. Una alegría disipada y un Jueves Santo triste

Habíamos inflado nuestras almas de ilusiones el domingo con la llegada de los navíos; pero, al día siguiente, todas nuestras esperanzas se derrumbaron. La escuadra no navegaba hacia las Islas Canarias y, aunque así hubiera sido, eran galeones de guerra que no admitían pasajeros a bordo. Cuando estuvimos seguros de esta fatal realidad, se apoderó de nosotros el desaliento. Llevábamos en San Miguel de Ultramar ya dos meses; ¿cuánto tiempo más deberíamos permanecer allí? El dinero se nos había agotado y sobrevivíamos por la pura caridad de las buenas personas que nos tenían recogidos en sus casas. Bien es cierto que nada nos reprocharon durante la estancia, pero, con todo, era aquella una situación harto incómoda. Y doña Matilda, poco acostumbrada a la humillación de vivir a costa de los demás, no se cansaba de decirles a los veedores:

—Todos estos gastos que están haciendo vuestras mercedes para mantenernos les serán satisfechos, hasta el último maravedí. Nunca os estaremos suficientemente agradecidos... Quiera Dios que pronto podamos embarcarnos y, una vez que estemos en Santa Cruz de la Palma, lo primero que haré después de recibir la herencia será proveer lo necesario para que seáis debidamente indemnizados y recompensados.

—Ande, calle vuestra merced —le contestó doña Macaria—, esto que hacemos es deber de cristianos. Dios nos lo pagará...

—No, ¡yo os lo pagaré! —replicó muy digna el ama—. Dios os premiará en la Gloria, pero, aquí en la tierra, yo les pagaré hasta el último maravedí.

No quedaba sino conformarse. Nada ganábamos desalentándonos ni dejando que el resto de paciencia se nos agostase tontamente en quejas inútiles. Esta enseñanza, tan fácil de entender, pero tan difícil de aplicar, aprendí yo de Fernanda. ¡Qué mujer! Todos estábamos compungidos, ella también, pero siempre había en sus ojos un destello de ánimo y el brillo de la esperanza. Ella consolaba a doña Matilda, cuidaba de don Raimundo, me confortaba a mí... No sé en qué momentos ni de qué manera se fortalecía a sí misma. Pero, con toda la belleza serena que emanaba de su rostro joven, aun entre lágrimas, sonreía sinceramente y nos animaba:

—¿Ahora nos vamos a descorazonar? ¿Ahora que estamos tan cerca de la isla? Dios no permitirá que nos quedemos aquí toda la vida... Que hay que esperar una semana más, tal vez un mes... ¿Y qué? Nos aguarda la herencia... Tarde o temprano nos llevarán a Santa Cruz de la Palma... ¡No nos desanimemos!

Y la veedora doña Macaria, que era una mujer muy

perspicaz, se la quedaba mirando cuando le oía decirnos estas cosas, asentía con la cabeza y decía:

—Esta muchacha es un tesoro. El que tenga la suerte de casarse con ella poco va a necesitar para ser feliz.

Como bien se comprenderá, el hombre que esto escribe sentíase afortunado y, aun en medio de aquel trance, no paraba de dar gracias a Dios al ser tan agraciado por saber suyo el tesoro.

3. Los gemelos Larrea

Con toda franqueza aseguro que estaba yo firmemente dispuesto a ejercitar la paciencia, a no perder la esperanza, a no desanimarme...; mas no se me pusieron las cosas nada fáciles para poder triunfar con holgura en tales virtudes. Porque, a las ya consolidadas tribulaciones, como a su tiempo anuncié, vino a sumarse la perniciosa circunstancia de tener que vivir con unos tunantes: los sobrinos del veedor, con quienes me veía obligado a compartir habitación; unos auténticos rufianes; mozos desalmados, ruines y desprovistos del menor decoro; que si bien poseían cierto ingenio —a los truhanes no suele faltarles— no perdían ocasión de aguzarlo para sus bellaquerías. Como gemelos que eran, Marcelino y Hernando se parecían el uno al otro de tal manera que resultaba casi imposible distinguirlos, si no fuera porque a uno de ellos le faltaba un diente; rubicundos ambos, lampiños, apuestos, fornidos; igualmente burlones, sobrados de socarronería, irrespetuosos y temerarios; tenían siempre dibujadas en sus rostros semejantes sonrisas de medio lado y un algo desafiante, indolente; se complementaban en su absoluta indiferencia por los sentimientos del prójimo.

La buena de doña Macaria, aunque los conocía bien, dispuso para mí un camastro en el cuarto de sus sobrinos, porque no tenía más espacio en la casa. Mi acomodo no era ni mejor ni peor que el de ellos, con colchón y mantas. Esa comodidad, para alguien como yo que venía de los rigores de la parte de fuera, resultaba todo un lujo.

No me desagradaron de momento los hermanos Larrea; me parecieron simpáticos a simple vista. Pero esa primera impresión muy pronto se desvaneció. La segunda noche, cuando llegó la hora de irnos a acostar, fueron hacia mi cama sin mediar palabra y, entre risitas y con aire chacotero, me arrebataron el colchón y las mantas, apropiándoselas. Y como yo creí que era simple guasa, les dije amigablemente.

—Dadme eso, muchachos, que tengo sueño.

Nada respondieron a mi petición. Uno de ellos se puso mi colchón encima del suyo y las dos mantas que me correspondían se las repartieron. Soplaron la vela y al rato estaban roncando. A mí me tocó echarme sobre las tablas duras, arropado con el capote, y tardé un buen rato en dormirme pensando en la mala condición que hay que tener para estar pasando calor, como hacían esos dos, sobrados de mantas, por el solo antojo de fastidiar a un semejante.

No rechisté ese primer día, desconcertado como me hallaba, por no causar algún problema; encima de que me alojaba allí por la pura magnanimidad de sus tíos los veedores. Pero la segunda noche, cuando vi que insensibles se disponían a privarme de la mínima comodidad que me correspondía, protesté disgustado:

—¿Qué más os da dejarme el colchón y las mantas? ¿Qué ganáis con verme perjudicado?

Uno de ellos, cualquiera, pues ya digo que eran igual de ruines los dos, me contestó:

—Cierra el pico y confórmate con lo que hay, que bastante es que te dejemos dormir ahí en el catre pelado; que esta es nuestra habitación y no tenemos por qué aguantar más hedor de pies que el de los nuestros propios.

Y el otro gemelo añadió desdeñoso:

—Y que no se te ocurra soltar ni un pedo siquiera. Aquí solamente pedorreamos mi hermano y yo...

Dicho lo cual, ambos pusieron los traseros en pompa y, apuntando hacia mí sin ningún recato, iniciaron un dúo de pedos sonoros que me revolvió las tripas.

4. UNA ESCOBA EN LAS COSTILLAS Y LA HONRA MALTRECHA

Para un hombre joven y con energía, estar de prestado y vivir de la caridad siempre resulta vergonzoso. Máxime cuando tienes al lado quien te mira mal; como me sucedía a mí con los gemelos Larrea, que me echaban ojeadas despectivas por encima del hombro, como si yo les estuviera robando parte de su pan. Así que, como allí en la ciudadela había poco trabajo y nadie acababa de decirme lo que debía hacer, agarré por mi cuenta un escobón y me puse a barrer los patios. Y, aunque no había más suciedad que la tierra que traía el viento, me afanaba con brío, arañando las piedras, levantando polvo, sudando: ¡ris ras, ris ras, ris ras...! Estaba convencido de que, si me veían laborioso y esforzado, me tendrían en mayor estima mis benefactores. Como además era Jueves Santo por la mañana y habían decretado descanso en la oficialía, se me ocurrió que valorarían más mi voluntaria faena.

No se me pudo haber pasado por la cabeza una tontería más grande. Era muy temprano y se ve que todo el mundo estaba todavía en la cama; de manera que el ruido estridente que hacía yo al barrer con tanto ímpetu les despertó.

De repente, me asustó un vozarrón, como un trueno a mi espalda:

—¡¿Qué carajo es esto?!

Me volví y me encontré con la presencia desagradable del sargento Cristóbal de Cea; que venía a medio vestir, grueso, renegrido, velludo, bigotudo y visiblemente malhumorado.

—Señor —dije—. Esto está sucio... Y hoy es Jueves Santo...

—¿Cómo que sucio? ¡Y quién te manda a ti...! ¡Serás mentecato! ¿Quién eres tú para decir lo que está sucio y lo que no? ¡Me has despertado, hijo de...! ¡Y mira la polvareda que estás armando!

A medida que gritaba, se iba alterando más; avanzaba con pasos bruscos, alzando el puño. Y yo, intimidado, dije apocadamente:

—Lo he hecho con buena voluntad...

—¡Idiota, mastuerzo! ¡Deja eso!

Rabioso como estaba, lanzó una fuerte patada a la escoba, con tan mala fortuna que, al soltarse de mi mano, botó y le dio en la cara por las hebras, arañándole. Me miró con los ojos encendidos de ira, agarró la escoba y me golpeó primero en la cabeza y luego, como yo me protegiera con los brazos, en todo mi cuerpo, hasta romper el palo. Y no contento todavía, me cubrió de manotazos, pescozones y puntapiés. Bufaba:

—¡Te mato! ¡Yo te mato, majadero, mentecato, necio...!

Escapé de la paliza como pude y corrí lejos de él, temiendo que de verdad me matase. Y al huir, reparé en que la gente había salido a ver qué pasaba, alentada por las voces y el escándalo. Allí estaban riendo a carcajada los gemelos, los asistentes, los centinelas...; y también, delante de la puerta de la casa, la veedora, el ama y Fernanda.

Pasé entre las mujeres, ultrajado, con la cabeza gacha. Me dolía más la vergüenza que los lomos donde me habían llovido los golpes. Y fui a ocultarme en el último rincón que encontré, en las cuadras, en lo oscuro de un pesebre donde se amontonaba la paja.

Si hay alguna cosa horrible; si existe una realidad que va más allá del padecimiento del cuerpo, es esta: estar en plena posesión de la fuerza, tener energía y salud, notar un corazón que late y una voluntad que discurre; sentirse hombre y joven; en suma, amar y saberse amado, y verse repentinamente afrentado a ojos de la amada, sin poder uno alzar ni la voz, ni los propios bríos para vencer la humillación; defenderse justamente, desahogarse, aullar, pelear, desquitarse... No sé qué hubiera pasado de no ser porque mi raciocinio, milagrosamente, me contuvo diciéndome: «¡Quieto, quieto, aguanta, aguanta!» Tal vez de no ser por eso me habría arrojado al cuello de aquel sargento mentecato para ponerlo en su sitio.

No obstante, algo misterioso, como una voz de cordura interior, me condujo a recluirme en lo oscuro del pajar, donde lloré con amargura, como un niño vejado e incomprendido. Pensaba en mis adentros: «¿Por qué estoy aquí? ¿Qué hago yo en este apartado lugar? ¿Cuál es el sentido de toda esta humillación? ¿Qué caprichoso hado me trajo a estos mundos, con esta gente hosca, intratable y desconsiderada?» Y estuve allí no sé cuánto tiempo, arrugado sobre mí mismo, entre la furia y el desconsuelo, añorando la venganza, deseándole el mal al odioso sargento.

Hasta que unos pasos delicados y una voz conocida, vagamente, me arrancaron de la ofuscación para traerme a la realidad de la vida. Era Fernanda que venía a buscarme, susurrando:

—Tano, Tano... ¿Dónde estás? Tano, sal, que soy yo...

Aguanté sin contestar. No quería ver a nadie; ni siquiera a ella.

—Tano, Tano —insistió—. No seas crío y sal, por favor.

—¡¿Crío?! —repliqué, yendo hacia ella—. ¿Me llamas crío? ¿También quieres tú humillarme? ¿Tú también?

Fernanda saltó hacia mí, me rodeó el cuello con los brazos y empezó a besarme, en la frente, en la cara, en los labios...

—¡No! —protesté, rechazándola con un empujón—. ¡Déjame! ¡Déjame en paz! ¡Dejadme todos en paz!

—Pero... ¡Tano! ¡Tano, querido! No te pongas así, ¡por Dios! ¿Qué te pasa? ¡No me asustes, Tano!

—¿Que qué me pasa? ¿Y encima me lo preguntas? ¿Acaso no has visto lo que acaba de sucederme? ¿No has visto cómo ese cafre me golpeaba y me humillaba delante de todo el mundo?

Ella volvió a intentar abrazarme y, sin poder contenerse, con un tono en que se unían la súplica y la angustia, se puso a decirme:

—¡Tano! ¿Le vas a dar tanta importancia? ¡Razona!

Me dejé caer de rodillas en el suelo, como desesperado, y empecé a revolver la paja con rabia, gritando:

—¡¿Que razone?! ¿No lo has visto, querida? ¿No has visto lo que ha pasado?... Me puse a barrer los patios con mi mejor intención, por hacer algo útil, por resultar provechoso... ¡No me gusta que me miren como a un haragán! ¡No quiero que me consideren un vago! Y ya ves: ¡una paliza! Ese asno me rompió la escoba en los lomos... ¿Y me pides que razone? ¿Que razone yo...?

Ella se echó también de rodillas junto a mí. Sonreía como avergonzada, temiendo encolerizarme todavía más, y cambió su tono, excusándose con gracia:

—Tienes razón, vida mía... ¡Claro que tienes razón! Lo vi todo: ¡ese cerdo sin alma! Pero... ¡Tano...! ¡No seas niño! Tú eres mi hombre inteligente, razonable, cuerdo... ¿Qué te importa eso? Tú a lo tuyo... Nosotros a lo nuestro... ¡Piensa en la isla, Tano!

Yo comprendía muy bien lo que Fernanda venía a decirme, pero deseaba dar rienda suelta a mi ira, desahogarme y destrabar todo lo que llevaba dentro.

—¡Harto! ¡Estoy harto! ¿Qué demonios pinto yo aquí, en este cuartel? ¡Cuando nunca me ha llamado la vida militar! ¿Por qué demonios tengo que aguantar a mastuerzos como ese, a pazguatos hechos a humillar a los demás y a tenerlos bajo la suela de sus zapatos? ¡Oh, Dios, Dios...! ¡No me hables de la isla! Por culpa de esa maldita isla nos vemos aquí, ¡en este purgatorio! ¿Cuándo se va a terminar esto? ¡Dios Santo, cuándo!

Ella rompió al fin a llorar, muy perturbada al verme en tal estado.

—¡No desesperemos! —sollozó—: ¡Dios nos ayudará!

—Sí, nos ayudará... Pero... ¿cuándo?

—Cuando Él quiera, Tano, querido... Hasta ahora Dios

no ha dejado de socorrernos... ¿No te das cuenta? Cuando teníamos un problema, al final siempre acababa llegando la solución: cuando se hundió el *Jesús Nazareno* y todo parecía perdido, llegó la noticia de la herencia; luego fue lo de los pasajes... y pudimos emprender la travesía...

—¡Y por poco nos matan los piratas! —la interrumpí.

—Sí, pero ¡estamos vivos!... Estamos vivos, Tano, vivos y con salud; nos tenemos el uno al otro... ¡Nos amamos! ¿Qué más podemos pedir? Lo demás llegará a su tiempo; estas cosas son así, Tano, estas cosas son así... Piensa en la isla, mi amor; piensa en lo que allí nos espera, en esa vida nueva con la que soñamos, en la boda, en los ocho hijos que dices que quieres tener...

La miré a los ojos con intensidad, como si quisiera penetrar en lo profundo de su bondad y su fortaleza. Me avergoncé de nuevo; esta vez por haberme comportado como un chiquillo: por haber sido un quejica. La abracé: era tierna y cálida; siempre me olía muy bien... Dije endulzando el tono:

—Si no fuera por ti, Fernanda... ¡Ah, si no fuera por ti! Eres de verdad lo único que tengo...

—Anda, tonto... ¡Qué tonto eres! ¿Qué te importa a ti ese gordo desalmado? ¿Qué nos importa a nosotros? Este sitio es solo de paso en nuestras vidas. Un día saldremos de aquí y, luego, cuando nos acordemos de La Mamora, nos reiremos...

En esto, llegaron doña Matilda y la veedora, con los rostros abatidos y a la vez despechados.

—Muchachos, no os preocupéis —dijo el ama—; ¡ya pasó todo! El sargento ese se ha ido a sus asuntos y ya no hay nadie en los patios. Volved a casa y desayunad algo.

Doña Macaria sonrió levemente y me dijo con ternura:

—Has hecho muy bien en aguantar, Cayetano. No

quiero pensar siquiera lo que podría haber pasado si te hubieras encarado con el cretino del sargento Cea. Ya sabes lo que te dije: debes procurar pasar desapercibido para que el gobernador no se entere de que te tenemos recogido en la ciudadela.

—¿Y si el bestia ese se lo dijera? —le pregunté.

—No se lo dirá. Ya me encargué yo de cerrarle la boca con unos obsequios. A Cea no le interesa enemistarse con mi esposo; no le trae cuenta tener al veedor en contra...

—Gracias, gracias, señora.

Y doña Matilda aprovechó aquello para decirle a la veedora una vez más:

—Un día os pagaremos todo lo que estáis haciendo por nosotros. Sois muy buena, Macaria, muy buena.

—¡Vamos! —contestó la veedora—. Es Jueves Santo; hoy habrá oficios en la iglesia y saldrá en procesión el Nazareno... Ya veréis qué sagrada imagen de Cristo tenemos aquí en La Mamora. Debemos ir a rezar, debemos pedirle al Señor que nos ayude...¡Todos necesitamos su ayuda!

5. El señor de La Mamora

Aquella tarde, siguiendo el consejo de la veedora, fuimos a la iglesia, convencidos de que debíamos encomendarnos a Dios en medio de las dificultades que padecíamos... Pues la fe es necesaria al hombre. ¡Desgraciado quien no la posee!

Allí acudí yo a buscar ese don, en medio de mi humillación, de la precariedad, de la impotencia; porque ansiaba ampararme en lo invisible; hallar cobijo en el misterio y pedir luz, esa luz tan válida cuando todo alrededor parece que se queda a oscuras y no se ven por delante sino sombras...

Fernanda y yo nos pusimos en un rincón del pequeño templo, casi escondidos en la media luz, cerca el uno del otro, de pie los dos. Nuestros corazones estaban tan unidos en la prueba que seguramente pedíamos lo mismo: salir de allí, seguir adelante, empezar esa vida nueva... No se trataba de dinero, ni de bienes, ni de nada material; era únicamente eso: poder vivir juntos y realizar nuestros pequeños sueños. Éramos jóvenes; a nada más aspirábamos...

La iglesia estaba llena a rebosar y los que no cabían dentro esperaban apretujándose en la plaza, delante de la puerta por donde debía salir la procesión. Cuando acabó el oficio, llegó el momento en que correspondía sacar al Nazareno. Se oyó entonces el toque destemplado de un tambor y todas las miradas convergieron hacia una pequeña capilla, como un camarín situado a un lado del altar mayor. Un denso murmullo brotó tanto dentro como fuera.

Pero, antes de proseguir, es preciso que explique el porqué de la devoción tan grande que la gente de San Miguel de Ultramar profesaba a su Nazareno.

Aquella imagen —según nos dijeron— había sido traída de Sevilla haría unos cincuenta años por los frailes, por mandato del obispo de Cádiz, que era quien tenía jurisdicción en los asuntos religiosos de La Mamora. El Cristo era una talla espléndida, hecha en madera por los mejores escultores de aquel tiempo; representaba a Nuestro Señor de pie, maniatado, con la cabeza baja, como si se hallara en el día de su pasión después de haber sido azotado y coronado de espinas; como suele decirse: el *Ecce Homo*, presentado por Pilatos al pueblo de Jerusalén. Como la hechura era de natural estatura, el cuerpo perfecto y el rostro particularmente humano, dentro de su divinidad, parecía tan real que se te ponía la carne de gallina al mirarlo. En suma, aquella imagen proporcionaba a cualquiera que lo viese una semblanza inigualable de Jesús, llena de sublime hermosura, de mansedumbre y de paz, como si la ternura entrañable de Dios estuviese en él derramada. Así me pareció al menos a mí; sería porque me encontré particularmente unido a él, al sentirme tan humillado y desvalido por entonces.

Durante todo el año, el Nazareno de La Mamora permanecía velado, oculto detrás de tres cortinas de terciopelo granate, las cuales se descorrían el Jueves Santo después del oficio; solo durante ese día y en la mañana del Viernes Santo podía venerarse la imagen. Después volvía a su camarín y quedaba de nuevo cubierto. Únicamente los frailes tenían licencia para ocuparse de él, para tocarlo y limpiarlo en su caso; de esta manera se guardaba su encanto y su misterio...

Por eso, aquel Jueves Santo todos los vecinos estaban allí congregados, esperando el momento que tanto habían deseado durante todo el año. El tambor avisaba de que faltaba poco... De repente, se hizo un gran silencio. Se descorrió la primera cortina, luego la segunda y finalmente la tercera, apareciendo la figura del Señor, vestido con su tunicela de color morado, bordada con filigrana de hilo de oro; su estampa era regia y a la vez rendida, mansa, sumisa... ¡Qué emoción tan grande!

Las gentes, apelotonadas, fervientes, miraban, lloraban, se aproximaban a acariciar el pie, lo besaban, lo rodeaban de plantas y flores olorosas...

Cuando se está sufriendo mucho, cuando todo sucumbe alrededor, ¡cuánto bien hacen las devociones! Nunca había experimentado yo algo parecido: me brotaron lágrimas, me latía el corazón con fuerza; y me descubrí agradecido, al ver que mis sentimientos se purificaban y sanaban; que el ánimo y la fortaleza se renovaban delante de aquel que escucha al que padece y lo ama hasta el fin...

6. VIDA OCULTA

Pasó la Semana Santa, con su piedad y sus sagrados ritos. A todos los oficios acudí yo, con mi humillación a cuestas, hecho uno con la pasión de Nuestro Señor. Adoré la cruz, confesé, comulgué y no desdeñé ninguna penitencia, a pesar de que los agravios sufridos los tenía aceptados dócilmente como pena justa por mis pecados. Lo más difícil para mí fue no odiar al violento sargento De Cea; hice no obstante un esfuerzo enorme y acabé haciendo muy mío el consejo de Fernanda: en efecto, ¿qué me importaba a mí ese hombre? Así que opté por ignorarlo, evitando siquiera tenerlo a la vista; como si no existiera, como si jamás hubiera tenido por qué verme con él. ¡Qué buena solución resultó ser esta! Hay veces en la vida que trae más cuenta hacerse uno invisible que luchar contra los elementos; no es resignación, es pura astucia. Esta táctica la cumplía a rajatabla: en la iglesia asistía a las ceremonias desde los ángulos en penumbra, lejos de las velas; en las procesiones acudía con mi sombrero calado hasta los ojos, la cabeza gacha y el capote envolviendo mis contornos; por el día andaba oculto, como un fantasma, por los adarves sombríos, por los cobertizos traseros, por las cuadras;

procurando no alzar la voz, hablar lo menos posible, conformarme con lo que me daban de las sobras cuando todo el mundo había comido... Me sentía pobre y marginado. Solamente a Fernanda veía con frecuencia de lejos y nos encontrábamos al menos una vez al día, en lo escondido de mis refugios. Lo peor de todo era cuando llegaba la noche y debía ir a dormir a la habitación de los dichosos hermanos Larrea; ¡aquellos sinvergüenzas! Gozaban haciendo todo aquello que sabían que me hacía sufrir y se burlaban de mí una y otra vez, recordándome la escoba, la paliza, los insultos del sargento... No era aquella una vida fácil, pero era la que tocaba en la ciudadela; y no correspondía sino aceptarla, conformarse, pues la única alternativa suponía volver a los barrios de fuera, donde ya sabía muy bien lo que había: miseria, hambre y mortandad.

Tampoco Fernanda lo tenía fácil; nadie lo tenía fácil en la rígida existencia que se desenvolvía dentro de los espesos muros del presidio militar. Pero ella tenía una aceptación, una fortaleza, una paciencia...,¡una bondad natural! Seguía cuidando del ama y de don Raimundo. A mí me guardaba comida todos los días; seguramente se la quitaba de su ración. Yo le decía:

—Fernanda, que no necesito nada... ¡Estoy bien! ¡Cuida de ti misma!

—Sí, sí —contestaba ella—, pero déjame ocuparme de ti... Que los hombres coméis mucho... ¡Mucho más que las mujeres!

—Si yo no hago ningún trabajo aquí; no gasto energías...

—Da igual. Tú come, que si no te vendrás abajo; te deprimirás y empezarás a verlo todo negro. Por la inanición vienen la debilidad y la melancolía. ¡Hay que estar fuerte!

Me asombraba su buen humor. ¿Cómo iba yo a quejarme? Fernanda era pura inteligencia y pura generosidad. Casi nunca hablaba de sí misma, de lo que pasaba por su preciosa cabecita, ni de lo que se movía en su bondadoso corazón. Por eso yo intentaba sonsacarla y con frecuencia le preguntaba:

—¿Y tú, querida mía? ¿Cómo estás tú?

—Yo bien. Por mí no te preocupes. Doña Macaria nos trata de maravilla.

7. La astucia, como la paciencia, tiene su límite

Determinación para aguantar no me faltó, pero resultó que los gemelos Larrea acabaron poniéndomelo muy difícil. No es porque fueran tunantes, socarrones, pedorreros, malhablados...; todo eso lo hubiera soportado yo imperturbable. Pero me tocaron el nervio más hondo y más alterable: no tuvieron consideración ni siquiera con mis íntimos afectos.

Ya venían esos dos pajarracos soltando los picos desde hacía tiempo, buscándome la paciencia; y yo aguantando, aguantando... Hasta que un día ensuciaron con sus puercas bocas el nombre de Fernanda: empezaron con que si era bonita y grácil, alabaron su pelo, sus ojos...; hasta ahí la cosa podía pasar, aunque me hervía la sangre al oírles. Pero luego se fueron calentando y, cuando llegaron al talle y a las caderas, viendo que acabarían donde estaba el límite del peligro, me planté en mitad de la habitación y dije:

—Una palabra más y hago un desatino. ¡De esa doncella no se habla en mi presencia!

Callaron, gracias a Dios. Y aunque tuve que sufrir todavía sus risitas y sus cuchicheos, no pasó el asunto de esa raya.

Pero, al día siguiente, acabó sucediendo lo que era de temer. Todo fue como sigue.

Resulta que los veedores dieron una comida en su casa con motivo de la Pascua e invitaron a algunos de los oficiales que habían venido en los navíos. Como estaba previsto que zarparan al día siguiente, era una manera de agasajarlos y a la vez de despedirse de ellos; habida cuenta de la manera en que debían hacerse allí las cosas, por las obligaciones que tenía don Bartolomé de Larrea debido a su cargo.

No me invitaron. Tampoco yo tenía demasiado interés en ir, siendo consecuente con el plan que me había impuesto de pasar lo más desapercibido posible desde que sucedió lo de la escoba. Pero no pude evitar escamarme cuando Fernanda me confesó que ella y doña Matilda iban a estar presentes en el banquete.

Muy molesto, le dije:

—No me agrada, no me agrada nada que vayas a eso...

—¿Por qué? —me preguntó con candidez—. ¿Por qué no te parece bien?

—No lo sé... Esos condenados gemelos... ¿Irán los gemelos?

—Supongo que sí. Pero... ¿qué te importan a ti esos?

—Ah, querida, ¡qué ignorante eres a veces! Los sobrinos de los veedores no me gustan un pelo... ¿Acaso no te has dado cuenta de que te miran?

—¿Que me miran? ¡Qué cosas dices, Tano!

—Claro que te miran, Fernanda. Esos dos arden de deseos de estar cerca de ti... ¡Menudos puercos están hechos! ¡Unos lascivos son! ¿Cómo no te fijas, mujer?

—¡No me asustes, Tano! ¿A qué vienes con esas ahora? ¡No seas retorcido!

—Retorcido, retorcido... Yo sé muy bien lo que me digo. Los hombres nos damos cuenta de esas cosas... A mí no me engañan ese par de truhanes. Mejor sería que hicieras como si estuvieses mala...

—¿Como si estuviera mala...? ¿Qué quieres decir?

—Sí, diles que estás enferma; que te duele la cabeza o la barriga... ¡Qué sé yo! Dile a la veedora cualquier cosa y no vayas a esa comida, que no quiero que pases la tarde ahí con todos esos hombres.

—No estaré sola, Tano; estarán allí otras mujeres: la veedora, el ama, la mujer del teniente...

Acabé enojándome y le grité:

—¡Hazme caso, Virgen Santa! ¡No vayas! Hazlo por mí... ¿Tanto interés tienes en ir?

—Está bien, está bien... Pero me sabe mal desairar a los veedores; ¡son tan buenos!

—¡Diles que estás enferma! —insistí bruscamente.

Ella suspiró y replicó con firmeza:

—No me gustan las mentiras, Tano, lo sabes de sobra... No considero justo andar engañando a esa buena gente y, además, no me parece nada bien dejar sola al ama, cuando ella está tan ilusionada con ese banquete... Comprende que lo ha pasado muy mal la pobre mujer y no le vendrá nada mal divertirse...

—Divertirse, divertirse... —contesté malhumorado—. Todos lo estamos pasando mal... Ya vendrán momentos mejores cuando estemos en la isla... ¡Allí nos divertiremos, diantre!

Fernanda hizo un mohín, como de reproche tímido y afectuoso, y mirándome con dulzura, dijo:

—¡Anda ya! ¿Por qué te pones así por una minucia? ¡Qué chinche te estás volviendo! ¿No confías en mí?

Callé y medité, vencido por su bonita mirada, tan limpia. Y ella, sabiéndome a su merced, preguntó sonriendo levemente:

—Entonces... ¿Qué hago? ¿Voy? ¿No voy...?

—Ve, ve —cedí al fin—. ¿Cómo voy a desconfiar de ti, mujer...? Pero no te quedes allí sino lo necesario. Cuando veas que los hombres han bebido ya demasiado vino, te excusas y te retiras a tus aposentos.

—Te lo prometo, querido mío. —Me dio un beso cariñoso, doblemente contenta.

Desde aquella conversación, anduve en un sinvivir hasta el día del banquete. Asistí al ir y venir de los preparativos desde la distancia: vi cómo mataban los carneros, cómo encendían la lumbre y cómo los criados acarreaban las viandas, los calderos, el pan, el vino... Y yo, con el alma en vilo, andaba de aquí para allá en un deambular desconfiado, con un husmeo que me iba calentando los ánimos cada vez más, sobre todo, cuando los gemelos estuvieron por allí merodeando, relamiéndose por la fiesta que se iban a dar sentados a la misma mesa que mi Fernanda.

Cuando llegó al fin la hora de la comida, desde un rincón del patio, observé la llegada de los militares y los demás invitados. Mujeres entraron pocas, como me temía; apenas cuatro, siendo Fernanda la más joven de todas con diferencia. Me decía para mis adentros: «Calma, Cayetano, calma, que ella sabe muy bien dónde tiene la cabeza.» Pero no podía frenar los latidos de mi corazón ni el brote de furor que me nacía dentro. Sobre todo, cuando vi aparecer a los hermanos Larrea, fanfarrones, ufanos, con sus buenos jubones y sus calzas de seda ambarina, los capotes a medio hombro; presumiendo altaneros, como gallitos que eran. «Calma, Cayetano, calma...»

Pasó como una hora; ¡qué larga se me hizo! Oíanse risas, voces, ruido de platos y cubiertos, estridencias... «Qué bien se lo están pasando —me dije—, y yo aquí, dado de lado, apartado, ignorado...» Alcé los ojos al cielo y supliqué paciencia, más paciencia...

Y de repente, no sé qué hora sería, pero ya tarde, me pareció entender que una voz nombraba a Fernanda. No eran imaginaciones mías; se volvió a oír con toda claridad: «Fernanda esto, Fernanda aquello... Fernanda para acá, Fernanda para allá...» Y después su risa, inconfundible. ¡Ella se divertía!

No pude más. Corrí hacia una de las ventanas y, amparado en la penumbra de la noche que caía, vi lo que sucedía dentro a la luz de las lámparas: había jolgorio y brindis; los invitados en torno a la mesa de pie y, entre los caballeros más jóvenes, estaba Fernanda. Todos allí se alegraban, encantados con la fiesta, y ella parecía feliz, indolente... Entonces ocurrió lo que tanto temía yo: a su lado, lo más cerca de ella que podían, estaban esos dos pícaros... ¡Esos dos con mi amada! ¡Con lo que me hacían pasar cada noche...!

Y de pronto, algo estalló dentro de mí cuando uno de ellos, delante mismo de mis ojos, le tomó la mano a Fernanda y se la besó con mucha laminería.

—¡Hasta aquí hemos llegado! ¡Se acabó la fiesta! —grité desde la ventana.

Y en un arrebato de locura, me encaramé y salté dentro. Agarré por la pechera a aquel canalla, le zarandeé, le abofeteé, le hundí la nariz de un puñetazo... Entonces el otro se echó sobre mí y, revolviéndome, también le di lo suyo... Les gritaba a la vez que les pateaba las tripas, ora al uno ora al otro:

—¡Par de sinvergüenzas, desfachatados, cabrones, hijos de puta...!

Los hombres que allí estaban de momento se quedaron atónitos, pero luego nos rodearon y me echaron mano por todas partes. Mucho debió de costarles inmovilizarme, pues me nacía dentro una fuerza arrolladora, como la de un toro bravo; y soltaba yo puños y coceaba a diestro y siniestro, como un molinillo, mientras no paraba de gritar como un loco:

—¡Soltadme! ¡Yo mato a alguien! ¡Lo juro! ¡Por los clavos de Cristo que los mato!

8. EN UNA PRISIÓN OSCURA

Amanecí en un frío y sucio calabozo, allá abajo en las profundidades de alguna parte del cuartel; sin saber dónde, porque me llevaron allí envuelta la cabeza en una capa, cegado, amarrado y sujeto por muchas manos, después de recibir golpes por todo mi cuerpo. La noche fue horrible, entre la ofuscación, la rabia y el dolor, en la total oscuridad.

Supe que era por la mañana porque oí lejano el toque de corneta que anunciaba la luz del día. Recuerdo que pasó un tiempo indeterminado, tal vez más de dos horas. Al cabo, vi acercarse un resplandor vago desde un lateral y al poco aparecieron dos guardias al otro lado de la reja.

—¡Andando! —me dijeron, mientras crujía la llave en la cerradura.

—¿Me van a colgar? —pregunté aturdido.

Se echaron a reír.

Me condujeron por unas escaleras estrechas y luego por unos corredores igualmente angostos. Atravesamos el patio de armas y entramos en las dependencias de la Gobernación. Allí, sentado en un banco del recibidor, estaba el odioso sargenteo Cristóbal de Cea; me miró con desprecio, escupió al suelo y dijo secamente:

—¡Adentro!

Me eché a temblar, temiendo que cuanto menos me cayera encima un palizón; pero me llevaron al despacho del alférez Juan Antonio del Castillo, joven como yo y más comprensivo, que me recibió de pie, detrás del escritorio.

—¿Nombre? —me preguntó.

—Cayetano Almendro Calleja.

Lo apuntó en un papel y luego me estuvo observando en silencio, mientras movía la pluma que tenía entre los dedos.

Y yo, queriendo saber cuanto antes la gravedad de mi delito, le pregunté con impaciencia:

—¿Les hice algún daño grave a los gemelos?

El alférez meneó la cabeza y respondió:

—Poca cosa: uno tiene un ojo morado y al otro le falta un diente.

—Ese diente ya le faltaba —me apresuré a decir—; por eso se les distingue al uno del otro...

—Ya lo sé —dijo circunspecto—; todo el mundo sabe eso. Pero es lo que ha alegado en el reconocimiento...

—¡Será cabrón!

—No empeoremos más las cosas, ¿eh? —exclamó él—. Si te hubiéramos dejado... ¡Ay si llegamos a dejarte! ¿Los querías matar? Dale gracias a Dios por que estuviéramos allí para detener la pelea...

—No hice sino lo que cualquier hombre hubiera hecho —interrumpí—: defender mi honra. Esos andaban detrás de mi novia...

Me miró de manera comprensiva y dijo:

—Los celos son malos, muy malos...; hacen ver cosas que no son como se las ve...

—¡Yo sé muy bien lo que vi y lo que a esos dos les corría por dentro!

—Bueno, está bien —dijo el alférez apresuradamente, para zanjar la cuestión—. El caso es que debes presentarte ante su excelencia el gobernador para escuchar su veredicto, pues ya ha juzgado el caso.

—¿Ya? ¿Sin oír lo que yo tengo que decir? —protesté.

—Las cosas en el ejército son así; aquí estamos bajo disciplina militar y los juicios son sumarísimos...

Dicho esto, dio la orden a los guardias y fui conducido a las dependencias del gobernador.

Cuando se abrió la puerta, apareció una antesala sobria en la que me estremecí. Después me llevaron a un salón suntuoso donde, sentado en un sitial en lo alto de una tarima, estaba aquel hombre menudo pero terrible, con su gorguera blanca almidonada, sobre la que descansaba una cabeza altiva, infinitamente distante y una mirada inflexible. El escribiente que estaba a su lado preguntó:

—¿Nombre?

—Cayetano Almendro Calleja — respondí con la cabeza gacha, con toda la humildad que pude extraer de mi persona.

El gobernador se puso en pie, clavó en mí sus ojos justicieros y habló así:

—No se consienten altercados dentro de la ciudadela y tú has organizado una pendencia.

—Señoría, yo... —dije timorato.

—¡Silencio! —exclamó el escribiente.

Su excelencia prosiguió con despectiva autoridad:

—Nadie que no pertenezca al estado militar o eclesiástico puede vivir en la ciudadela. De modo que serás llevado al lugar de donde no debiste haber traspasado la puerta para venir acá. Quedas expulsado, so advertencia de que, si vuelves, serás ahorcado. He dicho.

LIBRO VII

LIBRO VII

Trata de lo que pasó en mi segunda estancia fuera de la ciudadela; así como de la manera en que a la gente que allí estaba se le iban caldeando los ánimos

1. FUERA DE LA CIUDADELA: INDIGNACIÓN Y ARREBATO

Por la misma puerta que un día entré en la ciudadela de La Mamora, salí un lunes 21 de abril, para retornar a la dureza de la vida en la ciudad exterior, a la desdicha, al hambre..., a la separación de mi amada Fernanda. Afuera me encontré nuevamente con la marinería, con los pecheros, con los malhadados habitantes de aquellos barrios cochambrosos; todo el mundo allí estaba famélico y en extremo irritado, porque faltaba de todo y sobraban enfermedades, pulgas y piojos; el enojo de los hombres rayaba en la cólera, y el resentimiento hacia el gobernador les hacía echar pestes por la boca, pues le consideraban responsable del abandono y la desgracia en que se hallaban.

Nada más enterarse de que me habían expulsado y de que andaba yo pululando por allí, vino en mi busca el portugués João de Rei, quien fuera maestre del navío que nos trajo desde Cádiz; desgreñado y barbudo como un salvaje, su cara estaba encendida de furor, manoteaba, echaba fuego por los ojos, bufaba... Me hizo muchas preguntas sobre la gente de dentro, sobre los oficiales, sobre el armamento, sobre el estado de ánimo de los soldados...

—Ahí dentro están mucho mejor que aquí —respondí

sinceramente—. La escuadra trajo víveres, municiones y otros pertrechos.

—*Tudo, tudo para eles* —dijo con ira—. ¡Egoístas!

Comprendí su rabia, que era la rabia de toda aquella gente; su desánimo, su contrariedad y su rencor; porque yo había compartido antes la vida de aquel lugar de miseria y había sufrido en mi propia carne la incuria de los de la ciudadela, de aquellos que, al fin y al cabo, tenían la responsabilidad de cuidar de toda la población, por ser la autoridad legítima, los custodios del conjunto de la plaza. Y yo que tenía mis propios motivos, mi justa inquina, me uní al coro de la indignación; sintiéndome acogido a mi vez e incluido en aquella turba doliente e iracunda.

Y enseguida advertí sorprendido que, a diferencia de lo que sucedía a nuestra llegada que cada uno andaba a su aire, ahora reinaba allí cierto orden, nacido al socaire del abandono: estaban de alguna manera organizados; los más bravucones ejercían el mando, imponían sus normas y controlaban el curso de la vida del resto de los vecinos. Y al frente de todos, habían nombrado un alcaide: Toribio de Ceuta, al que apodaban el Ceutí; un marino viejo a quien los piratas berberiscos le habían quemado el barco en el fondeadero, como nos sucedió a nosotros; era un hombre tosco, sin lo que llamamos ilustración, pues ni siquiera sabía leer ni escribir, pero dotado de extraordinarias facultades para organizar al pueblo y de un sutil conocimiento del arte de la sublevación; habilidades estas que, como se verá, nos proporcionaron imponderables beneficios más adelante, cuando las cosas allí se pusieron harto peligrosas y apuradas. Además, el Ceutí era experto en asuntos de moros, por haberse criado cerca de ellos y haberse pasado media vida tratando con ellos, comerciando, trapicheando por las ciudades de Berbería; conocía a algunos magnates, tenía amistades en Fez y en Mequinez, que eran los emporios más nombrados en aquella parte de África.

Me mandó llamar el alcaide al segundo día de mi expulsión. Acudí a su casucha, en la que solo había dos estancias: una interior con su dormitorio, que compartía con una mujerzuela que se le había arrimado, y otra exterior donde tenía instalado un auténtico puesto de mando, con su mesa, sus papeles e incluso un asistente para despachar a las visitas. Toribio de Ceuta era uno de esos hombres jorobaditos, pequeño de estatura, pero de brazos largos y manos grandes, que miraba con la cabeza inclinada y que parecen tener siempre un ojo guiñado. Mi primer pensamiento, nada más verle por primera vez, fue preguntarme cómo era posible que hubieran elegido los calamitosos habitantes de aquel barrio a alguien así como jefe.

—Siéntate, siéntate —me dijo el Ceutí con extrema cordialidad, sonriente, esforzándose por resultar educado.

Me senté y al momento su ordenanza puso en mi mano un vaso lleno de vino hasta el borde.

—Bebe, bebe, joven —me animó.

Bebí, sintiéndome reconfortado, a gusto; porque de ninguna manera esperaba ser tratado mínimamente bien entre aquella chusma de la que guardaba tan malos recuerdos. Y como si me leyera los pensamientos, el alcaide me dijo afablemente:

—Así que... primeramente estuviste fuera, luego te dejaron entrar a la ciudadela y... ¡fuera otra vez!

—Así es —respondí con despecho—. Ahí dentro no hay justicia, ni caridad, ni consideración alguna... Sinceramente, no sé qué es peor aquí en La Mamora; estar dentro o fuera.

Soltó una carcajada, hizo una señal a su ayudante para que me rellenara el vaso y, poniéndose de repente muy serio, observó:

—Tú lo has dicho, joven: ni justicia, ni caridad, ni consideración... Aquí estamos olvidados, en el mismísimo purgatorio, sin posibilidad de redención. El que tiene la mala fortuna de dar en La Mamora con sus huesos, ya sabe lo que le espera... Y no pienses que esos militares de la escuadra que han venido tengan la más mínima intención de ir a pedir socorro a España... Cuando se larguen, me temo que aquí ya no va a volver barco alguno...

El vino se me atragantó.

—¿Qué dice vuestra merced? ¿Cómo sabe eso? —le pregunté, demudado.

—Porque es evidente. Las cosas en España están cada vez peor y nadie allí va a preocuparse por un lugar como este, tan apartado, peligrosamente rodeado de piratas y moros belicosos. Estamos a merced del desastre...

Dicho esto, se me quedó mirando, para ver qué reacción producían en mí estas palabras. Y luego, entrelazando los dedos sobre su barriga, añadió:

—Así que nos estamos organizando: aquí hemos tomado el toro por los cuernos y estamos dispuestos a buscar alguna solución que no sea estarse así, de brazos cruzados, esperando la muerte... Y tú, un hombre joven, debes decidir en este mismo instante si estás dispuesto a unirte a nosotros incondicionalmente...

—¿Incondicionalmente...? —pregunté extrañado—. ¿Unirme a vuacedes para qué?

—Para lo que sea menester —contestó rotundo, con un brillo enigmático en sus ojos entrecerrados.

Reflexioné un momento y dije:

—Ahí dentro están mi novia y dos personas a las que

estimo, con las que vine en el viaje desde Cádiz. Si me está hablando vuestra merced de un motín...

Sonrió y respondió:

—Digamos que debemos hacernos valer para que el gobernador nos tenga mayor consideración...

—Tienen armas, cañones, mosquetes... —repuse.

—¡Y nosotros también! —contestó, dando con un puño en la mesa—. Tenemos de todo eso aquí afuera. ¿Cómo comprendes si no que podríamos defender esta parte de la fortaleza? Ahí radica precisamente la cuestión: aquí tenemos las mismas obligaciones que los de dentro, pero ningún beneficio. Si los moros atacan La Mamora, los primeros en pelear y, en su caso, en caer, seremos nosotros... ¡Y encima nos tienen hambrientos! ¡Ya está bien! Somos tan españoles como los de ahí adentro. ¡Somos súbditos del mismo rey! ¿Por qué no nos tratan como debieran? ¡Mira cómo estamos...! Aquí muere gente a diario... ¡Como perros!

Después de meditar acerca de lo que me decía, y de considerarlo en extremo justo, dije con decisión:

—Puede contar vuestra merced conmigo para todo.

—Así se habla, joven. ¡No te arrepentirás!

La conversación se quedó ahí, y yo me puse a esperar órdenes. ¿Qué otra cosa podía hacer? ¿Resignarme conformándome con malvivir? Eso ya lo había probado y así me había ido.

Los días inmediatamente posteriores fueron para mí desasosegados, en un deambular casi sin sentido, percibiendo en torno como un vacío; el del destierro y la soledad. Pero tuve no obstante un consuelo: Fernanda me envió comida, mantas, mi sombrero y un papelito en el que había escrito su nombre y una breve frase: «Pronto volveremos a estar juntos.»

2. LA HORA DE LAS TINIEBLAS

Una mañana de aquellas zarparon los cuatro galeones. Los despidieron con salvas de cañón desde las torres. Subimos a las alturas para verlos. Mientras se alejaban por el estuario, los marineros decían con rabia:

—¡Ya se van esos! Anden con Dios...

—Para lo que nos han beneficiado, mejor no haber venido.

—Ahora nos dejan otra vez aquí, a merced de los moros.

—Deberíamos haberles arrebatado los navíos para huir de aquí...

Y yo también participaba de aquel arrebato de odio, al sentir que con la escuadra se iban nuestros sueños y nos quedábamos en el mayor de los desamparos.

Apenas cuatro días después, un sábado 26 de abril de aquel año de 1681, una quietud especial y un silencio dormido envolvían San Miguel de Ultramar; respirándose una brisa mansa, que venía del mar y arrastraba el aroma de las amarillas anémonas de las laderas. Cuando el sol se ocultaba ya en el poniente despejado, después de que sonaran las campanadas que marcaban las siete de la tarde, una tras otra, espaciadas, monocordes, repentinamente se inició un repiqueteo violento, desigual y estridente en las dos iglesias de la fortaleza.

—¡Alerta! —gritaron arriba los centinelas—. ¡Moros! ¡Alerta! ¡Moros, moros, moros...! ¡Alerta!

Todas las miradas se dirigieron a las alturas.

Las siluetas de los campanarios y, algo más lejos, las robustas formas de las torres se recortaban sobre el cielo violáceo del ocaso. Las voces preguntaban:

—¿Qué ocurre?

—¿Por qué tocan?

—¿Qué diablos está pasando?

La gente se quedó momentáneamente paralizada; pero, un instante después, empezó el abrirse y cerrarse de las puertas y ventanas, las carreras, los gritos, el alboroto del pánico... Y las campanas no cesaban: tan, tan, tan..., llamando a rebato de manera ensordecedora, mientras en las almenas las voces cada vez más desgarradas de los centinelas anunciaban:

—¡Moros, moros, moros...! ¡Alerta, alerta, alerta...!

Un tropel de hombres, como una estampida, cruzó el barrio en dirección a las rampas, y luego se vio al gentío seguirles subiendo por las escaleras, atropelladamente. Yo también eché a correr y no tardé en encaramarme en lo más alto de los muros, después de ascender a saltos por una empinada escarpa.

—¡Allí, allí...! —señalaban los dedos.

Miré hacia el sur, donde estaban fijos todos los ojos: el negrear de una hilera de hombres y animales, caballos, mulas y camellos venía desplazándose lentamente, levantando polvo. En torno a mí, por todas partes, exclamaban:

—¡Moros! ¡Son los moros! ¡Un ejército de moros! ¡Dios nos asista!...

Un escalofrío me recorrió de pies a cabeza, ante la presencia de aquella intempestiva amenaza que se aproximaba a la par que las sombras de la noche.

En la fortaleza no pararon de sonar los pífanos, las trompetas, las órdenes, los lamentos... La población iba de un lado para otro, inquieta, augurando los males posibles: asedio, asalto, derrota, cautiverio, degüello... Y los más viejos, que habían sobrevivido a otros ataques precedentes de los moros, decían más tranquilos:

—Ya están aquí, como cada año... Esto tenía que llegar; tarde o temprano tenía que llegar...

—Con la primavera, ya se sabe: ¡moros!

—Todos los años lo mismo...

Entrada la noche se cernió sobre La Mamora una calma espesa y a la vez interrogativa. Allá abajo, al pie de la loma, los enemigos iniciaron un estruendo de tambores, como un tronar que retumbaba en los montes cercanos, y encendieron hogueras en una gran extensión. La visión era como para ponerse a temblar...

También en nuestra parte de la fortaleza, en el centro de la plaza principal, se amontonó madera suficiente para encender un gran fuego, en torno al cual se celebró una especie de consejo. Toribio de Ceuta, el alcaide, se puso en medio de la gente rodeado por sus hombres de confianza. Las preguntas cargadas de ansiedad le llovían alrededor:

—¿Y ahora qué haremos?

—¿Cómo vamos a defendernos?

—Dinos lo que tenemos que hacer...

El Ceutí parecía muy poca cosa para dar respuestas a interpelaciones tan angustiadas: pequeño, contrahecho, nada en él se asemejaba lo más mínimo a la figura de un gran líder. Sin embargo, aquel medio hombre ocultaba dentro de sí todas las cualidades para el gobierno; si no fuera así, no estaría amparado por sus rudos subalternos, que cumplían a pies juntillas todo lo que mandaba, cualquier cosa que fuese.

—¡Silencio! —ordenaron estos—. ¡A callar todo el mundo! ¡El alcaide va a hablar!

Reinó un mutismo absoluto, obediente y expectante. Toribio se adelantó, sosteniendo una antorcha que iluminaba su rostro, y habló con voz segura, cargada de dominio.

—Lo que tanto temíamos ya está aquí, lo de cada año —empezó diciendo—; lo que tenía que pasar, lo que veníamos advirtiendo, lo que era lógico y natural... ¡Los moros vienen a por La Mamora! ¡Vienen a por nosotros! Vienen a intentar echarnos mano...

Un intenso murmullo se elevó de aquella humanidad indigente y sobrecogida.

—¡Silencio! —gritaron los brutos adjuntos—. ¡Todo el mundo a callar!

El alcaide prosiguió con aparente serenidad:

—Los moros vienen por La Mamora y esta vez parecen estar resueltos a hacerse con la presa... Nuestras vidas, en efecto, peligran; todos estamos ciertos de esta triste realidad; no somos niños, sabemos muy bien lo que nos espera... Pero..., amigos, ¡compadres!, no vamos a consentir que nos rebanen el cuello a la primera. ¡No, eso no! Buscaremos una salida, haremos uso de nuestra inteligencia y trataremos por todos los medios de salvar los pellejos... ¿Confiáis en mí, compadres?

—Sí, sí, sí... ¡Dinos lo que hay que hacer! ¡Muéstranos tu plan! ¡Te seguiremos en todo!

El pequeño Toribio se creció ante esta adhesión incondicional, hizo girar la antorcha en la negrura de la noche y dijo:

—Ahora, compadres, ¡todos a descansar! Procurad dormir, que nos esperan días de fatigas... Y dejadlo todo en mis manos. Ahora es ya de noche y nada debemos temer por el momento. Pero mañana, cuando amanezca, mis hombres y yo pondremos manos a la obra para tratar de salvar a cualquier precio la vida de todos vosotros. ¿Confiáis en mí, compadres?

—Sí, sí, sí... ¡Claro que confiamos, alcaide! ¡Haz lo que tengas que hacer!

A pesar del consejo de Toribio, no creo que nadie pudiera pegar ojo esa noche, ni siquiera él mismo. Yo por lo menos no dormí ni un solo momento, cavilando sobre el peligro que se cernía sobre nosotros. Y acordándome de Fernanda, se me presentaban todos los males. ¿Estaría ella bien? ¿Cómo vivirían la amenaza en la ciudadela? Y daba vueltas y vueltas en el duro suelo, pensando en las palabras del enigmático Toribio: ¿qué se proponía? ¿Cuál era su plan? ¿Qué quería decir con aquello de tratar de salvar a cualquier precio nuestras vidas?...

3. El asedio

Amaneció con estrépito de pisadas, voces y agudos silbidos de pífanos. Siguió un silencio expectante, que se alargó durante un rato largo y extraño. Tras el cual, de repente, los gritos arreciaron en las torres:

—¡Ya vienen! ¡Nos atacan! ¡Alerta! ¡Alerta!

Estalló en todas partes la agitación, el desorden y el desconcierto, mientras las campanas iniciaron el pertinente toque a rebato y las cornetas enloquecían resonando en los muros; y al fondo, como un rugir lejano y a la vez próximo, el vocerío y los tambores de los moros.

—¡A las armas! ¡Todo el mundo a las almenas! ¡Preparad las mechas! ¡Apuntad! ¡Esos cañones! ¡Todos los cañones mirando al sur! ¡Que nadie dispare hasta que se dé la orden!

Una tropa de soldados, a la carrera, venía desde la ciudadela para apostarse en las defensas de la parte sur de la fortaleza. Los oficiales gritaban las órdenes a voz en cuello y los tambores las transmitían. Arriba las mechas encendidas centelleaban en el crepúsculo y el aire de la madrugada parecía estar impregnado de incertidumbre y temor. Las mujeres, los ancianos y los niños corrieron a cobijarse en los sótanos; y en la plaza desangelada nos quedamos únicamente los hombres sanos y jóvenes, esperando a que alguien viniera a decirnos lo que teníamos que hacer.

Se presentó allí el alférez Juan Antonio del Castillo, sudoroso y aturdido, acompañado por un cabo todavía más joven que él. Nos miraron, pensaron, titubearon, y el alférez acabó diciendo:

—¡¿Qué hacéis ahí parados?! ¡Todo el mundo arriba! ¡Arriba! ¡A las almenas!

—¡No tenemos armas! —repuso alguien—. ¿No van a darnos nada para defendernos?

El joven alférez vaciló, como dudando, miró a su ayudante y le ordenó:

—¡Corre a la intendencia! ¡Que traigan inmediatamente cincuenta mosquetes, munición, pólvora...! ¡Corre!

No había acabado de dar la orden cuando estalló arriba un cañonazo... ¡Luego otro!... Y una fuerte voz gritó:

—¡Fuego! ¡Disparad!

Un tronar de explosiones y tiros brotó en medio de una nube de humo negro, a la vez que nos llovían encima piedras, pedazos de plomo y otros proyectiles. Corrimos a protegernos bajo los soportales y desde allí vimos el ajetreo en las almenas: la carga de los cañones, el acarreo de las balas, el encendido de las mechas, los estampidos...

No había pasado media hora cuando se oyó gritar:

—¡Se retiran! ¡Se van! ¡Alto! ¡Alto el fuego!

Siguió una calma, con toses y carraspeos entre el humo denso, algún disparo suelto y después el silencio total.

—¡Vamos arriba! —dijo alguien.

Subimos a las almenas y vimos a lo lejos el polvo que dejaban atrás en su retirada los asaltantes. Algunos caballos sueltos vagaban en desamparo por la ladera, pasando entre los cadáveres que yacían sobre la hierba aplastada. Abajo, en el llano, los moros se concentraban junto a su campamento.

—¿Hay alguna baja? —preguntó el alférez.

—¡Aquí, señor!

Traían a un muchacho herido. Una bala le había rozado la cabeza, por encima de la oreja; tenía el pelo pegado a la herida y un viscoso chorro de sangre oscura le caía por la mejilla y el cuello, hasta empaparle la camisa; pero la cosa no parecía ser demasiado grave.

—Llevadlo a la enfermería —mandó el alférez.

Un rato después llegaron a la plaza dos carretones con nuestras armas. A los que nunca habíamos tenido un mosquete en las manos nos dieron cuatro instrucciones básicas: la manera de agarrarlo, la carga, la mecha, el disparo... A cada cual se le asignó su puesto en las defensas, con severa indicación de no disparar hasta que se diera la orden. Había poca munición y no se debía desperdiciar.

A pleno sol, a resguardo de mi almena, me quedé yo en el sitio que me fijaron, al lado de un soldado viejo que debía aleccionarme en aquellos menesteres de la guerra tan desconocidos para mí.

En mi absoluto desconcierto, le pregunté:

—¿Cómo ve vuestra merced la cosa?

Aguzando sus ojos de aguilucho hacia donde estaba el enemigo, oteó primeramente el panorama, y luego respondió con mucha circunspección:

—¡Quiá! Son cuatro moros piojosos... Han hecho un amago para ver cómo andábamos de fuerzas...

—¿Entonces?

—Cualquiera sabe...

4. ¿MOROS JACTANCIOSOS?

Cuando pasó el desconcierto inicial, los ánimos se fueron sosegando poco a poco. Los que tenían experiencia por haber vivido otros ataques precedentes no parecían estar demasiado preocupados; nos tranquilizaban diciéndonos que todos los años por esas fechas, con el buen tiempo primaveral, los moros se entretenían yendo a incordiar, por el puro gusto de lucir sus caballos, las ricas monturas, las tiendas de campaña, las armas...; pero que no era aquello sino un alarde; como una feria para exhibir su espíritu belicoso, sin que tuvieran verdadera intención de hacerse con la plaza; que, por otra parte, hubiera de suponerles mucho esfuerzo, pérdida de hombres y bestias, gasto de pólvora y munición... En fin, que debíamos preocuparnos lo estrictamente necesario. Aquel ejército que había acampado al pie de la loma no era lo demasiado grande como para conquistar una fortaleza tan robusta; que San Miguel de Ultramar, aunque contaba con una guarnición de soldados menguada, no era presa fácil, por la altura de sus muros, la facilidad para cañonear desde arriba y la dificultad que suponían las pendientes y la proximidad del río. «No es tan fiero el león como lo pintan —decían los veteranos con cierta indolencia—. Esos moros andrajosos mañana o pasado se cansarán de estar ahí, con sus tambores y sus canturreos a pleno sol, y se irán por donde han venido como si tal cosa.» O sea, que en La Mamora estaban acostumbrados a que, ya fuera a finales de abril o a principios de mayo, la morisma apareciera por allí un día u otro a darles la lata.

5. ALGARADA, PITORREO Y UNA SERIA AMENAZA

De momento no hubo ningún ataque importante. Los moros cabalgaban a distancia, fuera del alcance de nuestros mosquetes; hacían cabriolas con sus caballejos, exhibían sus grandes y desmadejados camellos, sacaban a relucir los alfanjes, tiroteaban al aire, formaban algarabía; pero lejos. Parecía ser pues que tenían razón los viejos soldados cuando decían que aquello no era sino pavoneo y vana algarada, pero que no había en el fondo ganas de atacar seriamente, por mucho que el primer día nos dieran un susto.

El martes por la mañana la turba de enemigos estuvo especialmente revuelta: desde muy temprano anduvieron formando tropas e iban y venían al galope, hasta el pie de la pendiente, donde, siempre a prudente distancia, hacían ostensibles las armas, amenazantes, con mucho griterío y aspavientos. Y los nuestros a su vez, desde arriba, les insultaban a voz en cuello, respondiendo a la provocación:

—¡Bujarrones!

—¡Venid si tenéis redaños!

—¡Poneos a tiro si os atrevéis, moros cagados!

Y así siguió la cosa toda la mañana, como en un juego de críos. Pero a mediodía, cuando el sol estaba en su punto más alto, nuestras miradas dejaron de lado el campamento y se dirigieron hacia el río: una veintena de jabeques y embarcaciones menores llegaba por el estuario, a la deshilada, y se detenía como a media legua del fondeadero, quedándose estática, anclada y con las velas recogidas. ¿Quiénes venían a bordo? ¿Acaso piratas berberiscos? ¿Aliados de los atacantes? Nadie supo responder a estas preguntas y todo el mundo en La Mamora se quedó extrañado y haciéndose todo tipo de suposiciones.

Esa tarde a mí me tocó hacer guardia en una de las barbacanas que miraban hacia el sur, desde donde se divisaba una gran extensión de terreno pelado, cerro tras cerro. Tuve que estar allí muchas horas, aguantando a pleno sol mi propia contrariedad y la pena que sentía por no poder ver a Fernanda y por no haber vuelto a tener noticias suyas en medio de tantos sobresaltos.

En plena siesta, me adormilaba aprovechando la poca sombra que me proporcionaban las almenas, cuando de repente alguien gritó a mi lado:

—¡Madre mía! ¡Virgen Santa! ¡Mirad, mirad!

Una visión aterradora y completamente inesperada me despabiló: venía una nube de polvo inmensa, envolviendo una enorme multitud de hombres y bestias. Un nuevo ejército, descomunal este, se aproximaba lentamente por la planicie donde crecía la hierba rala y pobre.

Nuevamente enloquecieron las campanas, los pífanos, las trompetas, las voces y las carreras de los hombres. Y nuestra gente subió para ver la amenaza que se avecinaba. Una hora después, horripilados, veíamos levantarse un campamento cien veces mayor que el anterior...

6. UN TORBELLINO DE HECHOS

Lo que sucedió a partir de aquel martes fatídico fue tan vertiginoso, tan atropellado, que todavía me cuesta trabajo poner en orden en mi memoria cada acontecimiento, cada incidente y cada sobresalto, dada la intensidad con que los viví, poseído por un extraordinario estado de ansiedad, como una zozobra, un enloquecimiento...

Vayamos pues por partes, y pido desde este momento perdón si pudiera quedar trastocado el orden de los hechos u omitida cualquier peripecia de menor importancia.

Conservo claros recuerdos de lo que pasó esa misma tarde, es decir, el día 29 de abril, en las horas que siguieron a la llegada del gran ejército de los moros. Como es natural, se desató un pánico morrocotudo que se propagó hasta el último rincón de la fortaleza. Si bien el primer ejército había sido recibido con indolencia, y hasta con cierta chanza, ahora todo parecía perdido. Nunca antes en la historia de San Miguel de Ultramar se había conocido una amenaza de tal calibre. Los ánimos, pues, quedaron de pronto por los suelos: la inminencia del desastre era demasiado evidente.

Antes de que se ocultara el sol, se vio salir del campamento enemigo una hilera de camellos que se fue aproximando lentamente, conducidos por hombres que venían a pie llevando las riendas con una mano y sosteniendo en la otra una bandera blanca. Se trataba sin duda de un comité que venía a parlamentar; al menos eso nos pareció a todo el mundo.

Como los de fuera de la ciudadela éramos considerados tan poca cosa que nadie nos daba explicaciones de nada, tuvimos que conformarnos haciéndonos suposiciones.

Unos decían una cosa y otros la contraria. Pero finalmente el alcaide reunió a la gente y expuso sin titubeos una serie de informaciones: que esos moros de los camellos traían una severa advertencia de parte de sus magnates; que las puertas de La Mamora debían abrirse para hacer entrega incondicional de la plaza; que si no nos rendíamos tendríamos que atenernos a las consecuencias; y que aquel inconmensurable ejército era el grueso de la hueste del sultán de Mequinez, Mulay Ismail, el más poderoso y temido de los reyezuelos de Berbería, que había decidido formarse nada menos que un imperio, no estando dispuesto a consentir que la presencia de una plaza española ensuciase la vastedad de sus dominios. Venía pues resuelto a conquistar San Miguel de Ultramar. Y por último, el Ceutí concluyó diciendo que era locura resistir, ya que no teníamos municiones ni pólvora suficientes en la santabárbara del fuerte para defendernos de tal cantidad de atacantes: unos ochenta mil, según decían los que sabían contar ejércitos a ojo. La suerte pues estaba echada. ¿Cómo no enloquecer viendo tan próxima la muerte?

Esa noche, como no le quedó más remedio, el gobernador cedió en su obstinación y se dispuso a unir a toda la población para la titánica defensa: abrió las puertas de la ciudadela y comunicó la comandancia con todos los barrios de La Mamora, distribuyendo armas y municiones; aunque advirtiendo severamente de que nadie de fuera podía pernoctar en el interior de la ciudadela.

Por un momento, me olvidé de todo lo que no fuera correr a buscar a Fernanda. La hallé en la plaza principal, pálida y llorosa. Nos abrazamos y mezclamos nuestras lágrimas. Ella decía:

—Perdóname, perdóname... ¡Fue por mi culpa!

—Deja eso ahora —contestaba yo—. ¡Estamos juntos!

Poco después del encuentro, las campanas repicaron y se anunció por todas partes que se iba a hacer una rogativa. La gente se congregó en la iglesia y los frailes descorrieron las tres cortinas que ocultaban al Nazareno. Al aparecer ante nuestros ojos la estampa serena del Cristo, cedió el pánico y nos poseyó la confianza. Hubo plegarias, cantos, gritos desgarrados... La muchedumbre se echó al suelo de rodillas, implorante, como si estuviera ante la única tabla de salvación. Y verdaderamente algo emanaba de la imagen, algo misterioso y difícil de explicar, como un profundo consuelo, una última esperanza, en medio de aquella hora espantosa...

Después de los rezos, a la luz de las antorchas, el gobernador compareció para dar las órdenes. Su discurso fue torpe, deslavazado y poco tranquilizador; más bien desmoralizante. Amonestó, amenazó y amedrentó aún más a la pobre gente. ¡Qué hombre tan inútil y tan desapacible!

Allí mismo se repartieron las armas, la pólvora y la munición. No había más horizonte ni más salida que resistir. La gente se puso en lo peor, se desazonó y brotó una llantera general. Algunos alzaron la voz para suplicar:

—¡Señor gobernador, rinda vuecencia la plaza!

—¡Salve nuestras vidas, por Dios bendito!

—¡No queremos morir!

Pero don Juan de Peñalosa no escuchaba; dio un rabotazo y se retiró a sus despachos sin decir ni una sola palabra más.

LIBRO VIII

Libro VIII

De cómo hubo de negociarse con premura, a causa del peligro inminente; y de lo que pasó en La Mamora por la obstinación del gobernador de la plaza

1. LA CARTA

Transcurrió otra noche en vela, cargada de ansiedad, con ruidoso ajetreo de carretas y cañones por el suelo empedrado, estrépito de pisadas, voces, riñas, órdenes... La Mamora hervía, debatiéndose entre el pánico y el coraje.

Después de no haber dormido nada, por la mañana fui a echarme un rato bajo los soportales, buscando la sombra y algo de tranquilidad; pues estaba agotado por tantos trabajos: subir y bajar por las escaleras, cargar pertrechos y soportar todo el día el sol implacable. Apenas cerraba los ojos cuando se presentó un muchacho con un aviso urgente: Toribio *el Ceutí* me mandaba llamar; y debía yo ir al momento a su casa, solo y con discreción.

Encontré la puerta cerrada, llamé y, cuando me abrieron, me topé en la pequeña estancia con un montón de hombres. Me hicieron pasar con apremio; nadie hablaba, nadie me dijo nada, y penetré en un ambiente atestado y sofocante, cuerpo con cuerpo. Cerraron detrás de mí la puerta y quedé en medio de las caras rudas, sombrías, las miradas torvas, las expresiones contraídas y los ojos con el brillo de la conspiración; todo el mundo de pie, sucio y hediendo sudor podrido, hollín y pólvora quemada.

Me mantuve quieto, esperando a que alguien me dijera por qué se me había llamado, puesto que no veía por ninguna parte al Ceutí. Hasta que este apareció a media altura, abriéndose paso entre sus rudos partidarios, con aire de misterio, el ojo derecho guiñado y una ostensible impaciencia en sus ademanes.

—Cayetano, ha llegado el momento —me dijo a bocajarro—. ¿Estás con nosotros o contra nosotros?

Medité un brevísimo instante y respondí con resolución:

—Con vuaced, por supuesto... ¿Qué hay que hacer?

El Ceutí sonrió, pero su sonrisa no restó nada a la ansiedad que dominaba su cara. Contestó:

—Una carta... Hay que redactar de inmediato una carta. Y tú la has de escribir, puesto que nadie aquí sabe de letras... Así que... ¡a ello!

Todos se hicieron a un lado, comprimiéndose todavía más para dejar espacio junto a la mesa. El aire era fétido, irrespirable. Me senté y un ayudante me dio papel, pluma y tintero.

—Vamos, vamos, escribe —me apremió el alcaide.

—Sí, sí, sí... Pero... ¿Qué? ¿Qué pongo? ¿A quién debo dirigir la carta?

—¡Al gobernador, carajo! ¿A quién demonios si no?

—Bien, bien —respondí nervioso—. ¿Cómo le nombro? ¿Excelencia? ¿Usía...?

—Nada de excelencia, ni usía, ni... ¡Mierda! ¡Gobernador a secas!

Me temblaban las manos, sudaba, me resbalaba el cálamo entre los dedos; emborroné la hoja, raspé, taché...

—No importa, no importa —me decía el Ceutí, dándome pescozones—. Letra clara es lo único que te pido... ¡Letra muy clarita! Para que se entere bien...

Después de titubear un rato y tener que desechar un par de cuartillas, la carta quedó así:

Al gobernador:

A la vista de que la morisma es desmesuradamente superior en número a los hombres útiles que defendemos esta plaza y que, defendiéndonos, no haremos sino encolerizar al enemigo más, peligrando de aquesta manera las vidas de las mujeres, niños, enfermos y toda la guarnición, reunidos en junta de marineros y vecinos, hemos resuelto rendir esta parte de la fortaleza y abrir la puerta para tratar las condiciones de paz con el sultán de los moros. Así que pedimos que se haga ahí lo mismo para no empeorar las cosas.

El alcaide y la junta

—Muy bien —dijo el Ceutí cuando terminé de leerla—. ¡Perfecto!

—¿Y los sellos? —observé.

—¿Los sellos? ¿Qué sellos?

—Habrá que ponerle un sello al menos...

—¡Nada de sellos! ¡No tenemos sellos aquí! Enróllala y ¡marchando!

Toribio le dio la carta a uno de sus hombres y le ordenó que fuera inmediatamente a entregarla en la ciudadela.

2. El motín

Nos subimos a una de las torres desde la que se divisaba muy bien el patio de armas del cuartel. Vimos entrar al enviado y hablar con los guardias de la puerta. Al cabo salió un oficial, recogió la carta y entró con ella en la mano en la Capitanía. Pasado un rato, salió don Juan de Peñalosa con pasos acelerados, el rostro encendido, rojo de rabia, llevando un arcabuz en las manos. Se detuvo, apuntó a la cabeza del mensajero y le disparó un tiro sin contemplaciones, haciendo que los sesos y la sangre saltaran por los aires.

—¡Será hijo de la gran puta! —exclamó el Ceutí.

Todos estábamos perplejos, mirando hacia el muerto que yacía sobre un gran charco de sangre en el empedrado.

—¡Esto se acabó! —bramó a nuestro lado el alcaide—. ¡Vamos a por ese cabrón!

Los hombres no se lo pensaron, echaron a correr escaleras abajo; recogieron las armas y se concentraron en la plaza a los gritos de:

—¡Rebelión! ¡A por ellos! ¡Tumbemos la puerta!

Un instante después reventó la puerta de la ciudadela, por un cañonazo a cuatro varas de distancia. Todo fue muy rápido a continuación: los marineros y la brava gente del Ceutí entró en el recinto militar tiroteando, aullando y llevándose por delante a cualquiera que se pusiera por medio. Yo iba también en la turba, con mi mosquete, como poseído por una fuerza y un coraje desconocido antes en mi persona. Disparaba al aire, cargaba y volvía a disparar..., formando parte del atronador estallido de furia que cogió por sorpresa a la guarnición. A los oficiales no les dio tiempo a reaccionar y no pudieron reorganizar a los soldados. Y estos enseguida levantaron los brazos y soltaron las armas, porque una mayoría de ellos ya había tenido conversaciones con los de fuera y estaban conformes con el motín.

Apenas hubo alguna que otra pelea, forcejeo y, finalmente, un solo herido, el odioso sargento Cristóbal de Cea, que no se pudo librar de la inquina de aquellos a quie-

nes había maltratado: sus propios subordinados le dieron una gran paliza y a punto estuvieron de arrojarlo al aljibe.

También quisieron los marineros y los soldados apalear al nada querido gobernador, pero el alcaide salió al paso y logró detenerlos con grandes gritos:

—¡No! ¡Quietos! ¡Que no se toque a nadie más! ¡No somos bandidos!

Trajeron a don Juan a rastras al medio del patio de armas y allí, delante de todo el mundo, el Ceutí le habló de esta manera:

—Vuecencia capitulará la redención de la plaza con los moros, quiera o no quiera. Así que nombre aquí mismo a un emisario y mándelo al sultán, si en algo estima su vida.

El gobernador le miraba con unos ojos lánguidos, raros, llenos de estupor. Toda su soberbia estaba rendida ante el ímpetu del pequeño y jorobado alcaide que con tanta autoridad le inquiría.

Entonces, el capitán Rodríguez dio un paso al frente, al ver que su superior no reaccionaba, y dijo con una voz quebrada:

—Esto es una plaza militar y ningún civil da órdenes aquí...

Toribio se fue hacia él, le puso el cañón del mosquete en la nariz y rugió:

—Aquí se hará lo que dice la junta, que es quien tiene ahora el mando. Así que o capitulan usías o capitulamos nosotros y allá vuecencias...

—¡Eso, capitulemos ya! —gritó la gente—. ¡Salvemos las vidas! ¡Nombrad un emisario! ¡Y que salga ya!

De pronto, de forma inesperada, el gobernador alzó la voz y dijo con desesperación:

—¡Dejadme hablar! ¡Soy el gobernador! ¡En nombre del rey, escuchadme!

Se hizo un silencio impresionante, en el que todas las miradas se volvieron hacia él. Don Juan estaba jadeante, brillante de sudor, en camisa, sin su sombrero, sin el penacho de plumas ni el resto de sus arrogantes atributos.

—¡Yo y solo yo debo decir lo que debe hacerse! —añadió.

—Hable pues vuecencia —le instó el alcaide—. Diga todo lo que tiene que decir. Pero cuide sus palabras... Nuestras vidas penden de un hilo... Así que cuide de no contrariarnos... Porque... ¡Porque le dejo seco aquí mismo!

Don Juan tragó saliva, miró a un lado y otro, como buscando ayuda en alguna parte... Al fin, habló:

—Está bien. Comprendo que no hay salida... Si hay que capitular... Si hay que capitular... Si hemos de...

Calló, como agobiado, como si quisiera medir bien sus palabras ante la acuciante amenaza del mosquete de Toribio que le apuntaba a dos palmos. La expectación era enorme; la tensión asomaba en todos los rostros.

—¡Hable! —le apremió el Ceutí—. ¡Siga vuecencia o le mato! ¡No hay tiempo!

El gobernador hizo un gran esfuerzo para aparentar una serenidad y un coraje que no le sobraban. Miró a sus oficiales y, como si ignorase a quien le amenazaba, dijo:

—¡Sea! Pactemos, capitulemos, rindamos La Mamora... Pero hagamos las cosas como deben hacerse; siguiendo las sagradas leyes de la guerra. Somos súbditos del rey de las Españas... ¡Comportémonos como tales!

—¡Bien dicho, señor! —exclamó el capitán Rodríguez—. Haremos lo que vuestra excelencia disponga.

—¡Calla tú! —gritó el Ceutí, apuntando ahora hacia el capitán—. Deja que el gobernador prosiga.

Don Juan de Peñalosa tragó saliva de nuevo y, retomando su fingida compostura, añadió:

—Yo rendiré la plaza al sultán si se respetan las condiciones que considero oportunas para cumplir las leyes militares.

—¡Diga vuecencia cuáles son esas condiciones! —le exhortó el alcaide—. Pero dígalo sin rodeos... ¡Nuestra paciencia se agota! Y esos moros de ahí están deseando atacarnos... Así que ¡hable!

—Mis condiciones son estas: que mi señora esposa y todos los oficiales de sargento para arriba con sus mujeres queden libres; y que yo pueda salir al frente de todos ellos sin que nadie nos estorbe para embarcarnos en un navío rumbo a España...

El gentío estalló en airadas protestas:

—¡Nada de eso!

—¡Pégale un tiro, alcaide!

—¡O todos o nadie!

El Ceutí gritó con autoridad:

—¡Silencio todo el mundo! ¡Dejadle terminar!

El gobernador prosiguió:

—Si cumplís esa condición; si nos dejáis partir sanos y salvos, yo me comprometo a procurar que los demás seáis rescatados cuando llegue a España. Comprended que no hay otra solución. Si todos cayéramos cautivos del sultán, ¿quién nos ampararía? En cambio, si yo voy a presencia de las autoridades cuanto antes y les convenzo de que la fuerza enemiga era invencible, me creerán. ¡Yo soy el único gobernador de La Mamora! ¡A mí me creerán!

Toribio le miró con severidad y le dijo:

—Está bien, de acuerdo. Pero yo le pongo a vuecencia una condición por nuestra parte: que no se hable nunca del motín; que las autoridades no sepan lo que ha pasado... ¡Aquí todos somos uno! Si os dejamos partir en ese navío, no nos denunciaréis...

—Así será —asintió don Juan—. Aquí no ha pasado nada.

—¡Júrelo! ¡Júrelo vuestra excelencia por Dios! —le exhortó el alcaide—. ¡Júrelo por su alma!

—¡Lo juro! ¡Tenéis mi palabra de cristiano y de caballero!

—¡Pues adelante! —sentenció Toribio—. ¡A capitular!

Una gran ovación de conformidad, brotada espontáneamente del gentío, certificó el trato.

Acto seguido, partieron el capitán Juan Rodríguez y el propio alcaide hacia el campamento de los moros para pactar las condiciones de la rendición de La Mamora.

Mientras tanto, yo fui a la casa de los veedores, donde estaban refugiadas Fernanda y doña Matilda. Las encontré arrodilladas, pálidas, aterrorizadas, rezando el rosario delante de un cuadro de la Virgen. Se abrazaron a mí.

—Todo está resuelto —les dije—. Ahora solo queda esperar.

Y luego, con más tranquilidad, les referí lo que había pasado. Ellas me miraban, temblorosas, sin acabar de creerse cuanto les decía. A ratos parecían consoladas, pero enseguida volvían a inquietarse.

—¿Ay, qué va a ser de nosotros? —sollozaba el ama—. ¡Señor, qué miedo! ¡Qué miedo tan grande!

Y Fernanda, poniendo sus ojos espantados en el mosquete que yo llevaba en las manos, exclamó:

—¿Y eso, Tano? ¡Por Dios! ¿Y eso?

—Ya te contaré... —respondí.

—¡Tano! No habrás... No habrás causado mal a alguien...

—No, a nadie, Nanda, a nadie...

Allí las dejé a mi pesar, porque debía volver donde los

demás, para evitar que alguien pudiera sospechar de mí; para no dar lugar a que empeoraran las cosas...

3. LA CAPITULACIÓN

Dos horas después, antes del ocaso y en medio de una gran expectación, regresaron los emisarios con buenas noticias. Todo había resultado como se esperaba: el sultán estaba conforme con las condiciones y aceptaba la rendición en los términos propuestos por el gobernador. Se respetaba la noche y se fijaba el mediodía como la hora en que debían abrirse las puertas. Un barco estaría preparado en el puerto al amanecer para dejar que pudieran irse solo las siguientes personas: el maestre de campo don Juan de Peñalosa y su mujer; el veedor don Bartolomé de Larrea y la suya; sus dos sobrinos gemelos; el capitán Juan Rodríguez, el alférez Juan Antonio del Castillo, el sargento Cristóbal de Cea, y las respectivas esposas de estos tres últimos; más los dos capuchinos que hacían de capellanes. En total pues quedaban libres trece personas; ni una más. El resto de los habitantes de San Miguel de Ultramar, que sumábamos tres centenares de almas, con las mujeres y los niños que había en la plaza, quedábamos como rehenes a merced de los asaltantes.

La noche fue larga, anhelante, cargada de suspiros de ansiedad. La incertidumbre reinaba en La Mamora en medio de una quietud terrible. En cambio, abajo en el campamento de los moros había jolgorio: el tamborilear y los cánticos llegaban lejanos, con la brisa del mar. Arriba, solamente silencio, miedo y ningunas ganas de dormir.

Cuando despuntó la primera luz del día, vimos que un barquichuelo solitario venía río arriba hacia el atracadero... Allí se detuvo, echó el ancla y se quedó esperando a los que tenían la suerte de escapar de tanta tribulación.

Los afortunados recogieron sus cosas y atravesaron la plaza en silencio. Delante iban el gobernador y su esposa, seguidos por los oficiales. Al final de la fila, los veedores y sus sobrinos. La gente les miraba con una mezcla de resentimiento y expectación. Unas mujeres les gritaron con angustia, entre sollozos ahogados.

—¡No se olviden de nosotros vuestras mercedes!

—¡Tengan caridad! ¡Por Dios, no nos abandonen!

—¡Lleven al rey nuestras súplicas! ¡Que nos rescaten! ¡Por la Virgen Santísima! ¡Que vengan a sacarnos de aquí!

Solo doña Macaria se volvió, alzó las manos y, llorosa, contestó:

—¡Perdonadnos! ¡Nos duele el alma por dejaros aquí! ¡No nos olvidaremos de vosotros! ¡Haremos todo lo posible...! ¡Por mi vida que lo haremos! No descansaremos hasta que logremos que os liberen...

También los frailes lloraron, lanzaron bendiciones y se fueron entre lágrimas. Qué lamentable era ver partir a los pastores dejando allí a sus ovejas, a merced de los lobos... Pero el temor es tan humano...

4. Entre el miedo y la esperanza

Amaneció: el sol empezó a lamer San Miguel de Ultramar con una luz dorada, extraña, que fue acariciando las torres, los campanarios, las almenas, los tejados... Se avecinaba la temida hora de abrir las puertas y la gente se iba congregando, apiñada, buscando la proximidad humana para mitigar de alguna manera la desazón del trance. Yo estaba en lo alto de una barbacana y vi zarpar el barquichuelo de los liberados, batir remos y alejarse por el estuario hacia el océano. No muy lejos del fondeadero, el inmenso ejército de los moros se agitaba entre sus tiendas; las hogueras de la noche se extinguían y lanzaban al cielo innumerables hilillos de humo negro; y los dichosos tambores, que habían descansado durante algún tiempo, volvieron a iniciar su inquietante fragor; mientras, una neblina marina empezaba a envolver el campamento, los caballos, los camellos, las banderolas... Sin contornos, el horizonte inaccesible parecía sumido en una nada opaca que resultaba desconcertante...

Aun en medio de la preocupación, hallé en mi espíritu algo de calma y decidí ir al encuentro de Fernanda, del ama y de don Raimundo. Los encontré en medio de la gente, rodeados de un ambiente impregnado de angustia mortal. Los llevé aparte, me puse frente a ellos y, sacando de mí toda la serenidad que pude, les dije en voz baja:

—Seamos fuertes... Ahora darán la orden de abrir las puertas y los moros entrarán...

Los tres me miraban, demudados, completamente pendientes de mis palabras. Solamente doña Matilda emitió una especie de gemido y balbució:

—Ay, Dios... ¡Dios mío! ¿Qué va a hacernos esa gente...?

—Nada —respondí—. No debemos ponernos en lo peor... Respetarán el pacto y no tocarán ni un pelo a cuantos estamos aquí; eso es lo acordado... Aunque todo lo que hay en La Mamora les pertenece, nuestras personas tienen la condición de rehenes; somos sus cautivos y negociarán un rescate. Eso es lo que suele hacerse en estos casos... Confiamos en lo que juró el gobernador antes de irse: que acudirá nada más llegar a España a las autoridades para que envíen cuanto antes a emisarios que negocien nuestra liberación. Por lo tanto, no nos queda otra cosa que esperar, esperar resignados...

Fernanda abrazó al ama y, consoladora, le dijo:

—Nada malo nos va a pasar... ¡Habrá que confiar en Dios! Una vez más, habrá que confiar...

Estando en esta conversación, la campana empezó a emitir un tímido tintineo para convocar a la gente. Venía el alcaide con todos sus hombres para dar las últimas instrucciones. Se puso en medio de la plaza y habló con mucha autoridad:

—¡Compadres —comenzó diciendo—, no debemos tener miedo! Si nos hubiéramos empeñado en resistir, ahora todos estaríamos muertos... Pero, gracias a Dios, ha triunfado la sensatez y hemos logrado ablandar el fiero corazón del sultán. Nadie sufrirá daño, todas las vidas serán respetadas... Eso sí, debemos pagar un tributo: cuanto poseemos, todo lo que de valor tenemos guardado en nuestras casas o lo llevamos encima, debemos entregarlo. Así que preparad el oro, la plata, el dinero y las alhajas que tenéis, porque hay que darle todo eso al sultán. ¡Y que nadie se pase de listo! Nada de esconder, engañar o enredar... He dicho: ¡todo! Y no me haré responsable si se incumple esta ley... Si alguno de vosotros quiere morir o que le corten una mano, ¡allá él!

Un denso murmullo fue creciendo, mientras se intercambiaban miradas llenas de preocupación y la gente empezaba a palparse las ropas, los bolsillos, las faltriqueras, las entretelas..., rebuscándose las pertenencias de valor.

—¡Y otra cosa! —añadió el Ceutí—. También las armas deben entregarse... ¡Todas y cada una de las armas! Así que id amontonando los mosquetes, espadas, cuchillos, navajas... Poned ahí a la vista todo aquello que pudiera servir para defenderse... ¡Y tampoco en esto caben trampas!

La gente obedeció sin rechistar. Pronto hubo en medio un montón enorme de armas y utensilios de todo género; incluidos punzones, clavos, tijeras, hoces, azadas, martillos, horcas... Allí encima puse yo el mosquete que me había acompañado de noche y de día desde el ataque, sintiendo que me quitaba de encima un gran peso, pues siempre temí tener que dispararle a alguien.

Una vez que vio el alcalde que se cumplía lo mandado, prosiguió con sus disposiciones:

—¡Compadres! No hace falta que os diga que ya no hay gobernador en La Mamora... El que había, va navegando a España... A partir de ahora, yo soy la única autoridad entre los compatriotas que aquí estamos. Yo velaré por cada uno; yo veré la manera de que no sufráis mal alguno; yo os defenderé y pondré orden entre vosotros... Pero una cosa os digo ya desde este momento: nada de riñas, nada de peleas, nada de chinchorreo... Aquí todos somos iguales, todos somos cautivos del sultán... ¿Habéis oído bien? ¡Todos iguales! Que nadie se crea por encima de los demás ni se procure la libertad por su cuenta... O todos o ninguno. ¿Comprendido?

La gente asintió muy conforme:

—¡Sí, señor!

—¡Así lo haremos!

—¡Confiamos en ti, alcaide!

Dentro de la ansiedad que reinaba, las palabras del Ceutí lograron sembrar algo de esperanza. Y los ánimos se aquietaron todavía más cuando dijo con aire tranquilizador:

—¡No os preocupéis, compadres! Comprendo que tengáis miedo, porque esta es una hora mala, pero yo os aseguro que saldremos adelante... Yo conozco bien a esos moros; algunos de sus jefes son buenos amigos míos. No son tan mala gente como pensáis; tienen otra religión, creen en su Alá y en su profeta Mahoma, pero son temerosos de Dios... En todas partes hay gente buena y mala... También entre nosotros... ¿O no? Así que ¡arriba esos ánimos, compadres!

Algunos aplaudieron y gritaron:

—¡Eso, muy bien!

—¡Que sea lo que Dios quiera!

—¡Estamos en las manos del Señor!

Como no quedaba otra cosa que confiarse y rezar, todo el mundo echó mano de la fe. Y unas mujeres propusieron:

—¡Saquemos al Nazareno! ¡Oremos todos juntos al Divino Señor de La Mamora!

Esto pareció una buenísima idea y fuimos todos a la iglesia. Allí al fondo estaban las tres cortinas, corridas, ocultando la imagen del Cristo. Nadie se atrevía a acercarse, puesto que, al no estar los frailes, no se sabía quién debía hacerse cargo, porque eran ellos los únicos que tenían potestad para manejar las cosas del Nazareno. De manera que se produjo una situación rara, con aquella muchedumbre ferviente, quieta, mirando hacia el camarín que permanecía velado.

Entonces alguien exclamó:

—¡El monaguillo! ¡El monaguillo! ¡Que retire las cortinas el monaguillo!

Todas las miradas se volvieron hacia un chiquillo de

unos ocho años, muy despierto, rubito y candoroso, que hacía de monaguillo en las misas cuando estaban los capuchinos.

—¡Anda, ve! —le ordenó el alcaide.

El niño titubeó, sonrió y dio una carrerita hasta las cortinas.

—¡Abre, abre...! —le instaban—. ¡Abre de una vez!

Descorrió la primera cortina, temeroso, y luego miró al Ceutí.

—¡Todas! —le dijo este—. ¡Las tres cortinas, hijo!

Tiró de la última y apareció el Señor, con toda su serena majestad, la mansedumbre de su rostro y esa mirada de aceptación que parecía posarse en cada uno de los que estábamos a sus pies. Solo le hubiera faltado arrancarse a hablar para decirnos: «No temáis; yo estoy con vosotros.»

5. La hora del cautiverio

Esperábamos un milagro. Cuando todo sucumbe, ¿quién no alberga en el fondo de su ser la bendita ilusión de un prodigio? Yo pensaba: y si ese sultán decidiera ahora, de repente, por una misteriosa inspiración, levantar sus tiendas y volverse a su recóndita ciudad; y si tal vez apareciera en la mar una escuadra de cincuenta galeones españoles, todos provistos de diligentes soldados y eficaces cañones que pusieran en fuga al ejército moro; y si una legión de ángeles enviada por el Todopoderoso descendiera desde lo más alto del cielo... Pero era la jornada del destino, el cual había de recibirse como venía. Porque una fuerza superior tenía designado aquel día como el de nuestro cautiverio. Y aunque no hubiéramos perdido la fe, aunque en lo más hondo confiásemos finalmente en Dios, nos dábamos perfecta cuenta de que el sol estaba en lo más alto y que dentro de un momento se abrirían las puertas de La Mamora a aquella muchedumbre de hombres desconocidos que se nos antojaban aterradores. De ahí el espanto de todos; de ahí el silencio escalofriante de esas almas sencillas, indefensas, que no tenían ya nada que decir ni que hacer después de haberse encomendado al único que puede gobernar los destinos.

—¡Ya vienen! ¡Ya están ahí! —gritaron los centinelas en las torres.

Y el alcaide, con todo lo menudo y deforme que era, pareció crecerse, se puso delante de los dos centenares de personas que estábamos allí pendientes de sus órdenes y dijo:

—Hagamos las cosas como se ha acordado... ¡Compadres, no temáis!

Y después de esta última admonición, se dirigió a sus hombres y les mandó:

—¡Abrid las puertas!

Un estremecimiento y algunos suspiros angustiados recorrieron la masa que se iba apretujando cada vez más, como buscando convertirse en algo compacto y sólido. Nos santiguamos, mientras veíamos descorrer los cerrojos, alzar las aldabas, recoger las gruesas cadenas; el crujir de las maderas, los chasquidos de los hierros y el chirriar de los goznes acabaron de poner en vilo las almas. A mi lado, Fernanda me tomó de la mano y susurró:

—Bueno... Que sea lo que Dios quiera...

Oímos luego estruendo de cascos de caballo, voces y relinchos en las partes de la ciudad que no se veían desde allí. Todos los ojos estaban muy fijos en el arco de entrada de la ciudadela, cuyo gran portón permanecía entrecerrado. Y de repente acabó de abrirse bruscamente, dejando ver una turba de moros armados, vestidos con aljubas y petos de cuero, las cabezas con turbantes y manifiesta avidez en los rostros oscuros y barbudos. Detrás de ellos venían otros moros a caballo, a lomos de asnos, en camellos, todos ellos con lanzas, mosquetes y alfanjes en las manos. Penetraban en la plaza con ímpetu, pero enseguida se detenían, mirando a un lado y otro, como desconfiando. A ratos prorrumpían en griteríos espontáneos; a veces callaban, como si no terminasen de creerse del todo su fácil victoria. Nos observaban con sus caras asombradas, pero se mantenían a distancia de nosotros.

El alcaide se fue hacia ellos con las manos en alto y les habló en su lengua, con afabilidad y sumisión. Los que parecían ser los jefes por su aspecto, contestaron, sonrientes, apreciablemente satisfechos. Uno de ellos montaba un camello blanco imponente, al cual hizo inclinarse con facilidad, obligándole a doblar las patas delanteras; descabalgó y caminó con desparpajo, haciendo que su capa verde y vistosa oscilase con poderío; era un hombre fornido, bien parecido, con hilos de plata en la barba negra. Conversaron brevemente el Ceutí y él, sin que comprendiéramos sus palabras. Luego el moro aquel se dirigió a nosotros, nos miró con suficiencia y dijo algo en su lengua.

El alcaide tradujo:

—Quien os habla es Omar, ministro del sultán Mulay Ismail y general de sus ejércitos. Ha dicho que ahora somos cautivos de su señor, el rey de Mequinez; que ya es también nuestro amo y único dueño. Dice que nada hemos de temer, pues el sultán es compasivo y misericordioso como Alá; pero que no habrá compasión ni misericordia para quienes se resistan o se nieguen a obedecer.

La gente, al oír aquello, murmuró:

—¡Ay, gracias a Dios!

—Menos mal.

—Bendito sea Dios.

Miré a los míos: Fernanda parecía tranquila; no así doña Matilda, pálida, exhausta y despeinada. Don Raimundo, a su lado, había menguado mucho, envejecido por tantas peripecias, y tenía cierto delirio en los ojos, perdidos tras las lentes empañadas.

—No hay que preocuparse —les dije—. No va a pasaros nada...

No pararon de llegar más y más moros, con semejantes atavíos, algunos con pieles de leopardo y de león; eran los magnates del ejército. Hablaban entre ellos, formaban algarabía, lanzaban risotadas, a veces daba la impresión de que discutían... De pronto se formó un gran revuelo; todos ellos se volvieron para ver qué sucedía a sus espaldas; tronaban los tambores y las chirimías, arreciaban las voces...

—¡El sultán, el sultán viene! —nos indicó el alcaide—. ¡Haced reverencia!

Nos inclinamos. Yo vi de reojo cómo entraba a caballo el rey moro, sobre una montura riquísima, de pelo de gineta, con adornos de oro, perlas y sedas. Su presencia resultaba imponente, bajo una sombrilla que sostenía un negro enorme, una especie de coloso. No era el sultán muy alto; de mediana talla, tenía el rostro largo, moreno, la barba partida y fuego en la mirada. Detrás venían otros aguerridos gigantes custodiándole, todos igualmente negros, igualmente musculosos y brillantes de sudor, hechos como de acero. Solo estos se mantenían de pie y erguidos, porque a derecha e izquierda todos los demás se habían doblado hasta casi dar con sus narices en el suelo. Un pregonero de aguda voz lanzaba al aire proclamas incomprensibles, como aullidos, que eran contestadas con albórbolas de entusiasmo.

El sultán descabalgó, vio lo que había y apenas se detuvo allí un momento. Después desapareció por donde había venido y pudimos enderezarnos. Entonces llegó la hora de la rapiña...

6. El saqueo

Estalló repentinamente como una locura. Los moros se esparcieron por la ciudadela, penetrando en las casas, hasta en los últimos rincones, mientras se oía el tronar de las hachas destruyéndolo todo, el encrespado vocerío de las disputas y el fragor del forcejo afanoso de la codicia. Arriba en la torre del homenaje seguía ondulando la bandera del rey católico; subió uno de los guerreros, la arrancó del mástil, la mostró ufano y luego la arrojó desde lo alto, yendo a caer al patio, delante de nosotros, donde la hicieron trizas con saña.

Era la hora ya de pagar nuestro tributo. El alcaide Toribio y sus hombres entregaron al general Omar dos cestos con todo el oro y la plata recogidos entre nosotros. A mi lado, doña Matilda se lamentó en un susurro:

—Ahí va mi alianza... ¡Qué pena! Mi anillo de bodas y los obsequios de mi difunto esposo...

—¡Anda con Dios! —dije—. Eso son solo cosas... Mientras conservemos la vida...

Lo peor todavía no había llegado. A continuación los

jefes moros entraron en la iglesia, impetuosos, furibundos. Nuestra gente al verlo se removió estremecida. Hasta me duele la mano al tener que escribir lo que sucedió a continuación; una escena para la que no estábamos preparados: ¡un sacrilegio! Salieron los sarracenos arrastrando entre varios la imagen del Nazareno, sin ningún respeto ni compostura, y la arrojaron allí delante de nosotros, en medio de la plaza. La sagrada testa dio en el empedrado un tremendo golpe; seco, de recia madera, que retumbó bajo las galerías. Nuestra gente gritó y gimió horrorizada. En el suelo, de costado, yacía el Señor de La Mamora, con las manos amarradas y los pies descalzos. Uno de los saqueadores le arrebató la corona y las potencias de oro, bruscamente, y el otro desnudó la imagen, encantado, feliz por hacerse con la túnica tan bonita bordada con hilos de oro.

El resto de las imágenes corrieron semejante suerte: fueron sacadas con desprecio, despojadas de cualquier elemento valioso y amontonadas en un rincón. Me conmovió mucho el llanto de las mujeres, que veían por el suelo las tallas de la Virgen María, del Niño Jesús, de San Miguel, de los apóstoles, de los santos... ¡Qué gran dolor y qué espanto! Era como si sucumbiera todo, en aquel torbellino, en aquel caos que nos rodeaba por doquier sin que pudiéramos hacer nada ni decir nada. Porque, a cada momento, el Ceutí nos advertía:

—¡Quietos! ¡Aguantad! ¡Callad y aguantad! Si queréis salvar las vidas, no hagáis ninguna tontería... Mirad hacia otro lado, cerrad los ojos... ¡Aguantad!

Una anciana alzó la voz y replicó:

—Pero ¿no ves lo que están haciendo? ¡Mira cómo tratan las sagradas imágenes!

—¡Silencio! ¿No me habéis oído? —contestó el alcaide—. Dejad eso ahora, porque nada lograremos enfrentándonos... Ya me encargaré yo a su tiempo de salvar todos esos santos...

El saqueo se prolongó más de tres horas, durante las cuales permanecimos en el mismo sitio, sin comer, sin beber, atemorizados y confundidos. Los que más lástima daban eran los ancianos, los enfermos, los niños... No había por el momento ninguna compasión ni miramiento hacia ellos, por mucho que el tal Omar lo hubiera prometido.

7. De camino a Mequinez

Pasamos una última noche en La Mamora, junto a los escombros y las ruinas resultantes del saqueo. Al día siguiente, 1 de mayo, amaneció una extraña mañana, pesada y sofocante; grandes masas de nubes oscuras pasaban por el cielo y el viento levantaba un polvo molesto que se metía en los ojos y en la boca.

Con prisas, con voces, con empujones, nos sacaron de la fortaleza en fila y nos condujeron por el sendero en pendiente, hacia donde se arracimaban las multitudes que componían el inconmensurable ejército moro. Ya se habían levantado las tiendas y empezaba a marchar la cabeza de la ingente masa humana, hacia donde nacía un sol amarillento, velado por las brumas y la polvareda. Como una riada oscura, la masa de hombres y bestias se encaminaba hacia Mequinez, la capital de su reino. Y nosotros debíamos seguirla a pie, componiendo una hilera asustada y llorosa.

Caminábamos despacio, pero sin descanso, por los llanos, por los cerros, por senderos serpenteantes, pasando entre alamedas, atravesando olivares, labrantíos, barbechos, cruzando ríos, por vados, por encima de viejos puentes... Hacíamos noche en cualquier parte, dondequiera que encontrásemos un prado, un terreno uniforme, una vaguada... Nos daban de comer, aunque poco, como el agua; siempre a destiempo. Cuando hallábamos un manantial, bebían hasta las bestias antes que nosotros.

No solamente la gente de La Mamora íbamos cautivos en aquella caravana; el ejército había ido juntando prisioneros por otras conquistas: negros, blancos, morenos, trigueños, beréberes, alárabes, montañeses, gentes de las riberas, aldeanos... No sé con exactitud cuántos sumábamos en total; pero creo recordar que por lo menos dos mil. Como todos éramos propiedad particular del sultán, nadie se atrevía a maltratarnos, siempre que fuéramos dóciles y diligentes en la marcha. Pero había muy poca caridad y casi ninguna humanidad entre unos y otros; iba, como se suele decir, cada uno a lo suyo. Y por las noches había que tener mucho cuidado porque en la oscuridad se movían sombras sospechosas y algunos desalmados pasaban entre los cuerpos, buscando a las mujeres jóvenes para su provecho. Así que yo no dejaba a Fernanda y a doña Matilda ni a sol ni a sombra, porque me daba cuenta de que las remiraban los hombres, con la lujuria asomándoles por los ojos.

Algunos incluso, ya fueran soldados o prisioneros, se acercaban con el mayor de los descaros a Fernanda y le preguntaban en lengua española bien entendible:

—¿Tienes marido, guapa? ¿Necesitas esposo?

Me hervía la sangre y a punto estuve de hacer un desatino, si no hubiera sido porque se hallaba siempre cerca el Ceutí, que me templaba diciendo:

—Calma, calma, Cayetano... No te pongas en peligro, que aquí el que levanta el gallo acaba desplumado.

Pero ya el alcaide se iba preocupando por lo que les estaba pasando a las mujeres. Y como para evitar males mayores, nos reunió una tarde, cuando nos encontrábamos detenidos en un páramo al final de la jornada, y nos habló muy sabiamente, instruyéndonos acerca de lo que debíamos y lo que no debíamos hacer para no tener problemas con los moros.

—Mucha paciencia —nos dijo—, mucha paciencia y humildad hay que tener; siempre con sumisión, con acatamiento; no olvidemos que ellos son ahora nuestros amos, que somos prisioneros y que no consentirán la mínima actitud de soberbia o rebeldía. Pensad en todo momento en el rescate, poned en él todas vuestras esperanzas... Confiemos en que pronto nos enviarán a alguien que pagará el precio de nuestra liberación. El gobernador así lo juró.

—¿Adónde nos llevan, alcaide? —le preguntaban—. ¿Está muy lejos? ¡Estamos cansados!

—Nos llevan a Mequinez, donde el sultán tiene la capital de su reino. No está lejos; dentro de cuatro o cinco jornadas de camino habremos llegado... Yo he estado allí y lo conozco bien. No tengáis miedo, compadres, no es mal lugar aquel... ¡Sobreviviremos!

—¡Dios te oiga, alcaide! —exclamó una mujer—. ¡Quiera Dios que vengan pronto a rescatarnos! Pero no dejes que nos perjudiquen estos moros... A las mujeres no nos dejan en paz ni un momento... Cada día se están poniendo más pegajosos...

Y todas allí empezaron a contar sus peripecias: cómo eran solicitadas por los hombres, cómo las observaban, les hablaban e incluso llegaban a toquetearlas...

Esta situación creaba mucho malestar, confusión y desasosiego; mucho más que tener que caminar cada día bajo el sol, con hambre y con sed. Solamente aquellas mujeres que estaban acompañadas por sus maridos se veían libres de este acoso. Por eso yo permanecía constantemente al lado de Fernanda y lo mismo hacía con doña Matilda; para que en ningún momento las vieran solas y desprotegidas.

El Ceutí meditó sobre este asunto peliagudo, muy preocupado, y finalmente propuso:

—Hagamos una cosa: hagamos matrimonios, establezcamos parejas de maridos y mujeres entre nosotros.

—¿Qué quieres decir con eso, alcaide? —le preguntaron con extrañeza—. ¿Cómo que hagamos matrimonios? ¿A qué diantres te refieres?

—Muy sencillo —respondió—. Se trata de algo elemental. ¿No os dais cuenta de que nadie se acerca a las mujeres casadas? Ya os dije que los moros son temerosos de Dios, a su manera. ¡No son salvajes! Tienen sus leyes, sus costumbres, sus respetos... Los hombres y mujeres de la religión mahomética también se casan, igual que nosotros, como todo el mundo. Y conocen muy bien la palabra «pecado». El adulterio está prohibido para ellos, igual que para los cristianos, y está muy mal visto y duramente castigado. Por eso no se arriman a las mujeres casadas, sino únicamente a las solteras. Así que está claro: ¡hagamos matrimonios! Formemos parejas entre todos los hombres y mujeres solteras que aquí estamos y de esta manera evitaremos el desagradable arrimarse y el agobio que sufren esas pobrecillas.

—¡Pero qué cosas dices, alcaide! —replicaron—. ¿Cómo vamos a casarnos, si no tenemos curas? ¿Cómo vamos a hacer eso? ¿Quién celebrará las bodas?

—Creo que no me habéis comprendido bien —contestó el Ceutí, sonriendo lacónico—. ¡No hace falta casarse de verdad, mentecatos! Bastará con que finjamos los matrimonios, para que nadie parezca soltero... ¿No comprendéis, compadres? Es muy sencillo: se componen las parejas y, a partir de ahora, cada marido con su mujer...

Le miraban con tanto estupor, que tuvo que explicarlo un par de veces más. Hasta que se hartó el alcaide y acabó gritando:

—¡Hay que ver qué memos sois, compadres! Naturalmente que no es necesario que se metan mano los maridos y las mujeres, bastará con que se acuesten el uno al lado de la otra para que los moros vean que están casados...

—¿Entonces no podemos tocar a nuestras mujeres? —preguntó uno que estaba casado de verdad.

—¡Me cago en...! —bramó el alcaide—. ¡Me refiero a los solteros que fingen estar casados! Los casados de verdad pueden hacer lo que les dé la gana... ¿Tan torpes sois?

—Pues no lo entiendo, alcaide...

—¡Idos a la mierda!

8. LOS FALSOS CASAMIENTOS

Finalmente, después de muchas explicaciones, de porfiar, de refunfuñar unos y otros, se acabó comprendiendo que la solución que proponía el Ceutí era muy acertada. Se concertaron pues los fingidos matrimonios, emparejando a todas las solteras para que ninguna quedase sin marido y a merced de los molestos requerimientos de amor por parte de los moros. Costó trabajo poner de acuerdo a unos y otras, porque, encima, tenían sus preferencias o sus prejuicios a la hora de aceptar al marido asignado; y hubo riñas y algún que otro tirón de pelos.

—¡Demonios! ¡Poneos de acuerdo de una vez! —se exasperaba el alcaide—. Si esto es solo para salir del paso —repetía una y otra vez—. ¡Contentaos ya, carajo!

Aunque estábamos agotados, famélicos y soportando una gran tribulación, aquello tenía cierta gracia. Al menos a mí me lo parece ahora que ha pasado el tiempo. Había algunas mujeres encantadas con el marido que les tocaba en suerte; se les veía en las caras, en el rubor de las mejillas, en el brillo de los ojos. Y lo mismo pasaba con los hombres, que incluso llegaron a jugarse a los dados a las más lozanas.

Yo me puse con Fernanda, como era natural, feliz a pesar de todo, como ella con ser mi esposa. Pero a doña Matilda, que estaba muy solicitada, se la rifaron y le correspondió un castellano de Burgos, bobalicón, palurdo, montuno...

—¡Ni hablar! —protestó el ama enérgicamente.

En fin, al final acabó emparejada con don Raimundo por propia voluntad, aunque de mala gana, ya que nadie terminaba de convencerle.

Y el administrador se puso muy contento, complacido por resultarle útil a ella, su admirada patrona.

—Yo cuidaré de vuestra merced, doña Matilda —decía—. Ya verá como nadie se acerca; ya verá qué buen marido soy yo...

De esta manera, emparejados, tratando de ayudarnos unos a otros, aguantamos cuatro jornadas de camino por aquellos campos extraños, tragando el polvo que dejaba tras de sí el ejército; con la mugre adherida al cuerpo, las ropas hechas jirones, quemados por el sol, abrasados por el aire seco, malcomidos y llenos de incertidumbre. Porque eso era lo peor: el no saber qué iba a ser de nosotros y cómo sería la vida en aquel ignoto lugar a donde nos conducían.

Hasta que una mañana, de repente, apareció al remontar unas lomas un valle verde, y Mequinez allá abajo, entre palmerales y arboledas. Unas murallas altas, doradas, envolvían el conjunto de la ciudad; se veían casas de desigual altura, unas con tejados, con azoteas otras; esbeltos alminares, tapias, grandes y compactas edificaciones, palacios... Si no fuera por la fatiga y la aprensión que llevábamos, la visión hubiera resultado hermosa: con las montañas al fondo, las lomas áridas, pardas; los caminos blanqueando entre los huertos, los olivos, almendros, naranjos...

La muchedumbre guerrera, en cuya cola íbamos los míseros cautivos, marchaba camino de la puerta principal de las murallas, siendo recibida por un abigarrado gentío que la estaba esperando, clamoroso, extendiéndose por una gran explanada, formando un colorido panorama en el que destacaban los lánguidos camellos, las vestimentas de todas las tonalidades, los borricos, las aguaderas, los mantos, los capotes, las chilabas rayadas, los turbantes...

LIBRO IX

Libro IX

Trata de lo que hallamos en Mequinez, la ciudad del sultán Mulay Ismail, y de las duras prisiones que allí sufrimos los cautivos españoles de La Mamora

1. MEQUINEZ

Era una hora tardía y penumbrosa cuando hicimos nuestra entrada en Mequinez; el polvo, la pesadumbre, el cansancio, la media luz del ocaso y la envolvente muchedumbre que se dispersaba no nos dejaban ver con nitidez los contornos. Así que muy poco puedo referir de la primera impresión que me causó la ciudad. Recuerdo el terreno arcilloso, las murallas terrosas, muy altas, de unos quince pies de elevación; la perspectiva mirada desde el camino, con sus torres, las tapias, las puertas, los olivares... Vi mucha gente, incontable; no creo que haya visto en mi vida a tanta junta; hombres de todas las edades, vestidos de mil maneras; aunque la mayoría con la aljuba rayada, que era la propia del lugar, corta hasta media pantorrilla, holgada, y el manto marrón sobre los hombros. Las mujeres, enteramente cubiertas de la cabeza a los pies, dejaban ver solo sus ojos y algo de la nariz; los niños, casi desnudos.

Después de pasar bajo el gran arco de entrada, la masa guerrera dobló hacia la derecha por un amplio adarve y desapareció lentamente rodeando los espesos muros. A los cautivos entonces nos condujeron por una especie de túnel, un conducto oscuro y estrecho que nos introdujo en un dédalo de tapias, por encima de las cuales asomaban palmeras y naranjos. Cruzamos lo que parecía ser una plaza pública, o tal vez un mercado, porque había vendedores en todas partes: verduras, legumbres, carnes, tortugas, lagartos... Nos miraban con cierta indiferencia, acostumbrados como estaban a ver pasar cautivos frecuentemente. Vi caras compungidas y caras risueñas... Había mendigos, centenares de ellos, cojos, lisiados, ciegos, mancos...; legiones de harapientos merodeando por los arrabales. El barullo dominaba las calles, por donde éramos llevados como en vilo, con frecuencia a empujones, presionados por los de atrás, apretujados contra las ancas de las acémilas y los asnos, contra las paredes, contra montones de escombros, tenderetes, maderas viejas, toldos polvorientos... Y así iba cayendo la noche sobre nosotros, a medida que penetrábamos en los recintos interiores que servían para tener encerrados a los cautivos...

Pero, antes de ir más lejos, bueno será describir con algunos pormenores cómo era aquel Mequinez del que tantas y tan asombrosas cosas se cuentan, las cuales algunas son verdades, otras exageraciones y las más de ellas simples invenciones y patrañas.

Cierto es que, después de ser proclamado sultán, Mulay Ismail había llevado la ciudad a su mayor gloria. Ahora era la capital del reino y la residencia de los principales magnates. Pero, con el fin de impresionar al mundo e instalar su residencia en un solar digno de ser el centro de un imperio, el pretencioso sultán llevaba diez años atosigando a su gente para concluir unas reformas emprendidas en el año 1672, cuando a la muerte de su hermano se hizo con todo el poder. Mandó destruir la anterior alcazaba y una parte de la antigua medina para levantar aquella gigantesca muralla con más de cien torres y dotada de monumentales puertas; hizo construir mezquitas, baños, palacios, bastiones para su guardia, graneros, cuadras de caballos, jardines...; y dispuso que se fortificara un extenso recinto, un gran presidio, donde tener a buen recaudo a sus prisioneros... Porque Mequinez era el reino de los cautivos; diríase que estos eran más numerosos que los ciudadanos libres. ¿Y quién si no hubiera podido afrontar el sacrificio que suponía hacer tantas obras hechas en tan poco tiempo? Pronto nos enteramos de que treinta mil hombres esclavos se habían afanado durante una década cotidianamente, sin descanso, para levantar el inconmensurable laberinto de alcazabas que componía aquella ciudad fortaleza, habitada en su conjunto por un total de sesenta mil almas, de las cuales la mayor parte vivía fuera de las murallas, en los aduares, junto a los arroyos, en las montañas cercanas y en los poblados de pastores de las llanuras, y acudían solamente a los mercados, durante las fiestas y a pagar los tributos que les exigían los recaudadores del tesoro del sultán.

2. LA VIDA EN EL CAUTIVERIO

De toda aquella grandeza de la cual contaban maravillas, de la hermosura de los jardines y los palacios, nada vimos de momento. Porque fuimos conducidos al interior de las prisiones. Allí, debilitados, enajenados casi, nos tuvimos que conformar alzando los ojos hacia lo único que se veía por encima de los altísimos muros: el firmamento intensamente azul por el día y sembrado de estrellas durante las noches. En aquel apestoso y desangelado lugar, hacinados como si fuéramos ganado, permanecimos doce semanas, que se nos hicieron una eternidad por tener que malvivir con una pobre y única ración de alimento al día; comidos de piojos, moscas, mugre y sarna. En fin, ya digo, como animales...

Poco se puede contar de aquella mísera existencia, porque nada de particular sucedía, excepto el monótono transcurrir de las jornadas, desde el amanecer hasta el ocaso. Al menos estábamos protegidos, en quietud, no teníamos que caminar y nadie venía a incordiarnos. ¡Y nos manteníamos juntos!

No obstante, no todo fue caos durante el encierro. A pesar de la aglomeración y el poco espacio en que hacíamos la vida unas dos mil personas, reinaba entre nosotros cierto orden. La mayoría éramos cristianos; gente de diversos orígenes, condiciones y suertes. También en aquel purgatorio contaba el linaje, la cuna, la posición y la hacienda que se poseyera en España. Porque todos allí albergábamos la esperanza de ser rescatados un día y regresar, y recuperar aquello que por el momento considerábamos perdido. Todo se anotaba a cuenta para el incierto futuro: los favores, las mercedes, los préstamos de servicios...; todo se compraba y se vendía fiado, por si algún día podía cobrarse en efectivo...

Había en el cautiverio sus autoridades: alcaides, jueces y alguaciles. Toribio de Ceuta siguió mandando sobre el grupo de La Mamora, como así fue acordado y refrendado en su día. Él continuaba en su potestad con denuedo, con auténtica vocación; aun siendo analfabeto, pequeño y jorobado. Nos dirigía frecuentes admoniciones, nos defendía mediante sus rudos subalternos, nos daba ánimos y ponía paz entre nosotros cuando había disputas.

No sé de dónde le venía al Ceutí aquel empeño en el mando, pero no pondré en duda su valía y su temple, providencial para quienes estábamos tan abatidos y desorientados.

Reuniéndonos nada más llegar, nos lanzó un largo discurso, como una arenga, para mantenernos organizados:

—Compadres —empezó diciendo—, ya estamos en Mequinez, cautivos, como bien sabíamos que tendríamos que estar después de rendir La Mamora. Esto es lo que hay, esta es nuestra suerte... Desesperándonos nada conseguiremos... Esto es cuestión de paciencia, nada más y nada menos que eso: cuestión de paciencia y de no perder las esperanzas. No queda otra que encomendarse a Dios y esperar que vengan muy pronto a rescatarnos...

—¿Cuándo crees que será eso, alcaide? —le preguntaron—. ¿Tardarán mucho?

—Ah, eso solo Dios lo sabe... Ojalá, compadres, pudiera deciros algo sobre ese menester... Pero lo ignoro; no soy adivino... Únicamente puedo deciros que lo peor aquí será dudar... Yo ya me he visto en este trance y os aseguro que se puede salir adelante; se puede sobrevivir, con astucia, con asentimiento; sin venirse abajo, sin dejarse arrastrar por la melancolía... Pero tampoco confiando ingenuamente que será mañana, pasado mañana o dentro de una semana cuando vendrán a liberarnos... Pensar eso es una necedad. Mejor es hacer la vida sin poner fechas y, el día menos pensado, ¡la libertad!

—¡Ay, Dios te oiga! —exclamó una mujer—. ¡Parece que lo estoy viendo!

—Pues deja de verlo —repuso él—; porque pasará el tiempo... y te desilusionarás cuando menos lo esperes. Ten confianza, pero no te impacientes...

Se hizo un silencio mortal, como un vacío en el que todos allí podíamos sentir ese tiempo perdido, extinto, fugado...

3. CAUTIVOS, PERO, GRACIAS A DIOS, EN FAMILIA

A todo se hace uno, por duro que sea, cuando hay fe... Pero sin ese don, ¡qué difícil es a veces vivir! Era triste ver cómo algunos perdían los ánimos y enloquecían. Esto les pasaba sobre todo a los que se encontraban más solos, más aislados, más perdidos... Porque los lenitivos del cautiverio son la compañía, el consuelo, el calor humano...

Ya nos lo advirtió el Ceutí:

—Aferraos a la amistad, al compañerismo y al cariño de los otros. Porque solos no llegaréis a ninguna parte en este navegar a la deriva por los días, las semanas y los meses, sin rumbo y en desamparo. Si permanecemos unidos, aguantaremos hasta el final.

Y veló nuestro alcaide desde el primer momento para que se mantuvieran unidas las familias, para que no se separasen los grupos naturales de amigos ni se disgregasen las tropas, cofradías y tripulaciones de marineros que un día habitaron San Miguel de Ultramar. Por otro lado, a los que no tenían a nadie se les buscó acomodo y compaña.

Los niños, más que nadie, ¡qué pena daban! Era muy lastimoso verlos en aquel mundo, sin más horizonte que los fríos muros y aquel polvoriento patio donde se condensaba tanta indigencia, enfermedad y mortandad humana. Por eso era menester tratar de que todos ellos encontrasen quien les proporcionase cuidados y cariño. Así que los repartimos entre todos. A los que andaban huérfanos sin padre, sin madre, ¡sin nadie!, los acogimos como si fueran nuestros.

Y aquel pequeño de ocho años, el monaguillo que descorrió la cortina del Nazareno, nos correspondió a nosotros, al ama, a don Raimundo, a Fernanda y a mí, que verdaderamente habíamos llegado a ser una auténtica familia. Su nombre era Doroteo, pero le llamaban Dorito. Andaba el pobre de aquí para allá, como un perrillo vagabundo, pegándose a unos y otros, sin que nadie terminase de ocuparse de él del todo; lo cual era de comprender, porque casi no se le oía quejarse, menudito como era, y porque tampoco daba mucha guerra el pobrecillo; se ponía por allí, a la sombra de los que le hacían algo de caso, y como todo el mundo estaba demasiado preocupado por sus propios problemas, casi no se reparaba en su presencia y soledad. Así que Fernanda empezó a darse cuenta de que estaba desnutrido, mocoso y lleno de sarpullidos; de que no tenía quien le amparase, aun siendo tan pequeño. Y un día, comprobando que verdaderamente estaba solo del todo, le preguntó:

—¿Y tú, Dorito, no tienes madre?

El niño puso cara extrañada, con esos ojos azules tan abiertos, el pelo rubio apelmazado y la naricilla roja requemada, sin contestar nada.

—¿No tienes madre? —insistió ella.

—Yo sí —respondió al fin, con timidez.

—¿Y dónde está?

—No lo sé...

—¿Cómo que no lo sabes? Si tienes madre, en alguna parte estará... ¿No es ninguna de las mujeres que hay aquí?

—No, ninguna.

—Entonces... ¿Dónde está tu madre?

Se encogió de hombros él, con una sonrisita de despiste.

—¡Ay, Dios mío! —exclamó conmovida Fernanda—. ¡Tú no tienes madre!

—Sí que la tendré —dijo el niño—; pero no sé...

Fernanda se echó a llorar, le abrazó, le llenó de besos...

—¡Ay, criatura...! —sollozó—. Pero... ¡Dorito! ¡Mi niño! ¿Por qué no lo has dicho? ¿Por qué no...? ¡Tú te quedas conmigo a partir de hoy! ¡Tú te quedas con nosotros!

Luego estuvimos preguntando y nos enteramos de que el pequeño había sido comprado en Salé por un comerciante de zapatos, que luego se lo vendió en La Mamora a un viejo tullido, que acabó muriéndose, y que finalmente lo habían recogido los frailes. En fin, con este ejemplo se podrá hacer una idea de lo que pasaba; de la precariedad y la malandanza humana que nos rodeaba.

Fernanda llevó a Dorito al lado del pozo, sacó agua, lo lavó, le buscó por donde pudo algo de ropa, se la arregló y lo puso como nuevo, si es que allí algo pudiera parecer mínimamente decente... Pero, del antes al después, ¡daba gloria verlo!, como un muñeco, tan aseadito y tan contento. Y ella después se fue directamente al alcaide y le dijo:

—A Dorito lo cuidaré yo a partir de hoy. ¿Le parece bien a vuaced?

—¿Y cómo va a parecerme mal? —respondió el Ceutí—. Eso es lo que tenemos que hacer: ocuparnos los unos de los otros. ¿O no es lo que vengo diciendo desde el principio? —Y, después de quedarse pensativo un momento, añadió—: Pues ya tenéis hijo Cayetano y tú, mujer. Aquí se trata de hacer familias... Así los moros verán que sois de verdad marido y mujer... Porque tú estás de muy buen ver, Fernanda, y no es menester que se piensen que andas soltera... ¿Comprendéis lo que quiero decir?

¡Claro que lo comprendíamos! Seguía el ingenioso juego de los matrimonios apañados... Y a mí me pareció muy oportuno que nos ocupásemos de Dorito; no solamente por el pobre niño, sino también por nosotros, para evitarnos problemas, aunque esté mal el decirlo...

Así que, desde aquel día, la cosa quedó de la siguiente manera: fingíamos que doña Matilda y don Raimundo eran los padres de Fernanda, y por ende mis suegros y los abuelos de Dorito. Había que ver la suerte de engaños que teníamos que urdir para salir adelante airosos, sin problemas: ¡mentiras y enredos! Con el fin de despistar a los moros. Pero bueno es decir que aquello tenía su propio encanto...

Todo era ir pasando lo mejor posible las primeras semanas en un mundo confuso, donde la persona tenía poco valor y se perdía la perspectiva de quiénes éramos cada uno y de los destinos que en otro tiempo creímos nuestros ilusoriamente.

4. FERIA DE CAUTIVOS

Transcurrió un tiempo indeterminado, tal vez dos meses, en el que no hubo más oficio ni tara que sobrevivir en medio del hacinamiento y la miseria, ver la forma de conservar la esperanza y mantener vivos nuestros sueños. Pero más adelante quiso Dios que empezasen a cambiar las cosas; no digo que para mejor, pero al menos comenzaron a cambiar...

Era pleno verano, sería ya julio, cuando aparecieron por allí los intendentes que el sultán tenía nombrados para gestionar los asuntos de sus cautivos. Venían con sus secretarios y escribientes; hombres muy duchos en la industria de poner en tareas varias y sacarles partido a toda aquella masa humana que consideraban propia y susceptible de producir beneficio. Hasta entonces no se habían preocupado de nosotros porque todavía andaban muy afanados en las campañas guerreras, las conquistas, los saqueos y la cosecha de más cautivos; porque su avidez de apresar gente parecía ser insaciable... Estos administradores hicieron recuento, inspeccionaron y tomaron buena nota de la importancia y número de cuantos estábamos allí; valorando en consecuencia las ganancias que se podían obtener con los rescates y, en su caso, de la aptitud para el trabajo de los hombres más sanos y fuertes.

La supervisión fue lenta, minuciosa y, como se comprenderá, harto humillante. Uno por uno, nos hacían pasar por un examen, en el cual valoraban el origen, la edad, las fuerzas físicas, la salud, las cualidades personales... Nadie se libraba de la agraviante observación de sus ojos escrutadores, de las preguntas, del manoseo, de tener que enseñar hasta los dientes y las vergüenzas... A ellos tuvimos que contarles todo: quiénes éramos, de dónde veníamos, el valor en su caso de los bienes que poseíamos en España; nuestros oficios, nuestra hacienda, nuestras habilidades y la consideración que teníamos cuando fuimos hombres y mujeres libres. Porque, en suma, nuestro cautiverio constituía la base de un negocio, de un sustancioso modo de obtener pingües ganancias.

Y el alcaide, que era conocedor de la urdimbre del negocio, nos explicó lo que iba a pasar después del reconocimiento que duró varias jornadas completas.

—Compadres —nos dijo—, aquí todo sigue su orden; el que mandan las leyes del cautiverio. Somos mercancías, nada más... Y ahora vendrá el repartimiento...

5. EL REPARTIMIENTO

—Aquí hacen las cosas siempre de la misma manera, —explicó el Ceutí—. Esto es un negocio y, como tal, tiene su propio método. ¿No os dije que yo ya he estado aquí y que conozco bien el percal? Pues bien, dejadme que os advierta de lo que ha de venir... Llevamos aquí en las prisiones más de dos meses, compadres, aunque os parezca que ha pasado una eternidad... Durante todo este tiempo, ellos, los moros, se habrán hecho sus componendas. O sea, que habrán estado con las cuentas, los cálculos, los números...; porque tienen que saber muy bien con qué ganado cuentan: ya que, para ellos, nosotros somos solamente eso: ganado; género del que esperan obtener sus ganancias. Y los beneficios que pueden sacar de nosotros han de venirles principalmente por tres vías: la primera, el rescate, los dineros que piensan exigir a cambio de nuestra libertad; la segunda vía será nuestro trabajo, todo aquello que podamos hacer para ellos y que les resulte útil... Lo que significa que cada uno de nosotros deberá ejercer aquí un oficio. ¿Por qué creéis que os preguntaron en la inspección los intendentes quiénes erais, lo que sabíais hacer, si teníais habilidades o experiencias? Ni más ni menos porque quieren sacar provecho de nuestras personas...

Escuchábamos muy atentos, por lo que nos convenía, esperando que aquellas lecciones del Ceutí nos sirvieran para aliviar nuestra situación en ese dichoso repartimiento, que todavía no sabíamos a ciencia cierta ni lo que era ni cuándo iba a ser.

—Alcaide —le pregunté yo—, ¿y qué hay de la tercera vía? Nos acabas de decir que los moros buscan sacar beneficios de nosotros por tres vías; has nombrado las dos primeras, ¿y la tercera?

El Ceutí se puso muy serio; arrugó el morro, carraspeó y luego contestó, guiñando el ojo:

—Tienes razón, Cayetano; tres vías son, en efecto, o sea, tres maneras de ganar dinero a nuestra costa. Pero la tercera... En fin, la tercera me la callaré, no sea que os cause desazón...

Se levantó un gran murmullo entre los cautivos, que se sintieron descontentos por esta explicación, desconcertados y nada conformes con que se les ocultara la tercera vía. Así que yo me lancé y le dije:

—No nos dejes así, alcaide, con ese misterio suspendido en el aire... Ya que has empezado diciendo que las vías eran tres, debes decirnos la tercera; si no, haber dicho que eran solo dos...

Se lo pensó y, al cabo, contestó:

—Está bien, lo diré... Pero, compadres, temo que os desaniméis, ya que la tercera vía es la peor para nosotros...

—¡Dilo de una vez! —le instó la gente.

—¡Nos tienes en ascuas!

—¡Habla y no te calles nada!

El Ceutí, circunspecto, entrelazó los dedos sobre su barriga, y dijo:

—Compadres, si estos moros de Mequinez no lograran sacarles a nuestros compatriotas y familiares de España todo el dinero que esperan, nos venderán como esclavos. Eso es lo que hay, compadres...Ya lo he dicho...

A estas palabras del alcaide siguió un silencio mortal, roto solo por algún que otro suspiro. Esa tercera posibilidad era la más terrible.

Y el Ceutí, viendo el efecto que había causado en nosotros conocerla, prosiguió:

—Pero... ¡no os preocupéis, compadres! Eso no va a pasarnos, porque pagarán nuestro rescate...

—¡Ah, Dios te oiga!

—Dios se apiade de nosotros.

—¡Pagarán! ¡El gobernador lo juró!

El alcaide sonrió al vernos esperanzados y continuó:

—Y ahora, compadres, explicaré qué es eso del repartimiento, porque a buen seguro va a ser muy pronto, tal vez mañana o pasado... Ya habéis visto cómo nos han examinado y preguntado. Pues bien, el repartimiento tiene que ver con eso: ahora vendrán los intendentes y nos sacarán de aquí para repartirnos entre la gente rica y principal de Mequinez, para que trabajemos para ellos, para que les sirvamos y para que, en su momento, les paguemos una parte de nuestro rescate por los gastos que harán nuestros amos en el mantenimiento de nuestras pobres personas. O sea, que, encima de que vamos a trabajar sin cobrar nada, deberemos pagarles nosotros a ellos...

—¡Qué descaro!

—¡Qué sinvergüenzas!

—¡Qué villanía!

El alcaide meneó la cabeza lacónico, resignadamente sonriente, y sentenció:

—Esto es lo que nos toca en suerte, compadres, esta es la vida del cautivo...

6. ¡FRAILES!

Esperábamos el dichoso repartimiento con una mezcla de sentimientos: con vacilación; debatiéndonos entre el anhelo esperanzado y el miedo receloso; lo primero, porque ya estábamos muy cansados de estar en aquella prisión desamparada, como gallinas en un corral; y lo segundo, porque al menos allí estábamos juntos y en cierta manera organizados, ayudándonos unos a otros, mientras que no sabíamos dónde podían llevarnos y con quién.

En esta incertidumbre pasaron algunas semanas más, aguantando un calor tremendo, que nos agotaba y que nos iba dejando sin ánimos, sin ideas y hasta sin ilusión, embotados, permanentemente agobiados por enjambres de moscas de día y por ejércitos de chinches por las noches.

Y el alcaide, al ver que tardaban en repartirnos, se preguntaba extrañado:

—¡Qué raro...! ¿Por qué no harán ya el repartimiento? No sé qué estarán pensando estos demonios de moros... La última vez que yo fui cautivo hicieron el reparto al mes de estar aquí...

Porque Toribio de Ceuta había sido cautivo dos veces más en su vida, además de esta, y la última vez que estuvo en Mequinez fue durante su segundo cautiverio, hacía solamente tres años. Por eso sabía tanto de estos menesteres; digamos que era un cautivo veterano. A pesar de lo cual, le habían salido mal los cálculos y eso le tenía en un sinvivir.

Hasta que una mañana se produjo una novedad que nos llenó repentinamente de esperanzas.

Todo comenzó cuando alguien empezó a gritar:

—¡Frailes! ¡Frailes! ¡Alabado sea Dios! ¡Vienen los benditos frailes a rescatarnos!

Se armó un revuelo enorme. Todo el mundo se puso en movimiento, alborotado, sin que supiéramos de dónde venía el aviso ni quién lo proclamaba con aquellas voces que seguían anunciando:

—¡Frailes, frailes, frailes...!

Y en medio de la batahola que corrió hacia las puertas de la prisión, vi al alcaide, apresurado y con la cara desencajada. Le pregunté:

—¿Qué pasa? ¿Qué frailes son esos? ¿Es verdad que nos rescatan?

—¡Qué sé yo! —respondió entre jadeos—. ¡Vamos a ver!

La multitud se agolpaba delante de la puerta, como en una locura colectiva, con los rostros transidos, con lágrimas, con una ansiedad indescriptible... Creían de verdad que había llegado la hora tan esperada: ¡que los frailes venían a rescatarnos!

Vinieron los carceleros con sus varas y empezaron a poner orden. Solo después de repartir algunos golpes lograron que la gente se echara a un lado y que se hiciera cierto silencio temeroso.

Entonces apareció ante nuestros ojos una visión que parecía llegada del mismísimo cielo: ¡frailes! En efecto, había allí frailes vestidos con el bendito hábito de la Orden de la Santísima Trinidad y de los Cautivos, conocidos como trinitarios; los que tenían como misión redimir a aquellos infelices caídos bajo el yugo de la cautividad, los cuales allí éramos ¡nosotros! He ahí el motivo de tanta alegría y entusiasmo.

Porque no era nada aventurado, nada ilusorio suponer que estaba muy cerca nuestra libertad, ya que nadie ignoraba cuál era la dedicación principal de los frailes trinitarios. Por toda España corrían frecuentes noticias de las buenas obras de estos hombres abnegados y santos; de los viajes que hacían a tierras de moros para hallar, consolar y salvar a los cautivos. Sus hábitos blancos y las cruces rojas y azules sobre el escapulario eran signos de redención, de liberación, y su sola vista representaba para nosotros la única posibilidad de salir de la prisión.

Así que los cautivos, al tenerlos delante, no paraban de gritar:

—¡Llevadnos a España, padres!

—¡Sacadnos de esta cárcel!

—¡Caridad, padres! ¡Caridad y libertad!

Imposible describir las sensaciones que se nos despertaron dentro: la esperanza, la ilusión, la alegría... Hasta los que estaban enfermos y sin fuerzas parecieron cobrar bríos y se levantaron de su postración para ir a ver a los frailes.

Costó mucho que se acallasen las voces y que hubiera el silencio necesario para poder oír lo que los benditos trinitarios venían a decirnos. El alcaide tuvo que tomar cartas en el asunto y servirse de sus hombres para calmar a la gente. Y estos, con autoridad, pedían una y otra vez:

—¡Callad! ¡Dejad hablar a los padres! ¡Silencio!

Cuando al fin se pudo conseguir que reinara el orden y que cesara el alboroto, fue el Ceutí quien tomó primeramente la palabra y, dirigiéndose a los frailes, dijo:

—¡Bendito sea Dios, hermanos trinitarios! ¡Venís como caídos del cielo! ¿Qué tenéis que contarnos? ¿Qué noticias nos traéis? ¿Seremos redimidos pronto?

Los dos frailes eran de estaturas semejantes, e igualmente resultaban venerables vestidos de blanco. Aunque uno de ellos, por ser de mayor edad, parecía ser el superior; delgado, reposado y con unos ojos bondadosos. El otro, el más joven de los dos, era pelirrojo, pecoso, asimismo delgado, pero más robusto y de expresión más retraída. Suponíamos que hablaría el primero, el más viejo; pero no fue así, sino que habló el barbitaheño:

—Hermanos nuestros —dijo con una voz taimada—, benditos seáis del Señor...

Yo le oía muy bien, porque estaba delante, apenas a diez pasos de él, pero los de atrás protestaron:

—¡No nos enteramos! ¿Qué dice? ¡Hable más alto, padre, por caridad!

—Hermanos —repitió el fraile—, benditos seáis del Señor... Venimos enviados por el Dios misericordioso, bondadoso y fiel... De Él viene todo don... Él ha de daros la libertad...

—¿Qué dice? —gritaron los de atrás.

—¿Que somos libres?

—¡Aleluya! ¡Bendito sea Dios!

Y se formó de nuevo un enorme alboroto, con alaridos, albórbolas, empujones y gran agitación del gentío.

—¡Silencio! —pidieron de nuevo los hombres del alcaide—. ¡Callaos o vendrán los guardias con las varas! ¡Dejad hablar a los frailes!

Cuando se hubieron calmado, el trinitario pelirrojo volvió a tomar la palabra, poniéndose muy serio.

—¡Hermanos! —dijo con mayor energía—. Comprendemos vuestra impaciencia, vuestra angustia y vuestro sufrimiento. Estamos aquí para ayudaros. Esta es nuestra misión: tratar de que seáis redimidos cuanto antes; daros la libertad que tanto anheláis...

Calló un momento, mirándonos con pena, y luego añadió:

—Pero lamento tener que comunicaros que eso, por ahora, no podrá ser... Todavía no ha llegado ese momento, pero confiemos en Dios...

Un denso murmullo, hecho de suspiros de desilusión, de

quejas y gemidos, se elevó como un lamento fúnebre. Aquellas palabras cayeron sobre nosotros como una lluvia de agua helada. Y algunos preguntaron ansiosos y frustrados:

—¿Y cuándo nos redimirán?

—¡Por Dios! ¡Decidnos cuándo!

—¿Pasará mucho más tiempo?

El fraile juntó las manos, se las puso delante del pecho y contestó compadecido y sincero:

—Hermanos, lo siento, lo siento en el alma... ¡Nada puedo deciros! ¡Ojalá pudiera! Pero nada sé sobre ese menester que no sepáis vosotros... Estoy enterado de que el gobernador de La Mamora juró acudir cuanto antes a los ministros del rey... Pero aquí no se han recibido noticias después... No sabemos si ya se conoce en España vuestro cautiverio. Nosotros somos solo pobres frailes que nos ocupamos del hospital de Mequinez y muy de tarde en tarde recibimos cartas de España... Pero no os desaniméis, hermanos, confiad en Dios y en nosotros. ¡Pedidle a Dios más paciencia! Y en cuanto tengamos buenas noticias, correremos a comunicároslas...

De muy poco consuelo nos servían aquellas explicaciones. Todo eso, en efecto, ya lo sabíamos nosotros. En conclusión, debíamos seguir esperando; no quedaba otro remedio, nada más podía hacerse...

Los frailes traían consigo una carreta cargada con panes y dátiles, que repartieron para mitigar algo nuestro padecimiento: penas con pan son menos... También fueron a ver a los enfermos que estaban postrados o moribundos. Y luego rezaron, nos dijeron nuevas palabras de aliento y nos bendijeron. Se despidieron prometiendo que no nos abandonarían y que enviarían una pronta carta a sus superiores de España para darles la referencia de cuántos éramos y el tiempo que llevábamos en Mequinez.

7. REPARTIDOS Y, A PESAR DE TODO, ESPERANZADOS

Pasó otro mes y algunos días más. Los buenos frailes no se olvidaron de nosotros: venían todos los sábados y los domingos; traían los dátiles y el pan, nos decían misa, nos confortaban con sus sermones y sus plegarias... Pero de la redención no decían nada más que lo que ya sabíamos: era menester esperar, confiar, enviar cartas, no desanimarse... La gente mientras tanto iba desmayando cada vez más, enflaquecida, enferma, moribunda...

Y resultó que, cuando ya nos habíamos olvidado del repartimiento, se presentaron una mañana los intendentes del sultán con un contingente de guardias y los escribientes provistos de sus cuadernos y anotaciones. Todo fue a continuación rápido y atropellado, con voces, malos modos y empujones. Ponían a algunos a un lado, como apartados, y a otros se los llevaban con prisas.

—¡Nos reparten! —exclamó el alcaide—. ¡Por fin nos reparten!

A él le tocó el turno pronto, porque tenía allí sus amistades y vino a sacarlo un moro poderoso para llevárselo a su casa. Cuando le vimos salir, nos quedamos como álamo sin sombra, muy desolados, porque el Ceutí había llegado a ser indispensable a la cabeza de la desgraciada caterva que componíamos aquellos tres centenares de almas provenientes de La Mamora.

Tuvimos que pasar todavía un par de días más en la prisión, llenos de incertidumbre y preocupación, temiendo que pudieran separarnos. Pero, al tercer día, cuando ya se habían llevado a casi todos para repartirlos, vino a por nosotros uno de los carceleros y nos condujo hacia la puerta.

Recorrimos los pasadizos por donde cuatro meses antes nos acarrearon al encierro. Íbamos temerosos, pero a la vez ilusionados, porque el solo hecho de salir de la prisión renovaba en cierto modo nuestras esperanzas.

Yo les iba diciendo por el camino:

—No os preocupéis, nos sacan de aquí... ¡Bendito sea Dios! Nada puede ser peor que este asqueroso lugar... Dondequiera que nos lleven...

Salimos al fin a una especie de plaza, donde había mucha gente, animales, tenderetes, voces, algarabía... Estábamos tan nerviosos y confundidos al vernos por fin en el exterior que no acertábamos a enderezar nuestros pasos, empujados por los de atrás. Yo llevaba de la mano a Fernanda, y ella a su vez tiraba de Dorito; nos seguían el ama y don Raimundo. Y solo una idea me pasaba por la cabeza: que no iba a consentir que nos separaran.

De pronto, mi sorpresa fue enorme cuando descubrí en medio del gentío al Ceutí; muy sonriente, vestido con una aljuba limpia, con los brazos abiertos.

—¡Compadres! —exclamó—. ¡Vosotros os venís conmigo! ¡Vamos, compadres!

Extrañados por aquel encuentro inesperado, nos quedamos maravillados, mirándole, mientras la puerta de la prisión se cerraba ruidosamente a nuestras espaldas, sin que ningún guardia nos incordiase ya ni nadie más nos dijera lo que debíamos hacer.

Miré a un lado y otro. Y en medio de toda aquella confusión, vi cómo se llevaban a otros cautivos; pero a nosotros nadie se dirigía, excepto el Ceutí que seguía diciendo:

—Pero ¿qué os pasa, compadres? ¿No me oís? ¡Vamos! ¿Qué hacéis ahí parados? ¿Queréis acaso que os vuelvan a meter en la cárcel?

—¿Adónde vamos? —le pregunté en mi desconcierto—. ¡¿Somos libres?!

—¡Ah, ojalá!... Nadie es libre en Mequinez... Pero a partir de ahora estaremos mucho mejor, compadres. Vendréis conmigo a una casa donde nos espera una vida mucho más llevadera... ¡Andando, seguidme!

8. COMO PÁJAROS A LOS QUE LES HAN ABIERTO LA JAULA

Íbamos en pos del Ceutí por las calles de Mequinez, entre el abigarrado gentío, aturdidos por el ruido, por el colorido, por el movimiento, por percibir los deliciosos aromas de las especias, de las hierbas olorosas, de los jabones fragantes, del almizcle, de las soporíferas esencias... Era como si una oscura cortina se hubiese descorrido repentinamente mostrándonos la maravilla de un mundo vivo y haciéndonos sentir que resucitábamos, después de tanto tiempo como habíamos permanecido en la tumba de la prisión. Y a medida que nos alejábamos del encierro, adentrándonos por el intrincado y misteriosos laberinto de callejuelas, por la angostura de los pasadizos y adarves, nos parecía penetrar en una suerte de ensueño.

Por delante, con sus pasos cortos, desiguales y sin gracia, Toribio nos guiaba, volviéndose de vez en cuando para apremiarnos:

—¡Vamos! ¡Deprisa, compadres, que nos esperan para comer!

Él conocía palmo a palmo aquella infinidad de vericuetos y travesías; caminaba resuelto, sin reparar en la multitud que nos parecía tan amenazante, a pesar de que aquella gente estaba afanada en sus cosas, en comprar, vender y acarrear abastos de todo género; o sencillamente quieta, conversando o entregada al tedio delante de las puertas de las casas.

El Ceutí era pequeño y rengo, pero corría como un ratón, perdiéndose por entre las oleadas de aquella morisma; diríase que estaba imbuido de una energía secreta. Y le seguíamos porque, en medio de todo aquello tan extraño para nosotros, confiábamos a ciegas en él.

Hasta que, de repente, oí gritar a mis espaldas:

—¡Ay, no puedo más! ¡Por Dios, esperadnos!

Me detuve y, al volverme, vi la cara sudorosa de doña Matilda, que estaba parada y doblada sobre sí misma, jadeante, con una expresión aterrada y en extremo vencida por el agotamiento.

—¡Vamos! —le dije.

—¡Ay, que no puedo...! ¡Que no tengo fuerzas...!

Fernanda y Dorito también se habían detenido. Todos estábamos derrengados; ¡tanto tiempo sin apenas movernos en reclusión! Los cuerpos estaban flojos, embotados, famélicos...

—¿Y don Raimundo? —le pregunté, al darme cuenta de que no se le veía por ninguna parte.

—¡Qué sé yo! —respondió el ama—. Se habrá quedado por ahí atrás... ¡Bastante tengo yo con cuidar de mí misma! ¡Si no puedo con el alma...!

—Esperad aquí —dije, mientras iba a desandar el camino en busca del administrador.

Gracias a Dios, lo encontré a pocos pasos, al volver una esquina; estaba el pobre hombre desorientado en mitad de la calle. Lo cogí del brazo y lo llevé hasta donde esperaban los demás. Nuestras cabezas no tenían agilidad para pensar y el poco ánimo que conservábamos no nos permitía grandes esfuerzos.

Y Toribio, que había regresado al percatarse de que no podíamos seguirle, comprendió que debíamos ir más despacio.

—Ya falta poco, compadres —nos animó—. Pronto podréis descansar al fin.

No nos engañaba: apenas tuvimos que recorrer un par de callejas más, doblando alternadamente a izquierda y derecha, y acabamos en una plazuela solitaria, donde rumoreaba una fuente bajo un sicómoro.

—Aquí es —dijo el Ceutí, señalando con el dedo una puerta—. Esta es la casa de mi amigo Abbás *el Bonetero*. Compadres, tenéis suerte... Me habéis caído en gracia y pensé que, cuando llegase el repartimiento, no debíais ir a mal sitio. Yo me ocupé de todo. Porque, como ya os dije, tengo en Mequinez amigos bienhechores. ¡Adentro pues! Que os esperan el baño, buenas camas y un plato con verdadera comida... Aquí vais a estar como en vuestra propia casa...

LIBRO X

LIBRO X

Donde se verá cómo fue nuestra vida en Mequinez desde el día que salimos de la prisión

1. LA AURORA DE LA TRANQUILIDAD

No sé cuántas horas había dormido; me pareció que despertaba de la eternidad. Raras veces sucede ese prodigio, esa magia que te lleva a creer que has vuelto a nacer, porque en la hondura y la nada del descanso profundo es como si se liberara todo el temor, toda la angustia, todo el dolor... y el mundo y la vida fueran de pronto nuevos. Había tenido apacibles sueños; no los recordaba, pero habían dejado en mí el poso de la felicidad. Contribuyendo quizás algo a esto la extrema blandura de la cama, la dulzura de una almohada y la suavidad de una manta de lana... Todavía tenía los ojos cerrados, pero iba sintiendo, no obstante, los contornos de la alcoba pequeña, aseada, discreta, en la que se abría una gran ventana a oriente, dando al patio interior de la casa. El silencio era total...

Mi primer pensamiento cuando salí de aquel ensueño fue de alegría. Experimentaba esa reacción del alma que ya no desea, de manera alguna, retornar a la desgracia; y que la descubre lejana, olvidada... Así, sin querer ver, me iba haciendo consciente únicamente del presente, y abandoné todas mis fuerzas en una espera; no sabía de qué cosa, ni por qué...

Pero, de improviso, la intuición de una presencia me

asaltó inundándome de una felicidad indecible. Entonces abrí por fin los ojos y me encontré con dos rostros impregnados de claridad, dos caritas preciosas... Y como me daba el sol de la ventana directamente, se me figuró que seguía soñando: ¿eran dos ángeles? Para mí como si lo fueran: Fernanda y Dorito estaban sentados a mi lado, mirándome, dorados de limpia luz...

Salté de la cama, me abracé a ellos y lloré, lloré de pura dicha...

Nos hallábamos por fin fuera de la prisión y amanecíamos en la casa de Abbás *el Bonetero*, el amigo de Toribio de Ceuta. Después de tantas penalidades, de la incomodidad y la mugre, de dormir durante meses en el duro y frío suelo, ¡qué maravilla despertar allí!; al abrigo de unas paredes encaladas, frente a un ventanal por el que se veía una pacífica palmera... Y qué felicidad tan grande evidenciar que seguíamos vivos y que permanecíamos juntos. Mi alma quería expresar todo eso y ninguna palabra hubiera sido capaz de manifestarlo, así que mis brazos estrechaban a esas dos frágiles criaturas mientras mis lágrimas fluían con la esperanza y el consuelo... Tal es la juventud: pronto considera inútil el dolor y se enjuga los ojos; porque sigue la vida y no hay más opción que continuar con ella; esto es, ¡vivirla!

2. En la casa de Abbás *el Bonetero*

Toribio *el Ceutí* nos había hecho un favor impagable, logrando que fuéramos acogidos en la casa de su amigo.

De los múltiples destinos que pudieron habernos tocado en suerte en el repartimiento, aquel era sin duda el más beneficioso. No es que supusiera que ya fuéramos del todo libres, porque todavía seguíamos siendo cautivos y propiedad del sultán, pero al menos podíamos vivir en Mequinez con comodidad, sintiéndonos seguros y gozando de la posibilidad de movernos con cierta autonomía. Lo cual, después de haber estado tanto tiempo encerrados entre muros tan altos que solo habría podido remontar un pájaro, suponía una maravillosa y nueva sensación.

Nada más llegar, nos proporcionaron unas estancias propias, nos ofrecieron un baño y nos dieron ropa limpia a los cinco. No hace falta decir que estábamos encantados. Cuando se ha sobrevivido con tan poco, cualquier pequeño beneficio parece un verdadero lujo. Al sentirnos limpios, alimentados y bajo un techo, tan de repente, nos encontramos como en la misma gloria.

No es que la casa fuera muy grande, pero nos parecía un verdadero palacio. La fachada era semejante a las de las demás viviendas de Mequinez: de puro adobe amasado con paja, pero bien lucida con una capa de estuco arcilloso. El ancho portón daba a un zaguán amplio y este a un patio interior, de altos muros, al que se asomaban galerías en sus dos pisos. Al final había otro patio donde crecía una altísima palmera y al que daban nuestras habitaciones. El ambiente interior resultaba fresco, íntimo y cuidado, con muy pocos muebles. La vida se hacía en la estancia más amplia, abierta al primer patio. El suelo estaba cubierto con tapices en los que se distribuían los mullidos colchones que servían como único asiento.

El día de nuestra llegada no vimos al dueño de la casa. Nos recibió una mujer muy dispuesta; alta, voluminosa; los ojos rasgados y las pupilas grandes; la mirada penetrante, como indicio de fogosidad en su carácter. Se llamaba Manola y nos sorprendió que hablara perfectamente el español. Lo cual no era de extrañar, puesto que era española y malagueña. El Ceutí la presentó como la esposa del tal Abbás *el Bonetero*, el dueño, el cual según dijo se hallaba de viaje.

—¡Pobres criaturas! —exclamó ella, llevándose las manos a la cabeza, nada más ver nuestro lamentable estado—. ¡Qué desastre! Lástima de cautivos que tan mal cuidados andan... Estos moros no tienen caridad ninguna.

Y era de comprender su asombro: ¡había que vernos! Estábamos sucios, cochambrosos, con la porquería de muchas semanas adherida a nuestros pobres cuerpos. Mas si fuera solamente eso... Habíamos enflaquecido hasta el punto de parecer esqueletos. A los que éramos por naturaleza más o menos delgados antes del cautiverio se nos notaba bastante; pero a doña Matilda, que siempre fue rellenita, no se la reconocía: parecía otra mujer, con una figura enteramente diferente; el cuello largo y fino, la barbilla afilada, los pómulos marcados y los ojos saltones; por no hablar del talle y la absoluta falta de relleno donde antes hubo redondeces... De igual manera, don Raimundo parecía insignificante, mucho más envejecido y sobrándole la ropa vieja y sucia por todos lados.

El baño fue una experiencia inusitada; algo que ya casi habíamos olvidado. Nos tenían preparada agua caliente, jabón y estropajos, y hasta nos parecía que perdíamos algo muy nuestro cuando, friega tras friega, lográbamos desprender la negra mugre. Pero la mayor sorpresa llegó cuando nos miramos por primera vez al espejo y nos vimos tan flacos.

—¡Ah, esta no soy yo! —gritó con desgarro el ama—. ¡Si parezco una galga!

Luego estuvo llorando durante un largo rato encerrada en su habitación. Nos tenía preocupados.

—Dejémosla, pobrecilla —nos decía Fernanda, que la conocía mejor que nadie—. Todo esto ha sido muy duro para ella, demasiado duro... Y tiene que desahogarse.

Pero don Raimundo, aun estando tan débil, sufría mucho al oírla sollozar; se fue a la puerta del cuarto y le dijo:

—No llores, esposa mía; ya verás como pronto nos rescatarán... Y volverás a engordar cuando puedas comer todo lo que quieras... ¡Anda, esposa, no llores!

Dentro doña Matilda dejó de gemir, abrió con brusquedad la puerta y asomó bramando indignada:

—¡Cómo que «esposa»...! ¡¿Será posible bobada más grande?! ¡Le he dicho a vuaced que no me llame «esposa»! ¡Yo no soy su esposa! ¡Era lo que me faltaba!

Don Raimundo se quedó perplejo, mirándola entre el respeto y el cariño, y añadió sin titubear:

—Aquí somos marido y mujer, Matilda; esas son las normas... ¡No te enojes, mujer!

El ama dio un grito, cerró de un portazo y prosiguió dentro con sus sollozos de desesperación.

Y don Raimundo, volviéndose hacia nosotros, dijo:

—No comprendo por qué se pone así... Ahora que todo se va arreglando; ahora que tenemos una casa... A esta esposa mía no hay quien la entienda...

Fernanda y yo nos miramos llenos de preocupación. Hacía tiempo que veníamos percatándonos de que el administrador parecía no ver la realidad; que de vez en cuando era como si perdiese la razón y dijese cosas incongruentes. Ya en la prisión le habíamos visto como enajenado, confuso y ausente. Y empezábamos a darnos cuenta de que se había tomado tan en serio lo de los matrimonios fingidos que había llegado a creérselo del todo.

Tanto era así que Manola también se lo creyó y resultaba muy difícil hacerle ver la auténtica realidad; porque don Raimundo se dirigía siempre al ama llamándola «esposa» y la trataba como si de verdad lo fuera.

—No me entero —nos decía la mujer de Abbás—. ¿Están o no están casados esos dos?

—No, no —contestaba Fernanda—; ella es viuda y él soltero.

—Pues parecen un matrimonio... Discuten como si de veras lo fueran...

3. SECRETOS Y NEGOCIOS OCULTOS

Habíamos creído en un principio que Toribio *el Ceutí* iba a vivir con nosotros en la misma casa. Eso nos daba mucha tranquilidad. Pero resultó luego que se alojaba en otra vivienda, que al parecer se hallaba lejos de la nuestra. Por ese motivo, antes de irse nos reunió para darnos algunas explicaciones:

—Compadres —nos dijo—, yo no voy a dejar de ocuparme de vosotros. Me voy a otro lugar, pero no dejaré de venir a veros. Aquí, en la casa de mi amigo Abbás, podéis estar tranquilos. Nadie se meterá con vosotros y espero que no tengáis que volver a la prisión...

—¡Ay, Dios mío! —exclamó doña Matilda—. ¡Allí no! Allí no, porque moriremos...

—Esté tranquila vuestra merced —la tranquilizó el Ceutí—. Como digo, ya no tienen por qué temer. Abbás es un buen amigo mío y, aunque se encuentra ahora de viaje dedicándose a sus negocios, su esposa Manola cuidará de vuestras mercedes hasta su vuelta. Ambos, Manola y el Bonetero, son personas de mi entera confianza; nos conocemos desde hace años y estarán encantados de teneros en su casa... Comprendo, compadres, que estéis preocupados, porque todo aquí es nuevo para vosotros y nunca antes os habéis visto en un trance semejante. Pero yo tengo experiencia en estas lides y os aseguro que todo se arreglará; tarde o temprano se solucionará... Cuando regrese Abbás, dentro de algunas semanas, quiera Dios que no tarde mucho más, se arreglarán las cosas. Ya lo veréis, compadres, confiad en mí... Os he traído a buen sitio, Manola cuidará de vosotros.

—Sí —le dije—, confiamos en ti, alcaide; porque no has dejado de ayudarnos... Pero dinos al menos cómo se arreglarán las cosas... Necesitamos saber algo más... ¿Quién arreglará las cosas? ¿Quién se ocupará de lo nuestro? ¿Cuánto tiempo crees que estaremos en esta casa esperando?

Él agachó la cabeza pensativo y con evidente perplejidad. Y yo, al ver que dudaba y que no respondía a mis preguntas, insistí:

—¡Dinos algo, alcaide! ¿Cuánto más hemos de esperar? ¿Qué debemos hacer?

El rostro del Ceutí se sonrojó, perdiendo su habitual seguridad, y respondió turbado:

—Compadres, esto es muy complicado... Por muchas explicaciones que os dé yo, os seguirá resultando muy difícil entender lo que aquí sucede... Todo esto del cautiverio y el rescate tiene su miga... No es fácil... Vosotros no dejéis de confiar en mí y no perdáis la esperanza... Yo me ocuparé de todo, compadres...

No me quedé nada satisfecho con aquella explicación.

Me parecía que había demasiado misterio en sus palabras y me intranquilicé.

—¿Por qué no te explicas con claridad? —inquirí nervioso—. ¿Nos ocultas algo? ¡Dinos de una vez lo que pasa! ¡Necesitamos saber qué se mueve debajo de todo esto! ¡Por Dios, habla!

Vaciló él, resopló, y luego, vencido al fin por mi insistencia, me dijo:

—Está bien, Cayetano, te lo contaré todo... Pero será mejor que hablemos tú y yo a solas en un lugar aparte...

—¡Nada de eso! —protestó doña Matilda—. ¡Nosotros también queremos enterarnos!

—No, no, señora —le dijo él con suavidad—. Haga vuestra merced caso de mí... Hay cosas que requieren su entereza, su estado de ánimo; y vuacedes están cansados y demasiado débiles. Ya se enterarán a su tiempo...

Con estas explicaciones se quedaron conformes, aunque todavía confusos. Así que el Ceutí y yo nos fuimos fuera de la casa, al rincón de la plazuela donde estaba la fuente. Y allí, en la umbría que propiciaba el sicómoro, fui puesto al corriente de un montón de circunstancias y asuntos oscuros que ni siquiera había podido imaginar.

—Lo primero que debes saber —empezó diciendo el Ceutí—, antes de nada, es que no hay otra manera aquí de hacer las cosas que la que te voy a referir. Y debes creerme, Cayetano, sin hacerte juicios precipitados sobre mi persona ni sobre ninguno de los individuos que nombraré... ¿Comprendes a qué me refiero?

—No, no lo entiendo —contesté completamente confundido—, no comprendo nada... ¡Habla con claridad!

Me miró a los ojos con ternura, apreciablemente conmovido, me dio un par de cachetes cariñosos en la cara y dijo:

—Ah, Cayetano, muchacho, no creas que no me duele tener que contarte todo esto... Pero la vida es dura, muy dura, y hay que salir adelante como sea, aunque a veces no nos agrade lo que tenemos que hacer...

—¡Habla de una vez, diantres! ¡Me estás poniendo muy nervioso!

Inspiró con fuerza, como llenándose del ánimo que necesitaba, y dijo calmadamente:

—Bien, hablemos con franqueza, compadre... Esto de los cautivos es un gran negocio, ya sabes eso. El sultán y toda su corte viven ricamente a costa de las ganancias que obtienen por ello. Pero también para la gente más baja y con menos poder: simples comerciantes, artesanos y hasta los pequeños negociantes sacan su tajada... Para toda la gente de aquí es un gran negocio el cautiverio, vuestro cautiverio, el mío... Eso lo sabe todo el mundo y no es ningún secreto, porque a nadie se le oculta y yo mismo os lo he explicado reiteradas veces... La gente en esta ciudad vive de eso; le sacan un gran beneficio... En fin, se han acostumbrado al trapicheo con los desgraciados cautivos y aquí nadie ve mal ese oficio... Pues bien, compadre, me duele mucho tener que decirte esto; pero ya veo que no me queda otra... Estos amigos míos de Mequinez, los que nos amparan en sus casas, no nos acogen por pura caridad cristiana, no lo hacen por desinterés... Sino todo lo contrario: por auténtico y simple negocio, por interés, por ganarse un buen dinerito fácil... O sea, que piensan sacar un beneficio a costa de vuestro rescate, el cual les corresponde en la parte que les toca por teneros a buen recaudo en sus casas, vigilados y mantenidos... Eso es lo que hay, compadre; ya te lo he dicho, aunque me duela...

Me quedé atónito, sin saber qué pensar acerca de lo que

me contaba. Las sospechas acudían a mi mente; así que acabé preguntándole en un susurro:

—Entonces, ¿el Abbás ese ganará dinero a costa de nuestro rescate? ¿Te refieres a eso?

—A eso mismo, ni más ni menos...

—¿Y tú...? ¿Y tú, alcaide, sacas algo de todo esto?

Arrugó el hocico, frunció el ceño, guiñó el ojo y respondió:

—Pues claro, compadre; yo también obtendré en su momento la parte que me corresponde. Me sabe muy mal confesarlo, pero he decidido no andarme con mentiras. Si lo digo, lo digo todo... Aquí todo el mundo saca lo suyo, ¿voy a desperdiciar yo la oportunidad? Yo me ocupo de gestionar los repartos, de entenderme con los que hacen los tratos para decirles cuáles son las piezas más gordas del lote; es decir, para hacer averiguaciones y ponerles al corriente de lo que pueden sacar de cada cautivo. Porque de aquellos que más tienen en España se puede sacar más... ¿Comprendes, compadre? Me duele mucho decírtelo, pero así son aquí las cosas; así es la vida, compadre...

A él le dolería tener que darme aquellas explicaciones, pero a mí me cayeron encima de la cabeza como mazazos. Resultaba que aquel hombrecillo tan dispuesto, a quien considerábamos nuestro bienhechor, no era otra cosa que un aprovechado... Pero, como no terminaba de creérmelo, le dije:

—Alcaide, tú también eres cautivo... ¡Estuviste con nosotros todo el tiempo en la cárcel!

—Sí, compadre, yo también soy cautivo —contestó con aparente sinceridad, llevándose la mano al pecho—. Y yo también tendré que pagar a su tiempo el rescate por mi libertad. Por eso, compadre, debes comprenderme... No tengo bienes, parientes ni hacienda y he de cuidar de mí mismo. Mis amigos de aquí me ayudan, pero yo he de ayudarles a ellos... ¿Lo entiendes, compadre?

Asentí con un resignado movimiento de cabeza, como aceptando sus razones. ¿Qué otra cosa podía hacer? Él lo había explicado con toda claridad: éramos mercancía y nada más. Allí no se andaban con compasión ni contemplaciones. A nosotros nos habían considerado gente rica, y por lo tanto, susceptible de proporcionarles un mayor beneficio. Así funcionaban las cosas entre toda aquella gente de Mequinez que vivía del gran negocio de los cautivos.

Nada podía reprocharle al Ceutí. Al fin y al cabo, conservábamos la vida gracias a él. Nos había protegido, cuidado y orientado en un mundo hostil para nosotros, en el que no hubiéramos podido salir adelante sin su ayuda. Y ahora venía lo más triste: asimilar que no era tan buena persona como suponíamos; que era un simple superviviente que se movía por espurios intereses.

Y como viera él que yo le miraba entre la sorpresa y la indignación, exclamó amigablemente:

—¡Vamos, compadre, no pongas esa cara! ¡No me mires de esa manera! Estáis salvos tu novia, tu ama, don Raimundo y tú, atendidos en una buena casa, bien comidos y a la espera solo de la redención... Que hay que pagar luego..., pues pagáis y en paz. Esto es así... Yo no hago sino tratar de salir adelante...

—Visto de esa manera... —dije irónico, sin salir todavía del pasmo.

—¡Pues claro, compadre! ¡Anda, alegra esa cara!

A estas alturas, y después de haber escapado una tras otra de tantas adversidades pasadas, no iba a desasosegarme aquel descubrimiento, por desagradable que resultase. Pero había todavía cosas que no me cuadraban del todo y, ya puestos, quise saberlo todo acerca de aquel negocio.

—Está bien, Toribio —le dije—, en cierto modo alcanzo a comprender tus razones y no quiero hacerme ningún juicio sobre ti... Pero no acabo de entender cómo se harán luego los tratos del rescate y qué parte tienen tus amigos en todo esto... ¿Quién es ese tal Abbás *el Bonetero* al que todavía no hemos visto? Porque estamos en su casa, atendidos por su mujer, pero a él no lo conocemos en persona, sino solamente por el nombre...

—Yo te lo explicaré, compadre —respondió muy conforme—. Justo es que conozcas hasta el último detalle; que desliemos del todo la madeja, ya que hemos empezado a tirar del hilo...

Entonces me contó con detenimiento cómo se organizaba el negocio de los cautivos; un complicado entramado en el que participaba Mequinez en su conjunto. Arriba del todo como dueño soberano y amo de los destinos y las voluntades de cuantos vivían allí, fueran libres o esclavos, estaba el sultán Mulay Ismail, que había amasado su inmensa fortuna con la productiva industria del cautiverio. Seguíanle en la jerarquía del poder y por consiguiente en el volumen de los ingresos, sus ministros, visires y consejeros. A continuación estaban los magnates del reino, ordenados a su vez en un minucioso escalafón que abarcaba tanto al ejército como a la sociedad civil, incluidos los ulemas, que eran algo así como el clero. Y, por último, siguiendo un exhaustivo orden de beneficiarios, estaba el resto de la población; es decir, cuantos tenían el rango de ciudadanos y súbditos del sultán por ostentar el derecho de vivir dentro de las murallas de Mequinez.

Una vez visto esto, el Ceutí pasó a explicarme cómo funcionaba el negocio.

—Si no hubiese cautivos —dijo—, no tendrían sultán, ni visires, ni magnates, ni ejército, ni murallas... En fin, si no fuera así, ¿qué carajo va a haber en un sitio como este, donde no hay nada más que camellos, cabras y dátiles? De los cautivos ha salido todo el reino, toda la riqueza y la poca gloria que aquí pueda verse. Porque no ha habido en Berbería más trabajo que el de ir a apresar gente, ya sea en los mares, en los territorios vecinos, en el país de los negros o en el mismísimo infierno si fuera menester... Y como la cosa les ha ido muy bien, como puede verse, toda su codicia se centra en cautivar más y más, pidiendo cada vez mayores rescates. Esta gente ya no sabe vivir ni ganarse el sustento de otra manera. De ahí que tengan un ejército nada menos que de ciento cincuenta mil hombres, veinte mil caballos, cuatro mil camellos y solo Dios sabe cuántos burros...

—¡Increíble! —exclamé.

—Ya ves, compadre —continuó—. Y la cosa funciona así: se cosechan los cautivos como si fuesen trigo y se guardan en los «graneros», que son esas prisiones donde nos tuvieron, de las cuales únicamente visteis una mínima parte, pues son harto más grandes, con capacidad para albergar cuarenta mil almas. Aunque, como ya sabes, muchos cautivos, los más afortunados, viven en las casas de los particulares, como vosotros, compadres. Pues bien, una vez que se tiene hecho el agosto, empieza el trapicheo; o sea, enviar gente a los sitios donde viven los familiares y vecinos de los desdichados prisioneros para sacarles el precio de su libertad. Y en ese trato, porfía y regateo es donde intervienen centenares de hombres; negociantes que hacen de su vida un constante ir y venir de los puertos a Mequinez y de aquí a los puertos, para sacarse unas buenas ganancias con el tanto por ciento de las comisiones que les corresponden. ¿Has comprendido, compadre?

—Perfectamente —respondí lleno de asombro—. Ahora ya sé cómo funciona la cosa.

—Muy bien —dijo—, pues ahora te diré quiénes son mis amigos aquí y a qué se dedican. El primero de ellos se llama en cristiano Andrés Pilarón, aunque aquí se le conoce con el nombre de Jalil; el segundo es el dueño de la casa donde vivís, Abbás *el Bonetero*, y el tercero es Ibrahim, conocido como *el Tuerto*, pues le falta un ojo, en cuya casa yo me hospedo. Todos ellos fueron cristianos, bautizados en España, pero acabaron dando aquí con sus huesos, por cautiverio unos y por mercachifleo otros, y renegaron haciéndose mahometanos. Eso, como ya verás, compadre, es muy frecuente en estos lares: son muchos los cristianos, hijos y nietos de cristianos que, por haber sido cautivos y buscar su libertad, o por pura codicia, se dejaron circuncidar y abrazaron la fe de Mahoma. Pero no así yo, compadre; ese no es mi caso, yo nací cristiano y moriré cristiano... ¡Lo juro!

Dentro de todo lo malo que me estaba contando, al menos eso me pareció honrado por su parte. Pero me espanté del todo cuando prosiguió:

—Mis amigos no son mala gente que digamos... Son como todo el mundo aquí; como ya te he referido. Un día empezaron a dedicarse al negocio y hoy ya no pueden quitarse del vicio... En fin, compadre, que viven del trapicheo de los cautivos. Se montan en sus mulas y camellos y se van a las puertas de Ceuta, Larache o Melilla, donde entran en conversaciones con los frailes mercedarios y trinitarios y les dicen quién está aquí y quién no; les indican el rescate que se pide por ellos y acuerdan los pormenores de la liberación. Todo esto, naturalmente, haciéndose pasar por mercaderes cristianos y honrados que fueran allá a sus tratos de mercancías, sin que aparentemente tuvieran nada que ver con lo que hay debajo... ¿Comprendes, compadre?

—Comprendo, comprendo... ¡Miserables!

—Ah, compadre, la vida es así de engañosa, así de cruel... Pero no te enojes, compadre, porque, a fin de cuentas, si no fuera por esos hombres no habría rescate ni libertad. Si no fuera por ellos, ¿qué sería de vosotros? Moriríais aquí después de agotaros como pobres esclavos.

—Pero esos hombres —repuse indignado—, esos amigos tuyos, viven a costa del sufrimiento. Si eso no es maldad, que venga Dios y lo vea... Renegaron de su fe y sus creencias, ¡de su patria!, y ahora se enriquecen con el sucio negocio de trapichear con pobres hombres, mujeres y niños...

—Esto es lo que hay, compadre... No diré que no tengas razón, pero así es la vida...

—Si un día me los echo a la cara... —dije con rabia—. Si Dios quiere que los tenga delante... ¡Buitres!

El rostro del Ceutí se demudó. Y repuso muy serio:

—Mal harías enfrentándote a ellos, compadre. Nada tienes que ganar con eso y, en cambio, te pondrás en peligro tú y pondrás en peligro a los tuyos. Sigue mi consejo, compadre: deja todo como está; no te indignes, no quieras trastocar las cosas... Este mundo está torcido y tú solo no podrás enderezarlo. Así que aguanta, espera y confía en que no ha de pasar demasiado tiempo antes que seáis libres...

Me tomé muy en serio esto último que dijo y creí comprender que me lanzaba un mensaje. Entonces, lleno de entusiasmo, le pregunté:

—¿Por qué dices eso ahora? ¿Sabes algo? ¿Tienes noticias del rescate?

Sonrió con su habitual picardía, guiñó el ojo y respondió:

—Sí, compadre. Esos tres amigos míos, Pilarón, Abbás y el Tuerto, salieron hace tres semanas camino de Ceuta. A estas alturas ya habrán entrado en conversaciones con los frailes... Pronto tendremos noticias... Pero, compadre, sigue este consejo: olvida todo lo que te he contado y, por supuesto, nada de esto refieras a tu novia, a doña Matilda y al viejo. Ellos no tienen por qué desengañarse ni sospechar aquí de nadie; así será todo más llevadero, así estarán más confiados y tranquilos... ¿Comprendes lo que quiero decir, compadre?

Asentí con un movimiento de cabeza y estreché la mano que me tendía, haciéndole ver así que obedecería a las razones de su recomendación. Ciertamente, no era prudente tener problemas precisamente ahora. Y, además, quería librarles a ellos de la gran desilusión que yo acababa de llevarme.

4. UNA MUJER MUY PIADOSA

Nuestra vida de cautiverio siguió en la casa de Abbás *el Bonetero*; la cual para nosotros era más bien la casa de Manola, su mujer; una española de buen corazón, con desparpajo y extraordinaria mano para la cocina. Suponía yo que ella sabría de sobra en qué turbios asuntos estaba metido su marido y que sería conocedora de que los dineros no entraban en aquella casa por la venta de bonetes precisamente... Pero doy fe de que, si lo sabía, lo disimulaba muy bien, ya que nunca mencionó más oficio al referirse al ausente Abbás que el de los bonetes que traía desde Ceuta cada tres meses y que se vendían muy bien —según decía— en Mequinez y sus alrededores.

Nada podía yo reprocharle, aunque sospechase algo, porque era muy buena con nosotros: nos compró ropas nuevas, no nos escatimaba el alimento y se la veía esforzarse diariamente para hacernos felices. Y de esta manera, como en familia, pasaron algunas semanas más sin que tuviéramos mayor preocupación que esperar las noticias de nuestra redención. No dejando Manola pasar un solo día sin que nos dijera llena de convencimiento:

—Anímense vuestras mercedes y tengan confianza; que cuando menos lo esperen volverá mi marido para decirles que ya está todo arreglado en Ceuta y que muy pronto vendrán los frailes a redimirlos. Ya verán cómo no ha de pasar la Natividad del Señor sin que eso ocurra... Y pónganse en manos de Dios y de la Virgen; no dejen de rezar, que eso es muy importante... Ya rezo yo también constantemente pidiendo que no tarde el día...

Y yo pensaba: «Cualquiera que la oiga hablar, diría que es una monja de la caridad y su marido un santo; cuando se van a forrar a costa nuestra.» Porque Manola, a pesar de todo, era muy piadosa. Su esposo se habría hecho mahometano, pero ella tenía a todas horas en la boca a Jesucristo y a su Santísima Madre. Tanto era así, que no faltaba a la misa que decían los frailes a diario en el hospital, a pesar de que no se encontraba cerca de la casa.

Pero, cuando le dijimos que queríamos ir con ella a la misa, nos quitaba la idea visiblemente azorada:

—No, mejor que no salgan a la calle de momento vuestras mercedes; ni aun a misa... Así nos ahorraremos complicaciones; no sea que empiece a verlos la gente y se les excite la curiosidad... Aquí en las ciudades de moros no es prudente que las mujeres anden demasiado por ahí, dejándose ver, y mucho menos si son cristianas y cautivas...

Y tenía mucha razón al aconsejarnos de esta manera.

Bien lo sabía yo, porque Toribio *el Ceutí* me hacía recomendaciones semejantes: andar con discreción, no hacer vida pública, estar en casa recogidos... Recordatorios que me parecían en extremo oportunos para las mujeres principalmente.

Pero, con todo, empecé a sentir mucha curiosidad. Llevábamos demasiado tiempo encerrados y me entraban grandes deseos de salir a las calles para ver cómo era la vida en aquella ciudad y para intentar enterarme de algo. Así que, insistiendo, acabé convenciendo a Manola para que me dejase ir con ella al hospital.

—De acuerdo —asintió al fin—. Pero habrás de vestirte a la manera de los moros, bien cubierto ese pelo castaño con el turbante, e irás caminando detrás de mí, siguiéndome a veinte pasos, para que no piensen que andamos juntos.

Así se hizo. Salimos una mañana muy temprano. En las calles apenas había gente. Caminábamos deprisa, pasando por delante de los talleres de los carpinteros, herreros, talabarteros, tejedores... La vida empezaba cadenciosa a esas horas y los hombres salían adormilados; vestidos con las aljubas rayadas; las barbas crecidas y lentos los movimientos. Las mismas caras tenían los alfareros que vi por la ventana de un sótano, trabajando la arcilla, macilentos, con las piernas desnudas al aire; y, asimismo, los curtidores que revolvían apestosas pieles en grandes tinas o los carniceros que degollaban un carnero en plena calle, dejando correr la sangre por el suelo sucio...

Manola se detuvo al fin delante de un edificio medio en ruinas. Llamó a la puerta, mientras yo me quedaba a diez pasos, sin atreverme a avanzar, cumpliendo con sus indicaciones. Entonces abrió aquel fraile pelirrojo que nos visitaba en la prisión. Ella le dijo algo y luego se volvió para hacerme una seña con la mano. Me acerqué y entré con ellos.

Aquello era el convento de los trinitarios y a la vez el hospital; si es que verdaderamente se lo pudiera llamar de una u otra manera. Porque ni parecía hospital ni convento; era apenas un par de casuchas unidas: en una vivían los frailes y en la otra, acostados en esteras sobre el suelo, yacían los enfermos y moribundos, hacinados y en muy malas condiciones.

El fraile me reconoció enseguida y se asombró al verme limpio, saludable y con mejor aspecto.

—¡Alabado sea Dios, hermano! —exclamó—. Si no pareces el mismo... En apenas un mes te han devuelto el lustre...

—Yo los cuido muy bien, padre —dijo Manola—, ya lo sabe vuestra caridad.

—Sí, Manola, ya lo sé. Ahora es menester que vengan pronto a redimirlos.

—Se lo pido a Dios todos los días —contestó ella—. Y me da la corazonada de que no ha de pasar mucho tiempo... Antes de la Natividad del Señor habrá de ser, padre.

—¡Dios te oiga, hija!

Estando en esta conversación fue llegando más gente, hasta juntarse unas veinte personas. Todos se conocían, pues diariamente se reunían para la misa, ya que eran cristianos; aunque no todos eran españoles, sino que también había franceses y portugueses.

Como no vi por allí al otro fraile, aquel que era más viejo, pregunté por él. Me dijeron que estaba en Fez, ciudad que se hallaba a diez leguas de Mequinez, donde también había cautivos de los que ocuparse.

El fraile pelirrojo se llamaba fray Pedro de los Ángeles; era de Sevilla y llevaba allí ya más de cuatro años, siendo muy querido no solo por los cautivos a los que asistía, sino también por muchos hombres y mujeres libres cristianos, y aun por los moros que le tenían por hombre bueno y virtuoso.

Después de la misa, como le sabía tan ocupado con tantos trabajos como tenía cuidando enfermos y cautivos, me ofrecí a él por si en algo podía ayudarle.

—Claro que puedes ser útil, hermano —me dijo—. Aquí siempre hacen falta manos, porque las tareas nunca acaban. ¿Vendrás?

—No tengo nada mejor que hacer en Mequinez —contesté—. Así que cuente vuestra caridad conmigo.

Y a partir de ese día, sin faltar, acudí cada mañana a la misa y luego me quedaba ayudando, curando las heridas, repartiendo comidas, limpiando o simplemente esperando dispuesto a hacer lo que fray Pedro tuviera a bien mandarme.

5. La liberación de don Raimundo

Sobrevino un tiempo raro, en que nuestra vida fluyó en Mequinez con una calma extraordinaria. A veces incluso me sorprendía por la ausencia de sobresaltos, tan acostumbrados como habíamos estado a vivir en vilo últimamente. Era como si mis pensamientos sobre el pasado reciente se esparcieran involuntaria e imperceptiblemente, sin dejarme resquicios del desasosiego, del temor, de la inminencia del peligro... Ahora todo parecía haber quedado sometido a un orden y una tranquilidad que incluso resultaban naturales, aceptados. Uníase a esto la reconfortante sensación que se experimentaba al recuperarse la salud, el vigor, por el alimento y el descanso. Porque Manola nos cuidaba de más; se esmeraba cocinando para nosotros y no escatimaba en gastos. Hasta llegué a pensar que esas atenciones suyas eran la consecuencia de sus remordimientos. Esto es, que nos atendía tan bien porque en el fondo se sentía culpable de nuestro cautiverio; porque sabía a lo que se dedicaba su marido y se consideraba de alguna manera cómplice, y en cierto modo, carcelera como todos en Mequinez. No obstante, si tenía remordimientos, Manola no los hacía visibles, no se la veía reservada ni afectada por ninguna preocupación o ansiedad; muy al contrario, manifestaba una alegría y un brío que lograba comunicarnos a todos. Toribio *el Ceutí* estuvo muy acertado cuando nos vaticinó que en aquella casa íbamos a sentirnos como en la nuestra propia.

Las comidas eran tan buenas y abundantes que acabamos engordando muy pronto; lo cual nos devolvió nuestras naturales figuras, ya que habíamos estado demasiado flacos. Dorito, principalmente, acusó la transformación, convirtiéndose en un par de meses en un niño precioso, enérgico y feliz; sin perder su candor y su docilidad. Fernanda se puso guapísima cuando su cara recobró el color, su precioso pelo el brillo y la serenidad se aposentó en sus claros ojos. Doña Matilda recuperó sus redondeces, la lozanía, la energía y hasta su poderío y su endiablado carácter. Si Manola se lo hubiera permitido, habría acabado haciéndose el ama de la casa; porque, perdido el miedo, empezó a meterse en todo siguiendo los dictados de su imperiosa manera de ser.

Solo don Raimundo me preocupaba; me preocupaba mucho, porque, en vez de mejorar, parecía ir empeorando día a día: menguaba, se iba encorvando, sus pasos empezaban a ser torpes, vacilantes; andaba como ausente, perdido y desmemoriado, sirviéndose ya del bastón. Y si solo fuera eso... Además, y era esto lo que más me inquietaba, se iba apoderando de él una suerte de locura, un extravío de la razón; confundía el pasado y el presente, mezclaba los acontecimientos, no veía la realidad... Al principio nos tomábamos un poco a risa sus extravagantes figuraciones, sus despistes y sus chifladuras. Como cuando se empeñaba a toda costa en que doña Matilda y él estaban casados de verdad; algo que le decía a todo el mundo y que, verdaderamente, había llegado a creerse del todo él mismo. O cuando llamaba hija a Fernanda o nieto a Dorito. Todo eso tenía cierta lógica, puesto que el fingimiento de la falsa familia había durado mucho tiempo y nos lo habíamos tomado muy en serio.

Pero, a medida que pasaron los meses, la demencia de don Raimundo se precipitó y empezó a ser causa de honda preocupación entre nosotros. Sirva como ejemplo de lo que refiero lo que sucedió el día de Todos los Santos, cuando Manola tuvo a bien ofrecernos un verdadero banquete.

El día 30 de octubre cumplíamos un mes desde que salimos de la prisión y a Manola le pareció que sería oportuno agasajarnos para celebrarlo, aprovechando a su vez que al día siguiente era la fiesta de los Santos. Para tal menester, mató unos gallos y se puso a cocinarlos. Doña Matilda y Fernanda estuvieron encantadas ayudándola durante toda la mañana a desplumar las aves y realizar el resto de los preparativos de la comida. Se las oía parlotear amigablemente, reír, canturrear y hasta discutir con toda confianza. Me hacía feliz sentir el rumorear de las voces femeninas y comprobar que, gracias a Dios, nuestra vida de provisionalidad en la casa de Abbás en nada se asemejaba a nuestro pasado cautiverio.

Disfrutando de estas percepciones, en aquella hora del mediodía, me quedé como absorto en el patio, viendo la fuerza de la luz haciendo brillar sus destellos entre las hojas de la palmera; sentí entonces como unas oleadas cálidas que batían mi pecho, y mis pensamientos se dispersaron por doquier, como las doradas cintas que formaban los rayos del sol que descendían entre las palmas, tocándolo todo, acariciándolo y haciéndolo resplandecer. A mis ojos, las flores de otoño, las paredes ocres, las plantas, el tronco de la palmera, los tejados y el sicómoro de la plazuela, delante de la casa, relucían con el mismo brillo, reflectante, del chorro que rumoreaba en la fuente. Y las personas bajo esa luz me causaban el mismo efecto: Fernanda, en su hermoso sosiego, me transmitía un amor inconmensurable, como un ser al que sentía mío, sin asomo alguno de sombra o malicia; Dorito parecía un ángel, sentado en un poyete de piedra, jugueteando con las hormigas del suelo. Todo se había purificado con el sufrimiento y cobraba ahora luminosidad y verdad, como esos rayos del mediodía. Y mientras en la cocina seguía el guisoteo, que iba dejando ya escapar los deliciosos aromas del gallo con almendras, apareció por allí Fernanda, que iba a por no sé qué cosa, sumida en sus pensamientos al atravesar el patio. Me fui hacia ella, la retuve, la abracé, la besé con pasión, y le dije lleno de dicha:

—¡Acabo de tener un presentimiento, querida mía!

Me miró como extrañada, sin decir nada, pero apremiándome con sus ojos para que se lo dijera. Así que añadí:

—Pronto, muy pronto nos redimirán... Lo sé. Estoy tan seguro como de que Dios existe. Y tú y yo seremos por fin libres... Y emprenderemos esa nueva vida... ¿Lo crees?

Se le escaparon unas lágrimas. Sonrió y respondió:

—Sí, lo creo... También yo tengo esa corazonada...

Estábamos del todo abstraídos, gozando de nuestro abrazo y de nuestro augurio feliz, cuando, de pronto, sentí un fuerte golpe en las posaderas. Di un respingo y me volví: ahí estaba don Raimundo, enarbolando su bastón amenazante y diciendo con indignación:

—¡Qué poca vergüenza! Delante del niño... ¿Es que ya no hay decencia en esta casa? ¡Suelta a esa muchacha, aprovechado, caradura!

Nos quedamos estupefactos, mirándole, sin poder comprender aquella actitud suya que nos cogía completamente por sorpresa. Mientras tanto él seguía despotricando sin sentido:

—¡Aquí lo que hace falta es mano dura! Me tenéis cogido el pan debajo del brazo... Pero esto se va a acabar... A partir de hoy en esta casa se va a hacer lo que yo diga... ¡Esposa! ¿Dónde estás, esposa? ¡Matilda, ven aquí inmediatamente!

Salieron el ama y Manola, alertadas por aquellas voces. Como nosotros, miraban a don Raimundo, sin alcanzar a entender lo que le pasaba.

—Pero... ¿qué diantres está diciendo? —le llamó la atención doña Matilda—. ¡Cállese de una vez vuaced y no alborote, demonios!

—¡Cállate tú o te doy un bastonazo! —replicó él colérico—. ¿Qué maneras son estas de hablarle a un esposo?

El ama se quedó boquiabierta, sin acabar de creerse lo que veían sus ojos.

—Pero... ¿se ha vuelto loco del todo? —balbució.

—¿Loco yo? ¡Loca tú, que no piensas nada más que en ti misma! ¡Egoísta!

Y después de soltar estos exabruptos, el administrador se dio media vuelta y se fue dando resoplidos.

—¿Adónde va ahora? —me preguntó el ama con la cara desencajada—. ¿Se puede saber qué le pasa?

Me encogí de hombros, pues estaba yo igualmente desconcentrado. Y mientras permanecíamos perplejos en el patio, oímos crujir la puerta que daba a la calle.

—¡Se va de verdad! —exclamó Manola—. ¡Hay que detenerle, no vaya a pasarle algo!

Corrí tras él y logré alcanzarlo enseguida, antes de que acabase de atravesar la plazuela. No me resultó fácil calmarle, porque estaba muy alterado; pero finalmente, dándole la razón en todo, conseguí convencerle de que volviera a entrar en la casa.

Más tarde, cuando ya estábamos sentados a la mesa para disfrutar de la comida, nuestros semblantes se veían cariacontecidos, con aire de mucha preocupación. Fray Pedro estaba también allí, invitado por Manola por la fiesta, y no le habíamos contado nada; así que, como nos veía afligidos, trataba a toda costa de consolarnos:

—¡Hermanos, ánimo! —decía—. ¿Qué os pasa? Hoy es el día de Todos los Santos. ¡Es fiesta! Pronto seréis libres, ¡alegrad esas caras!

Y don Raimundo, al oírle hablar de esa manera, se puso repentinamente muy contento, eufórico, y exclamó:

—¡Diga que sí, padre! Si eso mismo es lo que yo les estoy repitiendo todo el día: que no se amarguen, que confíen en la Divina Providencia, que crean en Dios... ¡Ay, si no fuera por mí, qué sería de ellos!

Nos alegramos entonces mucho, porque, si bien no se le veía del todo cuerdo, parecía actuar con cierta normalidad.

La comida fue desde ese momento afable. Nos parecía mentira estar sentados a una mesa que tenía mantel, platos, pan tierno, un guiso caliente de gallo con almendras...

¡Un lujo! Así que agradecíamos todo aquello, encantados, sintiéndonos como en un sueño.

Pero, cuando fray Pedro alabó la manera de cocinar de Manola, diciendo que la comida era exquisita e inmejorable, don Raimundo se alteró nuevamente y, muy contrariado, repuso:

—Pues tendría que ver vuestra caridad cómo hace el pollo mi señora esposa... ¡Una delicia! Ella siempre guisó muy bien, porque es muy lista y muy hacendosa... Cuando vivíamos en Sevilla...

Al oírle decir estas cosas, el ama se puso furiosa; no soportaba ya que la tratara como a su mujer y se encaró con él:

—¡Le he dicho a vuaced más de cien veces que no me llame «esposa»! ¡No soy su esposa! ¡Vuaced es soltero! ¡Y yo soy viuda!

Don Raimundo se la quedó mirando con unos ojos extraviados y contestó con una voz rara, como una queja profunda que le nacía muy dentro:

—Serás desagradecida... ¿Tú te crees que yo me merezco este disgusto? ¿Por qué me tratas así delante de toda la familia? ¡Tú eres mi esposa, Matilda! ¡Te pongas como te pongas!

A partir de ese instante, comprendimos y aceptamos ya que don Raimundo se había vuelto loco de remate. Ya no podíamos tratarle como a una persona normal... Durante los días siguientes, la cosa empeoró mucho; no quería probar alimento, únicamente tomaba agua; no dormía y se pasaba las noches deambulando por la casa, dando voces, desvariando y sin dejarnos descansar a los demás. Se escapó varias veces y llegamos a temer que terminara perdiéndose por el laberinto de la ciudad o metiéndose en algún problema. Y finalmente acabó sin poder caminar, exhausto, agotado por tanta ansiedad, por dar tantas voces, por no saber ya ni dónde estaba y ni siquiera quién era... Por último, calló su boca definitivamente; solo nos miraba con ojos delirantes... De este estado pasó a no poder levantarse de la cama; entrando a continuación en una precipitada agonía...

Nos tuvo pendientes de él, llenos de preocupación y de pena, hasta que expiró el día 15 de diciembre, sin haber logrado verse rescatado. Dios le otorgó la verdadera libertad; la que es para siempre...

Lo enterramos fuera de las murallas, en un pequeño y discreto cementerio donde reposaban los difuntos cristianos. Allí estuvimos llorando mucho, porque nos impresionaba el lugar, tan desolado...

6. Fray Pedro de los Ángeles

Fray Pedro de los Ángeles era un hombre extraordinario; una verdadera bendición en medio de aquel mundo extraño y hostil para nosotros. Su nervio templado, la dulzura, la invariable gravedad y sabiduría de sus palabras, nos ayudaban mucho. Y como Toribio *el Ceutí* había desaparecido misteriosamente y no volvió más por la casa de Abbás *el Bonetero* desde poco después de confesarme que participaba de los beneficios que se sacaban con los rescates, el fraile se convirtió en nuestro único apoyo y referencia en aquella vida de espera e incertidumbre.

Yo seguía yendo invariablemente cada mañana al hospital, para ocuparme de los enfermos; pero también para beneficiarme de los consejos y las sabias pláticas del fraile.

Ocuparse de los enfermos era un trabajo muy duro, al que acababas no obstante acostumbrándote. Le ahorraré al lector los detalles de lo que tuve que ver mientras me dedicaba a aquella humanidad recogida allí cuando ya no servía para trabajar, ni para sacar de ellos beneficio ni dineros algunos por su rescate; cuando ya solo esperaban la muerte...

Cuatro años llevaba en Mequinez fray Pedro. Casi siempre estaba solo; porque el otro fraile, como ya dije, cumplía la misma misión en Fez y solo venía muy de tarde en tarde. ¡Qué vida la de aquellos santos trinitarios! Solo podrá comprenderse si se tiene presente a Dios... Eran muy pobres, estaban a merced del desprecio, de los insultos, de la arbitrariedad de un mundo que se servía del ser humano sin compasión para lograr ganancias sin cuento.

Nunca oí una queja de la boca de fray Pedro, únicamente, de vez en cuando, decía con aquiescencia:

—Poco podemos hacer por esta pobre gente; pero Dios, que todo lo sabe, guarda en su divino misterio la explicación de todo esto...

Yo, en cambio, no era capaz de hallar en mí tanta resignación y acababa por exasperarme algunas veces.

—¡No lo comprendo! —me quejaba—. ¿Por qué Dios no hace algo...?

Y él, con una calma grande, con su expresión reposada, me decía:

—No te hagas preguntas, Cayetano... Confía, solo confía... ¿Acaso crees que los que se creen libres lo son de verdad? Mil cautiverios sin cuento hay en esta vida, aun sin prisiones ni cadenas... Hasta los que se suponen ricos y felices se saben en el fondo cautivos: de sus afectos, de sus deseos, de sus pasiones, de sus pertenencias... Todos somos aquí cautivos... Aunque solo lo seamos del tiempo que pasa... Pero caminamos a pesar de eso, hermano, caminamos todos hacia la libertad... Y solo Dios puede liberarnos... Él destruirá un día todas las cárceles, todas las cadenas serán rotas, soltados los ataderos, descorridos los cerrojos y abiertas todas las puertas... Nuestra fe puede ver eso, porque mira más allá de este mundo, que es apenas una sombra que pasa...

Y yo, que me quedaba arrobado por estas explicaciones, quería saber más no obstante, y contesté:

—Sí, lo creo... Quiero creerlo, fray Pedro... Pero no lo veo... Porque no pienso solo en mí... Pienso más que nada en la gente que tanto quiero; en Fernanda, en el pequeño Dorito; son tan débiles, tan indefensos... ¿Por qué tengo que ser testigo de sus sufrimientos? ¿Hay derecho a eso? Rezo a Dios... Pero parece que no escucha... ¡Llevamos pasado tanto...!

Me miró con ternura, suspiró y respondió lleno de convencimiento:

—No pierdas la confianza, Cayetano. Dios sabrá remediar todos los males a su debido tiempo. Y en tanto eso sea, no podemos hacer otra cosa que cumplir con nuestro cometido... Tú haces lo que tienes que hacer: cuidar de ellos. Sé fuerte pues y no te vengas abajo, ahora que todo va llegando a su final... Lo que dispone el Señor está bien y debe ser aceptado como viene. Si no somos capaces de entender eso, siempre acabamos siendo esclavos de tristes ambiciones y ansias vanas: ser inmunes, creernos que únicamente podemos confiar en nuestras pobres fuerzas... La vida debe ser vivida con lo que conlleva, incluidos el dolor y la contrariedad... Añoras la libertad y la felicidad, eso es muy natural; pero en esa misma añoranza está la intuición de otra vida; la vida verdadera... Y esa es la vida de Dios...

—Quisiera verlo... ¡Debéis creerme! Quisiera verlo, pero no puedo...

Se puso muy serio, enarcó las cejas y, clavando en mí la penetrante mirada de sus ojos profundos, dijo:

—Te creo... Somos humanos, Cayetano, y por eso somos tan frágiles. Pero es más fuerte y más verdadero lo que no se ve que aquello que alcanzan a ver nuestros ojos; porque tener fe es ver de verdad; o sea, ver más allá...

7. COMPARTIENDO LA FE

Debía rezar, quería rezar; para tener fuerzas, para ser capaz de ver de verdad, de ver más allá... Pero con frecuencia todo en torno a mí se volvía oscuro, pesado, lechoso... Me dominaban mis pensamientos cambiantes y era un amasijo de dudas y de negros presentimientos... A veces sentía mi alma sacudida y como si fuese una barca expuesta a un temporal. Me decía: «A pesar de todo estamos vivos; debo esperar y confiar; debo tener fe.» Y de nuevo me rehacía hallando la energía suficiente para seguir adelante, para tener el ánimo tranquilo y comprender que todo era cosa de seguir adelante... Mas era inevitable sentir que esos recursos se desvanecían de nuevo fácilmente; apareciendo otra vez el sinsentido, la brutalidad y el hastío del cautiverio. Sobre todo, porque pasaban los días y las semanas, sin que hubiera ninguna novedad...

Procuraba aguantar solo toda esta incertidumbre y no dejar que me viesen decaído o vacilante. Pero a veces me venía completamente abajo y entonces tenía que compartir mis ansiedades.

A Fernanda le conté lo que había estado hablando con

fray Pedro y cómo él me había estado confortando. Ya sabía que ella era más fuerte que yo... Y me dijo con mirada soñadora:

—Yo sí que creo que pronto seremos libres, Tano. ¡Lo veo perfectamente! ¿Tú no? Hace tan solo unos días me dijiste que tenías un presentimiento: que pronto nos darían la libertad...

—Sí, pero ahora me asaltan las dudas...

Al oírme decir eso se quedó pensativa, como extrañada por mi poca fe. Luego se echó a reír y entonces el extrañado fui yo.

—Anda, ven aquí —me abrazó. Puso su mano en mi nuca y estuvo jugueteando con los dedos entre mi pelo—. ¡Qué niño eres!

—Sabes que no me gusta que me digas eso —refunfuñé en su oído—. No me trates como a un crío.

Soltó una risita maliciosa y contestó:

—Sí que lo sé y por eso te lo digo: eres eso, como un crío. Los hombres os creéis muy fuertes, pero ¿qué sería de vosotros sin nosotras, las mujeres?

La apreté contra mi pecho. Tenía razón: ¿qué hubiera sido de mí en medio de todo aquello sin ella? Ni siquiera era capaz de imaginarlo...

—Te quiero mucho, Fernanda —le dije tímidamente—; muchísimo... Eres mi ángel...

Se apartó un poco. Frunció el ceño para concentrarse y, mirándome, dijo:

—Pues escúchame con atención...

Hizo un silencio y, con voz turbada y firme a la vez, prosiguió:

—¿Recuerdas al Señor de La Mamora? ¿Al Nazareno?

Asentí con un movimiento de cabeza. Y ella entonces dijo:

—Yo sé que no debemos temer... Él está con nosotros, hasta el final... Soñé que venía a rescatarnos... ¿Sabes? ¡Era tan real! Desde entonces perdí el miedo y estoy segura de que muy pronto Él vendrá...

—¡Dímelo otra vez! —le rogué con ansiedad.

—Él vendrá, Tano... Estoy completamente segura... Él nos rescatará... Jesús no se olvida de nosotros... Solo en Él debemos confiar... Solo a Él debemos esperar...

8. LLUVIA DE ESPERANZA

Hay veces en la vida que pareciera que todo lo que nos sucede obedece a un plan previsto, al designio oculto que nada tiene que ver con nuestros esfuerzos, ni con los arranques de la voluntad o los destellos de la inteligencia; sino con algo misterioso que se escapa al entendimiento, que quizá no podemos comprender, pero que está ahí, como esperando a que estemos en íntima conexión con ello depositando toda nuestra confianza, abandonándonos a su misterio...

Eran ya los últimos días de diciembre, por la Natividad del Señor, cuando desperté de repente una noche, sobresaltado. El viento bufaba, aullaba. Estaba casi amaneciendo después de una larga noche de oscuridad. Me levanté de la cama y miré por la ventana: en el pedazo de cielo que se veía, refulgió el resplandor de un relámpago, al que siguió el horrísono estallido de un trueno que retumbó en toda la casa. A continuación hubo un silencio extraño. Luego se desató una lluvia violenta que crepitó en los tejados, en la palmera y en los enlosados del patio.

La voz quejumbrosa y aguda de Manola resonaba entre sus rápidas pisadas en el suelo del zaguán. Fernanda y Dorito también estaban despiertos e igualmente asustados, porque alguien llamaba con fuertes golpes a la puerta.

—¡Ya va! —gritaba Manola—. ¡Un momento! ¡Ya voy!

—¿Quién será a estas horas? —preguntó Fernanda—. ¡Con esta tormenta!

Me vestí y fui a ver qué pasaba. En ese momento abría la puerta Manola: allí fuera estaba fray Pedro de los Ángeles, bajo la lluvia, cubierta con la capa negra su cabeza.

—¡Por Dios, padre! —exclamó Manola—. ¡Qué susto nos ha dado! Pase vuestra caridad.

Entró el fraile. Venía empapado y apreciablemente nervioso. Nada más verme, dijo:

—Cayetano, debes venir conmigo ahora mismo.

—¿Adónde?

—Ya te lo diré por el camino... ¡Vamos!

Cogí mi capa, me la eché por encima y salimos a toda prisa. Fuera las cintas blancas de los relámpagos se precipitaban sin descanso sobre las casas, iluminando los alminares que se recortaban en la penumbra. Anduvimos deprisa, corriendo casi, por las calles embarradas, mientras el chaparrón nos fustigaba, helado, calándonos hasta los huesos...

—¿Adónde vamos? —preguntaba yo.

Pero el fraile no respondía; iba delante, con el hábito pegado al cuerpo, con pasos largos y apresurados, doblando esquinas, saltando por encima de los charcos, como llevado en volandas por una decisión y un ciego propósito que yo desconocía.

Así, atravesando la obstinada cortina de lluvia, fuimos

de una parte a otra de la ciudad, hasta llegar a unos lodazales que terminaban en un terraplén cubierto de cascotes, de basuras, de huesos pelados de las bestias... Y allí se detuvo, en un muladar donde el agua corría en torrenteras, arrancando y arrastrando la tierra, entre desperdicios y escombros.

—¡Aquí! Aquí es... —dijo jadeante—. Ahí está...

—¿Qué? ¿Qué es lo que hay ahí? —pregunté, tratando de ver con mis ojos empañados.

Fray Pedro señaló con el dedo algo que estaba delante de nosotros, tapado por el barrizal. Y luego se arrodilló junto a ese algo.

Me acerqué: parecía un cuerpo humano, todo él enfangado, yaciendo entre la podredumbre del basurero.

—¿Qué es? ¿Es un muerto...? —quise saber horrorizado. El fraile extendió sus manos hacia aquel cuerpo rígido; se abrazó a él, lo levantó con esfuerzo y sollozó:

—¡Señor! ¡Ay, mi Señor! ¿Cómo te han hecho esto...?

Entonces pude verlo con claridad, porque el agua de la lluvia intensa lavó su imagen; retiró el barro y la desveló ante mí: ¡era el divino Nazareno de La Mamora! Alguien lo había arrojado allí, en aquel infecto muladar...

Y me quedé como paralizado, mirando la cara serena, ¡tan humana!; la expresión intensa, los ojos penetrantes... Era una visión sobrecogedora, resplandeciendo a cada instante a la luz de los relámpagos, en la incierta opacidad de la madrugada y del nublado cielo; con las brillantes gotas como sudor en la frente y como lágrimas en sus ojos... ¡Bendita la luz de su mirada!

Estuvimos allí un rato quietos, arrebatados, arrodillados, como orantes, mientras fray Pedro sostenía en sus brazos la pesada y desnuda figura...

—Vamos a llevárnoslo de aquí —dijo al fin.

Se quitó la capa y entre los dos envolvimos con ella la imagen. Después la cargamos sobre nuestros hombros y emprendimos la cuesta llevándola con cuidado. Así anduvimos con mucho esfuerzo por los arrabales, por los adarves, por las calles... Pensaba yo: «Esto sí que es una procesión de verdad; esto sí que es una estación de penitencia...» Porque sentí que llevaba a cuestas algo muy grande; algo que trascendía la pura hechura de madera de cedro, la simple devoción, el rito, las rutinas de la religión... Cargábamos con la fe en bruto, con la esperanza bajo la lluvia...

9. El Señor rescatado

Llevamos la imagen del Nazareno al hospital. Allí lo estuvimos lavando cuidadosamente, con respeto. Sobrecogía mucho verlo de cerca, por el tono oscuro de la madera, la perfección de la talla, la suavidad de los rasgos... Y por todo lo que representaba, como icono que era del Salvador. Porque, aunque sabemos bien que las esculturas que representan al Señor, a la Virgen María y a los santos son hechura humana, también sentimos que son sagradas, porque recogen en sí la fe de la gente, las plegarias, las devociones... No resulta fácil abstraerse tanto como para no participar de ese misterio. Y, además, aquella imagen de Cristo era tan real, tan prodigiosamente inspirada, que impresionaba e imponía tocarla.

Cuando el Nazareno estuvo seco del todo, lo pusimos encima de una mesa y lo estuvimos contemplando emocionados. Gracias a Dios, apenas había sido dañado; tenía solamente algún rasguño y un poco astillado un pómulo.

—Menos mal que no lo destruyeron —observó fray Pedro—. ¡Parece un milagro! Hubiera sido una verdadera lástima perder algo tan bello...

Como el Cristo estaba desnudo, porque le arrebataron su túnica el día que se tomó La Mamora, nos pareció oportuno vestirlo: le pusimos una capa sobre el hombro derecho, cubriéndolo a la vez desde la cintura para abajo, de manera que solo quedaba al descubierto parte del torso, un brazo y las manos que tenía juntas y amarradas sobre el vientre.

—*Ecce homo* —dijo fray Pedro—. He aquí el hombre... Un cautivo más de tantos... Como vosotros...

Delante del Nazareno encendimos una lamparilla de aceite y pusimos un jarrón con flores blancas. Luego vinieron los enfermos a venerarlo. Resultaba conmovedor verlos turbados, rezar, besarle los pies y hasta derramar lágrimas de emoción. Seguramente nunca antes en sus vidas habían visto una talla como esa...

Y yo no dejaba de pensar en lo extraño que resultaba todo aquello: en que hubiera tenido que ser yo precisamente a quien le tocó ir a recuperar la imagen; y seguían grabados muy vivamente en mi memoria el muladar, el barro, la lluvia, los relámpagos... Todo aquello parecía tener una misteriosa conexión con el asalto de La Mamora, nuestro cautiverio y las penalidades que estábamos pasando. Así que acabé contándole a fray Pedro cómo fue el saqueo, el despojo y lo que pasó con el Nazareno y con el resto de las imágenes.

—Todo eso lo sabía —me dijo—, porque otros cautivos me lo contaron. He rastreado todo Mequinez, preguntado, indagando, para saber qué había pasado finalmente con todos aquellos objetos sagrados... Y así fui dando con algunos indicios y conseguí recuperar la imagen de la Virgen y de san Miguel Arcángel; pero del Nazareno nadie sabía nada... Y entonces, cuando ya no esperaba encontrarlo, porque suponía que había acabado quemado o roto en mil pedazos, vinieron ayer tarde a decirme que habían visto a uno de los ministros del rey vestido con la tunicela morada bordada en oro, ¡la del Nazareno! Corrí al palacio y pedí audiencia al ministro. Gracias a Dios, tuvo a bien recibirme... Nada le reproché por que vistiera la túnica, pero le supliqué de rodillas que me dijera dónde estaba la imagen... Él no lo sabía, pero me indicó el nombre de uno de sus servidores que debía de saberlo por haberse encargado de ir a deshacerse de la talla. Por él me enteré de que había sido arrojado en aquel muladar, a las afueras de la ciudad... No pude ya dormir en toda la noche y, antes del amanecer, cuando estalló la tormenta, no pude más... Me levanté y decidí ir a pedirte que me acompañaras a buscar la imagen...

10. ¿PRESENTIMIENTO O INSPIRACIÓN?

Cuando volvía a casa, pensaba en todo esto por el camino. La tormenta ya se había calmado y solo caía una lluvia fría y pausada. La mañana era fría, gris y deslucida, con olor a humedad y lodo sucio. Los nubarrones se desplazaban hacia occidente y el cielo parecía hosco. Pero en mi alma había una extraña alegría; volvía a mí el presentimiento: todo aquello iba a terminar muy pronto...

Cuando llegué a la plazuela, no la encontré solitaria como de costumbre: dos carretas estaban detenidas delante de la casa de Abbás; había gente por los alrededores y una recua de mulas abrevándose en el pilón junto a la fuente. Y al reparar en que la puerta del Bonetero estaba abierta de par en par, cuando de ordinario permanecía cerrada, me sacudió una corazonada: «¡Abbás ha regresado!», me dije sobresaltado.

Entré y recorrí el zaguán y el primer patio en cuatro saltos. Al final de la casa, en el segundo patio, formando un corrillo alborozado bajo la palmera, estaban Manola, Fernanda, el ama, Dorito... ¡Y el Ceutí! Y con ellos había tres hombres: uno desgarbado, muy moreno; otro rechoncho y, el tercero, con un parche tapándole el ojo. Ya no había duda, si este último era Ibrahim *el Tuerto*, los otros dos debían de ser Abbás y Pilarón...

Fernanda corrió hacia mí con la cara encendida de alegría y se colgó de mi cuello, exclamando entre lágrimas de felicidad:

—¡Nos vamos, Tano! ¡Nos rescatan!

Me quedé paralizado sin ser capaz de asimilar aquella maravillosa noticia. Se me hizo un nudo en la garganta y solamente pude murmurar:

—Bendito... Bendito sea Dios...

Nuestra dicha era tan grande que no sabíamos si reír, llorar o ponernos a bailar. Doña Matilda había cogido en brazos a Dorito y saltaba con él; Fernanda sollozaba abrazada a mí y yo sentía que me habían abandonado todas mis fuerzas, dejándome en un estado de languidez que me impedía el movimiento y el razonamiento.

Y permanecimos no sé cuánto tiempo dominados por aquella turbación... Hasta que el Ceutí nos sacó de ella exclamando:

—¡Compadres, calma! ¡Prestad atención! Ya habrá tiempo para festejarlo... ¡Ahora, escuchadme, compadres!

Le costó que le atendiéramos, ¡tan arrobados estábamos! Y cuando vio que permanecíamos ya pendientes de lo que tenía que decirnos, me presentó a sus amigos:

—Compadre, estos son Abbás, Pilarón e Ibrahim; como ves, han regresado ya de Ceuta... Traen muy buenas noticias, compadre; parece ser que las cosas se arreglan para vosotros: muy pronto seréis redimidos y podréis regresar al fin a España...

Doña Matilda dio un suspiro sonoro, una suerte de gemido, y después se puso a gritar alzando la mirada y las manos al cielo:

—¡Alabado sea Dios! ¡Gracias, gracias, Dios mío! ¡Virgen Santísima! ¡Santos del cielo!

—Calle, señora, y déjeme terminar —le rogó imperativamente el Ceutí—. Deje ahora vuestra merced en paz a los benditos santos y preste atención, diantre.

—Es que me va a dar algo... —contestó ella—. ¡Me va a dar algo!

—Pues cuide de que no le dé, señora; porque estaría bueno que le diera ahora que va a ser libre...

Cuando consiguió calmarnos del todo, Toribio nos reunió y nos explicó con más tranquilidad el asunto: sus amigos, que delegaban en él las explicaciones, habían entrado en conversaciones con los padres trinitarios de Ceuta, tal y como estaba previsto, contándoles que esperábamos en Mequinez la redención y tratando con ellos los pormenores del rescate. Y los buenos frailes, fieles a su misión, se habían puesto inmediatamente en camino y venían ya para negociar con los ministros del sultán nuestra libertad...

—¿Cuándo? ¿Cuándo llegarán aquí? —les pregunté con ansiedad.

Abbás *el Bonetero* tomó ahora la palabra. Era un hombre pausado y reservón, que evidentemente se guardaba para sí los detalles que no le convenía revelar; pero, escuetamente, respondió a mi pregunta:

—Pronto; tal vez dentro de una semana o dos... Eso solo depende de los avatares del viaje...

—Pero... ¿Vienen los frailes? ¿Vienen de verdad?

—Sí, sí, no dude de eso vuaced... Los padres redentores vienen ya de camino...

Habló ahora Pilarón; gordezuelo, barbudo, con venillas azuladas en la nariz.

—No se impacienten ahora vuacedes —dijo—. Lo que falta por hacer no es tan sencillo...

—¿Y qué falta por hacer? —inquirí con nerviosismo.

—Los pormenores de la redención —respondió—. Lo cual tiene su trabajo y su tiempo... Los frailes traen el dinero recaudado para ello; pero deben ponerse de acuerdo con el sultán... Esa es la costumbre en estos casos. Eso es lo que mandan las leyes de aquí...

Ibrahim *el Tuerto*, por su parte, permanecía en silencio, asintiendo a todo lo que decían sus camaradas, sonriente y observándonos fijamente con su avispado ojo sano.

Aquellos astutos hombres sabían hacer muy bien su oficio. En ningún momento decían nada que pudiese darnos algún indicio de que llevaban parte en el negocio. Ante nosotros aparecían como los benefactores a quienes les debíamos en última instancia nuestra salvación. Y yo, que conocía el trasfondo de la farsa, debía aguantarme y callar; porque tenía constantemente pendiente de mí al Ceutí, que escrutaba con mirada de lince mis reacciones...

Así que dije, fingiendo resignación:

—Hágase todo como deba hacerse... Pero debo ir a llevarle la noticia a fray Pedro de los Ángeles, que no está enterado de nada y considero que debe estar al corriente...

No pareció gustarles nada la idea, pero como yo insistiera con cara de inocencia, acabó asintiendo el Bonetero:

—Ea, me parece muy bien; pero fray Pedro nada tiene que ver con esto; y no suele participar en las conversaciones con los ministros del sultán. Él solo se ocupa de los enfermos... De las redenciones se encargan los frailes de Ceuta.

11. ESQUIVANDO EL MAL Y LOS NEGROS FONDOS

Supe que había hecho bien yendo cuanto antes a comunicarle a fray Pedro de los Ángeles el asunto porque, cuando supo que los mercaderes habían venido de Ceuta, en sus ojos apareció súbitamente un asomo de duda.

—Hum... —murmuró pensativo—. Resulta que esos ya están aquí...

Luego se puso visiblemente nervioso, le lanzó una mirada afectuosa y suplicante al Nazareno y dijo:

—¡Señor, ahora es cuando debes ayudarnos! ¡Es el momento! ¡Pon tu mano poderosa, Señor!

La intensidad de aquel ruego penetró hasta mi corazón y me estremecí, comprendiendo que algo grave habría de por medio, alguna complicación o contrariedad.

—¿Qué sucede, fray Pedro? —le pregunté—. ¡Dígame vuestra caridad ¿qué pasa?!

Él contestó inspirando de forma audible, como si la pregunta removiera su preocupación:

—Ahora debemos actuar con cautela, con suma cautela y rapidez...

—¡Por Dios, no me asuste vuestra caridad! —le dije lleno de ansiedad—. Hace un momento estaba yo muy contento por la noticia, pero ahora veo que no todo está resuelto... ¡Dígame qué sucede, fray Pedro!

El fraile sacudió la cabeza con pesar y murmuró:

—Que Nuestro Señor nos tome en sus manos y nos ayude. Ahora vamos a necesitar su auxilio... Debemos sortear una serie de obstáculos... Porque los demonios querrán entorpecer la redención... Pero, no te preocupes, conseguiremos vencer en esto...

—No comprendo lo que quiere decirme vuestra caridad... Hable más claro, por favor.

Me miró entre compadecido y alentador:

—Cayetano —dijo, poniéndome la mano en el hombro—. Aquí en Mequinez la máxima es: cada cual para sí... Debes comprender esto para alcanzar a ver la importancia y la dificultad de lo que tú y yo tenemos que hacer desde este mismo momento. Porque debemos pasar por encima de todo tipo de sutiles operaciones, zancadillas, engaños, mentiras... En fin, debemos actuar con mucha inteligencia para no pisar la multitud de víboras que se mueven a ras de suelo esperando morder a cualquiera que amenace sus intereses...

Se me encendió dentro como una luz, porque me daba cuenta de que lo que me estaba diciendo tenía mucho que ver con lo que Toribio *el Ceutí* me contó.

—Empiezo a comprender —dije—. Vienen los frailes trinitarios con los dineros del rescate y ahora todo el mundo querrá sacar su parte de ganancia, de una manera u otra... ¿No se trata de eso?

—Exactamente, Cayetano. En otras palabras: cuando

lleguen los frailes a Mequinez con esos dineros, saldrán negociadores e intermediarios por todas partes complicando los tratos para beneficiarse. Y esos hombres en cuyas casas os hospedáis, como Abbás *el Bonetero*, Pilarón, el Tuerto e incluso el Ceutí, tratarán a toda costa de inflar los precios para conseguir su tanto por ciento.

—¡Canallas, bandidos! —exclamé, ardiendo de rabia—. ¡Y parecía que eran buenas personas...! ¿Cómo no les remuerden las conciencias?

Fray Pedro seguía mirándome condolido y, compartiendo mi consternación, dijo:

—Esos hombres siguen solo a un guía: la necesidad. Casi carecen ya de conciencia y han hecho una especie de tabla rasa con sus principios; desconocen ya la virtud, el desinterés, la caridad... Sus madres son dos: la miseria y la ignorancia... Os sacaron de la prisión para el repartimiento puestos de antemano de acuerdo con los carceleros y los funcionarios del sultán, mediante el pago de sobornos, contentando con regalos a unos y a otros... Se trataba de teneros bien guardados, sanos, alimentados y lejos de los peligros y las enfermedades que acaban con las vidas de tantos cautivos. Porque, si hubierais muerto en la cárcel, se acabó el negocio. Sin embargo, de esta manera, recogidos en sus casas, solo ellos saben dónde estáis y el precio que se puede pedir por vuestra libertad... Y ahora, cuando vengan los frailes, vuestros custodios correrán a presentarse a los intendentes del sultán para decir cuántos cautivos tienen, dónde están y si están sanos o enfermos, las riquezas que poseen en España y el dinero que se puede pedir por ellos; porque, por desgracia, en este mundo no somos todos iguales, cada uno tiene su precio... Satanás pone el precio y complica las vidas de los hombres... Cuando para Dios todos somos iguales...

—Es terrible —dije apesadumbrado—. ¿Y qué podemos hacer?

—Yo sé lo que hay que hacer —respondió con firmeza—. Tú regresa ahora a la casa del Bonetero y sigue la vida como si nada. Finge estar contento y haz como si esta conversación no se hubiera producido. Y yo mientras tanto actuaré por mi cuenta; porque debo prepararles el terreno a mis hermanos trinitarios antes de su llegada, para que no los extorsionen ni engañen.

—Haré todo lo que me digáis, fray Pedro. A partir de hoy solo me fiaré de vuestra caridad.

—Muy bien, Cayetano. Vuelve ya a la casa y espera noticias mías. Dentro de poco enviaré a alguien para que vaya a avisaros del día y la hora exacta en que debéis salir de la casa del Bonetero sin que se enteren esos truhanes. Escapad entonces de allí con disimulo y venid aquí al hospital a toda prisa. De la rapidez y la cautela con que actuemos dependerá el éxito de este plan... Yo me encargaré de todo lo demás... Y rezad, hermanos, poneros en las manos del Nazareno; Él nos ayudará...

12. Sin novedades

En la casa de Abbás *el Bonetero* la vida transcurrió a partir de aquel día con una normalidad exenta de mayores novedades; a pesar de que se palpaba en el ambiente la impaciencia por la inminencia de la llegada de los trinitarios; lo cual suponía para todos allí un acontecimiento trascendental: ganancias para los dueños de la casa y la libertad para nosotros. No obstante, allí todo el mundo disimulaba sus verdaderas intenciones; y yo también, siguiendo el plan de fray Pedro.

Aunque habrá de comprenderse cómo me reconcomía por dentro sentarme a la mesa con aquellos hombres sin alma y tener que participar en las conversaciones, esforzándome en todo momento para poner buena cara e incluso mostrarme agradecido por que nos tuvieran allí recogidos y hubieran ido a hacer las gestiones de nuestro rescate a Ceuta. Ya que, aparentemente, eran personas normales; que disfrutaban juntándose para comer y que se mostraban amigables en todo momento. Pilarón hasta resultaba gracioso, ocurrente, contando chistes que nos hacían reír con ganas. Abbás apenas hablaba; andaba enfrascado en la venta de los bonetes y parecía que siempre tenía en la cabeza únicamente los números, las pérdidas y las ganancias. Y el Tuerto era simpático; así le parecía sobre todo a doña Matilda, que se pasaba largos ratos conversando con él, muy distraída y divertida con las cosas que aquel hombre tosco, pero con cierta gallardía natural, le contaba acerca de sus viajes y aventuras.

Toribio *el Ceutí*, por su parte, seguía igual que siempre; aparentemente preocupado por nosotros y dispuesto a solucionar cualquier problema. Durante las partidas de cartas que cada tarde echábamos afablemente bajo la palmera del patio, me costaba mucho tener que pensar mal de él y aguantar por dentro lo que sabía de sus sucios manejos.

Así pasó todo el mes de diciembre, con la Natividad por medio, el Año Nuevo, la Epifanía y la fiesta del Bautismo de Nuestro Señor; en un estado cada vez más anheloso y contingente; esperando, confiando, rezando...

13. Precipitación y nervios

Un día de mediados de enero, por la tarde, se presentó en casa de Abbás un hombre enviado por el fraile. El corazón me dio un vuelco cuando me comunicó que debíamos salir lo antes posible siguiendo el plan previsto.

Ahora venía lo más difícil: hacer los movimientos con todo cuidado para que nadie notase nada raro allí. Para eso, hablé primeramente con Fernanda, llevándola a un lugar apartado, con toda discreción:

—Presta atención —le dije con una seriedad que ella debía interpretar como un apremio apurado—. Coge a Dorito y llévalo fuera de la casa, a la fuente que hay en la plaza... Haced como que vais a beber con naturalidad...

Me miró muy extrañada, sin comprender. Así que tuve que añadir con mayor gravedad:

—Haz lo que te digo y no me hagas preguntas. Y procura que Manola no vea nada anormal ni en tu cara ni en tus movimientos. No recojas nada, ninguna pertenencia, ni objeto alguno, ni siquiera una prenda de abrigo... ¡Date prisa!

Un momento después, la vi salir con el niño de la mano, cruzando la plazuela hacia la fuente. Esperé un tiempo prudencial y luego fui a buscar a doña Matilda. Con ella la cosa resultaba más difícil, pues la hallé en la cocina ayudando a Manola. Pensé durante un breve instante lo que debía hacer y luego, cubriéndome un ojo, le dije:

—Doña Matilda, necesito que me ayude: se me ha metido algo en el ojo...

Era una excusa muy tonta, demasiado tonta, y como era de esperar, no resultó: salieron ambas mujeres a mirarme el ojo, soplármelo, a toquetearme los párpados... Me puse muy nervioso y exclamé:

—¡Ya! ¡Ya me ha salido! Muchas gracias... ¡Qué alivio!

Volvieron ellas a la cocina y yo, muy aprisa, salí a la plazuela. Allí junto a la fuente esperaban Fernanda y el niño, con cara de no saber qué hacer.

—¡Vamos! —les apremié—. ¡Seguidme todo lo deprisa que podáis!

Corrimos por el laberinto de callejuelas que nos separaban del hospital. Y no tardamos en llegar. Fray Pedro nos recibió con visible intranquilidad.

—¡Los padres redentores están en Mequinez! —nos anunció—. ¡No hay tiempo que perder!

—¿Dónde están? —le pregunté.

—En el palacio del sultán. Ya han empezado las negociaciones... Debemos ir allí de inmediato.

—¡Dios Santo! —exclamé—. ¡Doña Matilda está en la casa de Abbás!

—¡Corre! ¡Corre a por ella y llévala a la puerta del palacio! Allí os esperaré yo con Fernanda y el niño. ¡Esto es cosa de mucha urgencia! ¡Corre y tráela como sea!

Volví a la casa y entré lleno de decisión. En la cocina seguían aquellas dos, ajenas a todo, canturreando. Y sin más trucos, le dije al ama imperativamente:

—¡Vuaced se viene conmigo!

Las dos mujeres se quedaron pasmadas, mirándome:

—¡Vamos, doña Matilda, sígame! —insistí con más ímpetu, agarrándola por el brazo.

—Pero... ¿Adónde me llevas? —balbució ella, resistiéndose a soltar la cazuela de barro que tenía entre las manos.

Entonces no me quedó más remedio que arriesgarme a decirle la verdad delante de Manola.

—¡Vámonos de una vez, diantre! ¡Los frailes redentores están en Mequinez! ¡Hoy seremos redimidos! ¿O quiere vuaced quedarse aquí...?

El ama dio un grito y soltó la cazuela que se hizo añicos contra el suelo. A su lado, Manola empezó a dar voces llamando a su marido:

—¡Abbás! ¡Abbás, corre, ven enseguida! ¡Abbás! ¡Esposo!

Conseguí arrancar de allí a doña Matilda y conducirla hacia la puerta, a pesar de que Manola se interponía para impedir que saliéramos, mientras no dejaba de gritar como una loca:

—¡Abbás, corre! ¡Ven, Abbás! ¡Que se escapan! ¡Que se van los cautivos!

Le di un fuerte empujón y la arrojé a un lado. Ella entonces empezó a chillar más fuerte todavía, pidiendo socorro fuera de sí. Pero el Bonetero, gracias a Dios, no andaba por allí cerca. Así que pudimos huir y perdernos pronto por un intrincado mercado, entre los tenderetes, confundidos en medio del gentío...

Un rato después, estábamos delante de la gran puerta del bastión que albergaba el palacio, donde nos esperaba fray Pedro con Fernanda y Dorito.

14. LA IMPACIENCIA

En el palacio del sultán ya había empezado el complicado regateo que precedía a la redención. Una larga fila de cautivos, tres centenares, acompañados por sus amos y carceleros, esperaba su turno en medio de un ambiente cargado de ansiedad, con voces, discusiones, lamentos y alguna que otra pelea.

Los frailes trinitarios redentores eran tres: fray Jesús María, el padre Juan de la Visitación y el padre Martín de la Resurrección. Se hallaban ambos sentados delante de una mesa, en la que tenían las listas de los nombres, los cuadernos, las bolsas, los montones de monedas de oro y plata... Les asistían sus ayudantes: una docena de caballeros españoles que los acompañaban y les daban escolta en su ardua misión. Uno de ellos custodiaba el arca donde se guardaban los dineros. Y los intendentes del sultán estaban muy pendientes del negocio, como auténticos tratantes, para no dejarse escapar la mínima ganancia.

Fray Pedro se acercó a la mesa. Mientras, nosotros nos quedábamos a distancia, en un extremo del enorme patio donde se realizaban todos estos trámites, y vimos cómo los frailes se levantaban para saludarle y atenderle. Comprendimos que se ocupaban de nuestra redención, porque nos miraban de vez en cuando, a la vez que consultaban los papeles.

Después nos llamaron. Estábamos hechos un manojo de nervios. Fernanda y el ama, cogidas de la mano, no dejaban de rezar y de suspirar, pálidas de impaciencia.

—Ay, encima esto, encima esto —se iba lamentando doña Matilda llorosa—. Encima esto...

—Ánimo, ya falta poco —le dijo Fernanda—; no se venga abajo ahora, que ya casi somos libres...

Y el ama, muy humillada, sollozó:

—Ay, me he orinado encima... ¡Con tantos nervios!

En la mesa de los tratos nos preguntaron los nombres, la procedencia, los detalles de nuestro cautiverio... A todo eso tuve que contestar yo, porque ellas no eran capaces de articular palabra...

Los redentores, después de hacer sus anotaciones, sacaron del arca unos puñados de monedas que estuvieron contando. No pude enterarme de la cantidad de dinero que pagaron; nunca me lo dijeron...

15. La negociación

No sé cuántas horas pasaron, pero se nos hizo una eternidad, hasta que por fin vino fray Pedro para anunciarnos con cara de satisfacción:

—Hermanos míos, ya está resuelto. El rescate se ha pagado. Todo ha sido mucho más fácil de lo que podía preverse; porque, al parecer, una señora se ocupó en Sevilla de entregarles una buena cantidad a los frailes y un papel donde estaban escritos vuestros nombres...

—¡Doña Macaria, la veedora! —exclamó el ama—. ¡Seguro que ha sido ella! ¡Me lo prometió! ¡Bendita sea!

—Es muy posible —dijo el fraile—, porque sabemos que se trata de una de las damas que quedaron libres antes del asalto.

Un momento después, se acercó a nosotros uno de los funcionarios del sultán para certificar el trato. Nos miró, nos preguntó cómo nos llamábamos y dónde habíamos sido apresados. Cuando se lo dijimos, asintió con la cabeza y le dijo algo en su lengua a fray Pedro. Este tradujo:

—Me pregunta en qué prisión o casa habéis estado recogidos y le he dicho que en la prisión del sultán. No hay que darle más explicaciones, porque ya han cobrado el rescate.

No acababa de decir esto, cuando se oyeron de repente fuertes voces que nos sobresaltaron:

—¡En marcha todo el mundo! ¡Nos vamos!

Nos volvimos y vimos venir a los ayudantes de los frailes, apremiando a los cautivos. Las negociaciones habían llegado a su fin. Los ministros del sultán recogían sus dineros y parecían satisfechos. Era el momento de la partida...

—¡Gracias sean dadas a Dios! —exclamó con alivio fray Pedro—. Todo se ha hecho con rapidez y sin complicaciones... Ahora es menester salir cuanto antes de Mequinez... Así se hace siempre, con la premura de un simple negocio; como si de ganado se tratase... ¡Qué lástima!

16. EL ÚLTIMO CAUTIVO

Toda aquella gente se puso en movimiento en un santiamén. En la explanada que se extendía delante del arco de entrada a los palacios esperaba ya una recua de mulas, camellos y asnos para formar la caravana. Nos parecía mentira pensar que, de un momento a otro, íbamos a abandonar aquella ciudad donde habíamos padecido tanto...

Pero todavía, antes de la partida, sucedió algo que nos tuvo con el alma en vilo hasta el último instante.

Esperábamos con mucha inquietud a que los ministros del sultán dieran el permiso para ponernos en camino, y se estaban terminando de cargar los últimos pertrechos en las bestias y los carromatos. Entonces fray Pedro se preocupó de que tuvieran mucho cuidado con un bulto muy especial: el gran envoltorio que contenía al Nazareno de La Mamora, que el fraile había mandado traer desde el hospital muy bien empaquetado para que fuera llevado a España, porque así lo habían solicitado las autoridades militares, teniendo noticia de que se hallaba en Mequinez. Todos sabíamos allí lo que contenía aquel embalaje, porque había corrido la voz durante las horas que duró la negociación. Pero, al parecer, los intendentes del sultán no lo sabían.

Fuere casualidad, fuere que alguno de los funcionarios moros se había percatado, aparecieron por allí cuatro guardias y empezaron a examinar el fardo, con caras escrutadoras, palpándolo y con apreciable interés por saber qué era aquello.

—Ay, Dios mío —masculló fray Pedro—. Me temo lo peor...

Y se preocupaba con razón, porque, un instante después, se presentó uno de los intendentes y les ordenó a los guardias que cortaran las cuerdas y desliaran los cueros y las telas que formaban el envoltorio.

Con gran desasosiego, vimos aparecer la imagen, a la vez que los funcionarios del sultán se alteraban y empezaban a dar grandes voces, espantados y con evidente enojo.

Hubo a continuación un momento muy tenso, en el que fueron llegando más funcionarios; hasta formarse una gran algarabía, violenta, amenazante, llegando algunos al extremo de lanzarles improperios e incluso zarandear a los frailes, recriminándoles que hubieran tratado de sacar de allí oculta la escultura.

Fray Pedro hacía grandes esfuerzos para calmar a unos y otros, dándoles explicaciones; diciéndoles que la imagen había estado desechada, abandonada en un muladar. Pero ellos no entraban en razón, alterándose cada vez más y replicando a voz en cuello que el Nazareno no saldría de allí;

que era propiedad del sultán y que no nos lo llevaríamos sin su consentimiento.

De esta manera, en medio de nuestra congoja y angustia, llegamos a temer que no nos dejaran partir a nadie; porque la crispación era muy grande...

Hasta que, pasada como una hora de tensión, sucedió lo que menos esperábamos: se presentó allí el sultán en persona; venía rodeado por sus ministros, con el gesto grave, la mirada de fuego y ademanes impetuosos.

Nos obligaron a echarnos por tierra, igual que aquel día que entró victorioso en La Mamora. Se me hizo entonces que volvíamos al mismo punto y que nuestro calvario iba a empezar de nuevo...

Pero, con mucha humildad, los frailes se fueron hacia el rey moro y le estuvieron suplicando que les dejase llevarse al Nazareno; razonándole que ningún valor tenía para él, que era simple madera; mientras que para nosotros significaba mucho... ¡Como si fuera nuestro mismísimo rey!

El sultán los escuchó, meditó, sonrió y habló lacónicamente en un español perfecto:

—¿Vuestro rey? ¡Cuán estúpidos sois los infieles cristianos!

Los frailes aceptaron sumisos el insulto y volvieron a sus ruegos, insistiendo tanto, que convencieron al sultán.

—¡Sea! —sentenció al fin—. Podéis llevaros a vuestro rey de madera; pero pagad por él como por un cautivo más...

—¿Cuánto? —preguntó fray Martín de la Resurrección, que era el que se ocupaba de los dineros.

El sultán se lo pensó, antes de contestar con displicencia:

—¡Treinta doblones de oro!

Allí mismo se cerró el trato. El padre abrió sin rechistar el arca, contó las monedas, las puso dentro de una bolsa y se las entregó.

El sultán tomó el dinero, dio media vuelta y entró en su palacio seguido por su cortejo, dejándonos allí postrados y temblando.

Seguidamente, el caballero que guiaba la caravana dio la orden tan esperada:

—¡Arriba todo el mundo! ¡Nos vamos!

Nos abrazamos a fray Pedro, con lágrimas.

—¡Sois libres, hermanos! —nos dijo emocionado. Su mirada gris, profunda, reflejaba dicha.

Pero a nosotros nos entristecía dejarle allí, por felices que nos sintiéramos en aquel momento.

—¡Dios le bendiga! —le dije—. Toda nuestra vida recordaremos a vuestra caridad... Y no dejaremos de rezar... Nunca dejaremos de estar agradecidos...

—En el cielo volveremos a encontrarnos —murmuró, bendiciéndonos.

Era 20 de enero, a la caída de la tarde, cuando salimos de la ciudad de Mequinez. Caminábamos sumidos en un silencio meditativo, roto solo por el ruido de las pisadas de las bestias y el chirriar de los ejes de los carromatos... No nos atrevíamos siquiera a volvernos para mirar hacia atrás... Por delante, se abría la calzada entre huertos y labrantíos verdes. Luego ascendía por unas pendientes, zigzagueaba ligeramente en las alturas y proseguía adentrándose entre los cerros. El sol se ocultó por su perdedero, y a su tiempo salió la luna... Ni de noche ni de día se podía parar; porque la libertad requiere su propio esfuerzo, sus fatigas y su senda...

FINAL

Final

Carta del padre trinitario descalzo fray Martín de la Resurrección a su Excelencia don Juan Francisco de la Cerda Enríquez de Ribera, VII duque de Medinaceli

Sevilla, 27 de abril de 1683

Excelentísimo Señor,

Dios sea con Vuestra Excelencia. Recibí el mandato de poner por escrito con detalle cómo se recobró en Mequinez de Berbería la venerada imagen de Nuestro Señor, al cual se conoce ya al día de hoy en la Villa y Corte de Madrid y por toda nuestra católica España como Jesús Rescatado.

Bien sabe Vuestra Excelencia que teníamos muchas y muy eficaces razones para narrar cosas maravillosas de lo que sucedió en nuestro viaje al África, al reino de Mequinez, cuando estuvo servido Dios, por medio de los reverendos padres trinitarios descalzos de nuestra orden y por la intercesión de los santos, que fueran redimidos tres centenares de cautivos que allí estaban, todos ellos apresados en San Miguel de Ultramar por el sultán agareno Mulay Ismail.

Hízose todo con la diligencia prevista en un negocio de tan grande humanidad, según lo dispuesto por el Consejo de guerra que acordó destinar caudales al rescate de los susodichos cautivos y a la vez de las imágenes que fueron despojadas por los moros de la iglesia de La Mamora. Reuniéndose también en Madrid las cantidades recaudadas de las limosnas que se solicitaron, que sumaban un total de dos mil reales de plata, más otros cien ducados de oro y cincuenta doblones, que venían aparte, sobrantes de la redención anterior hecha en Tánger, de la cual ya di cuenta a Vuestra Excelencia en otro memorial. Con mil reales más de plata y cien ducados de a ocho que me entregaron aquí en Sevilla, conteniendo lo recogido en Córdoba por fray Juan de la Visitación, pasamos a Ceuta el día 28 de diciembre del año 1681. Tres frailes trinitarios descalzos íbamos a cumplir con nuestro sagrado deber de completar la redención: el susodicho fray Juan de la Visitación, fray Jesús María y el humilde servidor que esta suscribe. Y para defendernos, nos acompañaban los siguientes caballeros: el capitán de Infantería Domingo Grande de los Coleos, el noble hidalgo de Sevilla don Lucas de Zúñiga y don Francisco de Sandoval y Roxas; sumándose en Ceuta don Antonio Correa, que se había encargado de las conversaciones con el cadí de Tetuán y de componer la escolta y todo lo necesario para emprender el viaje desde allí.

A mediados de enero del nuevo año de 1682 estábamos en Mequinez, donde se hizo todo según lo acordado por el tal Correa. Se pagaron los dineros del rescate, con toda la premura que permitía tan apurado negocio y la desconfianza de los tesoreros moros; y fueron juntados los cautivos en la plaza de armas del palacio del sultán, como estaba previsto, sin faltar ni uno solo: doscientos cincuenta soldados, dieciocho mujeres y veintisiete niños de edades diversas.

Pero resultó que, hallándose en la ciudad fray Pedro de los Ángeles, trinitario descalzo perteneciente a nuestra orden, el cual regenta allí un pequeño y pobre hospital, y se encarga de atender a los numerosos cautivos españoles, se complicó a última hora la salida por tener este fraile en su poder la hermosísima imagen del que fuera el Nazareno de La Mamora, por haberle permitido el sultán que la guardara, pero bajo amenaza de que si resolvía mandarla a España debía pagar un buen rescate, y que si no lo hacía sería quemado vivo con la sagrada imagen. Y como quiera que los lacayos del sultán se percatasen de que pretendíamos llevarnos oculto al Nazareno, se encolerizaron mucho y a punto estuvieron de armar un desastre y dar al traste con el negocio. Fue menester entonces iniciar con habilidad y rendimiento nuevas conversaciones, para llevarles a razones y que estuvieran conformes aceptando algunos caudales en pago.

A todo esto, cuando temíamos que no se convencieran por sentirse agraviados en lo que entendieron era un engaño por nuestra parte, estuvo servido Dios de que se presentara por allí el rey sarraceno en persona; el cual exigió que le fuera entregado el precio de 60 ducados, en 30 monedas de oro, doblones, por los que tiene desordenado apetito. Se le dio lo demandado, sin rechistar, pues no era cosa de contrariarle y hacer peligrar lo que más nos importaba del negocio, que eran los pobres cautivos. Contento el sultán y sus ministros y tesoreros por la pingüe ganancia obtenida, nos dieron pronto la licencia para emprender viaje de vuelta.

Tres jornadas de camino dista Mequinez de Tetuán; siempre hacia el norte, sin variación alguna. Los cuales hicimos casi de un tirón, a veces sin aliento, pero sin quejas de los desdichados cautivos, por débiles que se hallasen; en todo momento ilusionados, contentos, porque cada palmo de terreno que se quedaba atrás les alejaba un poco más del infortunio vivido...

Al segundo día, cuando vencíamos ya la mitad del trayecto, empezó a llover. Grandes masas de nubes oscuras venían de poniente, mientras avanzábamos por un sendero áspero, atravesando agrestes y montuosos campos donde crecían apretados arbustos entre peñascos y retorcidas encinas. Nuestra caravana proseguía lenta, frenada a veces por el barro, recorriendo extensiones baldías y territorios inhóspitos en los que se divisaban apenas míseras aldeas de cabreros. A la cabeza iban los caballeros en sus monturas y tras ellos cabalgábamos los frailes en nuestras mulas. Nos seguían los cautivos formando una larga hilera, la mayoría a pie y los que no podían caminar a lomos de borricos. Detrás, guardaban la retaguardia medio centenar de hombre armados, a los que se les pagaba por custodiarnos. Por último, cerrando la fila, iban los viajeros y mercaderes que se unían para transitar seguros por los peligrosos caminos siempre tan asaltados por bandidos.

Y de esta manera, sin apenas darnos descanso, se completaron las tres jornadas; avistándose Tetuán, la última de las ciudades moras, descolgándose por las faldas de una montaña alta. Allí hicimos noche, mas no dentro de las murallas, sino en los arrabales que se extendían por las afueras, próximos a las casas polvorientas que se desparramaban por un llano desamparado.

No tardó el cadí de la frontera en venir a reclamar la parte que le correspondía por dejarnos pasar adelante; hubo porfía, regateos, tratos... Nada puede hacerse en aquel reino sin gastar mucha saliva y sudores en largas conversaciones con cualquier motivo; máxime cuando andan de por medio los dineros.

Cuando dio el cadí el permiso era media mañana. Proseguimos entonces nuestro viaje, como siempre hacia el norte, sorteando los montes y esquivando aldeas y pueblos, para evitar tener que pagar ni un solo maravedí más. Y al ponerse el sol, apareció a lo lejos el mar...

Después de pernoctar en una playa solitaria, castigados por un viento fuerte y frío, salimos al amanecer por un sendero bien marcado cerca del mar, llano, que iba derecho hacia el norte. Y tras una última, larga y anhelante jornada de camino, llegamos a la vista de Ceuta...

Un alentador sentimiento de gozo, que era a la vez ansiedad, dio ánimos a nuestro corazón, impulsándonos a apretar el paso, al tiempo que los cautivos rescatados prorrumpían en un alborozado griterío. Querían las pobres criaturas reír, saltar, cantar y sacudirse esa fatiga pesada del largo cautiverio, del infortunio, del viaje... Un último rayo de sol hacía brillar las murallas y los edificios hacia oriente; el cielo estaba claro, ligeramente purpúreo, y era maravilloso saber que ahí, apenas a cien pasos, íbamos a pisar al fin el suelo de España...

Entre las 17 imágenes rescatadas, se encontraba como ya he referido la del Jesús Nazareno de La Mamora, de natural estatura, muy hermosa, con las manos cruzadas adelante... Se desembaló y se le colgó al cuello, sobre el divino pecho, el escapulario de nuestra orden, como asimismo se hizo con todos los redimidos que traíamos, como es costumbre para culminar la redención. Y fue luego colocado el Nazareno encima de unas andas traídas oportunamente por las buenas gentes de Ceuta, que salieron pronto alborozadas, enteradas de que transportábamos con nosotros al Señor Rescatado. Y de esta manera, en procesión solemne, hacíamos entrada en Ceuta el 28 de enero de 1682, con grandísimo júbilo y alegría. Salieron a la puerta a recibirnos todos los caballeros y soldados de la plaza, y tomando las andas sobre sus hombros con devoción y ternura, acompañadas de toda la ciudad, las llevaron al Real Convento de los Padres Trinitarios Descalzos, donde se cantó con toda solemnidad el *Te Deum Laudamus*, en acción de gracias.

Cuatro días después salimos de Ceuta, embarcados con destino a Gibraltar; de allí a Sevilla y después a Córdoba. En todas estas ciudades hubo grandes recibimientos, procesiones del Jesús Rescatado con los cautivos redimidos, solemnes misas en acción de gracias y fiestas.

El 17 de agosto de 1682, llegó la comitiva a Madrid, donde ya sabe Vuestra Excelencia cómo fue acogida, celebrada y festejada. Y el día 6 de septiembre se hizo su solemnísima procesión en presencia de sus majestades católicas el rey y la reina y los mayores señores de la Corte, con una muchedumbre inmensa que hizo suyo por aclamación al Nazareno, llevándole a recorrer lo más noble de la Villa y Corte hasta ser depositado a última hora de la tarde en el convento de los trinitarios de Madrid, donde hasta hoy es venerado con tanto cariño y devoción por los madrileños.

Aquel mismo día, delante de nuestro reverendísimo padre general fray Antonio de la Concepción, Vuestra Excelencia me mandó poner por escrito la peripecia de los cautivos de La Mamora y el portentoso rescate de la imagen de Nuestro Señor.

Pareciome poco oportuno narrar yo la parte que no presencié; la cual debía ser contada mejor por uno de los que la habían vivido en sus propias carnes. Y quiso Dios que hallase a la persona indicada: había entre los cautivos un joven de mirada limpia y franca, de nombre Cayetano Almendro Calleja, que sabía escribir muy bien, según fui informado. Estaba este acompañado por una moza, prometida suya, y por un niño de unos ocho años huérfano de padre y madre, al que decían haber tomado consigo durante el cautiverio y al que adoptarían como hijo cuando pudieran casarse; y con ellos estaba también una dama viuda, doña Matilde de Paredes y Mexía de nombre, a la que servía el joven. Todos ellos fueron hechos cautivos, según me contaron, mientras hacían escala en San Miguel de Ultramar, yendo embarcados de viaje a las Islas Canarias para recibir la herencia del difunto esposo de esta última.

Con ellos vine a Sevilla. Al tal Cayetano Almendros le encomendé que escribiera con detalle el memorial necesario para guardar cumplida relación de los hechos que nos ocupan. Estuvo muy conforme y le entregué dos mil quinientos reales del caudal de la redención para que pudieran irse todos a Santa Cruz de la Palma, donde tenían la hacienda que le correspondía a la viuda por legítimo testamento del finado.

El pasado día 20 de marzo del presente año del Señor de 1683 recibí carta del joven, en la que me decía que ya estaban en la isla, muy bien acomodados, casados y resueltos todos sus problemas. Envía agradecimiento a los padres trinitarios descalzos de nuestra orden y un buen donativo, devolviendo además los dineros que se les dieron en préstamo para su viaje. En documento muy bien redactado y limpio, cumple fielmente el mandato recibido de un servidor: detallando el relato de su salida de Sevilla, la estancia en La Mamora, el cautiverio en Mequinez y la gloriosa redención. Le paso copia del susodicho escrito.

Dios guarde a Vuestra Excelencia. Indigno siervo de vuestra merced

FRAY MARTÍN DE LA RESURRECCIÓN

Nota histórica

1. LA ESPAÑA DE FINALES DEL SIGLO XVII

El final del siglo XVII consolida una de las épocas más controvertidas del pasado español, la que ha sido considerada por la historiografía como el período de la decadencia. El fracaso de la monarquía hispana pone fin a la grandeza del imperio acuñado por los monarcas del siglo anterior. Y las riquezas americanas, lejos de permitir el desahogo, habían venido agravando la situación. Porque España había monopolizado la economía del Nuevo Mundo en una estructura imperial típica, apoderándose de las materias primas y abasteciéndolo de manufacturas, y, ahora, cuando muchas de las riquezas se agotan y todo parece ir a la deriva, no es capaz de gestionar el nuevo panorama que se presenta. Y, mientras tanto, negociantes franceses y holandeses se aprovechan de los últimos metales preciosos que llegan a los puertos de la Península. La realidad es bastante cruda: la corrupción y el caos reinan en la administración, las ciudades están atestadas de pícaros y gentes de mal vivir y crecen el desorden y la apatía.

Termina un siglo de contrastes desmesurados. Por un lado, se observa cómo las personas que viven atentas a la vida pública en Madrid, Sevilla u otras ciudades, se dan cuenta, estremecidas, de que parecen sobrevenir toda clase de calamidades, miserias, crímenes y fracasos.

No obstante, si bien en lo militar, político y económico la decadencia es palpable, no sucede lo mismo con la literatura y el arte. El siglo XVII con el final del siglo XVI constituye el momento literario y artístico más álgido del sentido creativo español, su etapa estelar. De ahí que se le denomine el Siglo de Oro de las artes y las letras, en el cual escribieron sus obras magistrales Cervantes, Lope de Vega, Góngora, Quevedo y Calderón de la Barca.

Aquella sociedad presentaba todavía un carácter estamental muy claro heredado de los siglos precedentes, separada en grupos de población muy definidos: la nobleza, el clero, los militares y la clase inferior. Los hidalgos constituían el eslabón más bajo de la nobleza; teniendo fundamentalmente dos orígenes: algunos de ellos pertenecían a familias que habían recibido el título por méritos en la Reconquista y otros habían adquirido la hidalguía en fechas posteriores por servicios u otros méritos. Pero en esta época se había producido ya un paulatino empobrecimiento de los mayorazgos, hasta llegar a distinguirse únicamente por su orgullo y por su pobreza. Y los hijos de los hidalgos, arruinados los más de ellos, buscaban acomodo en el clero y en las tropas. Sobre todo los segundones, es decir, los que no heredaban, se alistaban en la milicia, buscando la aventura y deseosos de obtener por méritos alguna prebenda. También sobreabundaban los hijos bastardos; la descendencia natural de una sociedad tan proclive a la aventura, los viajes, las conquistas...; en una realidad muy marcada por la idea de pecado, en la que los matrimonios se acordaban por conveniencia, generando una infinidad de relaciones extramatrimoniales ilícitas por tanto, pero que eran conocidas por todo el mundo. Como una consecuencia más de la crisis del siglo, hay que destacar el progresivo relajamiento de las tropas. Llegó a extenderse la figura de los soldados españoles como fanfarrones, pícaros e indisciplinados.

La decadencia empieza a extenderse por todos los órdenes de la vida cotidiana. Esto produce un desengaño del mundo que provoca la absoluta valoración de lo trascendente, el deseo de escapar al engañoso mundo. Por eso el Barroco se caracteriza por una constante tensión entre vida y espíritu. Aparece en aquella sociedad un hombre que busca la vida con sus placeres, pues la sabe breve; y otro en cambio que tiende al ascetismo, que mira únicamente hacia arriba, al sacrificio por causas grandes y nobles, al optimismo y a la fe. Así es el arte en esta época; un contraste entre dos fuerzas poderosas: una que le invita a ascender y otra que le retiene.

En el hombre del siglo XVII están los valores del Renacimiento, pero en proceso de asimilación y conviviendo con rasgos del espíritu medieval en mayor o menor medida. A fin de cuentas, nos encontramos ante el afianzamiento de un nuevo sistema de valores, de una nueva estética, en una época de esplendor hispano en algunos aspectos culturales y una convivencia conflictiva marcada por el control religioso y estatal.

2. UN REINO EN DEPRESIÓN

La crisis del siglo XVII es uno de los aspectos más controvertidos de la historia económica española. Porque, en términos generales, no se cuenta con datos fiables sobre la población, la producción agrícola o textil de las ciudades castellanas; ni acerca de las verdaderas cifras de negocios de los banqueros y comerciantes, o de la recaudación de impuestos, y las escasas referencias a los gastos de guerra dificultan cualquier conclusión. No obstante, existe acuerdo general entre los investigadores en admitir que todos los países del occidente europeo sufrieron casi en la misma época una regresión económica. En todo caso, parece obvio admitir que dicho siglo fue duro para Europa y particularmente catastrófico para España.

No hay recuentos fiables, pero parece ser que la población española sufrió un descenso notable en el siglo XVII. Para algunos historiadores, disminuyó en un veinticinco por ciento entre 1600 y 1650. Algunos textos literarios dan cuenta de este hecho. En una obra de Tirso de Molina leemos:

Dinos: ¿en qué tierra estamos,
qué rey gobierna estos reinos
y cómo tan despoblados
tienen todos estos pueblos?

Si bien parece que la población de las ciudades españolas se mantuvo, en cambio, la población rural disminuyó. Y estos cambios afectaron sobre todo a la agricultura. Hubo carencia de mano de obra y descenso en el pago de rentas y de diezmos. Al mismo tiempo se producían modificaciones en las técnicas empleadas y en los productos cultivados; por ejemplo, se sustituyeron muchas plantaciones de cereales por otras de vid y olivo. La propiedad tendió a concentrarse: aumentan los latifundios. Muchos campesinos tuvieron que convertirse en jornaleros para sobrevivir, sobre todo en el sur, en Extremadura, Castilla-La Mancha y Andalucía. Y al mismo tiempo se acusaba la expulsión de los moriscos, especialmente en Valencia y Aragón. Aunque, en sentido positivo, debe destacarse la introducción de nuevos cultivos procedentes de América, como la patata y el maíz, decisivos en algunas zonas del norte. Y también la exportación de lana siguió siendo rentable para el comercio español, aun resintiéndose por las guerras permanentes.

Y en este contexto de retroceso económico y demográfico, también el factor fiscal resultó enormemente afectado. Los problemas económicos se tradujeron en dificultades fiscales: Castilla no estaba ya en situación de proveer al Estado de los enormes recursos que precisaba para desarrollar su gravosa política exterior. Las incontables guerras emprendidas llevaron a la Hacienda a una situación lamentable, porque gran parte de los metales que llegaron de América se destinaban a costear los gastos militares. Y las elevadas partidas empleadas en mantener los cuantiosos gastos de la Corona, según los niveles de las épocas de esplendor, empeoraban notablemente esta situación. En el reinado de Carlos II, la Casa Real gastaba alrededor de un siete por ciento del erario del Estado. Gastos que además eran dobles, ya que, además de la Casa del Rey, había que mantener la Casa de la Reina madre y, más tarde, las de las dos reinas. En pleno Barroco, estos gastos eran suntuosos, a pesar de que la débil Hacienda era incapaz de soportarlos. Y todo esto se tradujo en complicaciones monetarias.

La atormentada situación de la Hacienda y la insuficiencia de sus ingresos obligaron a buscar nuevos medios de financiación. Ya desde los inicios del siglo XVII, la manipulación monetaria había sido preferida por los gobernantes como recurso complementario cuando la situación se veía atosigada. El resultado de esta política fallida fue un sistema monetario inestable, que dificultó en gran medida la actividad comercial del reino.

La triste situación económica a que acabamos de referirnos obligó a ensayar remedios tardíos en todos los órdenes. Y al terminar el siglo, muy poco es lo que quedaba en pie.

3. Extranjeros pescando en el río revuelto de España

Por otro lado, el proceso de crisis de la economía española se vio agravado por las concesiones otorgadas por los poderes públicos a los comerciantes extranjeros. Los puertos del Levante español constituyeron escalas de rutas comerciales que integraron a regiones económicas europeas, como Flandes, Inglaterra, Francia e Italia. Cada grupo nacional de mercaderes aportaba y arrastraba la fuerza de su origen, de sus relaciones económicas y sociales. Los italianos, por ejemplo, conectaban con las poderosas repúblicas mercantiles de Génova y Venecia; o de los incipientes estados de Niza-Saboya y Liorna-Toscana, que incluían a ciudades económicamente importantes como Turín, Milán y Florencia. En el reinado de Felipe III la paz permitió no solo la reanudación del comercio directo con Holanda e Inglaterra, sino la instalación de comerciantes ingleses en los puertos del Levante y, sobre todo, el predominio de estas naciones atlánticas en el transporte marítimo, en detrimento de franceses e italianos. Fue esta una posición que se consolidó bajo Felipe IV y Carlos II, a causa de las guerras con Francia, que dieron lugar a la casi total desaparición de los franceses. Hasta tal punto llegó esta situación que casi no había ya mercaderes españoles, sino que casi todo el comercio estaba en manos de holandeses e ingleses. Esto dio lugar a que, en muchos casos, los mercaderes de Levante tuvieran que funcionar al amparo de los extranjeros.

Tales concesiones a extranjeros condicionaron un creciente desarrollo de la ruta del Atlántico, entre Cádiz, nueva sede del monopolio de las Indias, y los puertos franceses, ingleses, holandeses y hanseáticos. Los beneficiarios fueron por ende las ciudades de la Hansa en 1647; y las Provincias Unidas de Holanda con la paz de Westfalia.

El comercio americano preocupaba mucho porque su importancia era enorme. Y el Estado defendió muy celosamente su monopolio, aunque en la práctica cayó también en manos extranjeras. Las colonias de holandeses e ingleses establecidas en Cádiz procuraban introducirse en el negocio por todos los medios. En 1668 se elevó un memorial a la regente Mariana de Austria, en el cual se explicaban los ardides puestos en práctica por los extranjeros para sortear la prohibición de comerciar directamente con América. Entre otras cosas, se denuncia que procuraban que sus hijos o allegados contrajeran matrimonio con españoles en Cádiz, Puerto de Santa María o Sevilla, para que su descendencia gozara del privilegio de los naturales. Y también que se servían de mercaderes españoles como simples máscaras tras las que se ocultaban, siendo los extranjeros quienes en verdad mercadeaban.

No obstante, y a pesar del declive que sufrieron los negocios con las Indias, el cónsul francés en Cádiz, Pierre

Catalan, podía escribir en 1670 al ministro Colbert que «el comercio en este puerto de Cádiz es el mayor y más floreciente de Europa». Y en su informe, estimaba el valor total del comercio internacional en los puertos andaluces durante aquel año en unos trece millones de pesos, de los cuales solo quedaban en España un millón y medio. El grueso del negocio se hallaba pues en su mayor parte en manos de extranjeros, que eran los auténticos beneficiarios.

Aunque es posible que sobre este asunto se exagerara. Godolphin escribía en 1675 desde Madrid: «La opinión habitual aquí es que todas las demás naciones viven y se hacen ricas por su comercio con los dominios de esta Corona, opinión que aunque es verdadera en buena parte, no lo es hasta la exageración de que se ufanan los españoles.»

4. Un mundo sobre el que se cierne la ruina

Aquella población, con tan apuradas y precarias posibilidades de sobrevivir, acosada por condiciones habitualmente adversas, no gozaba de muchas perspectivas ni posibilidades de prosperar. Esto se tradujo en una gran facilidad para descender en la escala social y llegar a caer en la pobreza y la marginación; nuevo estado para muchos que habían vivido con cierta holgura antes y del que resultaba, en cambio, muy difícil salir.

Y por todas partes, gentes muy variadas y por motivos muy diversos, nutrían el contingente de marginados: vagabundos, pobres, mendigos, viudas, huérfanos, enfermos, pícaros, delincuentes, prostitutas, presos, bandoleros... Y ante tanta contrariedad, la sociedad oscilaba entre el rechazo y la solidaridad.

5. EL DUQUE DE MEDINACELI

La indolencia de los últimos Austrias propició que las tareas de gobierno recayeran en el llamado «valido», un gobernante efectivo, un ministro que tomase sobre sí la pesada carga. Dos grandes personajes tenían capacidad y prestigio suficientes para asumir tan alta responsabilidad: el duque de Medinaceli, sumiller de Corps y presidente del Consejo de Indias, y el duque de Frías, condestable de Castilla, decano del Consejo de Estado.

La muerte de don Juan de Austria había creado un vacío de poder que era preciso llenar cuanto antes. Pero en los primeros momentos era difícil predecir en quién recaería la responsabilidad del gobierno. El rey Carlos II no podía estar solo. Pero no surgía ningún personaje equiparable a don Juan. Un nuevo valido no parecía aconsejable. Pero era urgente atender al gobierno y los proyectos de reforma estaban pendientes.

Por algún tiempo, las intrigas de don Jerónimo de Eguía, apoyado por el confesor del rey y por la duquesa de Terranova, camarera mayor de la reina, dificultaron la elección. Pero finalmente el rey se decidió por Medinaceli y el 22 de febrero de 1680 se expidió un decreto por el cual se le nombraba primer ministro. La decisión real fue bien recibida, porque el duque era joven todavía, y a la vez, según don Gabriel Maura, «igual por su sangre a los mejores, superior a todos en bienes de fortuna, no inferior en entendimiento a los más avisados. Correcto en sus costumbres, probo en el ejercicio de sus funciones». Parece ser que era hombre cauto que, según el mismo cronista, «tuvo cualidades y defectos de los políticos flexibles».

Sin juzgar estas cualidades, discutibles para otros, resultó que el duque no tuvo altura de miras ni energía para sobreponerse al ambiente de crisis y decadencia. Lo real es que acudió al tan acostumbrado recurso de crear juntas, y entre ellas, una «Magna de Hacienda», que no hizo sino entorpecer la ya lenta marcha de los negocios con sus discusiones y vacilaciones.

6. 1680: *ANNUS HORRIBILIS*

Al iniciarse la década de 1680 la situación descrita parecía llegar a su punto más crítico. No obstante, el año comenzó entre festejos organizados para celebrar la llegada de la nueva reina francesa María Luisa de Orleans al palacio real. El día 13 de enero, montada a caballo, recorría la Villa y Corte, desde el Buen Retiro hasta el Alcázar, con un vistoso séquito, aclamada por el pueblo, que se había echado a las calles con entusiasmo. Cinco arcos triunfales se habían erigido, para loar a la reina con los versos de los más insignes escritores, entre los que estaba Calderón de la Barca, entonces ya un anciano de ochenta años.

Pero toda esta alegría fue efímera, porque pronto empezó a desatarse un cúmulo de circunstancias adversas que, si bien ya venían gestándose en la década precedente, dieron ahora la cara con toda su virulencia.

El desbarajuste monetario, que era una de las más pesadas cargas que ya arrastraban los reinos castellanos, había llegado a provocar una situación verdaderamente desastrosa. Circulaba una moneda de baja calidad, el vellón, formada entonces por una aleación del 93 por ciento de cobre y un pobre 7 por ciento de plata, cuyo valor real era de 10 reales el marco, en tanto que su valor legal era de 24. Semejante diferencia se consideraba como un fraude, que el gobierno era el primero en consentir y en el que intervinieron muchos dedicados a falsificar moneda. El resultado fue un descrédito absoluto de la moneda, con gravísimas consecuencias: inflación, aumento escandaloso del precio de la plata y el oro y la consiguiente especulación.

Era pues necesario hacer algo para solucionar un problema que causaba tantos perjuicios a la economía y que constituía uno de los factores principales de la crisis. Y, finalmente, por un decreto de 10 de febrero de 1680, se devaluaba el marco de moneda de molino en un 75 por ciento dc su valor corriente, lo cual suponía pasar de 12 reales a 3 reales. Y, además, todo el vellón de cobre puro fue devaluado a una cuarta parte de su valor corriente. A la vez se adoptó la excepcional medida de legalizar todo el vellón falso e importado, reduciéndose el precio de la plata del 275 por ciento al 50 por ciento.

El resultado inmediato del decreto fue catastrófico: cundió el pánico, muchos perdieron sus ahorros, los comerciantes suspendieron sus negocios y algunos fueron a la quiebra. Y dado que la moneda circulaba escasamente, el trueque se hizo corriente. La devaluación provocó también general confusión y alarma entre los asentistas, y ocasionó el descenso de los préstamos.

El cronista Antonio de Solís escribía a uno de sus amigos para decirle que la devaluación «ha dejado en total perdición el comercio, y acabadas las haciendas de los particulares. No hay quien cobre ni pague [...]. Se ha hecho uso la pobreza [...]. Todo es miseria y quiebras de mercaderes».

En suma, el impacto inicial del decreto de devaluación fue enorme en la vida del país, y el gobierno también se vio gravemente afectado, teniendo que soportar grandes pérdidas fiscales, que venían a empeorar todavía más la crisis de la Hacienda. Por tanto, se planteaba una vez más la necesaria reforma fiscal. En marzo de aquel año dos ministros del Consejo de Hacienda presentaron un memorial denunciando como ruinoso el sistema de arriendo de impuestos y proponiendo su sustitución por encabezamientos, como medio más limpio y eficaz, y dejando solo para arrendar los monopolios, como la sal, el tabaco y las aduanas.

Sirvan como muestra de la situación las impresiones que dejó escritas por entonces el marqués de Villars, embajador de Luis XIV: «Sería difícil describir en toda su magnitud el desorden reinante en el gobierno de España. Puede decirse en general que ha llegado a tal punto que parece casi imposible el que se pueda restablecer, porque carece de súbditos que tengan la capacidad y la voluntad de trabajar en ello, y, por otra parte, porque los hombres y los fondos están allí tan agotados que tal vez fuera inútil el emprenderlo.» Y no era solo esta una opinión más o menos despectiva de un altivo extranjero. En efecto, por muchos motivos, 1680 fue el peor año de una pésima época.

Tampoco la naturaleza parecía querer ayudar, sino todo lo contrario; las inclemencias del tiempo azotaron duramente la Península: hubo tormentas, granizo, lluvias torrenciales e inundaciones. Y por si todo esto fuera poco, en octubre un terremoto devastó algunos pueblos de Málaga, dejándose sentir hasta en Madrid. Uniéndose al desastre la peste, que seguía asolando las tierras andaluzas. Los males de siempre, en definitiva, pero agravados por la crisis de la economía y el gobierno del reino.

Tales eran las tribulaciones, que algunos hasta veían en ellas un castigo del cielo y buscaban señales que mostraran el camino a seguir. Según el cronista valenciano Ignasi Benavent, el 22 de diciembre de aquel año «se vio un cometa muy grande y espantoso de color dorado que duró cinco semanas a la parte de Poniente». Tal cúmulo de apocalípticas desdichas, como escribía no sin razón el marqués de Villars, «llenaban España de ideas sombrías sobre el presente y de nuevos terrores del futuro».

Si, como se ve, el año 1680 había resultado durísimo, los que le siguieron tampoco fueron fáciles. Continuaron las inclemencias del tiempo con sus consecuencias sobre la agricultura, la sequía que afectaba a tantas comarcas significaba el hambre para miles de personas. Como relataba Francisco Godoy: «No cogiéndose ningunos frutos, estrechándose la necesidad común hasta llegar a la extrema miseria, a buscar los hombres yerbas silvestres con que sustentar los cuerpos [...]. La tierra de casi toda Andalucía se secó; los frutos se quemaron; los árboles se ardían; los granos se perdieron; los campesinos se fueron a mendigar a otras provincias; los ganados perecieron. Se encareció el pan, y por su carestía murieron muchos.»

Y para colmo de males, una terrible tempestad hundió en el Atlántico los cinco grandes navíos que componían la flota de las Indias, con la pérdida de 1.400 personas y de 20.000.000 de ducados, que suponían la suprema esperanza del agonizante erario.

7. SEVILLA: UNA CIUDAD EN DECLIVE

Ya en torno al año 1600 la ciudad de Sevilla alcanzó su máximo número de habitantes, que se calcula en 150.000, siendo la primera de las poblaciones españolas igualada en el conjunto europeo con Londres y Roma, según palabras de Domínguez Ortiz en el volumen *La Sevilla de las Luces*.

El año 1621 sube al trono el rey Felipe IV con solo dieciséis años de edad, iniciándose el declive de la dinastía de los Habsburgo, también conocida como «decadencia de los Austrias». Durante este siglo XVII, España cede su puesto a Francia como potencia europea y, como ya vimos más arriba, es opinión general de los historiadores que da comienzo un siglo de recesión general, que afectó sobremanera a Andalucía, donde la climatología adversa, con años de sequía y lluvias torrenciales, alternándose, y el descenso en la llegada de oro de las Indias, hicieron menguar la riqueza y opulencia del siglo anterior.

Con el último de los Austrias, el rey Carlos II, termina un siglo desastroso en lo que a política y economía se refiere. Pero en lo referente a las artes nos hallamos en lo que se conoce como «Siglo de Oro español»; en el que brilla una pléyade de nombres insignes: Cervantes, Lope de Vega, Garcilaso, Tirso, Calderón, Santa Teresa, San Juan de la Cruz, y un largo etcétera. Por entonces, Sevilla es cuna de grandes artistas: Montañés, Roldán, Velázquez, Murillo... En los primeros años del siglo, Lope también pasa por Sevilla tras su amada Camila Lucinda (la cómica Micaela Luján).

Sevilla decae con aquella España en crisis. Y un motivo fundamental de su decadencia fue precisamente que

Cádiz se erigiera como nueva receptora del Oro de Indias desde mediados de siglo. Ya desde 1558 se venía autorizando a los buques que venían de las Antillas con cargamento de cueros y azúcar a que descargasen en el puerto gaditano. Poco después se hacía extensiva la licencia a todas aquellas naves que no pudieran traspasar la barra de arena de Bajo Guía (Sanlúcar de Barrameda). Y para colmo, al crepúsculo sevillano se fue a sumar la preferencia de los comerciantes extranjeros por la bahía de Cádiz, donde encontraban mayores facilidades para el comercio por tener que pagar menores derechos arancelarios.

Como primera consecuencia, cuando se produce la peste de 1649, Cádiz se recuperó fácilmente de la crisis, pero no así Sevilla, que acusó el desastre de manera terrible. Se dice que hasta 200.000 personas, de los 300.000 habitantes que tenía la ciudad, fallecieron entre esa fecha y 1650. Abandonados los barrios más populosos, la población quedó expuesta al hambre y la miseria, lo que ocasionaría la sublevación llamada «de los ferianos», por iniciarse en la célebre calle Feria. El gentío hambriento se amotinó ante la carestía del pan y comenzó a saquear tiendas e incluso pretendió tomar la Casa de la Moneda. La revuelta fue reprimida y los cabecillas ajusticiados.

En lo sucesivo, el monopolio sevillano sería meramen te nominal, trasladándose definitivamente la Casa de Contratación a Cádiz.

El rey Carlos II pondrá fin a un siglo lleno de contradicciones y desastres, incluyendo el terremoto de 1680 y la inflación monetaria que provocó la depreciación de la moneda de curso legal, el vellón. En palabras de Madoz: «Sevilla es el espejo donde se ve la decadencia española de aquel tiempo, y sin comercio, con una agricultura exánime, los miles de telares que su industria había contado en otro tiempo quedaron tan reducidos que en 1673 apenas llegaban a 400.»

Toda la opulencia que trajo el descubrimiento de América a Sevilla llegó a su fin pues.

8. El puerto de Cádiz

En 1680 se solventó el largo contencioso que enfrentaba a Sevilla, tradicional sede del monopolio y lugar obligado de carga y descarga de las mercancías americanas, con Cádiz, que le disputaba la exclusiva gracias a las ventajas que ofrecía su gran puerto natural. Preferido por los barcos de gran tonelaje que tenían dificultades para remontar el río Guadalquivir, y a pesar de las protestas de la Casa de Contratación, Cádiz, con su mayor accesibilidad, había atraído a un gran número de mercaderes. Y, finalmente, en 1680, el gobierno, deseoso de incrementar al máximo las facilidades para el comercio con las Indias, aceptó la realidad y designó como puerto obligatorio de carga y descarga a Cádiz. Aunque de momento la Casa de Contratación permaneció en Sevilla, la ciudad de Cádiz empezó a experimentar grandes mejoras, con un crecimiento poblacional que la situó en torno a los 72.000 habitantes; estableciéndose allí 86 compañías de seguros y 61 corredores de lonja.

En 1680, todos los buques con destino a las Indias tienen la obligación de parar en la bahía gaditana. El papel de Sevilla se limitará a partir de entonces a burocráticas funciones comerciales a través de la Casa de Contratación; aunque por un tiempo limitado.

9. LA IMAGINERÍA BARROCA

Al iniciarse el siglo XVII, podemos apreciar un hecho trascendental, el de que la escultura española adquirió su particular identidad, pues el barroquismo italiano no encajaba en sus gustos. En España prevaleció de manera definitiva la inspiración de lo natural, de modo que el término «realismo» es el que mejor identifica al arte de la primera mitad del siglo. Era un realismo concreto, sincero, que huye de las abstractas bellezas ideales.

En Sevilla se inicia un período singular con la imaginería de la escuela andaluza. Todavía hoy se admiran en los desfiles procesionales de la Semana Santa sevillana las obras que con este fin realizó Martínez Montañés, autor de imágenes de Cristo plenamente humano. Algo más barroco fue uno de sus discípulos, Juan de Mesa, autor de veneradas imágenes como los Cristos del Amor, de la Agonía o de la Buena Muerte y el popular Jesús del Gran Poder.

Los escultores-imagineros, dotados de singulares carismas y fieles a sus creencias, sirvieron a la expresión de este realismo. No conviene olvidar que esta inspiración tan singular nació y se desenvolvió en plena Contrarreforma, en la que había que afirmar frente a las corrientes adversas a las imágenes el valor catequético, religioso y espiritual de estas, mostradas al pueblo en procesiones que de forma rápida se hicieron multitudinarias.

10. La Mamora

En los siglos XVI y XVII se conoció como La Mamora o La Mámora a una población-fortaleza que actualmente está en ruinas junto a la ciudad marroquí de Mehdía, en el norte de Marruecos. Situada en las costas del Atlántico, a 115 kilómetros de Larache y 25 de Salé, se halla adentrándose a poco más de 2 kilómetros en el río Sebú. Fue conquistada por los portugueses en 1513, tras la toma de Azamor, y el rey Manuel I mandó que se edificase con fines estratégicos un baluarte. Esta primera construcción solo preveía defender el fondeadero, pero no servía frente a un ataque por el lado de tierra, lo que hizo que se perdiera pronto, llegándose a convertir en reducto de piratas bajo el mando del inglés Mainwaring durante algún tiempo.

Tras la conquista de Larache en 1610, los españoles dominaron esta parte de la costa, ocupando La Mamora en agosto de 1614. A partir de esta fecha, la fortaleza fue rebautizada como San Miguel de Ultramar. La guarnición española construyó un fuerte diseñado por Cristóbal de Rojas, llamado San Felipe, y junto a él creció una población amurallada. A partir de entonces, la plaza tuvo que resistir permanentes asedios musulmanes en 1619, 1625, 1628, 1647, 1655, 1668, 1671, 1675 y 1678.

11. Pérdida de La Mamora

Según consignan las crónicas de la época, el día 26 de abril del año 1681, entre las ocho y nueve de la noche, un numeroso ejército de moros al mando del alcaide de Omar puso sitio a La Mamora. La población total de la fortaleza la formaban 295 personas, de las cuales solo 160 podían tomar las armas. Se resistió tenazmente, suponiendo que se trataba de un asedio más de tantos. Pero, tres jornadas después, el martes 29 por la tarde, se presentó por el sur el sultán de Mequinez, Mulay Ismail, con un ejército de 80.000 hombres. Y al día siguiente, miércoles 30, los soldados españoles se amotinaron porque veían que no era posible la defensa.

Se hizo una junta de oficiales y rebeldes, decidiendo rendir la plaza. Las condiciones de la capitulación dejaban en calidad de prisioneros a todos los habitantes de La Mamora. Pero quedarían libres y con posibilidad de partir en un navío a las siguientes personas: el maestre de campo y gobernador don Juan de Peñalosa y Estrada; al veedor Bartolomé de Larrea; al capitán Juan Rodríguez, al alférez Juan Antonio del Castillo, al sargento Cristóbal de Cea, y las respectivas mujeres de todos ellos; más los padres capuchinos Andrés de la Rubia y Jerónimo de Baeza, que hacían de capellanes; y dos sobrinos del veedor. De resultas, 250 soldados, más las mujeres y niños que había en la plaza, fueron apresados y llevados cautivos a Mequinez, juntamente con las imágenes y objetos de culto que había en la iglesia, además de los pertrechos de guerra.

12. MEQUINEZ

La ciudad marroquí de Mequinez, en árabe M'knas y en francés Meknes, está situada al pie de las montañas del Atlas Medio, en un valle verde, a unos 130 kilómetros de Rabat y a 65 al oeste de Fez. Los orígenes se remontan al siglo VIII, cuando se construye una *kasbah*, o fortaleza. Al asentarse en el sitio la tribu bereber conocida como Meknassa en el siglo X, la ciudad recibe definitivamente nombre e identidad por la población que fue creciendo alrededor de la fortaleza.

Pero Mequinez no alcanzará su apogeo hasta que fue elevada a la categoría de capital imperial por el sultán Mulay Ismail (1672-1727) de la dinastía alauita; el cual, después de haber sido proclamado sultán a la muerte de su hermano, en 1672, erige en la vieja ciudad la capital política y militar, emprendiendo la colosal tarea de reformarla por completo en un estilo muy personal. 3.000 cautivos cristianos llegados de Fez, más 30.000 prisioneros de las tribus de las regiones vecinas, fueron empleados cotidianamente en la tarea. El sultán mandó destruir la alcazaba meriní y una parte de la ciudad antigua para construir una formidable muralla dotada de monumentales puertas. Mandó erigir mezquitas, alcázares para su guardia, graneros, cuadras de caballos, jardines y la Dar Kebira. Hizo traer materiales romanos y mármoles desde las ruinas de Volubilis y del palacio el-Badi de Marraquech, para realizar con fastuosidad su ciudad imperial: Dar el-Majzen, en la que estableció su administración personal y su harén, del que se dice que las quinientas mujeres que lo componían eran originarias de todas las comarcas.

Los graneros llamados Heri es-Suani, contiguos al palacio, servían para almacenar las reservas alimenticias de la ciudad, así como el heno y el grano previstos para mantener a los 12.000 caballos del sultán. Los muros de siete metros de espesor y una red de canalizaciones subterráneas, mantenían una temperatura fresca en el interior de las inmensas despensas que permitía la conservación de las reservas. Ya que, según los cronistas de la época, Mulay Ismail tenía auténtico temor a estar sitiado; y de ahí el origen de lo desmesurado de los graneros, de los cuales se decía que llenos «habrían podido asegurar la supervivencia de la ciudad durante veinte años». Aunque ningún asedio llegó a durar en realidad más de una semana durante los años de su reinado.

13. EL SULTÁN MULAY ISMAIL

Abdul Nasir Mulay Ismail As-Samin Ben Sharif, conocido universalmente como sultán Mulay Ismail, nació entre el año 1635 y 1645 y reinó en amplios territorios de lo que hoy es Marruecos entre los años 1672 y 1727; heredando el poder de su medio hermano Mulay al-Rashid Rama. Pero lo que más célebre hizo a este personaje en su tiempo es el hecho de ser un verdadero recolector de cautivos y haber mantenido un harén de 500 mujeres, creando una enorme familia en la que se le atribuyeron 700 hijos, el último de los cuales se dice que nació 8 meses tras su muerte. Reclutó un ejército de 150.000 esclavos y, con este inmenso poder gran parte de Marruecos cayó bajo su dominio durante 55 años. Tras la muerte de Ismail, sus numerosos hijos se disputarían la sucesión durante medio siglo.

La gran armada del sultán estaba compuesta por esclavos negros, emigrantes árabes, sudaneses, andalusíes y cristianos. Con el fin de mantenerla y regenerarla, instaló en Mequinez un gigantesco campamento cercano al palacio. Dio mujeres a los soldados y, siguiendo el ejemplo de los turcos, todos los niños nacidos en el campamento fueron formados para servir al Estado desde edad temprana. A los quince años eran incorporados al ejército. Mulay Ismail creó por todo el imperio una red de fortalezas, todavía utilizadas como guarniciones.

En una plaza vecina a su palacio de Mequinez, estaba la Qubba el-Jayyatín (los costureros), llamada así por el gremio de sastres instalado alrededor de la plaza. En este pabellón, Mulay Ismail recibía a los embajadores extranjeros y hacía los negocios de transacción y rescate de cautivos. El padre Busnot que estuvo allí para redimir, y contó cómo eran estos encuentros, describe así al sultán: «De mediana talla, tenía un rostro un poco alargado y delgado, la barba partida y un color casi negro, los ojos llenos de fuego y una voz fuerte.» También hay allí salas subterráneas que todavía hoy se conservan y pueden visitarse, a las que se accede por una escalera contigua a la *qubba*. Estas estancias lúgubres son conocidas aún con el nombre de «prisión de los cristianos». Se cuenta que la prisión fue construida por un cautivo portugués al que Mulay Ismail habría prometido la libertad si lograba construir una cárcel para 40.000 cautivos.

14. Los cautivos

Se puede afirmar con propiedad que los cautiverios de españoles entre musulmanes se iniciaron con la misma invasión islámica. Porque se tienen noticias de redenciones desde los mismos orígenes de la dominación. Aunque en aquellos primeros momentos, la libertad se gestionaba a título personal, por los mismos cautivos o sus familiares y amigos; y por mercaderes que conseguían de esta manera una comisión por los rescates, en función de su cuantía y de las dificultades de acceso a los cautivos. Solamente con carácter muy excepcional, la propia Corona pudo mediar, y aun exigir, la liberación o el intercambio de cautivos.

Los Reyes Católicos no se detuvieron en la empresa de la Reconquista y decidieron proseguir en el norte de África; y luego su nieto Carlos V y su biznieto Felipe II protagonizaron sonoras victorias contra los infieles; pero también un buen número de derrotas en las que gran cantidad de soldados españoles fueron hechos cautivos. En el ámbito del Mediterráneo, hubo pues un estado de conflicto persistente y fueron muchos los años de guerra contra los musulmanes. El cautiverio permaneció como un fenómeno corriente en toda la Edad Media; que continuó en la Edad Moderna; una situación frecuente que se producía cada vez que llegaba a término una de las muchas campañas que se emprendían, o cuando una nave cristiana era apresada por corsarios. Y como era común la concepción medieval del cautivo como prisionero de guerra que pertenecía al apresador, se veía legitimado este para retenerlo sin más a la espera de que se comprara su libertad mediante el pago de un rescate. Si bien el captor se consideraba con derecho a escoger entre exigir ese rescate o conservar a su servicio al cautivo. Esto último solía suceder cuando el aprehendido conocía bien su oficio o podía reportar a su dueño algún otro beneficio.

Esta realidad tan cotidiana en la España nos ha dejado innumerables testimonios. Llegó a ser un fenómeno que formaba parte de los pueblos y ciudades, donde las gentes solían vivir a la espera de que sus familiares cautivos regresasen. Solo más adelante irán surgiendo instituciones auténticamente especializadas en el rescate de cautivos, inspiradas en el sentido clásico de la beneficencia cristiana y, por tanto, con fines no lucrativos. Lo que provocó incluso que se fundaran órdenes religiosas, llamadas también órdenes redentoras de cautivos, por su fin primordial. Según parece, fue la Orden de Santiago la primera en dedicarse a los cautivos. A esta seguiría la Orden de Montegaudio, a la que le dio Alfonso II de Aragón el significativo nombre de Orden del Santo Redentor. Y con menor frecuencia, también participaron los franciscanos. Pero, sin lugar a dudas, será en los inicios del siglo XIII, cuando aparezca la Orden de la Santísima Trinidad y la de la Merced o de la Misericordia de los Cautivos, el momento culminante de estos institutos religiosos, a los que quedará vinculada por muchos siglos la redención.

15. La Orden Trinitaria

La llamada Orden de la Santísima Trinidad y de los Cautivos (en latín *Ordinis Sanctae Trinitatis et Captivo-*

rum), conocida también como Orden Trinitaria o Trinitarios, fue fundada por el francés san Juan de Mata y aprobada por el papa Inocencio III en 1198; con la bula *Operante divine dispositionis*; a la que se unió la praxis de San Félix de Valois (cofundador de la orden). Se puede decir que es la primera institución oficial en la Iglesia católica dedicada al servicio de la redención de cautivos sin armas ni violencia, con la pura misericordia, y con la única intención de devolver la esperanza a los hermanos en la fe que sufrían bajo el yugo de la cautividad. Es también la primera orden religiosa no monástica y una de las principales órdenes religiosas que se extendieron por España y Europa durante la Baja Edad Media.

La reforma de la Orden Trinitaria fue obra de san Juan Bautista de la Concepción (1561-1613); nacido en Almodóvar del Campo (Ciudad Real) y que establece en Valdepeñas la primera comunidad de trinitarios descalzos. Con el breve *Ad militantes Ecclesiae* (1599) el papa Clemente VIII dio validez eclesial a la congregación de los hermanos reformados y descalzos de la Orden de la Santísima Trinidad, instituida para observar con todo su rigor la Regla de san Juan de Mata.

Juan Bautista de la Concepción fundó 18 conventos de religiosos y uno de religiosas de clausura, a los que les transmitió un vivo espíritu de caridad, oración, recogimiento, humildad y penitencia, poniendo especial interés en mantener viva la entrega a los cautivos y a los pobres.

16. El rescate

Los medios económicos de que disponía la orden provenían de limosnas y donaciones de los fieles, y de lo que obtenía de sus propios bienes. Ambas fuentes de ingresos son poco estables, de ahí que muchas veces solo fuera posible llevar a cabo redenciones generales, coincidiendo con el momento en que se había podido recaudar lo necesario.

La primera dificultad para el rescate la imponía el lugar del cautiverio. Así, por ejemplo, el precio de la libertad en Berbería (Tetuán, Fez, Marruecos, Mequinez, etc.) solía ser más elevado que el de Argel, a pesar de la proximidad de aquellas tierras. En general, lo normal era llegar a los 200 pesos de plata, aunque no resultaba infrecuente subir hasta los 600. Un segundo inconveniente suponía el hecho de que los rescatadores, familiares o amigos que buscaban la liberación de los cautivos no siempre estuvieran en disposición de aportar la totalidad del rescate, debiéndose complementar con los fondos de los institutos religiosos o de las fundaciones privadas. Por eso, las fundaciones privadas como, en nuestro caso, los trinitarios habían de afrontar el coste total de los rescates en bastantes ocasiones.

17. Decimocuarta redención de los Trinitarios Descalzos

En el año 1682 se organizó una redención de cautivos por los padres Miguel de Jesús María, Juan de la Visitación y Martín de la Resurrección, natural de Córdoba, quienes, desde la ciudad de Ceuta, dieron la libertad a cautivos recogidos en Mequinez, Fez y Tetuán, rescatando a la vez 17 imágenes sagradas.

El 5 de noviembre de 1681 partieron de Madrid con dirección a Sevilla, donde pararon pocos días, los suficientes para los trámites y recaudar algunos caudales más para unirlos a los que ya traían de la Villa y Corte. Llegaron a Ceuta el 1 de enero de 1682, con la intención de partir cuanto antes para redimir a los cautivos apresados por el sultán Mulay Ismail en La Mamora.

Francisco de Sandoval y Roxas, que participó en la redención, escribió una crónica de la época, con el título *Aviso verdadero* en la que refiere: «Dexaron en duras prisiones 250 soldados y 45 mujeres y niños; y lo que más tenemos que llorar y sentir es (no sé cómo llegar a declarar lo que mis ojos vieron, sin perder la vida a manos del dolor) aver visto al Sagrado Retrato de Jesús Nazareno segunda vez entregado a moros y judíos.»

Aunque el sultán ofreció en las capitulaciones que respetaría todas las vidas y que no se haría daño a nadie, y así lo mandó después con un bando público, no se pudo controlar a la morisma, que saqueó la población y no respetó la iglesia. De los ultrajes inferidos a las imágenes da cuenta el propio Francisco de Sandoval y Roxas, y en el mismo memorial *Aviso verdadero* refiere las «sacrílegas acciones que han cobrado los pérfidos mahometanos con las santas imágenes y cosas sagradas que hallaron en Mamora». Y con alguna exageración, detalla los malos tratos que recibieron algunas de las tallas: «Lleváronlas al rey, el cual, diciéndoles palabras afrentosas y haciendo burla de ellas, las mandó ultrajar y echarlas a los leones para que las despedazasen, como si fueran de carne humana. Al hermosísimo bulto de Jesús Nazareno le mandó el rey arrastrar y echar por un muladar abajo... Apenas hay imagen que no esté con alguna señal y herida de los golpes y puñadas de los bárbaros...»

18. El Cristo de Medinaceli

La imagen que es conocida popularmente como Cristo de Medinaceli y que se halla en Madrid es un *Ecce homo*, es decir, la representación de Cristo atado y flagelado que Poncio Pilato presenta al pueblo de Jerusalén mientras pronuncia las palabras «He aquí el hombre» *(«Ecce homo»)*. Se sabe que la talla fue encargada por la comunidad de Padres Capuchinos de Sevilla, y casi con toda seguridad proviene del taller de Juan de Mesa, donde la pudo tallar él mismo o alguno de sus discípulos, Luis de la Peña o Francisco de Ocampo, durante la primera mitad del siglo XVII. Una vez terminada la imagen en 1645, fray Francisco Guerra, obispo de Cádiz, dispuso que se hiciera su traslado a La Mamora, ya que ejercía jurisdicción eclesiástica sobre la plaza.

Fue llevada por los capuchinos al fuerte que las tropas españolas tenían en San Miguel de Ultramar, y será apresada por los moros en 1681, junto con otras imágenes y objetos sagrados de culto cuando el sultán Mulay Ismail arrebata a los españoles la plaza después de ponerle sitio. Trasladada la imagen luego a Mequinez, donde según se dice fue profanada y hasta arrojada a un muladar de donde fue rescatada por el religioso trinitario fray Pedro de los

Ángeles, que la tuvo guardada hasta que finalmente en enero de 1682 los trinitarios redentores pagaron para poder llevarla de vuelta a España 30 monedas castellanas de oro.

El Consejo de guerra español acordó destinar caudales al rescate de los cautivos e imágenes, que habían quedado depositadas en el hospital de Mequinez; comprometiéndose a pagar el rescate fray Pedro de los Ángeles; un hidalgo de Ceuta, Antonio Correa, el capitán de Infantería Domingo Grande de los Coleos, Lucas de Zúñiga y el mismo cronista ya citado, Francisco de Sandoval y Roxas. Este último relata así los hechos: «Entre las 17 imágenes rescatadas, se encontraba una hechura de Jesús Nazareno, de natural estatura, muy hermosa, con las manos cruzadas adelante... Al hermosísimo busto de Jesús Nazareno le mandó el rey arrastrar, y echar por un muladar abajo, haciendo burla y escarnio del retrato hermoso, y del original divino. Todas ellas se embalaron y enviaron a Ceuta, donde tuvieron entrada el 28 de enero de 1682.» Las imágenes fueron llevadas primero de Mequinez a Tetuán, y desde allí a Ceuta. El relato prosigue de esta manera: «Llegaron los moros con las santas imágenes a las Murallas de Ceuta, cuya llegada causó en toda la ciudad grandísimo júbilo y alegría. Salieron a la puerta a recibirlas todos los caballeros y soldados de la plaza, y tomándolas sobre sus hombros con singularísima devoción y ternura, en forma de procesión, acompañadas de toda la ciudad, las llevaron al Real Convento de los Padres Trinitarios Descalzos, donde se cantó con toda solemnidad el *Te Deum Laudamus*, en acción de gracias.»

Tal impresión dejó en Ceuta la imagen de Jesús Nazareno, que años después los padres trinitarios mandaron hacer una réplica para su convento con el nombre de Jesús Nazareno Cautivo y Rescatado, conservándose su culto hasta nuestros días. En la actualidad una cofradía la Venerable Hermandad de Penitencia y Cofradía de Nazarenos de Nuestro Padre Jesús Cautivo y Rescatado de Ceuta lo saca en procesión en Semana Santa.

Desde Ceuta la talla original del Cristo fue llevada a Gibraltar, todavía bajo soberanía española; de allí a Sevilla, después a Córdoba; y en agosto de 1682, quedó en depósito en el convento de los trinitarios de Madrid. Hasta que en 1810 José Bonaparte suspendió las órdenes religiosas y la imagen pasó a la parroquia de San Martín; regresando en 1814 al convento de los trinitarios de Madrid. En 1836, la Desamortización de Mendizábal suprimió de nuevo las órdenes, y fue trasladada a la parroquia de San Sebastián de la Villa de Madrid. Y en 1845, por mediación del duque de Medinaceli, volvió una vez más al convento trinitario, que ya estaba regido por las religiosas concepcionistas del caballero de Gracia. Durante la Guerra Civil, en 1937 fue llevada a Valencia, al colegio del Patriarca, formando parte de la «Caravana del Tesoro Artístico» protegido por la Junta; y en 1938, fue situada en el castillo de Perelada de Gerona (cerca de la frontera francesa); pasando en 1939 a Ceret, Francia. El 12 de febrero de 1939 llegaba el Cristo de Medinaceli a Ginebra, Suiza. Acabada la guerra se recupera el «Tesoro», y don Fernando Álvarez de Sotomayor, representante del nuevo Gobierno español, consiguió que la imagen del Cristo saliera de Ginebra el día 10 de mayo de 1939 y con la ayuda del obispo de Madrid-Alcalá y el Provincial de los Capuchinos, se realizan los preparativos para el traslado a Madrid; siendo recibido el Cristo con honores en la estación de ferrocarril de Pozuelo de Alarcón, haciéndose cargo de la imagen la Junta de la Real Esclavitud, llevándola a Madrid. Tuvo en 1939 una breve estancia en el monasterio de la Encarnación. Y el 14 de mayo de 1939, tras una procesión por el centro de Madrid, llega el Jesús «Rescatado» a su iglesia del convento de los padres capuchinos de la plaza de Jesús, nombrada basílica por el papa Pablo VI el 1 de septiembre de 1973.

Todos los viernes del año la imagen del Cristo de Medinaceli, con la advocación de Nuestro Padre Jesús Nazareno, es visitado por miles de devotos. Y el primer viernes de marzo de cada año tiene lugar su multitudinario besapié, al que acuden centenares de miles de fieles devotos haciendo cola durante días para esperar el momento. Tradicionalmente, en esa fecha asiste un miembro de la Familia Real española para orar ante la imagen. También el Cristo de Medinaceli es sacado en procesión por Madrid el Viernes Santo por la tarde, llevado por la Archicofradía Primaria de la Real e Ilustre Esclavitud de Nuestro Padre Jesús Nazareno. Este es cada año un acontecimiento multitudinario, en el que desfilan los esclavos de Jesús vistiendo el hábito nazareno, que consta de túnica y capirote morados. También participan los devotos que lo desean, portando cadenas en recuerdo de los cautivos liberados cuando fue rescatada la imagen o alumbrando con velas sin vestir hábito. Con frecuencia participan devotos llegados de muchos lugares de España y del extranjero, reuniéndose un total de 800.000 personas en las calles de la capital. En 2012, la archicofradía está formada por unos 3.900 cofrades y consta de 8.000 miembros.

Debe destacarse finalmente que la figura del Cristo de Medinaceli es fundamental en la imaginería devocional española; ya que es el iniciador de la iconografía del Cautivo tal y como lo conocemos ahora. Tratándose de una creación iconográfica totalmente española en la representación de la figura de Cristo, que aparece en multitud de imágenes por toda la geografía nacional, de lo cual da fe la extensa relación de Hermandades del Cristo de Medinaceli, Cautivo o Rescatado en toda España y en el extranjero que a continuación se refleja.

19. RELACIÓN DE HERMANDADES DEL CRISTO DE MEDINACELI, CAUTIVO O RESCATADO EN TODA ESPAÑA Y EN EL EXTRANJERO

- Archicofradía de Nuestro Padre Jesús de Medinaceli, Hellín, ALBACETE.
- Cofradía de Jesús de Medinaceli, El Bonillo, ALBACETE.
- Real e Ilustre Hermandad Sacramental y Cofradía de Nazarenos de Nuestro Padre Jesús en su Prendimiento, Jesús Cautivo de Medinaceli y Nuestra Señora de la Merced, ALMERÍA.
- Real Hermandad y Cofradía Infantil de Nuestro Padre Jesús de Medinaceli y Nuestra Señora del Rosario, Mérida, BADAJOZ.
- Cofradía de Jesús Cautivo y Rescatado, Zafra, BADAJOZ.
- Hermandad de Jesús Cautivo, Mataró, BARCELONA.
- Cofradía de Nuestro Padre Jesús Nazareno de Medinaceli, Navalmoral de la Mata, CÁCERES.
- Hermandad Sacramental Esclavitud y Cofradía de

Penitencia de Nuestro Padre Jesús Cautivo y Rescatado y María Santísima de la Trinidad, CÁDIZ.

- Hermandad del Cristo de las Penas, CÁDIZ (aunque esta hermandad no lleva la advocación de Medinaceli o Cautivo, la imagen de Cristo es representada cautivo y abandonado por sus discípulos).
- Hermandad del Cautivo, Chipiona, CÁDIZ.
- Hermandad del Cautivo, El Puerto de Santa María, CÁDIZ.
- Real, Venerable y Seráfica Esclavitud del Santísimo Sacramento y de la Inmaculada Concepción y Fervorosa, San Fernando, CÁDIZ.
- Agrupación de los Estudiantes. Cristo de Medinaceli Santas Mujeres, Marrajos, CARTAGENA.
- Cofradía del Santísimo Cristo de Medinaceli, CASTELLÓN.
- Cofradía de Jesús de Medinaceli y Nuestra Señora de la Esperanza Macarena, Onda, CASTELLÓN.
- Venerable Hermandad de Penitencia y Cofradía de Nazarenos de Nuestro Padre Jesús Cautivo y Rescatado Medinaceli y María Santísima de los Dolores, CEUTA.
- Real Cofradía de la Esclavitud de Nuestro Padre Jesús Nazareno y del Santísimo Niño del Remedio, CIUDAD REAL.
- Hermandad del Rescatado, CÓRDOBA.
- Hermandad de Jesús el Preso, Cabra, CÓRDOBA.
- Hermandad de Nuestro Padre Jesús Nazareno Rescatado Cristo de Medinaceli, Pozoblanco, CÓRDOBA.
- Real e Ilustre Esclavitud de Nuestro Padre Jesús Nazareno de Medinaceli, CUENCA.
- Cofradía de Nuestro Padre Jesús de Medinaceli y de la Oración en el Huerto, Mota del Cuervo, CUENCA.

- Real Cofradía de Nuestro Padre Jesús Cautivo y María Santísima de la Encarnación, GRANADA.
- Cofradía de Nuestro Padre Jesús del Rescate, GRANADA.
- Hermandad del Cautivo, HUELVA.
- Hermandad Nuestro Padre Jesús Cautivo y María Santísima de las Mercedes, Aljaraque, HUELVA.
- Hermandad de Nuestro Padre Jesús Cautivo y María Santísima del Rosario, Almonte, HUELVA.
- Hermandad del Redentor Cautivo, Aracena, HUELVA.
- Hermandad de Jesús Cautivo, Ayamonte, HUELVA.
- Hermandad de Jesús Cautivo, Beas, HUELVA.
- Hermandad del Cristo Cautivo y Virgen del Rosario, Bonares, HUELVA.
- Hermandad de Nuestro Padre Jesús Cautivo y María Santísima en su Amargura, Calañas, HUELVA.
- Hermandad Nuestro Padre Jesús Cautivo *Ecce homo* y Nuestra Señora de la Esperanza, Cartaya, HUELVA.
- Hermandad de Jesús Cautivo y Nuestra Señora de la Paz, Isla Cristina, HUELVA.
- Cofradía de Nuestro Padre Jesús Cautivo, Lucena del Puerto, HUELVA.
- Hermandad de Nuestro Padre Jesús Cautivo, «El Silencio», Rociana del Condado, HUELVA.
- Hermandad de Nuestro Padre Jesús Cautivo, San Juan del Puerto, HUELVA.
- Hermandad Jesús Cautivo y Nuestra Señora del Mayor Dolor, Zalamea, HUELVA.
- Hermandad de Nuestro Padre Jesús del Rescate, Baeza, JAÉN.
- Hermandad de Nuestro Padre Jesús del Rescate, Linares, JAÉN.

- Parroquia de Jesús de Medinaceli, MADRID.
- Cofradía de Nuestro Padre Jesús Cautivo, MÁLAGA.
- Hermandad de Nuestro Padre Jesús del Rescate, MÁLAGA.
- Hermandad de Jesús Cautivo, OVIEDO.
- Antigua y Venerable Hermandad Servita de María Santísima de los Dolores y Cofradía de Nazarenos de Nuestro Padre Jesús Cautivo y Rescatado y Nuestra Señora de la Esperanza, Alcalá de Guadaira, SEVILLA.
- Ilustre y Fervorosa Hermandad de la Entrada de Jesús en Jerusalén, Nuestro Padre Jesús Cautivo y Nuestra Madre y Señora de Las Lágrimas, Écija, SEVILLA.
- Agrupación Parroquial Nuestro Padre Jesús Cautivo en el Abandono de sus discípulos, Mairena del Alcor, SEVILLA.
- Hermandad del Redentor Cautivo, Utrera, SEVILLA.
- Hermandad de Jesús Cautivo, Viso del Alcor, SEVILLA.
- Hermandad de Jesús de Medinaceli, VALENCIA.
- Cofradía de la Esclavitud de Jesús Nazareno, ZARAGOZA.

EXTRANJERO

- Hermandad del Señor Cautivo de Trinitarias, Lima, PERÚ.
- Fervorosa Hermandad Sacramental y Cofradía de Nuestro Padre Señor de las Misiones, Cristo Cautivo de Medinaceli y Nuestra Señora de la Esperanza Macarena, Miami, Estados Unidos.

Agradecimientos

Antes de empezar a documentarme para escribir esta novela, me puse en contacto con los padres trinitarios descalzos de Madrid, para pedirles información acerca de si existía algún documento fiable para poder constatar la veracidad de la preciosa historia del Cristo de Medinaceli. Ellos me pusieron en contacto con el padre Bonifacio Porres Alonso, insigne investigador que ha dedicado gran parte de su vida a indagar en los archivos para dejar constancia de la crónica de la obra redentora de la Orden Trinitaria española. Él me envió gentilmente el fruto de sus arduas investigaciones reunidas en la magna obra titulada *Libertad a los cautivos* (Córdoba-Salamanca 1977), publicada en dos tomos que contienen la relación exhaustiva de las redenciones trinitarias con toda la documentación existente en los archivos al respecto. Entre el rico caudal de este tratado, encontré la historia verdadera del Jesús Nazareno Rescatado, conocido como Cristo de Medinaceli.

Gracias a esta valiosa información, pude dar con el inestimable documento titulado: *Aviso verdadero, y lamentable relación, que haze el capitán don Francisco de Sandoval y Roxas, cautivo en Fez, al señor Don Pedro Antonio de Aragòn*. Indispensable para llegar al fondo verídico del relato.

Índice

Libro I

Donde se cuenta cómo entré a servir a don Manuel de Paredes y Mexía

Libro II

De cómo se hundió el navío en que navegaban todas nuestras esperanzas

LIBRO III

Donde se cuenta lo que sucedió tras el naufragio del *Jesús Nazareno* y el modo en que se recobraron las esperanzas después de algunos disgustos más

LIBRO IV

En que se cuenta la aventura del viaje hacia una nueva vida y se hace relación de un buen cúmulo de peligros y adversidades

LIBRO V

Donde se verá lo dura que era la vida en La Mamora; plaza fuerte, aislada, que miraba con temor al mar, al río y a tierra adentro

LIBRO VI

Que trata de lo que sucedió durante la Semana Santa en San Miguel de Ultramar

LIBRO IX

Trata de lo que hallamos en Mequinez, la ciudad del sultán Mulay Ismail, y de las duras prisiones que allí sufrimos los cautivos españoles de La Mamora

LIBRO X

Donde se verá cómo fue nuestra vida en Mequinez desde el día que salimos de la prisión

Sur de España y
Norte de Berbería
Año 1681
Badajoz
Sevilla
Huelva
Silves
Tavira
OCÉANO
ATLÁNTICO
Golfo de
Cádiz
Cádiz
Tarifa
Estrecho
Tánger
Arcila
San Antonio de Alarache
(Larache)
San Miguel de Ultramar
(La Mamora)
Sebú
Salé
Rabat

Játiva
Denia
Alicante
Andújar
doba
Jaén
Murcia
Lorca
ja
Cartagena
Guadix
Baza
Granada
N
Almería
Málaga
ar
Mar Mediterráneo
Orán
Melilla
Tremecén
A G R E B
0
200 km